Hedwig Dohm

Schicksale einer Seele

e-artnow 2018

Alfred Klabund / Henschke
Pjotr - Geschichte eines Zaren (Historischer Roman)

Arthur Schurig
Francisco Pizarro, der Eroberer von Peru (Romanbiografie)

Wilhelm Raabe
Pfisters Mühle: Ein Sommerferienheft

Alexandre Dumas
Johanna D'Arc

Dmitri Mereschkowski
Leonardo da Vinci (Historischer Roman)Historischer Roman aus der Wende des 15. Jahrhunderts

Hedwig Dohm

Schicksale einer Seele

e-artnow, 2018
Kontakt: info@e-artnow.org
ISBN 978-80-273-1864-3

Schicksale einer Seele

Monatelang nun ohne Dich geliebtester Freund! Freund! Das Wort klingt fast hart, deckt sich nicht mit dem Begriff. Starkes und Zartes, eine ganze Milchstraße von Sternen ist in dem Begriff. Freundschaft! Labsal ohne Schaum und Bodensatz. Alles ist Inhalt.

Zuerst war ich betrübt, daß ich Dir so ewig lange nicht schreiben sollte; die gelegentlichen postlagernden Briefchen und Karten in die Ferne hinaus, von Ort zu Ort, in denen nichts intimes stehen durfte, zählen ja nicht. Nun habe ich das Betrübtsein überwunden, da Du ja die Olympierfahrt nach Griechenland – und gewiß gehts bis nach Indien – als ein so großes Glück empfindest, lieber, lieber Idealist Du! Eine Tempelfahrt zu heiligen Gräbern! Da dürften nur Gebete Dich begleiten. Sie sollen's auch. Aber nicht wahr, die leise Wehmuth in mir, die Dir nachzieht von Ort zu Ort, weil ich nicht mit Dir ziehen konnte, begreifst Du?

Wegen meines Katarrhs brauchst Du nicht ängstlich zu sein. Die liebe Julie und die gute Philomele, die pflegen mich und sorgen sich um das bischen Husten, als ob er lebensgefährlich wäre. Ein wenig greift er mich wohl an, nicht allzu sehr. Ich bin oft müde, eine angenehme Müdigkeit, in der das Dasein mich wie milde Luft umfließt, lind, einschläfernd.

Die Müdigkeit wird mich nicht hindern, mein Versprechen zu halten. Ich werde fleißig sein müssen, sehr fleißig, hurtig, hurtig schreiben! Drei Monate nur um meine ganze Lebensgeschichte zu Papier zu bringen!

Recht schlicht und einfach soll ich erzählen, wie Du es liebst. Versuchen will ich's; und laufen mir zu viel Bilder in die Feder, so streiche ich sie wieder aus.

Ich weiß wohl, Du hast mir die Aufgabe gestellt, damit ich vor lauter Beschäftigung nicht Zeit haben soll, melancholisch zu werden.

Auch darin hast du gewiß recht: das fehlte unserer Intimität, daß Du meine Vergangenheit so wenig kennst. Würdest Du nur nach allem gefragt haben, ich hätte schon geantwortet, aber wir zwei Beide sind wirklich etwas zu diskret, zimperlich diskret.

Und jetzt meintest Du, wäre der geeignetste Zeitpunkt für mich rückwärts zu schauen, da ich an einem Wendepunkt meines Lebens stände.

Ja, ein Wendepunkt, das hoffe ich. Alles alles muß sich nun wenden.

Es wird mir nicht leicht werden dir mein treues Selbstportrait zu zeichnen. Der Kontrast zwischen dem was ich war und wie ich geworden bin, ist zu groß: zwei Seelen, die kaum noch eine leichte Familienähnlichkeit miteinander haben. Ich kann mich nicht zurück denken zu der unschuldigen, mit etwas Romantik versetzten Naivetät meiner jungen Jahre. Du mußt mir nun schon glauben, was ich von mir berichten werde, auch wenn sich meine Worte von heute mit der Marlene, die ich einst war, nicht decken.

Als wir uns kennen lernten, fandest Du ja auch noch so vieles in mir, daß Du Dir nicht zusammen reimen konntest. Wenn Du zu Ende gelesen haben wirst, was ich hier schreibe, wirst Du es begreifen wie ich so verblödet, so jeder Individualität bar, so charakterlos und feig und geduckt werden konnte, und dabei so frechen Geistes, so schwer in meinem Denken und Fühlen zu beeinflussen, so ganz mein inneres Leben für mich lebend, selbständig und allein.

Ich komme mir selber oft wie eine Schnecke mit Flügeln vor. Sie nützen mir nichts – die Flügel, das Schneckenhaus ist zu schwer.

Habe ich eigentlich viel zu erzählen? Ich werde mir den Kopf zerbrechen müssen um aus der Tiefe meines Gedächtnisses herauszufischen, was etwa auf dem Grunde ruht, schwerlich Perlen – oder doch vielleicht Perlen, wenn es wahr ist, daß sie ein krankhaftes Produkt gesunder Muscheln sind. Bin ich krankhaft? weiß ich denn so recht wie und wer ich bin? Vielleicht, wenn ich all meine Erinnerungen nieder geschrieben habe, weißt Du es und Du sagst es mir dann wieder.

Tagelang, wochenlang soll ich mich nun mit mir beschäftigen, immerzu ich – ich! Müßte nicht Feinergearteten eine Art *pudeur* – mir fehlt im Augenblick das deutsche Wort – überkommen so die Seelenhüllen abzustreifen? Zu Hause in Berlin hätte ich's gewiß nicht gekonnt, hier aber, wo die Sonne in jeden Winkel hineinstrahlt und in ihrem Licht marmorne Götter ihre stolze keusche Nacktheit baden, geht es eher. Und wenn schon denn schon. Ich werde selbst vor Eigenlob nicht zurückschrecken, wenn ich auch nicht annähernd so brav bin wie Du es von mir denkst.

Anfangen! anfangen! Ja, gleich. Am Ende wird mein Geschreibsel eine förmliche, Antobiographie werden. Du hast's gewollt. Ganz am Schnürchen will ich erzählen und mit dem Anfang anfangen.

Wir schreiben jetzt 66. Ich bin 33 Jahre alt. Rechne aus, wann ich geboren bin. Daß es zu Berlin war weißt Du. Daß mein Vater Inhaber einer Kattunfabrik ist, daß ich unter acht Geschwistern das älteste Mädchen war, weißt Du auch.

Ich erzählte Dir einmal von meinen Geschwistern, erinnerst Du Dich? Du sagtest schmeichlerisch: ein Schwan im Ententeich. Ach Du Lieber, eher ein Kukuksei, das im fremden Nest ausgebrütet wurde.

Ich bin mit einem rothen Mal auf der Stirn geboren, ob ein stern- oder kreuzartiges, darüber sind die Gelehrten nicht einig. Es entstellt mich nicht, weil es nur sichtbar wird, wenn ich sehr erhitzt bin. Wahrscheinlich hast Du es nie bemerkt.

Wie ich zu dem Namen Marlene komme, da doch meine Geschwister alle so hausbackene Namen haben? Eins meiner Brüderchen erzählte der Mama eines Tages das Märchen vom Marlenechen. Und er soll es so drollig erzählt haben, daß meine Mutter Thränen lachte, und fast unter diesen Lachthränen kam ich zur Welt. Zum Andenken an diese wunderbare Begebenheit wurde ich Marlene getauft.

Bis zu meinem sechsten Jahr wohnten wir so gut wie auf dem Lande, in einer feldartigen, abgelegenen Straße, der Hirschelstraße, die nur aus kleinen, weit auseinanderliegenden Gärtnerhäuschen bestand. Jetzt ist sie stattlich bebaut.

Alle diese Häuschen hatten große, primitive Gärten, an die sich weite Wiesen schlossen. Die Wiesen wurden durch einen lang sich hinschlängelnden Bach begrenzt, der für uns Kinder die Grenze der Welt bedeutete. Er hieß der Schafgraben. Eine Fülle von Vergißmeinnicht blühte an seinem Rand, und allerhand Bäume, hauptsächlich Pappeln und Weiden umsäumten ihn.

Meine Eltern waren auf das Gärtnerhäuschen verfallen der vielen Kinder wegen, die sich da tüchtig tummeln konnten. Das Reisen mit Kindern war damals noch nicht üblich.

Meine ersten Kinderjahre haben nicht viel Spuren in meinem Gedächtnis hinterlassen. Nur hier und da, wenn ich nachsinne, tauchen vage Lichter aus dem Nebel auf, kleine Erlebnisse, die besonders stark auf mein Gemüth gewirkt haben müssen.

Ich erinnere mich nicht der Zimmer, die wir bewohnten, nicht wie meine Eltern, meine Geschwister aussahen, ich weiß nichts von all den Menschen, die in meinen Gesichtskreis traten.

Ich muß ein sehr furchtsames, feiges, kleines Geschöpf gewesen sein (eigentlich bin ich es ja heute noch). Meine ersten Erinnerungen hängen mit Angst und Furcht zusammen. Ein Kettenhund auf dem Hof, der schwarze Nero, eine Frau in einem Laden, bei der das Dienstmädchen, das mich an der Hand führte, einkaufte, und die mir meine schwarzen Kohlen von Augen aus dem Kopfe schneiden wollte, und – meine Mutter! ich fürchtete mich vor meiner Mutter. So lange ich zurück denken kann, lag diese Furcht wie ein Alpdruck auf meiner Brust.

In diese Schatten fiel aber auch Licht, romantisch angehauchtes. »Das rothe Glas – Meerfahrten – die Königbouquets – der Schafgraben« wären passende Titel für diese Lichtstrahlen.

Damals kam noch in Zwischenräumen von 4 bis 6 Wochen der Lumpenmatz auf die Höfe, der für ein paar Pfennige (auch für die Gegenleistung von Lumpen) allerhand Kram und Trödel an Dienstmädchen und Kinder verkaufte: Ringe, Perlenschnüre, Tüchelchen und ähnliche Kostbarkeiten. Unser Kindermädchen hatte mir vom Lumpenmatz ein Stück rothes Glas gekauft. Eine Zauberwelt erschloß es mir. Stundenlang konnte ich auf der Wiese unter einem Baum liegen – merkwürdiger Weise habe ich behalten, daß es ein Quittenbaum war – und durch das rothe Glas hinausschauen in die Welt – eine glühende, brennende Märchenwelt von unerhörter Pracht. Selbst die Mistbeete, den Kettenhund, den schmutzigen Erdboden an regnerischen Tagen verwandelte das Glas in flammende Visionen.

Rief man mich zu Tisch oder zum Vespern, so riß ich mich ungern von meiner Schwelgerei los, und mag dann wohl blöde und verwirrt drein geschaut haben, und ich glaube schon damals entstand die Mythe (es ist doch eine Mythe – nicht?) von meiner Dummheit, eine Meinung, die meine Familie wahrscheinlich bis auf den heutigen Tag festgehalten hat. Und nicht nur meine Familie – – aber ich wollte ja am Schnürchen erzählen.

Ich hütete meinen rothen Schatz wie ein köstliches Geheimniß, besonders vor den Geschwistern. Eines Tages war meine Mutter böse und schalt mich, ich weiß nicht mehr weßhalb. Ich konnte der Lust nicht widerstehen sie durch das rothe Glas anzuschauen, das doch alles so wunderbar verschönte. Die Mutter, die natürlich nicht wußte, daß es ein Zauberglas war, schlug es mir aus der Hand. Es zerbrach. Meine vermeintliche Frechheit wurde fürchterlich mit der Ruthe gerochen. Um mein zerrißenes kleines Herz kümmerte sich niemand.

Im Frühjahr waren häufig die Wiesen hinter unserm Häuschen überschwemmt. Da hatte nun mein älterer Bruder sich etwas herrliches ausgedacht.

Mit aller Anstrengung, deren wir fähig waren, schleppten wir Kinder ein großes Waschfaß auf die überschwemmten Wiesen: das war der Kahn, ein paar Wäschestützen dienten als Ruder, und die Meerfahrt begann. Weit wie das Weltmeer erschienen mir die überschwemmten Wiesen, eine Fülle von Kuhblumen blühten daraus empor. Ich pflückte davon, und warf sie dann wieder in's Wasser zurück, damit wir den Rückweg fänden: eine Reminiscenz aus dem Märchen vom Däumling. Ich kannte schon viele Märchen im sechsten Jahr. Columbus kann bei der Entdeckung von Amerika nicht mehr Entzücken empfunden haben, als wir es bei der Landung an einem benachbarten Grundstück empfanden. Kinder die wir kannten, standen da an der Hecke, und halfen uns beim Landen. Meine Brüder brachten den Kindern Gastgeschenke mit: Schachteln mit Maikäfern. Und dazu sangen sie den populären Vers: »Maikäfer fliege, dein Vater ist im Kriege, deine Mutter ist im Pommerland, Pommerland ist abgebrannt, Maikäfer fliege!«

So oft ich später diese sinnlosen Verse hörte, zog durch mein Gemüth ein wehmüthiges Singen und Klingen von einem verlornen Idyll, eine Sehnsucht nach Kuhblumen und Wiesen, nach Frühlingswinden und Abenteuern in die Ferne hinaus. Vor den Maikäfern aber fürchtete ich mich. Wie meine Brüder das merkten verfolgten sie mich mit den Thieren, setzten sie mir auf die Arme, in den Nacken und amüsirten sich königlich über mein Schreien. Fürchterlich waren mir diese krabbligen, klebrigen, kleinen Käferpfötchen. Auch meine Brüder kamen mir ziemlich gräßlich und gefährlich vor, nur dazu da, mich zu quälen und zum weinen zu bringen; und hatten sie es erreicht, so trimuphirten sie: »Die Pippe plinzt schon wieder.« Von ihnen stammt wohl diese Verunglimpfung meines Namens. Marlene war zu lang, man kürzte mich in Pippe ab.

Unsere Kahnfahrten wiederholten sich öfter, bis man bei der nächsten großen Wäsche das Waschfaß vermißte, und mit Ach und Krach und Prügeln wurde den Meerfahrten ein Ziel gesetzt.

Im Herbst florirten die Königbouquets. Ich weiß nicht, ob diese Art von Bouquets eine Mode der Zeit oder ein Privateinfall unseres Gärtners waren. Er nahm Spargelstauden, die hoch in's Kraut geschossen waren, – oft überragten sie meine kleine Person – hier und da rupfte er von den zarten Stenglein das Grünzeug ab, spitzte die Stengel scharf zu, spießte Astern und Georginen daran, und stellte so farbenreiche, blühende Büsche her.

Für mich gab's nichts schöneres als diese Bouquets. Er sagte, sie wären für den König und verwelkten nie. Ich glaubte ihm auf's Wort. Ich hielt ihm das Körbchen, in das hinein er die Blumen sammelte, und durfte dann die blühenden Büsche bis an die Gartenthür tragen. Und von da blickte ich ihm nach mit scheuer Ehrfurcht, bis er meinen Blicken entschwand. Er ging ja zum König.

Und nun geschah das Wunderbare, daß der Gärtner mir zu meinem Geburtstag ein solches Königbouquet schenkte – wenn auch nur ein kleines Miniaturding, mit kleinen Asterchen und Georginchen besteckt. Meine große Seligkeit dauerte aber nur bis zum andern Tag. Da war die ganze Herrlichkeit verwelkt.

Ja, sagte er, als ich ihm mein Leid klagte, das käme daher, daß ich kein Prinzeßchen wäre. Kein Prinzeßchen sein! wie traurig! Aber ich wollte eins werden, ich nahm es mir fest vor. Wenn ich groß geworden, würde ich schon erfahren, wie man es macht um ein Prinzeßchen zu werden.

Wir Kinder liefen meist unbeaufsichtigt in Garten und Wiese umher; von einer Bonne oder einem Fräulein war keine Rede, das Kindermädchen hatte vollauf mit den ganz Kleinen zu thun.

Da geschah es einige Male, daß ich – was streng verboten war – über die Wiesen bis hin zum Schafgraben lief, in meiner Vorstellung eine unermeßlich weite Reise in ein fernes Märchenland; in Wirklichkeit mag die Entfernung von unserm Garten bis zum Schafgraben 15 Minuten betragen haben.

Vergißmeinnicht wollte ich dort pflücken, und wohl auch meinen älteren Brüdern imponiren, daß ich schon so weit in der Welt herumgekommen wäre. Und dann der Reiz des Verbotenen, Geheimnißvollen.

Das Kindermädchen hatte uns gerade das Mährchen vom blonden Egbert vorgelesen, vielleicht kam mir deßhalb an dem wildwüchsigen Ort alles so verzaubert vor, so gruslich schön. Einen kleinen Sperling, der herumhüpfte hielt ich geradezu für den Wundervogel, der im Märchen so lieblich von der Waldeinsamkeit singt, als ob Waldhorn und Schalmei ineinander spielten, der Wundervogel, der Eier legte von Gold und Edelstein. Edelstein dachte ich mir immer unter der Form der funkelnden Ringe, wie sie der Lumpenmatz verkaufte. Ich suchte in den Büschen nach den goldenen Eiern, bis allmählich das Unheimliche die Oberhand gewann, und ich der Waldeinsamkeit und den goldenen Eiern in rasendem Galopp entlief.

Ich glaube mich zu erinnern, daß die unkindlichsten, gar nicht für Kinder geschriebene Märchen, wie Elfriede und der blonde Egbert am stärksten auf mich wirkten. Ich hörte wohl auch die Grimmschen Volksmärchen mit Andacht vorlesen, aber sie gingen mir nicht nach, wie die Märchen in denen Stimmung vorherrschend war, wo eine geheimnißvolle Psyche, in nebelzarten Dämmerungen leise ihre Flügel regt und in endlose Fernen hinausträumt. – Herr Gott mit der Psyche in nebelzarten Dämmerungen habe ich gewiß schon die Grenze der Schlichtheit überschritten. Ich wills nicht wieder thun.

Als ich ungefähr sechs Jahre alt war, wurde unser Gärtnerhäuschen niedergerissen. Die Hirschelstraße sammt dem Schafgraben sollten der Kultur gewonnen werden.

Meine Eltern bezogen in der Nähe des Halle'schen Thores, in der Friedrichstraße eine geräumige Bel-Etage. In jener Zeit eine stille Gegend; hinter dem Halle'schen Thor war die Stadt zu Ende, und die weiten Wiesen und Sandflächen des Tempelhofer-Feldes, aus denen der Kreuzberg emporragte, erstreckten sich weit ins Land hinaus.

Ein Hauch feiner, patricischer Bürgerlichkeit ruhte auf dem Stadttheil, der mit Vorliebe von Gelehrten, Dichtern, Professoren und höheren Beamten aufgesucht wurde.

Berlin W. war im Entstehen. Es gab im Westen schon Häuser und Straßen. In einer Zeit aber, wo die Verkehrsmittel noch nicht einmal beim Omnibus angelangt waren, galt die Gegend für abgelegen.

Unser Haus hatte wie die meisten Häuser des Stadttheiles einen großen Garten. Kein Ziergarten. Ein paar Beete mit Levkoien, Nelken und Reseda, dazwischen etwas Petersilie, Salat, Himbeer- und Johannisbeersträucher, und für jeden Miether eine mit Gaisblatt berankte Laube. Nur der hintere Theil des Gartens mit starken, alten Nußbäumen und vielen Veilchen war schön. Er gehörte uns ganz allein, und schloß mit einem Gartenhaus, das aus einem ziemlich großen Saal bestand, ab.

Und hier, in dieser Bel-Etage der Friedrichstraße spielte sich seit meinem sechsten Jahr mein Leben bis zu meiner Verheirathung ab.

Von meinem 6.-9. Jahr ist beinah eine Lücke in meinem Gedächtniß. Alles versunken und vergessen. Selbst die ersten verängstigten Tage in der Schule schweben mir nur noch dunkel vor.

Unsere Wohnung, wie ich mich ihrer zuerst erinnere (später wurde sie eleganter) trug ganz den nüchternen Charakter der meisten Einrichtungen wohlhabender Bürgerfamilien jener Zeit. Eine gute Stube mit rothen Plüschmöbeln. An der Decke ein Glaskronenleuchter. An der Wand, zwischen den Fenstern, ein Trümeau in schwerem broncenen Rahmen, darunter eine

Marmorconsole, auf der eine Vase mit künstlichen Blumen stand. Ein paar kleine Tische mit Marmorplatte und vergoldeten Füßen. Und das Prachtstück: eine Servante mit den Familienkostbarkeiten: Silberne Becher, die Pathengeschenke waren, ein halbes Dutzend große Tassen, innen ganz vergoldet, auf der Außenseite seine Miniaturmalerei: einen Napoleon, einen König von Preußen im Schmuck des Lorbeerkranzes, Schäferspiele in Watteau-Art. Eine christallene Zuckerschale, die auf einem silbernen Delphin ruhte, schön bemalte Tellerchen, interessante Gläser mit goldenen Sprüchen u.s.w.

Daß wir diese Herrlichkeiten immer nur durch die Glasthüren anschauen durften, gab ihnen in unsern Augen einen besonders vornehmen Charakter, und daß sie nur bei den, in unsrer Familie so häufigen Taufen in Gebrauch genommen wurden, stärkte unseren Glauben an die Heiligkeit der Taufhandlung.

Der Kronenleuchter und die Polstermöbel der guten Stube wurden Alltags durch Leinwandhüllen geschützt.

Gemüthlicher nahm sich das Wohnzimmer aus mit den tüchtigen bequemen Möbeln und einigen Erbstücken vom Großvater oder Urgroßvater her: ein paar dunkel gebeizte Eichenschränke mit rothseidenen Vorhängen hinter den Glasthürchen, eine altmodische Chiffonniere mit Meßingbeschlägen und einige wirklich werthvolle Kupferstiche.

Besonders Sontags hielt ich mich gern im Wohnzimmer auf, wenn der Papa mit den gestickten Pantoffeln, dem Schlafrock von grauem Flausch und dem leicht um den Hals geschlungenen Tuch von gelblicher Seide zwischen den großblumig gestickten Sophakissen behaglich da saß, rauchend und vor sich auf dem großen, runden Tisch die Kaffeemaschine, die so anheimelnd summte.

Ganz häßlich war unsere Kinder- und Arbeitsstube mit dem unaustilgbaren Geruch von rindsledernen Knabenstiefeln. Ein großer, mit Wachstuch überzogener Tisch strotzte von Tintenklecksen. Ihr einziger Reiz war eine Reihe von Bildern, die die Geschichte Benjamin's darstellten. Oftmals kniete ich auf dem Sopha, über dem sie hingen, und vertiefte mich in diese Geschichten. Und ich war so böse auf Pharao, daß er dem holden, blondlockigen Benjamin einen Diebstahl zutraute, und immer von neuem so froh, als endlich auf dem letzten Bilde seine Unschuld siegte. Später verschwanden die Bilder, ich habe mich immer vergebens bemüht zu erfahren, wo sie hingekommen sind.

Meine vier Brüder waren derbe, wilde, gewöhnliche Jungen, die gelegentlich, wenn sie Schaden im Haushalt stifteten, abgeprügelt wurden, was immer die Mutter besorgte. Sonst bekümmerte man sich nicht um sie, weder um ihr Fortkommen in der Schule, noch um ihre sittliche Erziehung. Zwei von ihnen sind als Jünglinge gestorben, die beiden andern leben in subalternen Stellungen an kleinen Orten. Meine drei Schwestern sind sämmtlich gut verheirathet.

Ich hatte als Kind keine Fühlung mit meinen Geschwistern. Seitdem ich das elterliche Haus verlassen habe, sind sie mir völlig fremd geworden.

Ich glaube nicht, daß Geschwisterliebe ein Naturinstinkt ist; ich glaube vielmehr, daß sie erst in der gemüthvollen Atmosphäre des elterlichen Hauses großgezogen wird.

Eine solche Atmosphäre gab es in unserm Hause nicht. Es gab nur eine große, geräuschvolle Haushaltung mit verschiedenen Dienstboten, mit Gezänk und Gepolter, mit viel Küche, Kohl und Rüben, mit schreienden, kleinen Kindern, und immer Lärm. Alles war derb hausbacken, nüchtern, tüchtig.

Ich sehe die Mutter noch vor mir Morgens in der Nachtjacke, mit fliegenden Haubenbändern und rothem Gesicht durch das Haus rasen. Ich sehe sie mit aufgestreiften Aermeln einen Teig einrühren, ich sehe sie bei der Entdeckung von Staub in einem Winkel dem Dienstmädchen das *corpus delicti* zu Gemüth führen. Immer war sie hinter den Dienstmädchen her. Immer führte sie mit ihnen Krieg bis auf's Messer. Daß sie alle wie die Raben stahlen, war selbstredend. Es gehörte zu ihren Lebensgenüssen, die Auguste oder die Lina mit ihrem Cousin oder Landsmann auf der Hintertreppe, oder beim widerrechtlichen Schmieren ihrer Morgenschrippe zu ertappen. Und jedes Mal wenn ein Mädchen »um sich zu verändern« fortzog, frohlockte sie: Gott sei Dank, daß ich das Geschöpf los bin.

Und ich denke mit einem Schauer zurück, wie ich immer auf der Flucht war vor ihr, vor ihrem Klapsen, ihrem Schelten, ihrem rothen Gesicht, ihrer grellen Stimme. Mit Schaudern denke ich auch an die Waschtage zurück. Das ganze Haus wie mit Seifenschaum überschwemmt. Meiner Mutter Haubenbänder flogen noch mehr als sonst, ihr Gesicht war noch röther, ihre Laune noch kriegerischer. An den Tagen gab es immer miserables Essen, alles war für die Waschfrauen berechnet, die wie es schien, feines nicht vertragen können. Und alles roch: die riesigen Butterbröde mit Kuhkäse oder ordinärer Leberwurst, rochen, Mittags der Kohl, der Cichorien, der Kümmel rochen. Meine Mutter hatte eigens eine, wie sie behauptete sehr wohlschmeckende Waschfrauensuppe ersonnen. In eine Casserolle kochenden Wassers wurde eine kleine Quantität Zucker und Butter gethan, und eine größere Quantität in Scheiben geschnittener Semmeln, wohlgemerkt alter Semmeln, und die Suppe war fertig.

Als Musterhausfrau war meine Mutter natürlich auch über die Maßen sparsam. Jede alte Semmel schloß sie in ihr Herz und in ihre Speisekammer. Einen wahren Rester-Cultus trieb sie. Niemand verstand wie sie, die Wurst in so durchsichtig dünne Scheibchen zu schneiden, und in der schlauen Kunst aus Fettstückchen, Knorpel, Sehnen und Abfall scheinbar appetitliche Fleischportionen – für die Dienstboten – herzustellen, war sie unnachahmlich.

Sie stammte aus einer armen Familie, und blieb ganz kulturfremd. Gerade nur über Volksschulbildung verfügte sie. Das Schreiben ist ihr zeitlebens schwer geworden. Aber rasch und resolut war sie, und ihr Haus hielt sie in musterhafter Ordnung.

Außer an den Dienstboten ließ sie die ungeheure Lebhaftigkeit ihres Temperaments auch ein wenig an dem Vater aus.

Ich glaube, daß meine Mutter Nachmittags eine sehr hübsche Frau war. Sie selbst behauptete bildhübsch gewesen zu sein. Mein Vater bestätigte es. Erst zur Kaffeestunde gegen 4 Uhr machte sie Toilette. Nach damaliger Mode frisirte sie ihr röthlich lichtbraunes Haar über den Ohren in einer Fülle geringelter Löckchen. Im Sommer trug sie meist weißgestickte Kleider, im Winter seidene. Ich habe meine Mutter nie in Wolle gesehen.

Mit dem Negligée wechselte sie auch ihre Laune. Das Zanken und Poltern hörte auf. Und wenn sie im Garten bei der Kaffeemaschine mit einer Handarbeit saß, nahm es sich beinah gemüthlich aus, besonders wenn das Korbwägelchen mit einem Säugling neben ihr stand, und sie mit einer schönen klaren Stimme eines ihr Lieder sang, etwa: »Brüderlein sein, Brüderlein fein, ach es muß geschieden sein« oder »was braucht man dann mehr um glücklich zu sein« oder: »wir winden Dir den Jungfernkranz von veilchenblauer Seide«. Dann verlor sich auch meine Furcht einigermaßen, und ich wagte mich in ihre Nähe.

Meine Eltern führten eine durchaus glückliche Ehe. Nach damaliger Sitte nannten sie sich Mama und Papa. Der Vater liebte seine Frau, wie sie war. Nur wegen des Wirthschaftsgeldes, mit dem die Mutter nie auskam, entbrannte zuweilen ein Streit, das heißt meine Mutter stritt, mein Vater brämelte nur vor sich hin.

Er war ein stiller, furchtsamer Mann, leicht eingeschüchtert, gutmüthig fremden Menschen gegenüber, unbeholfen, ängstlich, eine Null im Hause, ganz von seiner Frau abhängig, gern abhängig. Ich erinnere mich nicht, daß er sich jemals gegen das Joch aufbäumte.

Er ging völlig in seiner Fabrik auf, deren Geschäfte er, ohne jede Spur von Produktivität mechanisch abwickelte. Er hatte die Fabrik schon von seinem Vater geerbt. Als 13jähriges Bürschchen hatte man ihn in das Comptoir gesteckt, ohne daß man ihn hätte etwas lernen lassen.

Und da ist er bis jetzt geblieben. Und er wird hundert Jahr alt werden, unbekümmert um die ganze Welt, die ihn absolut nichts angeht.

Um nicht ungerecht zu sein, will ich aber erwähnen, daß er in jungen Jahren künstlerische Anlagen verrieth. Er zeichnete Portraits. Das Portrait meiner Mutter als Braut, und sein eigenes als Bräutigam, seine letzten künstlerischen Thaten, beweisen ein nicht gewöhnliches Talent.

Er dichtete auch Knittelverse, zu Geburtstagen, Taufen u.s.w. und wenn er diese Gelegenheitsgedichte vorlas erglänzten seine freundlichen grauen Augen und seine sonst apathischen Züge belebten sich. Er sah dann aus als wäre er jemand. Sein edelgeschnittenes Gesicht unterstützte ihn dabei.

Auch meine Mutter hatte eine Eigenschaft, die mit ihrer sonst derbbürgerlichen Art sonderbar contrastirte. Das war ihr Sinn für Toilette. Dabei streifte sie alles Hausbackene ab; und ihre Toilettenpassion war nicht etwa auf geschmacklosen Putz gerichtet, im Gegentheil, auf raffinirte und originelle Eleganz. Alles was ihr etwa an Phantasie, an höheren Aspirationen innewohnte, kam in der Toilettenangelegenheit zum Ausdruck. Wir führten einen dürftigen Tisch. Diätfragen waren böhmische Dörfer für meine Mutter. Wenn man nur satt wurde. Sie sparte sich und den Kindern am Munde ab, was sie für Toiletten ausgab. Darum kam sie auch nie mit dem Wirthschaftsgeld aus. Sie hatte aber die Genugthuung, daß, wenn sie mit uns Mädchen im Thiergarten spazieren ging, alle Welt sich nach uns umschaute.

Der Vater meiner Mutter war ein Franzose gewesen; auf dem Durchmarsch nach Rußland hatte er sich mit der Großmutter trauen lassen. Er fand wohl auf den russischen Schneefeldern den Tod, denn sie hat nie wieder etwas von ihm gehört. Ich habe von der Großmutter nicht erfahren können, wer und was dieser Franzose eigentlich war. Vielleicht wars ein Marquis oder er trug wenigstens den Marschallstab im Tornister, und daher der Instinkt meiner Mutter für Vornehmheit der Erscheinung. Dazu paßten ihre aristokratisch schöngeformten, blendend weißen Hände und Füße.

Daß ihr der Sinn für Toilette angeboren war, ist sicher. Eine Anregung von irgend einer Seite her war ausgeschlossen. Meine Eltern lebten ganz abseits von dem was man Welt oder Gesellschaft nennt. Ihr ganzer Umgang bestand, so weit ich zurückdenken kann, aus drei Ehepaaren: einem Bauinspektor, dem Hausarzt und einem Polizeihauptmann mit ihren respektiven Gattinnen, einfache Leute, wenn auch an Bildung meinen Eltern überlegen.

Uebrigens, wer weiß, vielleicht wäre meine Mutter mit ihrem Temperament, ihrer Lust am Regieren, unter gänzlich andern Verhältnissen eine bemerkenswerthe Persönlichkeit geworden.

Da die Fabrik des Vaters ziemlich entfernt von der Privatwohnung lag, kam er Mittags *nicht* nach Hause. Bald nach acht Uhr Morgens ging er fort und erst zwischen 7-8 Uhr Abends kehrte er wieder heim. Nur des Sonntags gehörte er der Familie. War das Wetter gut, so führte er uns größere Kinder in eine Conditorei, und ein jedes von uns durfte ein Stück Apfelkuchen essen, eine Schwelgerei, auf die wir uns die ganze Woche freuten. Und dieser Apfelkuchen – ach Gott, es klingt so pietätlos, und ich muß doch dabei in mich hineinlachen – war das einzige Gemüthsband zwischen uns und dem Vater.

Und so ganz befriedigte mich der Apfelkuchen auch nicht. Gleich überbot ihn meine Phantasie. Ich hätte gar gern zwei gegessen, oder wenigstens den einen mit Schlagsahne. Herrlich, dachte ich müßte es sein, wenn man einmal so viel Apfelkuchen essen könnte als man wollte.

Mein Vater hat mich weder je gescholten, noch je gelobt, noch je geliebkost. Ohnehin schweigsam, sprach er mit seinen Kindern eigentlich niemals. Vielleicht wußte er nicht einmal wie wir aussahen. Von unserm innern Leben hat er sicher nicht die leiseste Ahnung gehabt, etwas davon zu erfahren, trug er kein Verlangen.

Vater und Mutter hatten für ihre Kinder nur Zärtlichkeit so lange sie klein waren. Ehe mein Vater in die Fabrik ging pflegte er mit den Kleinsten ein Viertelstündchen zu spielen, immer dieselben stereotypen Spiele, mit der Tabaksdose, die er von ihnen auf- und zuklappen ließ, mit der Taschenuhr, die vor ihren Oehrchen Tick! Tick! machen mußte. Höchstens brachte er es in seinen zärtlichsten Momenten bis zu einem »Kuckuck – Mummum«. Damit waren seine Vaterfreuden abgethan.

Wenn er Abends nach Hause kam schliefen die Kinder schon. Und das waren wohl seine gemüthlichsten Stunden, in dem bequemen Schlafrock, mit Pantoffeln, bei warmen Abendbrot, mit seiner hübschen, plaudersamen Frau.

Sobald die Kinder schulpflichtig wurden, waren sie für ihn nur Individuen, für die das Schulgeld pünktlich zu entrichten war, und deren ungeheurer Consum an Stiefeln und Schulbüchern ihn in Erstaunen setzte.

Kein Haushalt konnte regelmäßiger und korrekter geführt werden, als der unsrige. Alle sechs Wochen große Wäsche, alle acht Tage kleine Wäsche, und natürlich alles immer im Hause. Alle drei Monate großes Reinmachen, bei dem das ganze Haus auf den Kopf gestellt und die Kinder in allen Winkeln herumgestupst wurden.

Bis auf die Menüs erstreckte sich die Regelmäßigkeit. Montags gabs Jahr ein Jahr aus Bouletten (von den Resten des Sonntags) mit Milchreis, Donnerstags Erbsen mit Pökelfleisch, Sonnabends Brühkartoffeln, Sonntags aber, da ging es hoch her, da aß der Papa zu Hause; aber auch an diesen Sonntagen kehrten mit unverbrüchlicher Regelmäßigkeit dieselben Menüs wieder: Kalbsbraten, Plumppudding und Apfelmus, oder Rinderbraten, Bisquit-Pudding und Apfelmus. Nur ab und zu lief ein Huhn oder eine Gans mit unter.

Ich gehörte zu den Kindern, die sich nicht besonders viel aus dem Essen machen. Den Bisquitpudding aber, den liebte ich mit Passion. Und da konnte ich recht abgünstig auf den Teller meiner Schwester Alice sehen, die immer ein größeres Stück als ich bekam, und eins mit so schöner brauner Kruste.

Meine Eltern führten ganz das halb vegetative Dasein, wie es wohl von jeher, besonders in Zeiten politischer Stagnation, die Mehrzahl der Menschen geführt hat.

In eine solchen Periode fiel meine Jugend. Mir ist nachträglich, als wären die Leute damals alle schon ältlich geboren worden. Ein goldenes Zeitalter für Philister und Spießbürger. Charakteristisch dafür waren die gute Stube, das Weißbier, die langjährigen Verlobungen, selten unter zwei Jahren, die nüchterne, dürftige Tracht des weiblichen Geschlechts: lange Schneppentaillen, enge Aermel, kurz und glatt weggezogene Scheitel. Die Haustöchter nähten emsig in Wolle und Perlen, mit Vorliebe Tragbänder in Perlenstickerei für Papa, Bruder oder Bräutigam.

Es war die Zeit, wo an den Winterabenden die Mama's strickten, während die Papa's im Schlafrock und gestickten Pantoffeln die Vossische oder die Spener'sche Zeitung lasen, und wo im Sommer große Landparthieen auf gemeinschaftliche Kosten in großen Kremsern unternommen wurden, hin an Orte, wo es zuletzt immer durch tiefen Sand ging, und wo Familien Kaffee kochen können. Der Kuchen wurde dazu mitgebracht. Und an Ort und Stelle spielte dann die Jugend mit so viel Vehemenz Fanchonzeck, Blindekuh, Katz und Maus, pflückte Blumen, und die Verliebten gaben sich alle Mühe sich ein bischen im Walde zu verlaufen, aus welchem Dickicht sie dann durch Hornsignale zur Moral zurückgeblasen wurden. Und zum Abendessen gab es immer Aale und Gurkensalat.

Am schönsten war die Heimfahrt, wo man so grenzenlos traurige Lieder sang, am liebsten mit Ade! Ade! und dabei ruckte man so nah aneinander und schwärmte den Mond und die Sterne an.

Besonders geistreich und vornehm waren ja diese Lustbarkeiten nicht, aber anspruchslos, billig und jung, so jung.

Erst das Jahr 48 schlug eine Bresche in die Zäune dieser bequemen Weideplätze der Bourgeoisie.

Meine Eltern merkten auch davon kaum etwas.

Genau in den Geleisen, die ihnen die Verhältnisse und die herrschenden Anschauungen vorzeichneten, bewegten sie sich, von keines Gedankens Blässe angekränkelt, keine erobernde Lust im Gemüth, die von Seiten meiner Mutter über die Erwerbung eines Hausgeräths oder eines Kleides, von Seiten meines Vaters über die eines neuen Kattunmusters hinausgegangen wäre.

An den Tod nicht denkend, kaum an ihn glaubend, immer gesund, waren sie der Ansicht, daß auch innerhalb des Hauses alles von selbst fein gerade gehen müsse.

Und es ging auch nicht allzuschlecht. In Betreff der Kinder kannten sie keine Vorsorge für die Zukunft, keine Aengstlichkeit für die Gegenwart, keine Verantwortlichkeit für ihre geistige und moralische Erziehung.

So viel Lärm und Arbeit es auch in unserm Hause gab, es war nur Gekräusel auf der Oberfläche.

In der Tiefe – Stille, Unbewegtheit. Meine Eltern – soll ich sagen die Glücklichen? – kannten eines nicht, den Schmerz. Selbst der Tod eines Kindchens, das bald nach seiner Geburt starb, rief keine bemerkenswerthe Erregung hervor. Ich war neugierig ob die Mutter weinen würde. Nein, sie weinte nicht. Ich versuchte aus dem Vorfall ein Gedicht zu machen: »Die Mutter die nicht weinen kann.« Inhalt: das todte Kind, das (umgekehrt wie im Märchen von dem Thränenkrüglein) im Grabe nicht eher Ruhe findet, als bis die Mutter seinen Hügel mit Thränen begießt.

Wessen Erbe war ich denn? – Vielleicht des Großvaters? Der soll etwas besonderes gewesen sein. Im Wohnzimmer hing ein feines Pastellbildchen von ihm, ein wundervoller alter Kopf, mit vollem weißen Haar und feurigen, schwarzen, geistsprühenden Augen. Die Pastellbilder sind aber so verlogen, sie idealisiren so sträflich. Ich war wohl schon acht Jahr, als er starb, er hat aber nie den Fuß über unsere Schwelle gesetzt, weil er dem Sohn wegen seiner Heirath mit meiner Mutter zürnte.

Fehlte in unserer Familie das tiefere Gemüthsleben, so gab es aber auch keine Heuchelei, keine Lüge, keine Masken. Meine Mutter handelte ganz impulsiv und redete, wie ihr der Schnabel gewachsen war. Mein Vater konnte die Fabrik, die er blühend übernommen hatte nicht heben, weil er es nicht über sich gewann, günstige Conjekturen benutzend, Waaren auf Credit zu nehmen.

Wir Kinder hatten von der Wesensart unserer Eltern den Vortheil, daß bei unserer Erziehung (eigentlich Nichterziehung) jede Dressur fehlte. Auch den Vortheil, daß wir uns körperlich abhärteten.

Winter und Sommer gingen wir mit denselben Fähnchen und Röckchen, wir Mädchen kurzärmlich, den Hals frei. Ob wir mit nassen Füßen durch Schnee und Regen patschten, oder uns von der Sonne braten ließen, niemand fragte darnach. War auch nicht nöthig. Wir verdankten unsern kerngesunden Eltern ein unschätzbares Gut: den widerstandsfähigen Körper.

Warum meine Brüder nichts lernten, weiß ich nicht. Sie besuchten gute Gymnasien oder Realschulen. Der Begabteste kam glücklich bis Tertia.

Warum wir Mädchen nichts lernten, weiß ich. Es wurde eben in den damaligen Mädchenschulen kaum etwas gelehrt, was über die Elementarkenntnisse hinaus ging.

Die Knaben hatten es gut. Sie turnten, sie exercirten. Sie durften sich auf Straßen und Plätzen in Freiheit tummeln. Ihnen gehörte Schnee und Eis im Winter, das Wasser im Sommer.

Wir Mädchen turnten nicht, wir schwammen nicht und ruderten nicht. Wir durften uns nicht mit Schneebällen werfen, ja, nicht einmal schlittern. Denke doch, der Strickstrumpf florirte noch. Die beneidenswerthen Jungen, die brauchten auch bei der großen Wäsche nicht die Strümpfe umzukehren, nicht auf die kleinen Geschwister aufzupassen, nicht nähen zu lernen. Nichts brauchten sie, sie thaten immer wozu sie Lust hatten. Von Knaben hatte ich damals die Vorstellung, daß sie rechte Rüpel seien, und sich nicht wuschen, und daß ihnen das Lernen in der Schule furchtbar sauer würde.

Erzähle ich schlicht genug? Schläfst Du dabei vor Langerweile ein? es geschieht Dir recht. Du hasts gewollt.

Ich war gewiß noch ganz klein, etwa 4–5 Jahr, als die Mutter mir das Amt übertrug, die kleinen Brüderchen oder Schwesterchen zu wiegen. Das Wiegen der Kinder, das heut für schädlich gilt, war damals etwas Selbstverständliches.

Die Wiege stand im Schlafzimmer der Eltern. Abends wurde das Zimmer von einer Nachtlampe schwach erhellt. In der ersten Zeit faßte ich dieses Amt als eine Strafe auf, und weinte still in mich hinein.

Ich glaube selbst ein Kind fröhlichen Temperaments wäre bei diesem stundenlangen einförmigen Wiegen im Halbdunkel, kopfhängerisch geworden, wie viel mehr ich, die ich allem Anschein nach schon als Traumbündel zur Welt kam.

Allmählich aber gewöhnte ich mich an das Wiegen, und nahm es als etwas Unabänderliches hin. Und dann kam die Zeit, wo ich mit Ungeduld darauf wartete, daß man mich zum Wiegen rufen sollte.

Warum die Mutter gerade mir dieses Amt übertrug? – weil sie es für ein sehr unangenehmes hielt. Meine Mutter – Du hast es wohl schon zwischen den Zeilen gelesen – konnte mich nicht leiden.

Alles an dieser Frau war impulsiv. Sie folgte nur ihren Instinkten, und ihre Instinkte waren gegen mich, ja ihre Lieblosigkeit mir gegenüber steigerte sich oft bis zu einem an Haß grenzendem Gefühl. Ich merkte bald, daß sie eine geheime Lust empfand, wenn sie mir weh thun konnte. Und doch war sie weder boshaft noch grausam. Ich wüßte nicht, daß sie jemals irgend einem Menschen positiv Böses zugefügt hätte. Sie hatte wohl auch kaum ein Bewußtsein von dem bitteren Leid, daß mir durch sie geschah.

Da ich ein sehr hübsches und sehr artiges Kind war, (nach dem eigenen späteren Zeugniß meiner Mutter) würde ich mir vielleicht heute noch den Kopf über die Ursache ihrer Abneigung zerbrechen, wenn sie selbst mich nicht darüber aufgeklärt hätte.

Eines Tages war eine Dame bei ihr zum Besuch, als ich aus irgend einem Grund ins Zimmer trat. Der Dame gefiel ich augenscheinlich. »Die Kleine ist gewiß Ihr Liebling« – sagte sie zu meiner Mutter.

Meine Mutter lachte. »Aber nein im Gegentheil«. Die Dame wunderte sich, weil ich doch gar so niedlich wäre. Nun erklärte ihr die Mutter, daß ich – ihr drittes Kind – das erste gewesen wäre, das sie nicht selbst nähren konnte. Und da hätte nun der kleine lieblose Balg nichts von ihr wissen wollen, hätte in seiner Gier immer nur nach der Amme verlangt, und wie am Spieß geschrieen, wenn sie, die Mutter, mich hätte nehmen wollen. »Und da kann man denn natürlich – schloß sie ihre Erklärung – so ein kleines Ekelbiest (sie nannte mich oft so) nicht leiden.«

Meine Mutter sagte das ganz einfach und laut vor mir. Es kam ihr nicht in den Sinn, daß sie damit dem zehnjährigen Kind bitterweh that.

Daß die Anhänglichkeit des Säuglings an die Amme naturgemäß ist, begriff sie nicht. Mein Abwenden von ihr schien ihr etwas durchaus Böses. Die ersten Eindrücke zu überwinden war sie außerstande, von Selbstbeherrschung und Selbstverantwortlichkeit wußte sie nichts.

Es gab aber noch andere Gründe für ihre Abneigung. Meine Schwester Alice, ihr Ebenbild äußerlich und in der Wesensart, war ihr Liebling. Und um dieser Alice willen, war sie eifersüchtig auf mich. Ich war sehr viel hübscher als die Schwester und kam in der Schule schneller vorwärts.

Noch maßgebender aber für ihre Abneigung mag der Antagonismus unserer Naturen gewesen sein. Größere Gegensätze als zwischen meiner Mutter und mir sind kaum denkbar. Dazu kam meine offenbare Scheu und Furcht vor ihr, die sie beleidigten.

Sie dichtete mir Fehler an, die ich nicht hatte, vielleicht um ihre ungerechte Härte vor sich selber zu beschönigen. War von einer Leckerei etwas genascht worden, so wurde ich der That beschuldigt und leugnete ich, so war ich eine Lügnerin. Ich wurde geschlagen, damit ich gestehen sollte. In den Familien ist die Folter noch nicht abgeschafft. In gut bürgerlichen Häusern wurde damals viel geprügelt.

Jedenfalls haftete mir als Kind der Ruf an eine verstockte Lügnerin zu sein, so daß ich später oft darüber sann, ob ich nicht wirklich gelogen, und es nur dann vergessen hätte.

Wir hatten eine alte, grimmig häßliche, unangenehme Tante. Es verging kaum ein Tag, ohne daß ich hören mußte: »die Pippe wird der Tante Berthel von Tag zu Tag ähnlicher.« Und ich glaubte es, und ich weinte heimliche Thränen über meine Scheußlichkeit. Hätte ich nicht mit der Zeit eine so große Virtuosität erlangt meiner Mutter aus dem Wege zu gehen, ich wäre eins der meistgeprügelten Kinder gewesen.

Meine bloße Anwesenheit schon reizte die Mutter zu Aeußerungen der Abneigung.

»Glotze mich nicht so impertinent an,« fuhr sie mich an. Ich hatte natürlich keine Ahnung, daß ich impertinent glotzte. Saß ich still mit niedergeschlagenen Augen da, so sah ich blödsinnig dumm aus.

Sie brauchte grobe Ausdrücke. Wenn sie mich anschrie: »Halts Maul!« oder: »Dumme Gans!« so zog ich unwillkürlich den Kopf zwischen die Schultern als schlüge man mich, und ich schämte mich, daß es meine Mutter war, die so redete.

Ich zitterte, sobald ich nur ihren Schritt oder ihre Stimme im Corridor hörte, und oft zog ich dann hurtig die Schuhe aus, und tappte leise die Hintertreppe herab, um in den Garten zu entkommen. Hatte ich dazu nicht mehr Zeit, so lauschte ich gespannt, wohin sie ihre Schritte lenken würde, und ging sie an meiner Thür vorbei, so athmete ich befreit auf.

Eine ihrer Härten bestand darin, daß sie mich zu essen zwang, was ich nicht mochte, während sie bei den Idiosynkrasien meiner Geschwister ein Auge zudrückte. Bis zum Rand füllte sie mir den Teller mit Speisen, die mir verhaßt waren. Ach ihr guten Erbsen und ebenso guten Brühkartoffeln, mit wie viel Thränen habe ich euch heruntergewürgt!

Die wohlhabendsten Bürgerfrauen gingen damals selbst auf den Markt, auch wohl mit einem Fischnetz und einem Körbchen für Obst. Eines Tages hatte meine Mutter mich mit auf den Markt genommen. Sie hatte Aale gekauft, und ich sollte sie im Netz nach Hause tragen. Andromache kann, als sich ihr der Drachen nahte um sie zu verschlingen nicht mehr Entsetzen empfunden haben, als ich bei der Vorstellung, daß ich diese glibbrigen, eklen Thieren berühren sollte. Ich, sonst der Gehorsam selbst, weigerte mich die Aale zu tragen, und als meine Mutter darauf bestand, gerieth ich so außer mir, und stieß einen so wilden Schrei aus, daß sie einen Auflauf befürchtend, das Netz selbst in die Hand nahm. Ich wäre eher ins Wasser gesprungen, als daß ich die Aale getragen hätte, und die Prügel, die ich zu Hause für meine Renitenz erhielt, und daß ich von den gekochten Aalen nicht essen durfte, hat die Thierliebe in mir nicht großziehen können.

Sonderbar meine Abneigung gegen Thiere, nicht? Ich weiß selbst keine Erklärung dafür. Jede, auch die geringfügigste Quälerei eines Thieres kann mich zu hellem Zorn reizen, ich mag mich aber selbst mit dem niedlichsten Thierchen nicht abgeben, vor der Berührung einer kalten Hundeschnauze schaudere ich zurück. Vielleicht wirkt bei dieser Antipathie mein feiner Geruchsinn mit, der schon durch den Dunstkreis eines Vogelkäfigs unangenehm afficirt wird.

Du kannst es glauben, Arnold, ich litt herzzerreißendes in meinen Kinderjahren. Der Schmerz des Kindes ist oft tiefer, trostloser als der des Erwachsenen. Es ist immer gleich ganz Nacht in der kleinen Seele, ohne Hoffnung auf Morgenröthe. Man sagt wohl, daß so ein Kinderschmerz nur ein Momentbild sei. Ist aber ein Kind besonders weich und eindrucksfähig, und wiederholen sich unablässig die schmerzlichen Einwirkungen, so schließen sich die Wunden nie ganz und bluten bei der leisesten Berührung.

Es giebt Kinder, die gleichsam gepanzert zur Welt kommen, Dickhäuter, von denen alle Pfeile abprallen, Kinder mit starken Instinkten der Selbsterhaltung. Andere aber sind wehrlos geboren mit so dünner Seelenhaut, daß schon ein Hauch sie verletzt. Ich war ein geistiger Bluter.

Man spricht so viel von dem großen Glück des Kindes, das die Mutterliebe ihm giebt, man spricht von dem trauervollen Geschick der Kinder, die früh die Mutter verloren. Aber man spricht nicht von dem viel größeren Unglück des Kindes, das eine Mutter hat, die keine Mutter ist.

Ich weiß nicht ob mein Schicksal ein Ausnahmeschicksal war. Ich glaube kaum.

Ich errinnere mich mit absoluter Sicherheit, daß in meiner Kindheit kein einziger Tag verging, ohne daß ich weinte. Es waren keine kindischen Thränen, ich weinte mit Bewußtsein, wie ein Erwachsener, über das was *mir* geschah, Thränen, die vergiften, Thränen, die für immer Spuren in der Seele hinterlassen.

Daß mein Gedächtniß so wenig Thatsächliches aus den Kinderjahren festgehalten hat, liegt wohl daran, daß ich mich immer vor der Wirklichkeit zu verkriechen suchte, daß mein eigentliches Wesen durch die rauhe Verständnißlosigkeit meiner Umgebung erstickt wurde, oder doch *nur* latent in mir fortlebte.

Nur nicht bemerkt werden. Bemerkt werden und verwundet werden, war eins für mich. Ungeliebt, ungehegt und gepflegt schmachtete ich nach Liebkosungen, und da ich in der Wirklichkeit keine fand, erträumte ich sie mir, wie der Hungrige im Traum in leckern Speisen schwelgt. In instinktiver Schlauheit erzwang ich mir einen außergewöhnlichen Zugang zum Lebensgenuß, da mir die gewöhnliche Thür verschlossen wurde. Es war eine völlige Umkehrung des realen Daseins. Der Traum war das Leben, das Leben ein wesenloses Hindämmern.

Meine Mutter sah ich im Licht einer Märchen-Stiefmutter. Bis in meine Backfischjahre hinein trug ich mich mit der Hoffnung, daß ich ein angenommenes, ein Findelkind sei, und ich wartete eigentlich immer auf die eigentliche Mutter.

Darauf hin spann ich lange Romane, die immer damit endigten, daß ich endlich, endlich meine Mutter entdeckte, die mich nun natürlich ganz unsinnig liebte.

Ich hätte so sehr gern meine Mutter »Sie« genannt.

Eine kleine Wohnung auf der andern Seite unsers Flur's hatte ein altes Fräulein mit ihrer Jungfer inne. Das alte Fräulein war eine Dichterin, eine berühmte, sagte man mir. Man sprach von ihr im Hause mit einer gewissen neugierigen Ehrerbietung. Daß sie von altem Adel war, erhöhte das Interesse für sie. Schon ihr Vorname »Elfriede« übte eine geheimnißvolle Anziehung auf mich aus. Die Stimmung des Tiek'schen Märchens »Die Elfen«, war noch in meinem Gemüth lebendig, ein Abglanz davon fiel auf die Dichterin.

Sie war sehr lang und sehr dünn, und kleidete sich eigenthümlich, mit weiten dunklen Umhängen, und nie habe ich sie ohne einen langen, wehenden, grünen Schleier und ohne Halbhandschuh gesehen. So wandelte sie im Garten auf und ab, in der Hand ein Büchelchen und einen Bleistift haltend. Ein Duft wie von Lawendel und Veilchen ging von ihr aus. Oft stand ich am Fenster des Berliner-Hinterzimmers, und wartete bis die Liebliche sich zeigte und mit ihren zarten Fingern den Vorhang zurückschob; er war auch grün.

Wie früher der verschlossene Bücherschrank, so zog mich jetzt dieses vergilbte Fräulein an.

Sah ich sie in den Garten gehen, so lief ich auch schnell hinab, und herzklopfend strich ich so nah wie möglich an ihr vorüber, damit sie mich bemerken sollte.

Allgemach spielte sie eine Rolle in meinen wachen Träumen. Ich ersann eine phantastische Combination: Sie war meine leibliche Mutter. Eine magische Verkettung hatte uns in demselben Haus zusammen geführt, und eines Tages entdeckte sie an einem geheimen Mal, – etwa an dem kreuzartigen rothen Mal auf meiner Stirn – ihre Mutterschaft mir gegenüber. Von dem Augenblick an liebte sie mich rasend, mußte es aber vor der Welt geheim halten.

Ueber das Warum dieser Geheimhaltung ließ ich mir keine grauen Haare wachsen. Im Gartensaal gaben wir uns zahlreiche Rendez-vous, und zerflossen dabei in Zärtlichkeit und Thränen.

So zur fixen Idee wurde diese Vorstellung, daß ich ein paar Mal, wenn sie im Garten war, mich durch schnelles Laufen in der Sonne zu erhitzen suchte, damit das Mal zum Vorschein kommen sollte. Meist aber, wenn ich an ihr vorüberging war sie so in sich versunken, daß sie mich gar nicht bemerkte.

Nur ein einziges Mal sprach sie mich an, streichelte mich, und gab mir aus einer eleganten Bonboniere ein Chokoladenplätzchen.

Als sie nach einem Jahr auszog, empfand ich es wie einen Schicksalsschlag, die Stimmung des Tiek'schen Märchens, nachdem die Elfen ihren Wohnort verlassen kam über mich. Zwar winselten keine Klagetöne durch die Luft, noch zitterte der Erboden unter den Rädern des Möbelwagens, der ihr Hausgeräth davon trug, der Garten aber kam mir doch eine Zeitlang entzaubert vor. Nicht mehr wehte der grüne Schleier durch das dürre braune Herbstlaub, und nicht mehr stand ich im Berliner-Zimmer bis die Liebliche sich zeigte. Mit Elfriede war mir ein Stück Romantik entschwunden, eine meiner heißersehnten Mütter zu Wasser geworden.

Uebrigens war meine gequälte Kinderseele durchaus nicht frei von Rachegefühlen meiner Mutter gegenüber. Aber nie hätte ich ihr ein Leid anwünschen, geschweige denn ihr eins anthun mögen. Im Märchen muß die böse Stiefmutter auf glühenden Pantoffeln sich zu Tode tanzen. Glühende Kohlen spielten auch in meinen Rachegedanken eine Rolle, aber ich wollte sie auf das Haupt meiner Mutter sammeln, sie mit Beschämung strafen. In besonders trübseligen Stimmungen nahm ich mir fest vor schmerzlich zu Grunde zu gehen, um das Herz meiner Mutter durch mein tragisches Geschick mit Reue zu zerfleischen.

Immer war ich in meinen Traumphantasien zuerst ein verelendetes, geknicktes Geschöpf, bis ein Zauber oder ein großes Schicksal etwas außerordentliches aus mir machten. Immer hatte meine Mutter mich aus dem Hause gestoßen, oder ich war davon gelaufen. Mich hungerte.

Ich war in Lumpen gekleidet. Da ging ich auf die Höfe und sang. Irgend jemand hörte meine herrliche Stimme, war entzückt davon, ließ mich zur Sängerin ausbilden. Und ich wurde die erste Sängerin der Welt. Und eines Tages fuhr ich in der Friedrichstraße bei meiner Mutter in einem vergoldeten Wagen mit vier Pferden – nein mit 6 weißen Roßen – vor, so daß die ganze Friedrichstraße Kopf stand. Und neben mir im Wagen saß ein Prinz. Das war mein hoher Gemahl. Und zu spät sah meine Mutter ein wie sehr sie mich verkannt hatte. Die »dumme Gans« kam als Schwan daher, wohnte in einem Palast und war weltberühmt.

Furchtbar wars, wenn meine Mutter mich mit einem Rohrstock schlug, was ab und zu vorkam. In eine wilde tödtliche Aufregung gerieth ich dann. Die glühende Kohlen der Beschämung genügten mir nicht mehr, nicht mehr die Traumbestrafungen. In düsterem Pathos mischte ich Traum und Wirklichkeit. An eisigen Winterabenden, ehe ich ins Bett ging, stellte ich mich im Hemde ans offene Fenster, und entblößte meine Brust, sie der Kälte preisgebend. Ja, ich wollte mir eine tödtliche Krankheit zuziehen, und auf dem Todtenbett, im Fieberparoxismus, wollte ich der unnatürlichen Mutter zurufen – nein nicht zurufen – dazu war ich zu schwach, mit einem Finger wollte ich ihr das Kainszeichen auf die Stirn malen: Mörderin! Und mit wahrer Wollust malte ich mir ihre Gewissensqualen aus.

Oder ich siechte langsam an gebrochenem Herzen dahin. Ich lag auf der Todtenbahre, (Bett ein zu prosaisches Wort) ein Kranz von weißen Rosen auf dem gelösten rabenschwarzen Haar, marmorweiß das Gesicht. Ich sah so wunderschön aus und so furchtbar traurig, daß ich über mich selbst laut weinte. Und mein Bild als Todte, würde fortan das Leben meiner Mutter vergiften.

Kindskopf, der ich war. In Wirklichkeit würde die robuste Frau mich in wenigen Wochen vergessen haben.

Aber die eisigste Kälte schadete mir nicht. Gott! war ich gesund!

Meine Phantasie feierte wahre Orgien der Traurigkeit, in denen Tod und Wahnsinn, weiße Lilien und rothes Blut und nächtliche Kirchhöfe wild durcheinander spukten. Nichts konnte mir schaurig genug sein. Mit Vorliebe sah ich mich als Wasserleiche im rauschenden Strom dahintreiben, meine Rabenlocken das Bahrtuch, das mich einhüllte. Und Goldfische (die ja eigentlich in rauschenden Strömen selten vorkommen) und Delphine zogen mir nach auf der dunklen Spur. Ueber mir große Vögel, die Flügel ausgebreitet, lautlos schwebend – ein feierlicher Leichenconduct. Und auf meiner Stirn brannte in mystischem Licht das rothe Mal.

Eine Zeitlang stand ein gutes und kluges älteres Kindermädchen bei uns im Dienst, die mich lieb hatte. Das war die erste Person, die überhaupt merkte, daß ich zu meiner Mutter niemals Mutter, oder wie meine Geschwister »Mama« sagte.

Das gute Mädchen redete mir ins Gewissen. Sie stellte mir eindringlich vor, daß eine Mutter kein Herz zu einem Kinde fassen könne, daß so halsstarrig wäre, sie nicht Mama nennen zu wollen, und gewiß hielte sie mich darum für bös und trotzig.

Und mit so klugen, liebevollen Worten drang sie in mich, daß ich ihr versprach meinen Trotz (es war ja kein Trotz) abzulegen.

Aber ach, vom Entschluß zur That war noch ein weiter Weg. Ich hatte mir das »Muttersagen« nicht so schwer gedacht. Ich wollte nämlich gar nicht erst Mama, sondern gleich Mutter sagen. Das gefiel mir besser. In keinem meiner Märchen oder Träume gab es Mama's.

Tagelang, wochenlang kämpfte ich mit meiner Schüchternheit und einer herzbeklemmenden Angst, die mich jedesmal überfiel, wenn ich einen Anlauf zu der heroischen That nahm, und ich hätte sicher den Mut dazu verloren, wenn das Kindermädchen nicht auf ihren Schein bestanden hätte.

Sobald ich in dieser Zeit meine Mutter nur zu Gesicht bekam, stieg mir alles Blut ins Gesicht. Im Garten stellte ich Vorübungen an: »Mutter! liebe Mutter!« und es klang so zärtlich, so überwältigend, es rührte mich tief.

Inzwischen phantasirte ich wieder eine bewegliche Geschichte zusammen, über das, was nach vollbrachter That geschehen würde. Zuerst würde die Mutter, sobald das inhaltsschwere Wort gefallen, wie von einem elektrischen Schlag getroffen, sprachlos dastehen. Dann würde sie in

Thränen ausbrechen, mich in ihre Arme pressen und mit Liebkosungen überschütten. Und von dem Augenblick an war ich ihr erklärter Liebling. Ich würde eine Mutter haben, eine Mutter! mein Herz jauchzte.

An einem Nachmittag mußte der verwegene Plan ins Werk gesetzt werden. Vormittags, da war die Mama ja nicht angezogen und schlechter Laune und ganz Wirthschaftsdrachen.

Die ersten Anläufe, die ich in einer Aufregung nahm als handle es sich um Tod und Leben, verliefen resultatlos. Einmal traf ich Alice bei ihr. Ein ander mal fuhr sie mich gleich, als ich eintrat, unsanft an. Endlich kam ein günstiger Moment. Sie war im Schlafzimmer bei dem kleinen Brüderchen, und ich hörte sie mit ihrer hellen Stimme eines ihrer hübschen Lieder singen: »Brüderlein fein, Brüderlein fein, ach es muß geschieden sein.« So lange meine Mutter sang, vergaß ich das Stiefmütterliche in ihr. Und nun wußte ich auch einen Vorwand um einzutreten.

Ich begreife heute noch nicht, daß sie nicht an meinem glühenden Gesicht, an meiner bebenden Stimme merkte, daß etwas Außerordentliches geschehen sollte.

»Mama«, sagte ich mit fliegendem Athem (ganz gegen meinen Vorsatz hatte ich das Wort »Mutter« nun doch nicht über die Lippen gebracht) »Mama soll ich nicht Fritzchen wiegen?« Eine Bergeslast fiel mir von der Brust. Es war vollbracht.

»Komm in einer halben Stunde wieder« sagte meine Mutter nicht unfreundlich, aber ganz gleichgültig. Sie spielte mit dem Kinde weiter. Ich stand noch ein paar Minuten und wartete – wartete! Es mußte doch etwas geschehen! es mußte doch.

Als sie sich nach einiger Zeit umwendete, und mich noch immer dastehen sah, sagte sie schon etwas schärfer: »Aber so geh doch« –

»Ja Mama.« Und ich ging langsam, ganz langsam, zögernd hinaus, immer noch hoffend – immer noch hoffend!

Nichts geschah. Nichts. O Gott, meine Mutter hatte es gar nicht bemerkt, daß ich nie Mama zu ihr gesagt und sie hatte auch jetzt nicht bemerkt, daß ich es that.

Ich legte diese tiefe, bitterste Enttäuschung zu den übrigen und weinte mich am Halse des Kindermädchens aus.

Seitdem habe ich oft Mama gesagt, aber ohne Hoffnung und Erregung.

Wie wenige Eltern wissen etwas von der Psyche ihrer Kinder. Wer hat sich je um das, was in mir vorging, gekümmert? Weil ich verblödet war, mußte ich dumm sein. Meine Wortkargheit war Trotz. Mein Fernstehen von den Geschwistern – Herzlosigkeit. Die Mama war ja selbst in ihrer Jugend von ihrer Mutter tüchtig geknufft worden, und sie hatte sich nichts daraus gemacht, und nicht im entferntesten daran gedacht es ihr nachzutragen.

Unsere Großmutter. Wie sich meine Eltern dieser Großmutter gegenüber verhielten, ist auch eine Illustration zu ihrer naiven, culturfremden Art und Weise.

Die Mutter meiner Mutter, eine sehr einfache arme Frau, bewohnte im Norden Berlins vier Treppen hoch, ein kleines Stübchen, Sie webte und strickte für Geld. Der Zuschuß, den sie von meinen Eltern erhielt – zehn Thaler monatlich – reichte nicht ganz für ihre Existenz aus.

Sie war ein kleines, behäbiges, runzliches Altchen mit freundlichen blauen Augen und einer schwarzen Hornbrille.

Meine Mutter hatte ihr ein schönes Kleid geschenkt von blaugrüner Changeant-Seide. Das blieb aber bei uns im Schrank hängen, und wenn sie uns besuchte – es geschah alle vier Wochen – so zog sie das dürftige Wollenkleid, mit dem sie kam, aus, und das seidene an, und wenn sie ging fand ein abermaliger Kleideraustausch statt. Ebenso wurde es mit einer stattlichen Haube gehalten.

Großmutter saß bei uns den ganzen Tag strickend, und behaglich auf einem Lehnstuhl, und Mittags gab es jedes Mal Gänsebraten, weil sie den so gern aß, und Abends wurde ihr das Gerippe von der Gans mit einem Töpfchen Gänseschmalz in einem Korbe mitgegeben, weil sie das zu gern aß. Und sie freute sich so über das Gerippe, besonders wenn noch viel daran war.

Einmal im Jahr, zu ihrem Geburtstag im Dezember, besuchte meine Mutter sie und nahm uns ältere Kinder mit. Wir freuten uns immer sehr auf diesen Ausflug, einmal weil unser Weg uns über den Weihnachtsmarkt führte, und dann – es war eine so neue, fremde Welt für uns, das Stübchen in der entlegenen Gegend mit dem Blick auf irgend einen verwilderten Garten, und die Hühnerstiege, die hinaufführte. Es war ein richtiges Abenteuer. Und riesig nett war der große schwarze Kachelofen und die Bunzlauerkanne mit dem heißen Kaffee, der für uns in der Röhre bereit stand. Und der Webstuhl!

Wir brachten immer einen großen, eigengebackenen Napfkuchen mit, und ohne den kleinsten Skrupel aßen wir selber diesen Kuchen bis auf das letzte Krümchen zum Kaffee auf. Heute noch könnte ich darüber weinen, wie wehmüthig nach unserm Fortgehen, die alte Frau auf den leeren Teller geblickt haben mag.

Du mußt nun nicht etwa glauben, daß meine Eltern aus Geiz oder Hartherzigkeit das Altchen in so dürftiger Lage ließen. Meine Mutter gab sogar sehr gern. Ich bin überzeugt, sie glaubten vollauf ihrer Pflicht zu genügen. Hätte die alte Frau mehr verlangt, sie würden es ihr sicher gegeben haben. Und die Großmutter selbst habe ich nie anders als heiter und rosig gesehen, dankbar für das kleinste Geschenk und völlig zufrieden mit ihrem Schicksal.

Von der Zeit an, wo ich fließend lesen konnte, las ich mit Leidenschaft. Ich verschlang jedes Buch, dessen ich habhaft werden konnte, gleichviel ob Schauerroman und Räubergeschichte, ob Schiller oder Goethe, ob eine Nieritz'sche Erzählung für die Jugend, oder ein lüsterner Liebesroman. Leider befanden sich im Bücherschrank Wieland's Werke. Ich glaube ich habe die meisten davon vor meinem elften Jahr gelesen.

Daß ich dieser Leidenschaft nur verstohlenerweise nachgehen durfte, steigerte sie ins Krankhafte.

Mit völligem Unverstand hatte mir meine Mutter das Lesen ein für allemal verboten, wahrscheinlich nur, weil es mir Freude machte. Ein erzieherischer Gedanke hat bei dem Verbot nicht mitgewirkt.

Von Erziehung hatte die Mutter keinen andern Begriff, als daß die Kinder für begangene Unarten abzuprügeln seien, je nach der Schwere der Unart mit leichten Streichen bis zu einer herzhaften Rohrstock-Exekution.

Wenn meine Eltern, was nicht allzuoft geschah, Sonntags in's Theater gingen, freute ich mich unsinnig darüber. Unvergessen bleibt mir einer dieser Abende. Ich hatte ein Buch angefangen, ein himmlisches. Es hieß »Veronika oder der Blutschleier«. Wahrscheinlich stammte es von einem unsrer Dienstmädchen. Den Inhalt hab ich vergessen. Dem Titel nach muß es etwas ganz blutrünstig mysteriöses gewesen sein.

In erwartungsvollem Entzücken schlug mein Herz, als meine Eltern sich zum Ausgang rüsteten. Kaum hatte die Thür sich hinter ihnen geschlossen, so stürzte ich auf das Buch, jedes Wort mit grenzenloser Gier verschlingend. Ich sah nichts, ich hörte nichts, ich empfand nicht die Flucht der Stunden, bis ich plötzlich mit einem Schrei aufsprang. Jemand hatte mir das Buch aus der Hand gerissen, und schlug es mir um die Ohren: meine Mutter.

Ich habe das Buch gesucht, tagelang, wochenlang, mit dem Heißhunger einer Verschmachtenden. Es blieb verschwunden. Lange, lange hat der Gram um Veronika mit dem Blutschleier an mir genagt, bis allmählich andere Bücher die Erinnerung an den Blutschleier verdrängten.

Im Wohnzimmer stand der mit Glasthüren versehene Bücherschrank, auch ein Erbstück vom Großvater; meine Eltern hätten sich schwerlich jemals Bücher angeschafft. Gewöhnlich war der Schrank verschlossen. Eines Tages aber hatte man den Schlüssel stecken lassen. Durch die Thüren hatte ich längst die Titel der Bücher gelesen. Zwölf Bände, in blauen Pappedeckeln geheftet, hatten meine Neugierde gereizt: »Tausend und eine Nacht.« Es waren die Originalmärchen, nicht eine für die Ingend bearbeitete Ausgabe. Ich nahm eins der Bücher heraus, zog den Schlüssel ab, und versteckte ihn, ebenso erfolgreich wie das Buch selbst. Das Abenteuer mit Veronika hatte mich gewitzigt.

Ich las drauf los, in den Zwischenstunden in der Schule, im Haus, im Garten, sobald ich nur vor den Argusaugen meiner Mutter sicher zu sein glaubte. Die Kindermädchen, die mich immer gern hatten, leisteten mir Vorschub dabei.

Mehr und mehr versank die wirkliche Welt vor mir. Und das war die Zeit, wo ich mit Ungeduld darauf wartete, daß man mich zum Wiegen der kleinen Geschwister rufen sollte.

Lesen konnte ich da freilich nicht, aber schwelgen im Nachgefühl der süßen Märchen voll schimmernder Pracht, und Variationen dazu konnte ich ersinnen.

Ich trug die Nachtlampe ins Nebenzimmer, so daß es im Schlafzimmer geheimnißvoll schummrig wurde, und nur der Laternenschein von der Straße her zitternde Schatten an Decken und Wände malte.

Es ist ein Instinkt der menschlichen Natur den Schmerz abzustoßen. Ich suchte und fand das Heilmittel in meiner Einbildungskraft, eine glühende, blühende, nie rastende, immer schaffende. Je rauher die Wirklichkeit, je intensiver je leidenschaftlicher meine Träume. Sie saugten meine ohnedies schwache Willenskraft ganz auf. Ich wurde lässig, träge. Ich konnte stundenlang auf dem Rücken liegen, zur Zimmerdecke emporstarrend, am liebsten im Dunkeln. Im Sommer, wenn wir Kinder zum Zubettgehen gerufen wurden, versteckte ich mich, und lag dann auf einer Gartenbank, unter dem Sternenhimmel, träumend – träumend – träumend!

Ich habe vor einiger Zeit einen englischen Roman gelesen, in dem, vermittelst eines Zaubertrank's, ein und derselbe Mensch in zweierlei Gestalt auf Erden wandelt: als kleiner, krüppelhafter Bösewicht und als schöner, edelgesinnter Jüngling. So bestand ich eigentlich auch aus zwei Hälften. Mit dem Zaubertrank der Traumwelt war ich ein wundervolles Geschöpf, ohne den Trank ein armseliges Aschenputtel, das Erbsen lesen mußte – unter Thränen.

Vor allen Lebendigen, Menschen und Thieren, hatte ich Scheu und Furcht. Nie vor Naturvorgängen, auch vor den wildesten nicht. Ich liebte den Sturm, der durch die Bäume rauscht und rast, Donner und Blitz liebte ich und Wolkenbrüche und blutrothe Sonnenuntergänge. Das waren ja Märchen in Bildern, in Tönen, in Farben.

Ich liebte aber auch den Mond, ihn vor allem. Mit dem hatte ich ein intimes Verhältniß. Oft wenn er schien, stand ich auf aus dem Bett, um zu schauen, wie er so eilig, eilig durch die Wolken dahinfuhr, Wolken, die als formlose phantastische Ungeheuer sich über ihn hinwälzten; und wenn er dann aus all dem wilden Spuk in großer, stiller Silberpracht wieder emportauchte, war ich förmlich stolz auf meinen lieben Mond.

Ich wäre so sehr gern mondsüchtig gewesen. Entzückend dachte ich es mir, ganz triefend von Mondlicht mit geschlossenen Augen, über die Dächer, in einem langen weißen Nachthemd mit himmelblau seidenen Bändern, hinzugleiten.

Keine Hoffnung. Ich war kerngesund. Nur traumtrunken. Es gab Tage wo ich gar nicht nüchtern wurde.

Ich versuchte auch ab und zu meinen Traumgeschichten Form und Gestalt zu geben. Im Garten wußte ich ein verstecktes Plätzchen mit Bank und Tisch. Dahin trug ich Blumen, Gräser, Steine und Sand. Aus Sand und Steinen baute ich eine Burg, um die ich von Buchsbaum eine Mauer pflanzte. Drinnen hauste ein böser Zauberer, (eine haarige Distel) der hielt ein Königskind, die Prinzessin Vergißmeinnicht, gefangen. Zwei Hofdamen, Nelke und Tulpe, bewachten sie. Um die Burg herum grub ich einen Graben, den ich mit Wasser füllte. Im Wasser schwamm eine ausgehöhlte Kastanie, das war der Nachen. Im Nachen saß Prinz Rittersporn. Der wollte das Königskind befreien. Aus Gräsern hatte ich ein Leiterchen geflochten. Auf dem Leiterchen stieg kühnlich, nächtlicherweile, der Prinz hinauf zum Schloß am Meer, und leis und süß in der Nacht sang er ein lockend Lied.

Und schon wollte das Prinzeßchen in seine Arme fliegen, da erschienen die Hofdamen mit dem bösen Zauberer, und der Zauberer berührte den Prinzen mit seinem Stab, und der Prinz rief: wehe! wehe! und stürzte hinab und ertrank. Und Prinzeßchen Vergißmeinnicht klomm hinauf in den höchsten Thurm, sang hoch oben noch ein Schwanenlied, so furchtbar patetisch, daß ich ganz heiser davon wurde, und sie rief auch wehe! und stürzte auch hinab und ertrank auch.

War ich besonders heiter gestimmt, so ließ ich die Liebenden wohl auch, vermittelst des Kastanien-Kähnchens entkommen, und der Zauberer und die Hofdamen büßten ihre Unthat als Wasserleichen.

Das waren meine Sommer- und Gartenmärchen, die immer in unendlichen Variationen dasselbe Thema behandelten. Im Winter hatte ich ein anderes Spiel.

Eine eiskalte Kammer, neben dem Zimmer wo ich mit meinen Schwestern schlief, war der Schauplatz meiner Thaten. Ich schnitt mir die Figuren aus allerhand Bilderbogen aus, wie sie gerade in meinen Besitz gelangt waren, die Figuren aus Wilhelm Tell, den Hugenotten, Don Carlos, Egmont u.s.w. Entweder waren es auch wieder Märchen, die ich mit ihnen aufführte, oder ich spielte Schule mit ihnen. Ich hatte Lieblinge unter ihnen, und auch solche die ich nicht leiden mochte. Ich hielt aber streng auf Gerechtigkeit. Ein höchst albernes Spiel, das ich ersann, betrieb ich mit Leidenschaft. Ich breitete in bunter Reihe die Figuren auf dem Tisch aus, und dann nahm ich irgend ein Gedicht vor, etwa: »ich weiß nicht was soll es bedeuten, daß ich so traurig bin,« und auf welche Figur ein Wort mit einem »a« traf, die durfte sich hinaufsetzen. »Ich weiß nicht was« – – Du Prinzessin Eboli-erste! »soll es bedeuten, daß« – – Du Egmont zweiter u.s.w. Und ich war ganz betrübt, wenn auf meine Lieblinge kein »a« traf, und sie immer tiefer bis zu den untersten Plätzen herabrutschten, mannhaft aber widerstand ich der Lust zu mogeln.

Die Kammer war mein Tabernakel, nur lebte ich in steter Angst, daß die Mama oder die Geschwister hinter mein Geheimniß kommen könnten.

Und richtig, der Verräther schlief nicht, vielleicht war meine Mutter auch von selbst auf mein häufiges Verschwinden in die Kammer aufmerksam geworden.

Eines Tages wurde plötzlich die Thür aufgerissen, und Mama ertappte mich *en flagranti*. Sie hatte einen Stock in der Hand, und ich glaube heute noch, daß es ihr leid that keinen Grund zu finden mich abzuprügeln. Sie mochte geglaubt haben, daß ich heimlich entwendete Näschereien in der Kammer verzehrte oder sonst einen verbotenen Schmuggel darin trieb.

Eine peinliche Durchsuchung der Kammer fand statt. Meine schönen Bilderbogen und Figuren wurden als alter Plunder ins Feuer geworfen. Um den Herzog Alba oder den Tyrannenknecht Geßler hätte ich mich nicht sonderlich gegrämt, dem Marquis Posa aber, dem Clärchen und manchen Andern weinte ich bittere Thränen nach.

Von der Kammer wurde der Schlüssel abgezogen.

Ach ja Arnold, ganz wie Mignon hatte ich oft genug mein Brot mit Thränen gegessen, ich hatte die kummervollen Nächte weinend auf meinem Bett gesessen! Ich machte sogar ein Gedicht auf meine Thränen. Willst Du es hören?

    Ach weh', ich arme kleine Marlene,
    Schuf denn der Herr für mich allein die Thräne?
    Was that ich, daß er nimmer mag vergeben,
    Daß immer – immerzu ich weinen mußte!
    Verweinen so ein ganzes, langes Leben. (Ich war 11 Jahre alt.)
    Als ich, ein Kind, in sehnsuchtsvoller Liebe
    Die Arme nach den Mutterarmen streckte,
    Da – nicht aus fremden, nein aus Mutteraugen
    Des Hasses tödtlich kalter Blick mich schreckte.

    Da war vollbracht der große Riß im Herzen
    Gesunden kann ich nie von diesen Schmerzen.
    Den Morgen grüßt ich stets mit feuchten Augen,
    Den Sternen sagt ich Lebewohl in Thränen
    Und Nachts in düstren Träumen wähnt ich
    An eis'gen Marmor meine Stirn zu lehnen.
    Ach keiner zählt sie, meine heißen Thränen.
    Sie rinnen – rinnen bis zum Meer sie schwellen
    Und in den bitt'ren Schmerzenswellen
    Ertrinkt mein Herz.

Mit den Reimen, da haperte es; immer sind sie mir schwer geworden. Die Versfüße aber flossen mir wie Wasser von den Lippen. In meinen Gedichten – komischen Angedenkens – schrack ich vor nichts zurück, selbst nicht vor einem Prometheus, mit dem ich mich kühnlich verglich, unverzagt meine Leber dem Geier preisgebend.

Lange Zeit hatte ich einen heißen Wunsch: ich wollte in eine Pension kommen.

Es war die Sehnsucht nach einem Zuhause, das ich im elterlichen Hause nicht fand.

So leidenschaftlich wurde mit der Zeit dieser Wunsch, daß ich mir ein Herz faßte, und ihn meinem Vater vortrug, an einem Sonntag Vormittag bei dem Apfelkuchen ohne Schlagsahne.

»Ja, warum denn nicht? sagte er gleichmüthig, ich werde mit Mama darüber reden.«

Er redete auch wirklich mit Mama darüber, in meiner Gegenwart.

»Die Marlene möchte gern in eine Pension« sagte er ohne ein weiteres Wort hinzuzufügen.

Ihre einzige Antwort war: »Die Pippe ist wohl ganz verdreht geworden.«

Damit war die Sache abgethan.

Mit etwas Zähigkeit und Energie hätte ichs wahrscheinlich durchgesetzt, mit Schmeicheln sicher. Alice setzte ja alles durch, was sie wollte. Mir fehlte gänzlich der Instinkt der Selbsterhaltung, der Instinkt mich durchzusetzen.

Ich senkte nur immer den Kopf, und »die Pippe plinzt schon wieder«, lachten meine Brüder.

Hin und wieder gab es aber doch, selbst in unserm gemüthlosen Daheim freundlich stimmungsvolle Momente. Wenn an Festtagen der Duft des eigengebackenen Kuchens durch das Haus zog, wenn zu Pfingsten die frischen Birkenreiser über alle Räume sonnige Heiterkeit verbreiteten. Und die ersten Veilchen im Garten! Und die Nußernte im Herbst von *unsern* Nußbäumen.

Und Sonntags die weißen Kleider, und der Bisquitpudding mit Apfelmus, Speisen, die Niemand so zu bereiten verstand wie meine Mutter. Und Weihnachten!

Da wurde ja die Wirklichkeit mit ihren Geheimnissen, mit den seligen Schauern der Erwartung geradezu ein Märchen. Der Weihnachtszauber bewährte sich sogar an meiner Mutter. Einkaufen, immer kaufen, das war ihre größte Lust. Und darum war ihr Wesen in der Weihnachtszeit wie ausgetauscht. Selbst für ihre Feinde, die Dienstboten kaufte sie mit Lust ein. Und wie sie die Weihnachtstafel zu arrangieren verstand! Mit einem Dekorationstalent ohne gleichen wußte sie die billigsten Ausverkaufsstoffe zu Prachtgewändern aufzubauschen. Und immer war es in meiner Erinnerung weiß zu Weihnachten, weiß von Schnee. Ich meine es schneit jetzt nicht mehr so viel wie früher. Der Schnee gehörte dazu, und die Kurrendeschüler auch.

Jetzt ist ja auch Weihnachtszeit, und während ich am offenen Fenster sitze und schreibe, flöten unten auf der Straße ein Paar Pifferari auf ihren seltsamen Instrumenten. Wehmuth und Plaisir ist in ihren Tönen, viel Schelmerei und etwas Herzweh. Dazu die lustige, enge Straße, auf der es von Menschen und Fuhrwerk kribbelt und krabbelt, und auf dem Pflaster der gleißende Sonnenschein, und die mit Flitter, Lammfellen und Lumpen bunt ausstaffirten Knaben. Wie anders die Kurrendeschüler; die kamen meist in der Dämmerung, und zogen singend von Hof zu Hof, und in ihren weiten schwarzen Mänteln mit den großen Kragen, wirkten sie fremdartig, geheimnißvoll, als wären's Abgesandte aus dem Stall von Bethlehem. Und der Schnee, der auf sie nieder rieselte – wenn es gerade schneite – schien sie langsam einzusaugen, während ihr: »Heilige Nacht! stille Nacht« ferner und ferner erklang (von den Nachbarhöfen her) bis es allmählig verhallte.

Trotz der vielen Geschwister und trotz der Schule war ich ein einsames Kind, krankhaft scheu, ob von Natur oder durch die Verhältnisse so geworden, ich weiß es heut noch nicht.

Die Schule war es, die mich zeitweise aus meiner Versunkenheit weckte, wenigstens dann, wenn die Unterrichtsstunden nur einige Anregung boten. Das Bewußtsein, dumm zu sein, das man mir so energisch beigebracht, hätte mich vielleicht noch tiefer deprimirt, wenn die Schule nicht gewesen wäre. Da galt ich merkwürdigerweise für sehr begabt.

Von Kindern, die später hervorragende Persönlichkeiten wurden, weiß man meist Excentrisches, Kampflustiges zu erzählen, und wie sie über die Stränge schlugen.

Ich schäme mich fast zu gestehen, daß ich kaum je über die Stränge schlug, daß ich im Ganzen ein kreuzbraves, kleines Mädchen war. Aber warte einmal – einiger Frevel entsinn ich mich doch.

An einem Abend, an der Wiege meines Brüderchens war's. Von der Straße her fiel der Laternenschein auf etwas Gelbes, daß in dem nischenartigen Doppelfenster des Schlafzimmers stand: der Rest des sonntäglichen Bisquitpuddings. Eine unwiderstehliche Begierde nach dieser Leckerei packte mich. Vielleicht war ich gerade hungrig. Hätte ich nur ein Messer oder einen Löffel gehabt, um etwas davon abzuschneiden, so fein glatt, damit die Mutter es nicht merken konnte. In die Küche gehen, und unter irgend einem Vorwand ein Messer holen, das wagte ich nicht. Da – eine teuflische Einflüsterung. Ich zog eine Haarnadel aus meinem Zopf, und ritsch, ratsch, ein tüchtiges Stück fiel mir in die Hand. So köstlich hat mir kaum je etwas gemundet, wie dieses Stück Pudding, das ich in der Mitte des Zimmers stehend, die Augen starr auf die Thür gerichtet, in Angst und Hast, unter Gewissensbissen, verschlang. Merkwürdigerweise galten die Gewissensbisse mehr der Haarnadel, mit der ich so unästhetisch in den Pudding gefahren war, als der That selbst.

Mein Verbrechen blieb unbemerkt, aber nicht ungerochen. Einige Tage darauf hatte eine Schulbekannte, Klärchen Buschberg, mich zu einer Kindergesellschaft eingeladen. Klärchen hielten wir alle für sehr vornehm, weil sie ein goldenes Armband trug. In Wahrheit war sie die Tochter eines Destillateurs.

Zum Abendessen gab es eine süße Speise, die noch viel wunderbarer schmeckte als unser Pudding, so prachtvoll wie ich nicht gedacht hätte, daß es irgend etwas in der Welt gäbe. Theils aus Schüchternheit, theils um den Genuß in die Länge zu ziehen, aß ich langsam, langsam, immer nur ein halbes Löffelchen in den Mund schiebend, und dabei schielte ich mit Begierde auf den zurückgeschobenen Teller meiner Freundin Pauline, der die Speise zu süß war, und dachte: ach könnte ich doch nachher diesen zweiten Teller auch haben. Da wendete sich plötzlich die Hausfrau zu mir: »Quäle Dich doch nicht mit der Speise, Kleine, ich sehe ja, sie schmeckt Dir nicht, sie ist auch wirklich zu süß.« Sagt's und zieht mir den Teller fort.

Mit Mühe hielt ich meine Thränen zurück, wagte aber doch nicht den Irrthum aufzuklären. Im Leben ist mir keine Speise zu süß gewesen.

Das war die Sühne für meine Genäschigkeit. Und wenn ich gerade an diesem Tage einen neuen Frevel verübte, so wirkte vielleicht ein instinktives Rachegefühl wegen der mir so grausam entrissenen Speise mit.

Wir schwätzten von Schulangelegenheiten. Frau Buschberg fragte halb scherzhaft wie viele Tadel wohl ihr Klärchen in der letzten Woche erhalten habe. Aus ihrem Ton hörte man heraus, daß sie nur an Lobe dachte.

»Die meisten in der Klasse,« antwortete ich, unbesonnen; und gleich einem Rad, das einmal angestoßen nicht mehr aufzuhalten ist, fuhr ich fort Klärchens sämmtliche Schulsünden zu enthüllen, und es war eine hübsche Quantität. Ich schwelgte förmlich in ihrer Herzählung. Erst das allgemeine Stillschweigen, Klärchens Thränen, und daß mich meine Freundin Pauline unter dem Tisch derb auf den Fuß trat, brachte mich zum Bewußtsein meiner Abscheulichkeit, die ich heute noch nicht begreifen kann, denn das mit dem instinktiven Rachegefühl ist Unsinn. Eher hatte ich aus jener geistigen Schlaffheit herausgeschwatzt, die ebensowenig zur rechten Zeit ein Wort finden, als es zur rechten Zeit unterdrücken kann. Es war als gehorchte ich einem mechanisch mich zwingenden Vorgang im Gehirn.

Kann ich nicht auch heute noch plötzlich und unzeitig geschwätzig werden, trotz meiner gewöhnlichen Schweigsamkeit?

Die Erynien folgten meiner fluchwürdigen That auf dem Fuße. Frau Buschberg gab mir beim Abschied nicht die Hand, Klärchen weinte immerfort, und Paulinchen war böse mit mir. Ich kam mir entehrt, gemein vor. Ich hätte gern mit Blut die Schande abgewaschen.

Ich faßte darnach eine Abneigung gegen Klärchen. Es irritirte mich schon, wenn ihr Armband klirrte. Und daß ihr Vater nur Destillateur war, trug ich ihr auch hinterher nach.

Dieser Seitensprung ins Böse paßte so gar nicht zu meiner sonstigen Bravheit.

Selbst harmlose Ungezogenheiten pflegten mir Gewissensbisse zuzuziehen.

Da hatten wir einen affektirten Lehrer, der einmal sagte, die gelbe Farbe sei ihm zuwider, weil gelb die Farbe des Neides sei.

Die Schülerinnen verabredeten, am andern Tag sammt und sonders mit einer großen, gelben Blume im Gürtel zu erscheinen.

In der einen Hand brachte ich nun zwar eine gelbe Georgine mit – ich kann ja nie nein sagen –
in der andern aber hatte ich ein heimliches Veilchensträußchen, das ich dem Lehrer aufs Pult
legte. Und als er die Veilchen nahm, sah er mich an. Er hatte errathen. Das machte mich froh.

Ein anderer Lehrer, der den französischen Unterricht gab, hatte eingeführt, daß bei der Ver-
setzung in eine höhere Klasse, die Versetzten zum Abschied ein beliebiges französisches Gedicht
aufzusagen hätten. Die argen Mädchen kamen überein, alle dasselbe Gedicht zu deklamiren,
ich glaube es hieß »Der Abschied der Maria Stuart« und endigte mit den Worten: »*Te quitter*
(unter dem *te* war Frankreich verstanden) *c'est mourir*«.

Sämmtliche Schülerinnen betonten nun mit verhimmelnder Gebärde das »*te*«, es auf den
Lehrer beziehend!

Ich zog mich aus der Affaire, indem ich zwar das »*te*« betonte, das »*quitter*« aber nicht minder,
und überhaupt das ganze Gedicht mit tiefgefühltem Pathos vortrug.

Nachher fragte mich der Lehrer, ob ich etwa Schauspielerin werden wollte?

Der Gedanke war mir noch nicht gekommen. Schauspielerin werden! Herrlich wär's gewesen.

Ich dachte aber in der Folge nicht ernstlich daran. Die Mama würde es ja doch nie erlauben.
Seitdem aber deklamirte ich alle möglichen klassischen Monologe in Grund und Boden.

Alles was in der Schule zu lernen war, lernte ich spielend. Es war so wenig. Die Lehrer waren
zum größten Theil Seminaristen die selber nur über Elementarkenntnisse verfügten. In den
oberen Klassen gab es allerdings 2-3 studierte Lehrer, meist alte Herren, die ich heut noch
im Verdacht habe, daß man sie – als eine Art Altersversorgung und weil sie unzulänglich für
Knabenschulen waren – den belanglosen Mädchenschulen überwiesen hatte.

Frei von Leiden war aber auch die Schule für mich nicht. Es gab da einige Lehrer, die sich
ungebührlich betrugen, unter andern der Schreiblehrer, ein ältlicher, blasser, fetter Herr, den
wir durch alle Klassen mitschleppen mußten. Wenn er die Schrift der Schülerinnen verbesserte,
oder ihnen auf die erste Seite eines neuen Schreibheftes in schönen Schnörkeln einen Schwan
zeichnete – die Schwäne waren wirklich reizend – pflegte er sich, da der Platz für zwei zu eng war,
dicht an die Schülerin anzupressen, indem er seinen linken Arm um ihre Taille schlang, und
sie dabei scherzhaft in die Seite kitzelte. Da ich einer seiner Lieblinge war, wurde ich besonders
oft und lebhaft gekitzelt, und ich ängstigte mich schon immer, wenn er in meine Nähe kam.

Eines anderen Gebahren war noch unziemlicher – und mein Klavierlehrer – und der alte Geheimrath, unser Hausarzt – – widrige Bilder. Eine Abwehr kam mir gar nicht in den Sinn, nur
ein instinktiver Schauder ließ mich vor frechen Berührungen zurückbeben.

Viel, viel später erst kam mir die Gewissenlosigkeit solcher Ungebühr zum Bewußtsein, und
mit Staunen erinnerte ich mich, daß diese ältlichen Herren gute respektable Familienväter von
bestem Rufe waren.

Die Gesittung unserer Zeit ist noch immer so barbarisch, daß selbst die sorgsamste, zärtlichste, wissendste Mutter ihr Kind nicht vor derartigen Widrigkeiten schützen kann.

Außer dem Unglück mit der nie ganz verschmerzten, blutschleierigen Veronika verdankte
ich meiner Lesepassion auch in der Schule ein böses Abenteuer.

Eugène Sue beherrschte in jener Zeit die Literatur. Es war von nichts anderem als von den
Geheimnissen von Paris die Rede. Es scheint, daß selbst meine Mutter sie las. Den Märchen
war ich, die Elfjährige, entwachsen. Die Geheimnisse von Paris fielen mir in die Hände; ich las
sie, wo möglich mit noch brennenderer Leidenschaft als früher Tausend und eine Nacht.

Wie der alte Professor und Direktor unserer Schule darauf verfiel, an die Schülerinnen die
Frage zu richten, wer von ihnen die Geheimnisse von Paris gelesen habe, ist mir räthselhaft.
Aber er stellte die Frage und meine Brust schwoll vor Stolz, als ich – nach damaligem Brauch
den Zeigefinger hoch emporhebend – mich meldete, die einzige aus der Klasse.

Sehr sonderbar sah mich der Professor an, und bestellte mich nach Schulschluß ins Conferenzzimmer. Ahnungslos betrat ich es. Und nun brach es los, das siedende Donnerwetter. Ich
erfuhr, daß ich durch ein schweres, kaum fühnbares Vergehen meine Seele beschmutzt habe,
und daß nur Gottes Gnade sie wieder reinwaschen könne.

Er, der Professor würde sich eher beide Hände abhacken lassen, als einem Kinde ein solches Schandwerk in die Hände geben.

Ich hatte nur Thränen und Schluchzen als Antwort, muß aber doch zum Lobe meiner Instinkte sagen, daß ich keine besondere Reue empfand, und mich auch nicht besserte. Dieses brutale, gewissermaßen mit den Fäusten moralisieren, hatte mich nur betäubt. Derartige Romane warfen mir einen zu großen Genuß ab. Kurz darauf las ich den »ewigen Juden« von Sue, mit der gleichen fieberhaften Spannung wie die Geheimnisse, würde mich aber vorkommenden Falles wohl gehütet haben den Rückfall in mein Verbrecherthum dem Direktor zu melden.

Gewiß waren diese Bücher so unangemessen wie möglich für Kinder. Ich war doch aber schuldlos daran, daß niemand sich um meine Erziehung bekümmerte.

Ich schöpfte aus diesen Büchern weder Weltnoch Menschenkenntniß. Daß irgend ein Zusammenhang bestehen könne zwischen den Romanen und der Wirklichkeit kam mir nicht in den Sinn. Ich saugte nur Nahrung für mein Phantasieleben daraus. Ich hatte auch gar keine Zeit das Gelesene auf mich wirken zu lassen, darüber nachzudenken oder zu grübeln. Kaum war ein Buch zu Ende gelesen so hatte ich schon ein anderes beim Wickel, und immer noch las ich verstohlen und in wilder Hast.

Siehst Du, siehst Du, und daher kommt es, was Du mir so oft vorgeworfen hast, daß ich auch heut noch nicht zu lesen verstehe; nichts halte ich fest, nichts prägt sich mir ein.

Was für sonderbare Widersprüche eine Menschenseele birgt. Trotz meiner Verträumtheit und Weltfremdheit war ich ein so verliebtes kleines Geschöpf. Eigentlich schwärmte ich jeden meiner Lehrer an, der mich nur einigermaßen für seinen Unterricht zu interessiren verstand, vielleicht eine unbewußte Dankbarkeit für die Stillung eines geistigen Hungers. Oder klang vielleicht doch eine kleine Note der ersten erwachenden jungen Sinnentriebe mit? Ein leises Sehnen war dabei, mich dem Angeschwärmten anzuschmiegen, mich liebkosen zu lassen. Sicher hatte auch die Lektüre so zahlloser Liebesgeschichten, besonders Wielands, meine Phantasie nach dieser Richtung hin beeinflußt. Die Hauptsache aber war, daß all die zurückgestaute Zärtlichkeit meiner Kindheit in mir rumorte; die wollte an den Mann gebracht sein, ja – an den Mann. Etwas beschämt gestehe ich, daß ich geradezu eine Abneigung gegen den Austausch von Zärtlichkeiten mit meinen Schulfreundinnen hatte, und diese Abneigung gegen weibliche Liebkosungen ist mir geblieben.

Meine erste Verliebtheit – ich war gerade elf Jahre alt – galt unserm Tanzlehrer. Ach Gott, der Tanzlehrer war ein armer Wurm vom Corps de Ballet, noch ganz jung, schlank und biegsam wie ein Rohr, mit langem schwarzem Gelock, schwarzen Augen und bleichem Gesicht, der reine Roman-Vampyr. Wahrscheinlich wurde er auf der Bühne vorzugsweise für junge Teufel oder Erzengel verwandt. Er erschien stets im Frack, weißer Binde, Lackschuhen und gestickten Strümpfen; unter dem Arm die Geige.

Wunderschön fand ich ihn, märchenprinzenhaft. Und wenn er mit mir tanzte, mich mit dem einen Arm umschlingend, mit dem andern die Geige hochhaltend, war mir ganz erzengelhaft zu Muthe. Unterhalten haben wir uns nicht miteinander. Nur einmal sagte er: »Schade Fräulein Marlenchen, daß Sie schon so alt sind.« Er meinte zu alt um Tänzerin zu werden.

Im Stillen wunderte ich mich, daß er nicht das kleinste Wörtchen von Entführung fallen ließ. Ein Wink, ein Wort und ich wäre ihm bis ans Ende der Welt gefolgt.

Meine Gefühle schweiften immer gleich ins Schrankenlose, und ich bin überzeugt, es waren nur glückliche Zufälle, die mich vor nicht wieder gutzumachenden Thorheiten bewahrten. Ich meine noch heute, je unschuldiger und phantasievoller ein Mädchen ist, je wehrloser ist es, nicht nur anderen gegenüber, sondern auch gegen sich selbst. Nur ein Unrecht, das begriffen wird, vermeidet sich leicht.

Der Kinderball mit dem die Tanzstunde schloß, kostete mir wieder Thränen. Alice und ich, wir hatten weiße Mullkleider bekommen. Alice trug dazu eine rosenrothe Schärpe und Achselschleifen von derselben Farbe, im Haar Rosenknöspchen. Ich mußte mich mit einer Schärpe und mit Bändern von unbestimmter, murkliger Farbe begnügen, aufgefärbtes Zeug.

Und richtig – der treulose Tanzlehrer tanzte mehr mit Alice als mit mir, was ich natürlich auf ihre rosenrothe Garnitur schob.

Als die Tanzstunde aufgehört hatte, vergaß ich den jungen Corps de Ballet-Gott in wenigen Wochen.

Meine zweite Liebschaft fand kein so harmloses Ende. Er hieß Wilhelm, war 15 Jahre alt, und der Freund des Bruders einer Schulbekannten. Ich hatte ihn einige Male im Hause der Schulfreundin getroffen. Er besuchte das Gymnasium, das in unmittelbarer Nähe unserer Mädchenschule lag. Wir begegneten uns täglich, er sprach mich aber niemals an, bestritt vielmehr seine Huldigungen mit tiefen Bücklingen und noch tieferen Blicken.

Einmal waren wir zusammen in einer Kindergesellschaft bei der Freundin. Die Pfänderspiele mit der Auslösung der Pfänder durch Küsse, waren damals ungemein beliebt. Und wenn nun Wilhelm »Schinken schneiden« mußte, und »winken wen er lieb hatte« winkte er mir, und wenn er »in den Brunnen fallen« mußte, ließ er sich von mir erlösen, wie es die Spielpflicht gebot, immer durch Küsse. Ich gab sie mit völliger Gleichgültigkeit. Nämlich: ich konnte meinen Wilhelm eigentlich nicht leiden, aber gar nicht. Der Junge war ja noch blöder als ich selber. Daß er nie mit mir sprach, war zu langweilig. Trotzdem nahm der Roman seinen Fortgang.

Er bat mich um eine Locke. Ich konnte niemals »Nein« sagen. Einer meiner Brüder war mit dem Sohn eines Blumenfabrikanten befreundet; er hieß Eduard, und liebte mich auch. Diesem Eduard übergab ich ein Haarsträhnchen von mir mit der Bitte daraus eine Locke zu formen und sie mit einem künstlichen Vergißmeinnicht zu schließen. Es war so hübsch wie wir die Köpfe zusammensteckten und intriguirten und wisperten und geheim thaten. Und Eduard, der so großmüthig war, daß er ohne mit der Wimper zu zucken, die Vergißmeinnicht-Locke so wunderschön für seinen Nebenbuhler herrichtete!

In der Folge aber erwies er sich doch nicht ganz so edel wie ich ihn taxiert hatte. Er hatte nämlich aus der Haarsträhne zwei Locken mit zwei Vergißmeinnicht verfertigt, und die größte Locke für sich behalten. Mein Bruder verrieth es mir.

Die Locke wurde Wilhelm durch die vermittelnde Freundin heimlich zugestellt, zugleich erbat ich mir eine Gegenlocke.

Wieder ein feuriges Briefchen von ihm: er könne an sein Glück gar nicht glauben, und bäte nur um eine einzige Zeile, die ihm sagen solle, ob er daran glauben dürfe. Und flugs antwortete ich ihm, und die Antwort schrieb ich in einer Schulstunde. Eingeäzt in meinem Gedächtniß stehen diese Zeilen: »Ich kann Ihnen versichern, daß es mein innigster Wunsch ist eine Locke von Ihnen zu besitzen, und wie glücklich Sie mich durch die Erfüllung meines Wunsches machen würden.«

Der schöne Brief gelangte nie in Wilhelm's Hände. Herr Schulze, der Lehrer trug uns gerade die französische Revolution vor. Er war so loyal. Jedesmal, wenn der Kopf der blonden Prinzeß Lamballe auf der Pike in Sicht kam, öffneten sich die Schleusen seines zornigen Schmerzes, und sämmtliche Mädchen zogen ihre Taschentücher heraus, um mitzuschneutzen.

An diesem Tag aber ließ er plötzlich das fürstliche Haupt mit der Picke im stich, und – ritsch, ratsch riß er mir das Papier aus der Hand. Er hatte gemerkt, daß ich Allotria trieb.

Mir brach fast das Herz vor Entsetzen. Mit zitterndem Zorn denke ich noch heut an die Art und Weise wie man diese Kinderei ahndete.

Meine Mappe wurde einer Durchsuchung nach weiteren Schandthaten unterworfen. Man fand, außer einem Apfel, nichts als eine Copie des Göthe'schen Verses: »Nur wer die Sehnsucht kennt, weiß was ich leide.«

Mit einem »Aha!« wurde es conficirt. Unglaublich aber wahr, Herr Schulze hielt mich für die Verfasserin des Gedichts, und bezog die Sehnsucht auf den Adressaten meines Briefes.

Warum er auch den Apfel einzog weiß ich nicht. Wieder mußte ich in das Conferenzzimmer kommen, und wieder erging eine donnernde Rede über meine frühzeitige Verderbtheit, und der Lehrer legte mir Gedanken und Gefühle unter, von denen nicht der leiseste Hauch in mir war.

O, diese Folterknechte, der Kinderseele!

Das Schlimmste aber war, daß er mir drohte meine Eltern von dem Frevel in Kenntniß setzen zu wollen. Meine Eltern, das hieß meine Mutter, denn mein Vater bekümmerte sich um interne Angelegenheiten absolut nicht.

Die nächsten Tage verbrachte ich in nicht auszudenkender Qual. Wird Schulze kommen? Wird er nicht kommen? Und diese Folter dauerte drei Tage. Ein junges Weib das Ehebruch verübt hat, und vor der Entdeckung steht, kann nicht verzweifelter sein, als ich es war.

Ich sehe mich noch in den rauhen Herbsttagen ruhelos im Garten umherlaufen, mit gerungenen Händen: »Gott, Gott wenn es möglich ist, laß diesen Kelch an mir vorübergehen.«

Der Kelch ging nicht vorüber, Schulze kam. Eine furchtbare Viertelstunde für mich, während er drinnen mit meiner Mutter sprach. Im Garten war zum Glück kein Teich, ich hätte mich sicher ertränkt.

Was auf die Petzerei dieses feinfühligen Pädagogen folgte, blieb hinter meinen blutrünstigen Phantasien zurück. Was waren die paar Püffe im Vergleich zu der vorangegangenen Seelenqual. Und daß ich wirklich, wie meine Mutter behauptete, Schande über die Familie gebracht habe, leuchtete mir nicht ein.

Die tragische Begebenheit befreite mich nebenbei von dem langweiligen Wilhelm, was ich einige Wochen später als eine Wohlthat empfand.

Auf dem Heimweg von der Schule geschah es, daß ich mich abermals verliebte, an der Ecke der Friedrich- und Kochstraße.

Ich schlenderte, mit der Schulmappe baumelnd, gedankenlos dahin. Als ich einmal aufsah, ging eben ein hochgewachsener Mann an mir vorüber. Er trug einen weiten, grauen Mantel mit Kragen, hatte einen röthlich blonden Vollbart und blaue Augen, wunderbare, strahlende. Sein Mantel streifte mich, er sah an mir vorüber in die Ferne hinaus. Ich blieb wie angewurzelt stehen, und starrte ihm nach. Das war er ja, er, die Verkörperung all meiner Träume. Ich liebte ihn sofort, ich liebte ihn unaussprechlich.

In abergläubischen Momenten glaube ich auch heute noch, das war der mir von der Vorsehung bestimmte Gatte, meine Ergänzung. Und er war an mir vorübergegangen. Und ich habe ihn nicht wieder gesehen – nie.

Viele Wochen blieb ich täglich auf dem Heimweg, an der Ecke der Koch- und Friedrichstraße stehen, und wartete, wartete – ich wartete eigentlich immer auf ihn, bis ich Dich fand.

Und wer weiß, vielleicht habe ich mich später in meinen Mann verliebt, nur weil er, als ich ihn zum er sten Mal sah, einen weiten, grauen Mantel trug, wie jener geheimnißvolle Fremde. Ich hatte nur übersehn, daß dieser Mantel über dem großen Kragen noch einen kleinen schwarzen Sammetkragen hatte – und daher vielleicht – – ach Unsinn – – –

In meinem elften Jahr war ich ganz erwachsen, und doch noch ganz ein Kind, ein weltfremdes. Ueber die Entwicklungsjahre kam ich ohne jede physische Störung fort.

Es gährte in mir von strotzend frischer Jugendkraft. Zuweilen spielte ich mit den Geschwistern Räuber und Prinzessin, Blindekuh oder der Plumpsack geht herum, aber ohne rechte Lust.

Ich drückte mich immer so bald ichs konnte. Und blieb ich in der Dämmerung eine Weile im Garten allein, dann brach es los in mir, eine zitternde, brausende, entzückende Daseinslust. Ich raste, tanzend, springend, mit ausgebreiteten Armen durch den Garten bis ich über und über glühte. Ich streifte die Aermel auf, warf das Halstuch ab, und mit meinen nackten Armen umschlang ich die Bäume; und schien gar der Mond, mein süßer Mond, so schwebte und schwärmte ich sommernachttraumtrunken, elfenreigenhaft, puckartig durch die Gartengefilde, obwohl Salatköpfe und Petersilie sich auf die »Gefilde« nicht recht reimten.

Immer mußte ich zu Aeußerungen meines Innenlebens allein sein, ganz allein. Kam jemand dazu, verstummte gleich alles in mir.

In dieser Zeit geschah etwas Schreckliches, Schicksalsvolles.

In der zweiten Etage unseres Hauses wohnte eine Offiziersfamilie. Ein Verwandter oder Freund der Familie, ein Dragonerlieutenant kam öfter in den Garten. Ich bemerkte, daß er mich, wenn ich in seinen Gesichtskreis trat, auffallend fixirte. Warum thut er das nur? dachte ich. Ich fragte das Kindermädchen darnach. Wenn ich irgend etwas wissen wollte, waren es immer die Kindermädchen, an die ich mich wandte.

»O Kind, Kind, sagte sie, nimm Dich in acht, das ist ein Mädchenjäger.«

Was ist denn das ein Mädchenjäger? fragte ich gespannt.

Sie wollte nicht mit der Sprache heraus. Ich trug das Wort mit mir herum, grübelte darüber, und stellte mir allmählich unter einem Mädchenjäger eine Art Rattenfänger von Hameln vor – jedenfalls etwas wildschreckliches, basiliskenartiges, das arme Vögelchen ins Verderben lockt. Aber gerade das reizte mich. Ich setzte mich jetzt zuweilen absichtlich den Blicken des Dragoners aus, in banger Neugierde auf irgend etwas romantisch Schauriges, das geschehen würde.

Der Lieutenant pflegte immer nur Nachmittags in den Garten zu kommen. An einem Abend aber, in tiefer Dämmerung, als ich wie ein Nachtfalter umherschwirrte, kam er mir entgegen. Ich – im vollen Lauf, hatte keine Zeit mehr ihm auszuweichen. Er fing mich in seinen Armen auf, und – küßte mich.

Es muß ein abscheulicher Kuß gewesen sein. Er erschütterte mich bis auf den Grund. Er nahm mir Die Unschuld der Sinne.

In wilder Flucht lief ich davon. Ich schlich mich oben ins Kinderzimmer, drehte die Lampe aus, wickelte mich, obgleich es warm war, in ein Tuch, und lag lange, lange, fiebernd im Dunkeln auf dem Sopha. Nur im Dunkeln bleiben, nicht ins Helle kommen! Man rief mich zum Abendbrod. Ich wollte nichts essen, hätte solche Kopfschmerzen.

Was war mir denn geschehen? Ein Unerhörtes! immer von neuem fühlte ich den Kuß auf meinen Lippen brennen, in einem Gemisch von Entsetzen und wollüstiger Widrigkeit.

Kam Jemand durchs Zimmer, so drückte ich mein Gesicht ins Kissen, ich fühlte, daß es flammend roth war, und mich verrathen würde.

Und nun wußte ich, was ein Mädchenjäger ist. Und seltsam, ich empfand den Kuß als *meine* Sünde, *mein* Unrecht.

Die Familie des Polizeihauptmanns, mit der meine Eltern verkehrten, beherbergte seit einiger Zeit eine Nichte, Frida Kraus, eine junge Dame, Mitte der Zwanziger Jahre, die sich mir, der Zwölfjährigen, auf's innigste anschloß.

Sie erzählte mir, ich weiß nicht was alles für dunkle Geschichten aus ihrem Leben, die ich nicht verstanden haben muß, da ich nichts davon behalten habe.

Einmal aber, als wir gemüthlich Arm in Arm im Garten umherwandelten, fragte sie mich, ob ich ihr denn gar nichts anzuvertrauen hätte?

Ich kämpfte mit mir. Noch nie hatte ich mit einem Menschen von dem, was in mir vorging, gesprochen. Jenes schreckliche Abenteuer im Garten war noch frisch in meiner Erinnerung. Schließlich gab ich dem Verlangen meine Seele von dem Geheimniß zu entlasten, nach; möglicherweise hatte auch ein unbewußter Stolz etwas so schrecklich Interessantes erlebt zu haben, einen Antheil an meiner Mittheilsamkeit.

Hochaufathmend, dunkelroth, begann ich meine Beichte. Thränen schossen mir in die Augen, ich stotterte, kam vor Erregung nicht weiter.

Noch heute sehe ich Frieda's gespannten Blick, der in einer geheimen Lust brannte.

»Wie? was ists denn? was ist's? Sprich mein Kind! sprich, und wenn es das Aergste wäre, mir kannst Du's vertrauen, ich verstehe alles, aber alles.«

Und sie zog mich fest an sich, neigte sich zu mir, und war ganz Ohr.

Und da erfuhr sie denn die grusliche Geschichte vom Kuß des Mädchenjägers.

Sie sah mich sehr merkwürdig an, so enttäuscht.

»Nun? weiter – weiter.«

»Weiter nichts!«

Sie schlug eine helle Lache auf.

»Schäfchen Du, sagte sie, Dir scheint ja die Welt noch ein böhmisches Dorf zu sein.«

Und sie ergriff die Gelegenheit mich über die Fortpflanzungsvorgänge aufzuklären.

Sonderbarerweise machte mir die Mittheilung keinen tiefern Eindruck.

Ich hörte nur halb hin, verstand nur halb, glaubte ihr auch nicht recht, sie log ja immer; vielleicht blieb die Aufklärung auch so wirkungslos, weil keine physische Ahnung meiner Natur ihr entgegenkam. Nach einigen Tagen hatte ich das Mitgetheilte ziemlich vergessen. Frieda Kraus war mir aber doch verleidet.

Viel später erfuhr ich, daß die junge Dame schon als verlornes Geschöpf nach Berlin gekommen war, das zu bessern Polizeihauptmanns übernommen hatten. Es soll ihnen nicht gelungen sein. Und meine Eltern wußten davon, ließen aber, in ihrer naiven Weltunkenntniß, trotzdem ihren Verkehr mit mir zu; ein anders geartets Kind als ich wäre leicht durch sie corrumpirt worden.

In der Schule hatte ich eine Freundin. Es war eine sonderbare Freundschaft, intim und ganz hingegeben, und doch fast unpersönlich, ohne eine Spur von Zärtlichkeit oder Antheilnahme an den persönlichen Schicksalen der Kameradin. Mein Paulinchen war ein bitter armes Mädchen, das immer nur geflicktes Zeug trug und schwarzwollene Hosen. Darum gingen die andern Kinder lieber nicht mit ihr um. Ich sah die Flicken gar nicht, und aus den schwarzen Hosen machte ich mir nichts.

Wir gingen oft stundenlang, Hand in Hand im Thiergarten spazieren, und redeten und redeten, das heißt wir schwärmten von Schiller und Göthe, von Heine und George Sand, (ach Consuelo!) von dem Grafen von Monte-Christo und dem Literaturlehrer Palm, und hätte es damals schon Pferdebahnen und Omnibusse gegeben, wir wären gewiß etliche Male überfahren worden. Zuweilen entrüsteten wir uns aber auch, z.B. über den Religionslehrer, der in der Stunde gesagt hatte, daß dem lieben Gott der Bauch vor Lachen gewackelt, als er vernommen, daß es auf Erden Atheisten gäbe. Und das war der vornehmste Professor der Schule gewesen, der mit den »Geheimnissen von Paris.«

Von den kleinen Bosheiten, Intriguen, Klatschereien und Kleiderfragen, wie sie zwischen Schulmädchen üblich sind, wußten wir absolut nichts.

Später gingen wir zusammen in den Konfirmationsunterricht, und wir schwärmten wieder gemeinschaftlich für den Prediger, einen alten Herrn mit weißen Haaren, einer Habichtnase und kleinen, funkelnden, schwarzen Augen.

Mit Wonne hätte ich diesen alten Herrn vom Fleck weg geheirated, ebenso wie den affektirten Literaturlehrer, der immer unter gesenkten Augenlidern so kokett zu uns herunterblickte, und mit uns sprach, als wären wir richtige Damen.

Während des Confirmandenunterrichts kam zum erstenmal ein religiöses Element in mein Leben. Im Hause meiner Eltern war nie von Gott oder Religion die Rede. Man ging nicht in die Kirche. Hätte aber Jemand meinen Eltern vorgeworfen, daß sie ohne Religion dahinlebten, sie wären in die größte Verwunderung gerathen. Ohne Religion? waren sie denn nicht evangelisch getauft, confirmirt und getraut worden? Der liebe Gott und die Religion waren doch ganz selbstverständliche Dinge. Sie ließen den lieben Gott den lieben Gott sein, und meine Mutter war ihm aufrichtig dankbar wenn er zu ihrer großen Wäsche die Sonne scheinen ließ. Das Diesseits bot ihnen so vollauf zu thun, daß sie für's Jenseits nicht einen Augenblick Zeit hatten.

Und so war wohl die Lebensführung eines großen Theils der bürgerlichen Kreise jener Zeit. Erst später kam der Pietismus auf.

Diese Stimmung absoluter religiöser Indifferenz theilte sich auch der Kinderschaar mit, bis der alte Herr mit der Habichtnase und den funkelnden, kleinen Augen eine intensive Sehnsucht nach dem Verkehr mit Gott – lieber noch mit Jesus Christus, den ich vorzog – bei mir weckte.

Ja, ich wollte gläubig werden.

Die Lithographie eines dornengekrönten Christuskopfes hing in userm Schulzimmer. In besonders erregten Momenten warf ich mich auf die Kniee vor dieser Lithographie. »Gott, lieber Gott, Du kannst doch was Du willst. Du siehst, daß ich zweifle, kämpfe, mich quäle, gieb mir ein Zeichen, daß Du bist.«

Mit Herzklopfen, mit verhaltenem Athem auf das Bild starrend, wartete ich auf das Zeichen.

Unter dem Zeichen verstand ich, daß das Bild sich regen, vielleicht ein Blutstropfen aus der Dornenkrone abtröpfeln, der Heiligenschein plötzlich aufstrahlen sollte. Das kostete dem

Herrn Jesus doch nichts, und er gewann damit für immer eine von glühendem Gottesdurst erfüllte Seele.

Ich wartete – wartete. Nichts – immer nichts.

Mit der Zeit wurde ich der fruchtlosen Extasen müde, war sogar ein wenig böse auf Jesus, und allgemach fiel ich in die frühere Indifferenz zurück.

Der Glaube scheint in der That ein Gnadengeschenk Gottes. Ich hatte damals absolut keine Gründe zum Nichtglauben. Ich ersehnte den Glauben – inbrünstig. Umsonst. Er kam nicht. Warum nicht? Ich weiß es nicht.

Trotz all meiner Schwärmereien mit ihrem leichten Timbre von Sinnenzärtlichkeit ist wohl selten ein Kind Unlauterem, Unerlaubtem abgeneigter gewesen als ich. Ja, meine Geschwister verspotteten mich als tugendstolz. Besonders eines Falles erinnere ich mich, wo man mich dieses Fehlers zieh. Alice hatte, in Gemeinschaft mit einigen andern Backfischen in unserm Hause, über den Gartenzaun weg, eine kleine Intrigue mit einem jungen Mann angezettelt, der im Nachbarhause wohnte. Daraus entwickelten sich regelmäßige Zusammenkünfte. Der junge Mann hinter dem Gartenzaun, auf einem Stuhl stehend, so daß er über den Zaun fortsehen konnte, die Mädchen vor dem Zaun. Man hielt diese Rendezvous sorgfältig vor mir geheim, bis ich eines Tages den kleinen Harem überraschte. Es scheint, daß ich mich darüber sittlich entrüstete, ganz uneingedenk meines verflossenen Wilhelm. Aber damals, im elften Jahr, wußte ich doch nicht was ich that, jetzt aber im dreizehnten, wußte ich schon besser Bescheid.

Die kleine Bande machte sich nicht viel aus meiner Entrüstung, war sie doch sicher, daß das »prüde Madamchen« nicht petzen würde.

Als der betreffende junge Mann später eins der jungen Mädchen heimführte, und ich erfuhr, daß er ein Schriftsteller sei, that es mir beinah leid, daß ich nicht dabei gewesen war. Der Schriftsteller kam mir doch eigentlich zu.

Es soll junge Mädchen geben, die nur für Lieutenants schwärmen. Für mich existirten eigentlich nur Dichter. Sobald nur einer in Sicht kam, wars um mich geschehen. Und nun hatte ich die schöne Gelegenheit verpaßt. Einige Jahre später verpaßte ich die Gelegenheit noch einmal.

Ich war zu einem Ball bei Verwandten meines Vaters eingeladen. Unter den Gästen befand sich ein Dichter, ein berühmter sogar; nur sein Vorname gefiel mir nicht: Moritz. Er war zugleich ein Typus männlicher Schönheit: hohe, schlanke Gestalt, braungoldener Vollbart, feurige dunkle Augen.

Er bemerkte mich gleich, ohne zugleich zu bemerken, daß ich noch nicht erwachsen war. Das war der erste Mann, der mir wahr und wahrhaftig den Hof machte. Ich war ihm grenzenlos dankbar. Im Umsehen war ich in ihn verliebt, mit der frischen Wonne eines zwitschernden Vogels, der sich selig in den blauen Aether verliert.

Er tanzte an dem Abend fast nur mit mir. Und einmal sagte er: »Holde Mignon«.

Ach ja, wie gern hätte ich durch die goldenen Saiten einer Harfe gemeistert, wie Mignon, und noch lieber hätte ich lange, fließende, weiße Kleider getragen. Daran war nicht zu denken. Als ich das weiße Kleid einmal meiner Mutter nahelegte, sagte sie: »wenn Du Dir die Kleider selbst plätten und waschen willst – immerzu.«

Wir gaben uns ein paar Mal Rendezvous auf dem Eise, was durchaus erlaubt war.

O, diese doppelte köstliche Lust! Das Schlittschuhlaufen in der reinen christallklaren Luft im neuen pelzverbrämten Kleide, und er!

Unter den flatternden bunten Fähnchen und der Militärmusik schien mir die ganze Welt – die heißen Pfannkuchen, die wir in der Holzbude verzehrten mit eingerechnet – so jugendfrisch, so golden hell und froh gesund.

Als wir uns das letzte Mal auf dem Eise trafen hing Raureif an den Bäumen, ein Gespinnst in fahlem Silberton von visionärer Zartheit, wie hingehaucht. Er hing über uns wie ein Schleier der Maja, und durch diese weichduftige, magische Verträumtheit der Landschaft schwebten wir sausend, Hand in Hand, ich ganz Lebensfreude. Da kam mein Bruder. Wir müßten nach Hause. Nach Hause! aber ich war ja eben zu Hause gewesen, und nun mußte ich fort, weit fort von dem seligsten Raureif, von dem herrlichen Dichter, dahin, wo ich nie zu Hause war.

Moritz war nur zum Besuch in Berlin gewesen. Er lebte in Süddeutschland. Als er mir entschwand empfand ich keinen lebhaften Kummer. Gleich verdichtete sich wieder die Enttäuschung zu einem Traumwerk; diesmal aber war zur Abwechselung er der Leidende, indem ihn die Qual der Reue verzehrte, daß er sich nicht mit mir verlobt hatte.

Sonderbarerweise galten meine Verliebtheiten fast immer Menschen, die ich kaum kannte. Was wußte ich denn von diesem Dichter? was von dem alten Prediger mit den funkelnden, kleinen Augen, was von dem langweiligen Wilhelm, dem Tanzlehrer und vor allem von dem Unbekannten im grauen Mantel?

Leute, die ich viel und oft sah, waren sicher vor meiner schwärmerischen Anschlängelung. Es war förmlich eine Art Schamgefühl, die meine zärtlichen Gefühle intimen Bekannten gegenüber im Zaum hielt, ein Zug der einige Verwandtschaft haben mag mit der Abneigung der Schwester Liebkosungen mit dem Bruder auszutauschen.

Unter allen Umständen aber wollte ich einen Dichter heirathen, ein Dichter gehörte doch zu einer Dichterin. Du weißt ja, daß ich von jeher, so lange ich zurückdenken kann, fest entschlossen war Schriftstellerin zu werden.

Nicht die geringste Anregung von außen her beeinflußte mich dabei, weder die Schule, wo ich nur das Nothdürftigste lernte, noch das elterliche Haus, wo man nichts begriff als was zu dem materiellen Apparat des Lebens gehört, und wo schon die Worte »geistiges Interesse« komisch und affektirt wirkten. Und das Chokoladenplätzchen der Dichterin Elfride war doch auch nicht Hebel genug um eine literarische Lust in mir zu entbinden. Ich war also aus heiler Haut, aus reinem Instinkt Anwärterin auf die Dichtkunst.

In dem Gartensaal, vor dem die großen Nußbäume standen, da hielt ich mich am liebsten auf. Vielleicht war es nur eine Legende, daß in diesem Saal ein berühmter Dichter (Chamisso) seine besten Werke geschrieben habe. Ich glaubte daran. Dafür sprachen auch die Gypsbüsten von Schiller von Göthe, die auf Konsolen sich von den rothen, etwas abgebröckelten Wänden abhoben.

In diesem Saal las ich eines Tages Göthe's Briefwechsel mit einem Kinde. Bettina selbst sagt, daß sie diese Briefe als elfjähriges Kind geschrieben habe.

Elf Jahr! und ich, ich war beinahe 13 Jahr alt, und hatte noch so gut wie nichts gedichtet. Nein, und wenn ich Tag und Nacht mein Hirn zergrübelte, solche Briefe wie Bettina brächte ich nicht zu Stande, nie, nie!

In einem Gemisch von Zorn, Schmerz und Selbstverachtung krümmte ich mich auf dem Sopha zusammen, und schluchzte, schluchzte in das Sophakissen hinein.

Ich würde am Ende doch keine Dichterin werden, ich – die Pippe!

Meine Mutter hatte recht: eine dumme Gans war ich.

Ich wußte noch nicht einmal mit den Versmaßen Bescheid. Ich hatte mir zu Weihnachten ein Prosodiebuch gewünscht, es aber nicht erhalten. Ich bekam nie, was ich mir wünschte.

Der 18. März 48. Er wirkte auf mich wie eine Offenbarung.

Nie war in unserm Hause von Politik die Rede, überhaupt nicht von irgend welchen öffentlichen Angelegenheiten. Man hielt zwar die Vossische Zeitung, aber nur der Annoncen wegen. So kam es, daß ich von den Ereignissen, die den 18. März vorbereiteten, nicht viel mehr wußte, als daß einige Krawalle von Pöbelhaufen die Bevölkerung beunruhigten. Von der großen, internationalen revolutionären Bewegung, die die Kulturwelt durchzitterte war keine Kunde zu mir gedrungen.

In der Schule hatte ich gelernt, daß die französische Revolution eine Reihe scheußlicher Verbrechen darstelle, von elenden Mordbuben an wehrlosen Aristokraten verübt.

Am Nachmittag jenes denkwürdigen Tages pflanzte sich die mächtige Erschütterung, von den Linden ausgehend, durch die ganze Stadt fort, in immer gewaltigerem Wellenschlage. Eine Kugel sauste durch die Friedrichstraße, dicht an unsern Fenstern vorbei.

Keinen Schatten von Furcht empfand ich, nichts als eine ungeheure Aufregung, ein wahnsinniges Verlangen da unten zu sein, zu sehen, zu hören. Natürlich durfte ich weder auf die Straße noch ans Fenster. Der Zorn eines Gefangenen, der an den Eisenstäben seines Gitters rüttelt, brannte in mir. Am andern Vormittag aber entschlüpfte ich. Ich lief die Friedrichstraße entlang, ohne eigentlich etwas Bemerkenswerthes zu sehen. Da – an der Leipzigerstraßenecke stand eine Menschenmenge. Auf dem Pflaster eine Blutlache. Durch den Rinnstein floß Blut. Ein Erschossener hatte da gelegen.

Ich kam an eine Kirche. Ich meine, es war die neue Kirche auf dem Gensdarmenmarkt. Vor dem Eingangsportal lagen 10 – 12 Todte.

Die ersten Todten, die ich sah. Das heißt, ich sah eigentlich nur einen Todten. Ein kraftvoller, hochgewachsener Jüngling mußte es gewesen sein. Mit nackter Brust lag er da. Das schwere wirre Blondhaar mit Blut an den Schläfen festgeklebt, blutig das Hemd. Die blauen Augen offen. Verglast, drohend blickten sie hin zu mir, wie mit einer verzweiflungsvollen Frage; und ich antwortete mit einem wilden Schluchzen.

Die Menge wich auseinader. Man machte mir Platz. »Ist's ihr Bruder?« fragte eine sanfte Stimme. Ich konnte vor Schluchzen nicht antworten.

Ja – in diesem Augenblick war er mein Bruder, der todte Jüngling da, der Held mit offener Brust, der für die Freiheit gefallen war, wie Arnold Winkelried.

Ein Weib aus dem Volk warf ein rothes Tuch auf ihn. Ueber ihm jubilirte eine Lerche, der erste Frühlingsbote. Eine Antwort auf die ungeheure Frage in den entsetzten todten Augen?

Man schob mich in die vorderste Reihe. Ich fürchtete mich sonst vor jedem Gedränge. Hier wäre mir Furcht lächerlich vorgekommen. Kein Schutzmann, kein Militär weit und breit. Man sprach leise wie in einer Kirche. Keine Thräne floß, keine Faust ballte sich, kein Fluch wurde laut. Auf allen Gesichtern der Ausdruck einer stillen vornehmen Trauer. In jeder Brust ein Requiem.

Man trug die Todten in die Kirche. Aller Häupter entblößten sich.

Ich schluchzte nicht mehr. Die Stimmung war Gebet, zu feierlich für Thränen.

Seit jener Stunde, wo ich den Adel im Volk geschaut, und wo zwei todte Augen mein Innerstes durchschauert, war ich – man nannte es damals Demokratin. Von der Sozialdemokratie war, so viel ich mich erinnere, noch gar nicht die Rede. Ja, ich wurde eine blutrothe Revolutionärin. Ich schwärmte massenhaft – so ins Blaue hinein – für Freiheit und speciell für die Herweg'sche Revolutionshymne: »Die Todten an die Lebenden:« »Reißt die Kreuze aus der Erden. Alle sollen Schwerter werden« .... Und ich gab mir alle Mühe nach Tyrannenblut zu lechzen.

Ich schloß mich jetzt in der Schule einem Mädchen an, von der man flüsterte, ihre Brüder hätten auf den Barrikaden gestanden, und in ihrem Hause fänden Zusammenkünfte der Revolutionäre statt.

Helene Bucher – so hieß sie – borgte mir Bücher und Broschüren. Zwei Bücher besonders machten auf mich einen tiefen Eindruck, beide von demselben Verfasser. »Das hohe Lied« und »Viktor«. Viktor der Freiheitsheld der mit so hinreißendem Zorn, in wundervollen Versen die Tyrannei zerschmetterte, die Tyrannei »die mit der Gewalt Batallionenschritt die Fragenden kalt zu Boden tritt« und wie es an einer andern Stelle hieß: »Wir nehmen was wir brauchen und soll's vom Blute rauchen.«

O, wie ich ihn liebte, diesen Dichter – maßlos. Und nun geschah das Wundervolle: Helene Bucher lud mich zu einer Gesellschaft ein, in der ich den Dichter treffen sollte. Und nun geschah das Fürchterliche: meine Mutter erlaubte mir nicht die Einladung anzunehmen. Weiß Gott, woher sie erfahren hatte, daß im Bucher'schen Hause Demokraten verkehrten, und daß es dort überhaupt recht flott zugehen sollte.

Heiße Thränen weinte ich über diese bitterste Enttäuschung.

Viel später, als ich schon verheirathet war, lernte ich den Dichter wirklich kennen, ein ganz kleines, schüchternes, weltfremdes Männchen, mit unwahrscheinlich feinen Zügen. Ich hätte ihn aber doch geliebt, und wenn er noch viel dürftiger ausgeschaut hätte, und trotzdem er baumwollene Handschuh trug, und Abends – aus Sparsamkeit wie seine Freunde aussprengten – Thee aus Apfelschaalen trank. Und ich bin heute noch überzeugt, ich wäre seine Frau geworden, und einen wie andern Verlauf würde mein Leben genommen haben. Nicht hier in Rom säße ich heut, sondern wohl und geborgen in einer netten, kleinen Wohnung im Centrum Berlins, an der Seite eines pflichtgetreuen, peinlich gewissenhaften, selbstlosen Beamten, denn das ist dieser Rufer im Streit geworden der »nehmen wollte was wir brauchen, und sollt's vom Blute rauchen.«

In diesen Monaten meines seelischen Aufschwungs fühlte ich mich auch weniger unter dem Joch meiner Mutter. Ich hatte einem todten Helden ins Antlitz geschaut. Ich war gefeit.

Durch ein entzückendes Ereigniß erhielt meine Zusammengehörigkeit mit der Revolution ein Relief.

Es mochte gegen Ende März sein, – die Contrerevolution erhob schon ihr Haupt – als ein Verein, ich glaube er nannte sich Volksklub – in einem langen feierlichen Zug, im Schmuck der schwarz-roth-goldenen Fahnen und Schärpen, zum Templowerfelde hinauszog, um das heimkehrende Militär brüderlich zu empfangen. Der Zug kann aber auch einem anderen Zweck gegolten haben, ich erinnere mich nicht mehr.

Ich hatte mir eine schwarz-roth-goldene Cravattenschleife zu verschaffen gewußt, die ich sorgfältig verbarg, bis zu dem Augenblick, wo der lange Zug in Sicht kam. Dann steckte ich sie an und eilte verstohlen in die gute Stube. Meine Eltern und Geschwister standen an den wohlverschlossenen Fenstern des Wohnzimmers. Der Schreck über die Kugel des 18. März steckte ihnen noch in den Gliedern.

Ich öffnete in der guten Stube das Fenster und lehnte mich hinaus.

Und was nun geschah – mir schlägt noch heute das Herz, wenn ich daran zurückdenke. War es ein Zufall, oder sah ich auffallend aus – Leute aus dem Zuge blickten zu meinem Fenster hinauf. Einer machte den andern auf mich aufmerksam, und plötzlich erscholl ein donnerndes Hurrah! und mir galt es oder meiner schwarz-roth-goldenen Schleife. Man schwenkte mit den Fahnen »Hoch! hoch! die deutsche Jungfrau«! und brausend erklangs: »Reißt die Kreuze aus der Erden, alle sollen Schwerter werden« – – – –

Ja, ein Schwert, ein Schwert wollte auch ich! Ich war ganz Freiheitsheldin, eine Charlotte Corday; der Marat dazu würde sich schon finden!

Meine Eltern stürzten entsetzt herein und rissen mich vom Fenster. Schwarz-roth-goldene Abzeichen fingen an für revolutionär zu gelten, und schon war das geflügelte Wort: »Ruhe ist die erste Bürgerpflicht« im Schwange, von guten Bügern wohl beherzigt.

In Berlin wurden damals zahlreiche Vereine ins Leben gerufen, in denen zahllose begeisterte Reden gehalten wurden. Helene Bucher, die Beneidenswerthe ging zuweilen mit ihren Brüdern in diese Vereine. Sie lud mich dazu ein. Ach, ich wußte ja meine Mutter würde es nie erlauben, und Abends heimlich davonzulaufen, war rein unmöglich. Helene, die Schlaue spann eine Intrigue. Mein Paulinchen wurde ins Vertrauen gezogen. Sie mußte mir schreiben, sie wäre krank, und hätte immer in den Abendstunden solche Sehnsucht nach mir.

Ich erhielt die Erlaubniß sie zu besuchen. Spornstreichs liefen wir drei richtige Abenteuerinnen nun in den demokratischen Verein.

Erstickende Luft. Gedränge. Wirres Durcheinander. Wir fanden es himmlisch. Ein großer junger Mann mit einem blonden Schnurrbart, umgürtet mit der schwarz-roth-goldenen Schärpe, hielt eine Rede, eine wunderbare, glutvolle. Vom Tode sprach er, der am 18. März ein blutiges Sichelfest gehalten, von dem rothen Frühlingsthau, der da gefallen und die Erde neu geboren. Was lange im dumpfen Schlaf gelegen, sei nun erwacht (ich auch, jubelte mein Herz) und nun ginge strahlend jeden Morgen die Sonne über einem freien Volke auf. Nicht in ewige Fesseln ließe der Geist sich schlagen, und einmal stürze jede Zwing-Uri zusammen .... Und die herrlichen Schlußworte: »Mein Volk, dein ist der Sieg und dein das Recht! Hoch flattern deine Fahnen.«

Und der so sprach, war Helenens Bruder: Walter Bucher.

Ich sah ihn an jenem Abend zum ersten Mal. Und er brachte uns nachher nach Hause, uns kleine Mädchen, er, der bezaubernde Cicero.

Hinter allem was er sagte, ahnte ich einen tiefen, verborgenen Sinn. Ich hing an seinem Munde, als er begeistert von den Kolbenstößen erzählte, die er als Gefangener auf dem Transport von Berlin nach Spandau erduldet.

Gern wäre ich dem edlen Märtyrer der Freiheit um den Hals gefallen.

Beim Abschied drückte er mir die Hand so recht herzhaft stark und sagte: »Sie sind ein reizender kleiner....« Er unterbrach sich: »eine bildhübsche kleine Freiheitsgöttin.« Heut weiß ich, er hatte sagen wollen: ein reizender kleiner Käfer!

Es war mein erster und letzter Vereinsabend. Inzwischen war alles herausgekommen. Mein Bruder hatte mich von Paulinchen abholen wollen, und mich natürlich dort nicht gefunden.

Meine Mutter war so arg böse, daß sie mich Knall und Fall aus der Schule nahm, um – wie sie sagte – meinem Verkehr mit Helene Bucher einen Riegel vorzuschieben.

Auf meinen Sturm und Drang, folgte bald wieder Windstille. Um eine Flamme in mir anzufachen, bedurfte es immer eines Zugwindes. Spürte ich den Wind nicht mehr – man verschloß mir ja gleich wieder Thür und Fenster – da hing ich wieder im Netz meiner Träume. Der Charakter dieser Träume aber änderte sich allmählich. Waren sie früher gröbster Struktur gewesen, so à la tausendundeine Nacht und à la Monte Christo, so nahmen sie jetzt einen höheren Schwung. Sie stellten sich in den Dienst eines Ideals, wurden zu einer Apotheose des Märtyrerthums.

Seit dem 18. März stand das Geheirathetwerden von Prinzen und Grafen auf dem Aussterbeetat bei mir, ich wurde im Gegentheil den hohen Herren spinnefeind, selbst über das von mir früher so geliebte Kätchen von Heilbronn, zuckte ich meine demokratischen Achseln. Ein schlichter Arbeiter (siehe Indiana von Georg Sand) wars jetzt, – er ähnelte immer dem Todten des 18. März – oder wenigstens ein großer Volksredner, den ich meiner Hand würdigte.

Auf die große Sängerin aber, da hatte ich mich nun einmal capricirt. Ich schwang mich zu einer Art weiblichen Massaniello auf. Ich sang die Welt aus den Fugen. Ich sang vor allem Volk – ohne Entrée. Und der blutrothe Strom meiner Töne rauschte mit so elementarer Gewalt – gratis – über das Volk dahin, daß es hinausstürzte auf die Gasse, (bei Leibe nicht auf die Straße) und sich unter dem Purpurbanner schaarte, aus dem mit goldenen Lettern das Wort »Freiheit« stand.

Und: »wir nehmen was wir brauchen, und soll's vom Blute rauchen,« und die Revolution war fertig, und ich – ich hatte sie gemacht.

Keine Schule mehr. Keine Vereine. Keine Helene Bucher. Zu Hause! immer zu Hause, wo ich doch gar nicht zu Hause war.

Was nun?

Die kurze kindische Periode meines Seelenkampfes um Gott war abgelaufen. Meinen poetisch revolutionären Gelüsten war der Boden entgegen. Und so weit mein Auge reichte kein Gegenstand zum Anschwärmen.

Zwar hatte ich Zeichnen- Clavier- und Nähstunden, ich mußte bei der großen Wäsche helfen, die Leinenstücke für die Rolle ziehen und legen, die Strümpfe umkehren und stopfen. Wenn meine Mutter besonders gegen mich gereizt war, mußte ich immer Strümpfe stopfen. Ach, ich hab es nie gelernt und bedaure noch heut die armen Opfer meiner dicken Prudel.

Und Staub mußte ich wischen und auf die kleinen Geschwister achtgeben.

Mir blieb aber noch viel Zeit übrig. Und ich schaute suchend aus nach etwas Begehrenwerthem, einer blauen Blume, es durften auch ein paar feuerrothe dazwischen blühen. Ich fing an eifrig Aquarell zu malen, konnte mich aber nicht lange über meine völlige Talentlosigkeit auf diesem Gebiete täuschen. Ich griff zur Feder. Es war doch endlich an der Zeit in meinen eigentlichen Beruf einzutreten. Ich malte mir aus, was der süddeutsche Moritz für Augen machen würde, wenn ihm mein erstes Bändchen lyrischer Gedichte zuging. Ich wollte es ihm widmen.

Nur wußte ich nicht recht, wie man das Ding, das Dichten heißt, angreift. Ich hatte, als ich noch klein war, das Kindermädchen einmal darnach gefragt. Die wußte es auch nicht, meinte aber, es stände ja schon alles in den Büchern, ich brauchte es nur abzuschreiben.

Ich saß und saß, ich sann und sann. Mir fiel nichts ein. Daß ich über meinen dürren Geist in düstere Verstimmung gerieth, half auch nichts. Eines tröstete mich. Meine Unfähigkeit kam gewiß nur von meiner Unwissenheit her. Ich mußte erst etwas Ordentliches lernen.

Im Bücherschrank standen die Klassiker. Schiller, Göthe, Wieland, Shakespeare. Die kannte ich ja längst, und sie hatten mir doch nicht geholfen. Ach Gott, ich hatte die Klassiker gelesen, wie früher die Räuberromane, eilfertig, eilfertig, nur das Stoffliche verschlingend.

Im Bücherschrank, in alten, ehrwürdigen Einbänden, standen auch Herder und Lessing. Mit Herder war nichts anzufangen. Schon nach den ersten Seiten schweiften meine Gedanken abseits; für den war ich wohl noch nicht reif. Also Lessing, aber nicht etwa Emilia Galotti oder Minna Barnhelm, nein, etwas Lehrreiches. Der Laokoon, der sollte ja sehr tief und sehr bildend sein. Ich las ihn mit concentrirter Aufmerksamkeit, Satz für Satz, ich machte mir Auszüge. Meine Mutter kam einmal dazu. Ich hätte mich nicht sonderlich gegrämt, wenn sie, wie vor Jahren die Veronika, diesmal den Laokoon confieirt hätte. Ich wagte nicht mir zu gestehen, daß ich ihn langweilig fand. Von Kunst hatte ich nicht den leisesten Schimmer. Ich war noch nicht einmal im Museum gewesen.

Meine Mutter sagte nur, Du thätest besser in die Küche zu gehen, und zu lernen wie man Kartoffeln kocht. Das meinte sie aber nicht ernst. Die Küche war ihre Domaine, da ließ sie uns gar nicht hinein.

Ich schob die lehrreiche Lektüre wieder bei Seite. Um ernste Studien zu treiben, hätte ich eines Führers bedurft. Da war niemand. Ich war allein. Immer allein.

Ich sank zurück in das weiche, flaumige Nest sammtner Träumerei, und nährte sie mit den Romanen der Gräfin Hahn - Hahn, der Paalzow, Friederike Bremer, und vor allem – Consuelo! Für mich wirklich Consuelo. Süßester Trost in meines Herzens Einsamkeit.

Es hätte sich dabei ganz erträglich gelebt, wenn meine Mutter nicht – um das beinah erwachsene Mädchen nützlich zu beschäftigen – auf eine diabolische Idee verfallen wäre.

Mütter, selbst liebevolle, ziehen gern Nutzen aus ihren erwachsenen Töchtern.

Der Teppich in unserer guten Stube war abgenutzt. Ich sollte einen neuen sticken: einen breiten, langen Teppich, mit lauter großen Rosenbouquets, die Füllung von weißer Wolle.

O dieser scheußliche, seelenmordende Teppich! Wohl anderthalb Jahr habe ich daran gestickt. Morgens, gleich nach dem Frühstück fing die Qual an. Und kaum hatte ich Mittags das ausgekochte Rindfleisch mit dem Kohl oder den Rüben überstanden, so trieb mich die Mutter von neuem an die Arbeit. Erst die Kaffeestunde erlöste mich. Und das schrecklichste war, die Stiche zu den Rosenbouquets mußten abgezählt werden, ich konnte also während der Arbeit nicht einmal in meiner Phantasiewelt nach Belieben wirthschaften. Und that ich's doch zuweilen, gleich war ein Prudel da, und ich arme Penelope mußte die Arbeit vieler Stunden wieder auftrennen.

Wie ich mich Abends auf das Zubettgehen freute! da entschädigte ich mich durch erdichtete Abenteuer à la Bulwer, à la George Sand, à la Hahn-Hahn für die Dürre des Tages.

Nie hat ein Mädchen weniger Lust und Geschick zu Handarbeiten gehabt als ich. Meine Mutter hätte für eine verhältnißmäßig geringe Summe einen viel hübscheren Teppich als den von mir gestickten kaufen können. Aber das große, faule Mädchen sollte doch nützlich beschäftigt werden.

Und immer, während ich stickte, war ein Warten in mir, ein banges, sehnendes Warten auf etwas Außerordentliches. Zeitlebens in der Friedrichstraße am Halle'schen Thor, immer sticken, sticken ohne Ende, das konnte doch nicht so weiter gehen. Etwas mußte doch kommen.

Selbst der Garten mit der Petersilie, dem Salat und den Stachelbeersträuchern fing an mir zu widerstehen, und die sechs Gaisblattlauben erst recht, und doch – in einer dieser Gaisblattlauben habe ich mich später verlobt.

Wenn es klingelte, horchte ich auf, ich wartete gespannt, wer oder was da kommen würde, vielleicht ein Brief, oder ein Mensch, ein wildfremder, der mich auf der Straße gesehen, und der mich nun vom Fleck weg heirathen wollte. Die Klingelnden aber brachten Rechnungen oder Waaren, und von den Briefen, die kamen war kein einziger an mich gerichtet.

Einmal aber kam doch etwas: Ein Besuch von zwei unbekannten Cousinen und einem Cousin. Ihr Vater, der Geheimrath Birk, war mit einer Schwester meines Vaters verheirathet gewesen, und kürzlich von Ostpreußen nach Berlin an's Obertribunal versetzt worden.

In zweiter Ehe hatte er ein adliges Fräulein geheiratet, eine blasse, feine Dame, von stiller, aber prentenziöser Vornehmheit.

Die hübschen Cousinen – sie waren einige Jahre älter als ich – luden mich in der Folge ab und zu Sonntags zum Thee ein. Ich wäre so gerne nicht hingegangen, meine Mutter aber, die sich durch diese Verwandtschaft ungemein geehrt fühlte, obgleich die geheimräthlichen Eltern uns keinen Besuch machten – bestand darauf, daß ich jede Einladung annahm.

Der Ton dort, die ganze Atmosphäre des Hauses, wirkte beklemmend auf mich. Mit Scheu und Ehrerbietung betrat ich jedes Mal diese Räume von korrektester Eleganz. Alles war wie polirt. Die Möbel: schwarzes Ebenholz mit Goldleisten. Fauteuils und Sopha von gepreßtem dunklem Sammt, Alabastervasen mit künstlichen Blumen. Hohe Lampen, Oel-nicht etwa Petroleumlampen. Die Falten der Plüschpotieren symetrisch vertheilt. Reichgestickte, weiße Tüllgardinen an den Fenstern. Einige unbeträchtliche Bilder an langen, rothseidenen Schnüren.

Hier hörte ich auch zum ersten Male das Wort Salon. Wir hatten zu Hause nur eine Wohnstube.

Die Familie Birk war sehr fromm, pietistisch fromm nach der damaligen Mode. Selbst der ältliche Herr Geheimrath ging allsonntäglich mit einem Gebetbuch in der Hand zur Kirche.

Die Cousinen waren ein Typus der höhern Beamtentochter damaliger Zeit, mit ihren glattgekämmten, in steifen Puffen auf dem Hinterkopf frisirten Haar, ihren seidenen Halbhandschuhen und den feinen Näschen, die sie gar leicht ein wenig rümpften. Sie waren wie auf Draht gezogen, ebenso wie die andern jungen Mädchen, die ich in ihrem Kreise traf. Alle machten tiefe Hofknixe, und küßten den älteren Damen die Hand.

Was ich hier über Birks schreibe, sind nicht etwa die Eindrücke, die ich in jener Zeit von ihnen empfing. Im Gegentheil, damals erschien mir dort alles unerreichbar vornehm und großartig, die Cousinen wie in leichte Wolkenschleier gehüllt, der Geheimrath *saß* in meiner Vorstellung gleich zur Rechten des Königs, und die Geheimräthin stand auf einem Piedestal. Viel später erst übte ich an ihnen die Kritik, die ich hier niederschreibe.

Frieda, die ältere und frömmere, legte – neben dem lieben Gott, auch großen Werth auf die Pflege ihrer rosigen Nägel und ihrer Feinstickerei.

An den Theeabenden waren die Cousinen mit der Stickerei zierlicher kleiner Kragen beschäftigt, die ihnen, wie sie mir mittheilten, eine große innere Befriedigung gewährte.

Ein Diener – trotz meiner Achtzehnten - März-Gesinnung imponirte er mir unsagbar – reichte Thee mit Gebäck umher. Die Haustöchter nahmen nur Wasser mit etwas Milch, weil ihre Mama der Ansicht war, junge Mädchen bekämen vom Thee leicht rothe Nasen.

Selbstverständlich waren sie streng sittlich, und wichen nicht einmal um die Breite des kleinen Fingerchen, den Rose so zierlich in die Höhe streckte, von Gottes Wegen ab. Sie entrüsteten sich über unächten Schmuck, falsches Haar oder gar Puder, und ich vermuthe, sie fanden es auch nicht ganz *comme il faut*, stark brünet zu sein. Die Demokratie war ihnen etwas blutrünstig, rothhaarig Ischariotartiges. Schwarzroth -Gold, wo es auch vorkam, gehörte vor den Staatsanwalt.

Als einmal von der Civilehe – die man damals schon in Anregung brachte – die Rede war – hätten sie beinah »Oho« gesagt, thaten es aber nicht, weil sie überhaupt niemals Oho sagten. Preußisch schwarzweiß, vom Scheitel bis zur Sohle, das waren sie, obwohl sie mit Vorliebe modfarbene Kleider trugen.

Wasser mit Milch – nicht etwa Milch mit Wasser, das war die Signatur der damaligen höheren Beamtentochter.

Und der Geheimrath selbst? Er hatte Geist, verstand fein zu ironisiren, und junge Mädchen, wenn er sie allein traf, etwa im Vorzimmer, durch kleine väterliche Liebkosungen in Verlegenheit zu setzen.

Der Vetter Erich – natürlich Refrendar – wäre so weit recht nett gewesen, wenn er nicht an der Wasser-mit Milch-Atmosphäre participirt hätte. Er hatte etwas so unfreies, gedrücktes, linkisches, schon büreaukratisch Angegangenes. Er stammelte ein wenig beim Sprechen, weil er immer nach Ausdrücken suchte, nach gewählten Ausdrücken. Viel Verhaltenes war in ihm, und ich glaube seine Unbeholfenheit war mehr eine Folge des Zwiespaltes zwischen der ihm andressirten Wohlerzogenheit und Zurückhaltung, und einem heftigen Temperament. Er galt für sehr begabt, und dafür, daß er eine glänzende Carriere vor sich habe. Der arme Jüngling, hätte er sich nur zur rechten Zeit etwas auslüften können.

Damals, da glitten all diese kleinen Erlebnisse und die Menschen, ich möchte beinahe sagen lautlos an mir vorüber, wie man etwa eine eintönige Rede hört, deren einzelne Worte man deutlich versteht. Das Ganze aber giebt keinen Sinn, darum hört man erst gar nicht hin.

Es kam mir alles nur so nebenbei vor. Wo ich auch war und was ich auch that, mir war immer, als könnte ich jeden Augenblick abberufen werden – wohin? ja, wohin?

Der hübsche stattliche Vetter Erich, der einmal Justizminister werden wollte, gefiel mir recht gut, aber nicht sehr gut; er erinnerte mich in seiner Steifheit sogar zuweilen an Wilhelm. Da wir Beide ein wenig in einer Zwangsjacke steckten, hatten wir die Arme nicht frei und konnten uns gegenseitig nicht helfen, nicht zueinander kommen.

Ich sah gleich, daß er sich für mich interessirte. Und es kam ein Tag, wo ich erfuhr daß er mich liebte; ein denkwürdiger Tag, der in die graue Atmosphäre meiner Jungenmädchenjahre sternenhell hineinleuchtete.

Mein sechszehnter Geburtstag!

Ende August wars. Meine Eltern hielten sich für verpflichtet die vornehmen Verwandten einmal einzuladen. Im Gartensaal sollte getanzt und der Nußbaumplatz mit bunten Lampions illuminirt werden. Und Kalbsbraten, Bowle und Punschtorte sollte es geben.

Und als wir Abends die Lampions an die Bäume hängten, da war ich ganz sechzehn Jahr, ganz helle, klingende, tanzende Freude am Dasein.

Ich trug ein weißes Kleid und eine gelbe Georgine im Haar. Der Tante Berthel sah ich an dem Tag gewiß nicht ähnlich. Vetter Erich machte mir rasend den Hof. Das »rasende« drückte er dadurch aus, daß er bis zur Unverständlichkeit stammelte, daß er, als ich ihm anvertraute, daß mein herzförmiges Medaillon unächt sei (ich that es um ihn auf die Probe zu stellen) darüber hinlächelte, und als ich mich ihm schließlich als Demokratin zu erkennen gab, citirte er: »was uns Rose heißt, wie es auch hieße würde lieblich duften.« Und bei Tisch zupfte er verstohlen Blätter aus meiner Georgine, und legte sie in sein Taschenbuch, und ein Krümchen Punschtorte, das er von meinem Teller fortaß, nannte er Ambrosia.

Vielleicht würde ich an jenem Tage eine ernsthaftere Neigung für ihn gefaßt haben, wenn nicht ein kleiner, unbedeutender Vorfall mich erkältet hätte. Einer meiner Brüder fand während einer Pause im Tanzsaal einen Stiefelabsatz, und das *enfant terrible* lief nun im Saal mit dem Absatz in der Hand umher, und krabbelte an allen Herrenfüßen herum, um ausfindig zu machen wer den Absatz verloren habe. Niemand meldete sich trotz Karlchens dreimaliger Aufforderung.

Ich aber hatte bemerkt, daß der Absatz an Erichs Stiefel fehlte, und ich bemerkte auch, wie ängstlich er den betreffenden Fuß – gerade als fürchte er sich durch einen Pferdefuß als Mephisto zu verrathen – versteckte. Das war komisch, beinah lächerlich. Er hätte wirklich den Absatz nicht verlieren sollen.

Als wir dann später im Garten auf- und abgingen, da genoß ich in vollen Zügen die poetische Situation: Mondschein, Lampions, Sterne, und einer, der mich liebte. Er war aber nur Staffage in dem fröhlichen Tanz meiner Lebensgeister, Staffage, wie die Sterne über uns, wie die leise knisternden, bunt und warm glühenden Lampions, wie der kosend laue Wind, der unsere Haare ineinander wehte, wenn er sich zu mir neigte.

Einmal fiel eine Nuß vom Baum und traf Erich am Kopf. »Au« sagte er, und kraute sich in den Kopf. Hübsch war das nicht. Ich war durch Märchen und Romanromantik so verweichlicht in meinem Geschmack, daß selbst die harmlosesten kleinen Natürlichkeiten mich abstießen.

Er hätte wirklich den Stiefelabsatz nicht verlieren sollen.

Einmal fragte er mich flüsternd, wie der sein müsse, den ich einmal lieben würde?

In meiner übermüthigen Laune schlug ich zum erstenmal in meinem Leben einen scherzhaften Ton an, und sagte ungefähr: er müsse auf einem blonden Lockenhaupt einen goldenen, allenfalls auch einen grünen Lorbeerkranz tragen; oder er müsse dem lohengrinhaften Wetter von Strahl ähneln, mit der heimlichen Vehme im Hintergrund; auch ein Byron thäts, mit der Verpflichtung, jung und begeistert fern von der Heimath, zu ertrinken; (Erich merkte gar nicht, daß ich Byron mit Schelley verwechselte) wenigstens aber müsse er durch einen rothen Schlips und einen braunen Sammtrock Idealität verrathen, auch dürfe er todt sein. Aber einer mit einem Frack, weißer Binde und Lackstiefeln (an denen ein Absatz fehlt, unterdrückte ich gnädig) der wäre nichts für ein poetisches Gemüth.

Erich, der ernsthafteste Mensch, den ich je kennen gelernt habe, sah betrübt aus. Er verstand keinen Scherz.

In den nächsten Wochen kam er oft zu uns. Mütter pflegen im allgemeinen, wenn die Verlobung einer Tochter im Anzug ist, mit kluger Fürsorge ein wenig helfend einzugreifen.

Meiner Mutter lag ein solches Beginnen ganz fern. Sie verfiel nicht einmal darauf, daß Erich um meinetwillen kam. Oft schickte sie mich fort, wenn er da war, um nach den Geschwistern zu sehen. Sie ließ mich in seiner Gegenwart Strümpfe stopfen, was mich immer in die schlechteste Laune versetzte. Das Strümpfe stopfen kam mir so ordinär vor, so wie der rechte Gegensatz zum dichten.

Und als ich mir einmal in unwillkürlicher Koketterie eine Blume in's Haar gesteckt hatte, fand sie, daß ich mich wie ein Pfingstochs herausgeputzt hätte. Ich schämte mich halb todt, und warf die Blume weg. Auch redete sie mit Vorliebe von meinen Fehlern: daß ich zu nichts zu gebrauchen wäre, daß sie den Mann bedaure, der mich einmal kriegen würde, und daß ich Tante Berthel ähnlich sähe erfuhr er auch.

Sie handelte geradezu, als wollte sie die Verlobung hintertreiben, und doch that sie das alles völlig unabsichtlich Und wir zwei Unbeholfenen hätten so sehr der Hülfe bedurft. Schon, daß meine Mutter immer zugegen war, ließ es zu einer Intimität zwischen mir und Erich nicht kommen. Wo meine Mutter war, war ich nicht ich.

Erich wurde als Referendar auf ein halbes Jahr nach Magdeburg geschickt. Er kam um sich zu verabschieden. Die Mutter trug mir Besorgungen in der Stadt auf. Er hielt meine Hand in der zitternden seinen, wollte etwas sagen und brachte es nicht über die Lippen. Ob er mich nicht ein Stück Weges begleiten dürfe? Nein. Ich wußte wohl, ich wäre als Braut heimgekehrt.

Auf der Straße nachher wurde mir beklommen zu Muth. War da vielleicht ein Stern untergegangen, der mich zu einem freundlichen Glück geleitet hätte?

Als er nach einem halben Jahr zurückkam, war es zu spät. Ich war bereits heimlich verlobt. Er soll später, als Assessor in einer kleinen Stadt, ganz plötzlich über die Stränge geschlagen sein, zum Schaden seiner Carriere und seiner Gesundheit. Die Familie wendete ihren ganzen Einfluß auf, um ihn durch die Heirath mit einem hübschen, adligen und wohlhabenden Fräulein zu rehablitiren, ihn wieder fromm und carrierefähig zu machen. Es gelang. Er verlobte sich wirklich mit dem Fräulein. Am Tag aber vor der Hochzeit erschoß er sich.

Von Vergnügungen war für uns junge Mädchen nur ausnahmsweise die Rede. Meine Eltern selbst gingen selten ins Theater. Sie nahmen uns niemals dahin mit. Die Musik wurde in der Familie durch einen Musiklehrer besorgt, der für fünf Groschen die Stunde, etwaige musikalische Begabungen seiner Schüler und Schülerinnen systematisch zu Grunde richtete. Wie der Mensch beim Unterricht gähnte, wenn er sich nicht gerade zur Kurzweil kleine ungebührliche Handgreiflichkeiten gegen uns erlaubte.

Auf Anregung unseres Arztes und Familienfreundes (man sagte, er verdanke seinen Geheimrathstitel seinem ostentativen Patriotismus) war mein Vater Mitglied irgend eines patriotisch conservativen Vereins geworden. Dieser Verein gab im Lauf des Winters einige Bälle. In diesen Bällen gipfelten unsere Lustbarkeiten. Wie die Birk'schen Thee's erschienen mir auch diese Bälle beklemmend vornehm und elegant, und ich fühlte mich als Kaufmannstochter mit meinem weißen Mullfähnchen, diesen Geheimraths-und Offizierstöchtern nicht ebenbürtig. Wirkliche Vornehmheit herrschte da wohl nicht, nur steif und schicklich war alles, und so kahl und schaal.

Man tanzte in einem kahlen, viereckigen, hellgetünchten Raum. Schwarz-weiße Fähnchen und Lorbeerkränze schmückten die Gipsbüsten der höchsten Herrschaften. Ganz Geheimrath-Birk'sche Atmosphäre, preußisch schwarz-weiß.

Die Tänzer, meist Offiziere und Refrendare, nannten uns »gnädiges Fräulein«, und tanzten hauptsächlich mit den Töchtern ihrer Vorgesetzten. Diese Töchter, sämmtlich in Tarlatan, rosa, grün, blau, weiß, sahen in den uniformen, steifen Röcken wie ein Beet von Papierblumen aus, und die Unterhaltung der Herren war auch papierblumenhaft. – »Gnädiges Fräulein schon auf vielen Bällen gewesen?« – »Laufen gnädiges Fräulein gern Schlittschuh?« Das gnädige Fräulein hatte wirklich nur ja und nein zu antworten.

Beim Souper saßen sämmtliche Mitglieder einer Familie zusammen, und immer gabs Kalbsbraten und Backpflaumen, und so sehr viel Kellner, die das Souper servirten. Und »mit Gott für König und Vaterland« wurden lange Toaste gehalten, in denen es patriotisch wie von vertrocknetem Eichenlaub raschelte.

Die Mütter saßen reihenweis hinter den Tanzenden, in Seide und Sammt und mit Federn auf dem Kopf. Und sie spähten immer nur nach ihren Töchterchen aus, und waren voll Groll, wenn etwa ein fremder rosa Tarlatan dem himmelblauen Tarlatan des eigenen Töchterchens den Rang ablief.

Mich traf jedenfalls ihr Groll nicht. Ich wunderte mich eigentlich selbst, daß ich so wenig Bouquets im Cottillon erhielt, und auch nicht viel tanzte, viel weniger als Alice. Wie kam das nur? ich war doch hübscher als Alice und auch klüger. In der Schule hatte ich ihr immer die Aufsätze machen müssen. Freilich, ich war gar nicht munter, und Alice war sehr munter.

Und ich ängstigte mich immer, ich würde vielleicht gar kein Bouquet bekommen, nicht meinetwegen, nur weil meine Mutter immer so sehr vergnügt war, wenn Alice mehr Bouquets nach Hause brachte als ich.

Auch hier auf den Bällen sah ich mich zuweilen um, ob nicht etwas Außergewöhnliches käme und mich abriefe. Wohin? in Weites, Fernes, Unbekanntes, das nicht die geringste Aehnlichkeit mit Berlin hatte, mit diesem Saal, mit diesen Tänzern, die mit so schnarrender Stimme so langweilig fragten, dahin, wo es gar nicht schaal und kahl war, und nicht steif und nicht schicklich.

Ich wollte immer Außergewöhnliches, starke zauberische Eindrücke, und war enttäuscht, wenn alles so alltäglich verlief.

Oder amüsirte ich mich auf den Bällen nur so mittelmäßig, weil ich heimlich verlobt war?

Nein, ich weiß bestimmt, das war's nicht.

Meine heimliche Verlobung!

Eines Tages kam Walter Bucher in unser Haus um mir einen Brief von seiner Schwester Helene zu bringen, die als Erzieherin ins Ausland gegangen war.

Du weißt ja, wie amüsant und übermüthig er sein kann. Und damals erst! Er bezauberte gleich meine Mutter, die seine schwarz-roth-goldene Schärpe aus den Märztagen mit dem revolutionären Zubehör längst vergessen hatte. Kein Wunder, er hatte sie ja selbst vergessen.

Sie lud ihn dringend ein wiederzukommen. Und er kam oft, gegen Abend auf eine halbe Stunde, zuweilen blieb er auch zum Abendessen.

Er war eigentlich Philologe, und hatte eine Lehrerstelle an einem Gymnasium inne gehabt, sie aber nach einigen Jahren wieder aufgegeben. Jetzt gab er Privatunterricht und schriftstellerte daneben.

So allmählig, wie es gewöhnlich geht, verliebten wir uns ineinander. Das war eine schöne Zeit, dieses Werden der Liebe. Eine Zeit, wo ein Jugendfeuer in uns überall hin Funken sprüht, so daß selbst auf das Kleinste und Unscheinbarste goldene Reflexe fallen: Ein Vielliebchen das man ißt, ein Glühwürmchen, das man im Gebüsch findet, eine Nuß, die man zusammen schält, ein Sonnenstrahl, der durch das Zimmer tanzt. Man weiß nicht, was man ißt, ob Brühkartoffeln ob Bisquitpudding, ganz dasselbe. Man geht nicht, man tanzt, der Körper hat kein Gewicht mehr. Das Sehen ein Trinken von Licht, das Ohr hört nur Musik, die Blicke hinüber und herüber selige Botschaften, das Berühren der Hände ein magnetisches Ineinanderglühen. Und immer im Herzen der süße ahnungsvolle Schauer: ich werde lieben.

So ganz in Poesie verschwommen war ich, daß ich glaubte in die Erde sinken zu müssen, als einmal mein Magen laut knurrte, und wenn ab und zu mein kleines Brüderchen sich allzu natürlich äußerte, glaubte ich auch in die Erde sinken zu müssen.

Dann aber war es am allerschönsten, wenn er gegangen war, und ich lag auf der Bank unter dem Sternenhimmel und den Nußbäumen und berauschte mich an dem Frühling in meinem Herzen: Ich werde lieben!

Ich hatte niemals Gesangstunden gehabt. Ich war auch nicht besonders musikalisch veranlagt. Ich sang aber doch, wenn ich sicher war daß niemand mich hörte. Regellose, wilde Improvisationen sang ich. Hohe A's der Begeisterung und tiefe C's abgründiger Melancholie, und ich schwelgte in den eigenen Tönen.

Ich erlebte immer alles allein. Ich war der personificirte Monolag. Man spricht nicht laut mit sich selbst, das würde einem ganz verrückt vorkommen, aber singen – ja.

Du hättest sehen sollen, wie ich durch den Garten raste, – einmal stolperte ich dabei über ein Mistbeet und zerbrach eine Scheibe. Ich wand mir einen Zweig rother Bohnenblüten um's Haupt – rother Mohn wäre mir lieber gewesen, aber es gab keinen im Garten. Und die Rosen hatte die Wirtin alle gezählt.

In meinen Gesangs-Improvisationen nannte ich Walter meist Oswald – ich weiß nicht recht warum. Walter war ein gar zu braver Name, so ganz ohne Schwung. In allem wollte ich Ueberschwang. Bei Gott, ich glaube ich war eine platonische Bacchantin.

Und dann kam ein Abend – wir jagten uns, und ich floh in eine Gaisblattlaube, er fand mich und – da lag ich in seinen Armen, da hing ich an seinem Munde. Da waren wir nun verlobt, ich wenigstens, ob er, das weiß ich nicht so genau; es ist aber wahrscheinlich, er war ja, man nennt es sterblich verliebt, unsterblich jedenfalls nicht.

Einen ganzen Sommer dauerte diese heimliche Verlobung. Schon das Geheimniß an und für sich war beglückend. Und wenn ich mich in verstohlenen Augenblicken an ihn schmiegte, wenn ich seine Liebkosende Hand auf meinem Scheitel, an meiner Wange fühlte, so erfüllte diese Liebe ohne Leidenschaftlichkeit meine ganze Seele mit weichem Glanz. Wir schrieben uns ab und zu Briefe, die wir uns verstohlen zusteckten.

Diese Briefe, – ich schrieb sie als Sechzehnjährige – sind mir später wieder in die Hände gefallen. Wie, ist ja gleichgültig.

Die Röthe der Scham stieg mir ins Gesicht, als ich sie nach Jahren noch einmal las. Das hatte ich geschrieben! diese abgeschmackten, gefühlsarmen, ganz thörichten Verlogenheiten! Und ich erinnere mich gut, ich kritzelte sie nicht etwa flüchtig hin, nein, ich hatte über Stil und Inhalt nachgedacht, mich förmlich in's Feuer der Gefühle hineincommandirt. Ich hatte mir auch so viel Mühe mit der Handschrift gegeben. Sie war wie gestochen. Und Du weißt ja, daß ich eine ziemlich schlechte Handschrift habe.

Was meinst Du zu Wendungen wie diese: »O (das ›o‹ war stereotyp) mein Geliebter, möchte doch Deine Liebe etwas anderes sein als ein matter Stern zwischen Dämmerung und Nacht, eine Stunde zwischen zwei Ewigkeiten – der Vergangenheit und Zukunft, möchte sie nicht den Wasserrosen gleichen, die über einem Abgrunde blühen.«

Oder, aus einem andern Brief: »Spät ist's, fast Mitternacht, (es war höchstens halbzehn, man hätte mir nie erlaubt bis Mitternacht die Lampe zu brennen) geheimnißvolle Stille umgiebt mich; ich bin allein mit meinen Gedanken an Dich, meiner Sehnsucht nach Dir. Zwischen unsern Herzen hat die wunderbare Macht der Sympathie eine Brücke gespannt, die von keinem Sturm, von keiner irdischen Gewalt gebrochen werden kann. Ja, mein Walter, es giebt eine Liebe, wo Seele sich in Seele verliert, so daß Gedanke mit Gedanke zusammenklingt, und das unsichtbare Feuer der Gefühle zusammenglüht, ohne daß Auge dem Auge zu begegnen braucht, ohne daß wir uns anders denn als Geister fassen. – Wenn ich in Dein Auge sehe und seine Strahlen in mich trinke, (er hatte kleine, braune, glanzlose Aeuglein) dann lese ich in seiner Sternenschrift mein Schicksal, ein glückseliges. Ja! in Deinem Herzen habe ich meine süßesten Gefühle erfahren, in Deiner Seele meine besten Gedanken gedacht, Deine Gegenwart ist meinem Herzen eine athmende Athmosphäre der Poesie und ich fühle, aus Deinem Wesen entspringt mein Dasein.«

Als ich einmal einige Wochen mit einer Tante auf dem Lande zubrachte, schrieb ich: »Ich habe hier Augenblicke, wo ich ergriffen werde von jener ruhigen, süßen Fülle der Zufriedenheit, von jenem himmlischen und stillen Entzücken, in welchem das Herz bei dem Uebermaß seines Wonnegefühls wie in sanftem Schlummer ruht. Jede Empfindung in mir ist der Spiegel eines lieblichen, wolkenreinen Himmels. Göttliche Andacht ist in dieser Stille der Natur, wie wenn aus dem odemlosen Herzen aller Dinge Gebete emporstiegen. Alles um mich her wird Nahrung für meine Liebe, das Schweigen des Mittags, die heilige, beredte Ruhe der Dämmerung, ihr Rosenhimmel, ihr Schatten und ihr Thau wirken meinem Herzen leisen Liebeszauber. Die bleichen Sterne, der geheimnißvolle Mond, die Winde, welche die ungemessene Luft bewegen – Pilger aus einer ewigen Heimat nach einer unerforschten Grenze – der schrankenlose Himmel, zu dem niemand emporblickt ohne unbestimmte Sehnsucht nach Etwas, das die Erde nicht hat, ohne die Empfindung eines früheren Dasein's, in welchem wir dieses Etwas besaßen; die heilige Nacht, der feierliche, alles umfassende Schlaf, der in seiner Ruhe den Tod anzudeuten scheint – das alles redet für mich eine deutungsvolle Sprache der Liebe.«

Nicht die reine Paula Erbswurst aus dem Kladderadatsch?

Und einige Tage später: »In der Liebe werden tausend Fäden aus allem, was hart und selbstisch ist, gelöst, um sich in eine einzige heilige Schleife neu zu verknüpfen. Was für ein Abend heut! Mit Deinem Brief an den Lippen eilte ich in's Freie, die Sterne, die Kinder des Himmels, blühten eben in ihrem nächtigen Dasein auf. Ihr Widerschein erzitterte im Wasser; heilig und rein schwebte ihr stilles Licht zu mir nieder. Nie sank ein Abend mit süßerer Lust, mit beruhigenderem Balsam auf mein leise erschauerndes Herz nieder. Die Luft still, odemlos, zart leuchtend, der Mond in die Bäume hineinglänzend, die Hügel wachsend im Schatten der Nacht, das Rinnen des Wassers, all die unnennbaren Laute im Nachttraum der Natur, sie schmolzen zu einem Einklang zusammen, einer tiefen, stillen, unerschöpflichen Wonne. Du warst mir unaussprechlich nahe.«

Den Preis aber verdient ein Brief, den ich schrieb, als er mir von einem starken Schnupfen berichtet hatte. Er schließt mit den Worten: »ich bin zu schmerzlich aufgeregt, um Dir weiter schreiben zu können. O Geliebter, laß die Thränen, die diesen Brief begleiten meine Bitte unterstützen: Schone Dich! Keine Ahnung hast Du von dem unendlichen Schmerz, der mein ganzes Wesen durchbebt, seitdem ich Deinen Brief in meinen Händen, auf meinem Herzen habe. Ich kenne ja Deine hohe Begeisterung für alles Große und Schöne, ich weiß wie die Zustände des Vaterlandes Dich ergreifen, um meinetwillen, Du tausendmal Geliebter, zügle Deine Leidenschaftlichkeit, nie habe ich mehr gefühlt, wie unaussprechlich ich Dich liebe.«

Ich hörte förmlich, wie er nach der Lektüre dieses Briefs, kräftig und fidel nieste, und Prosit sagte.

Nichts als eine Feder- und Tinten-Erregung war's; ich war mir aber meiner Verlogenheit durchaus nicht bewußt. Ich meinte, eine Braut müsse schöne Briefe schreiben, und gerade solche Briefe.

Und dieses alberne Wortgeklingel, diese Briefe an einen Walter Bucher! Er muß sich ja vor Lachen über den übergeschnappten Backfisch geschüttelt haben.

Und er hat mich doch geheiratet. Sonderbar!

Meine Mutter sorgte dafür, daß die Bäume unseres Glück's nicht in den Himmel wuchsen. Sie fühlte wieder einmal das Bedürfniß mit mir ins Gericht zu gehen. Unter allen möglichen Fehlern schrieb sie mir auch den der Unordnung zu. Meine Kommode wurde einer Revision unterworfen. In der Kommode lagen Walter's Briefe, wohlverborgen in den Falten eines – pardon – Hemdes. Mein bebender Griff nach dem Hemde verriethen der Mutter die Contrebande.

Die Briefe wurden confiscirt, verbrannt. Walter, der nicht in der Lage war zu heirathen, aus dem Hause verbannt.

Er schrieb mir noch einmal ein paar Zeilen, die für die Eltern mit berechnet waren. Ich möchte auf die Zukunft vertrauen. Dann verschwand er aus meinem Gesichtskreis.

Nach diesem schrecklichen Ereigniß bemühte ich mich redlich – die Lektüre von Bulver's »Pilgrim am Rhein« gab mir vielleicht die Anregung – die Schwindsucht zu bekommen, theils zu Ehren meines zerrissenen Herzens, das ich Walter schuldig zu sein glaubte, theils weil ich überhaupt die Schwindsucht poetisch fand. Ich machte Gedichte auf die Poesie meines frühen

Todes, hüstelte immerfort (was keiner in der Familie bemerkte), aß wenig, wurde von dem Wenigessen immer magerer, und arbeitete bereits nach Herzenslust an der Ausmalung meines Sterbens und Begrabenwerdens, auch an Walter's Verzweiflung. Letztere schien indessen ebenso heilbar wie mein zerrissenes Herz. Er machte keinerlei Anstrengungen die Beziehungen zu mir aufrecht zu erhalten, und ich stellte das Hüsteln allmählich ein, und gab die Schwindsucht auf, der doch mehr ein Situations- und Stimmungsreiz zugrunde gelegen, als das Herzensbedürfniß aus Liebe zu sterben.

Stimmung war von jeher ein Hauptfaktor in meinen Erlebnissen gewesen, wie es ja auch Landschaften giebt, gemalte, bei denen Zeichnung, Composition, Wahrheit der Farbe kaum in Betracht kommen. Stimmung ist alles.

In einem engen, engen Raum spielte sich mein inneres Leben ab. Ich könnte es mit einem jener kleinen Gärtchen im Süden vergleichen; sie sind kaum größer als eine Stube, eine hohe Mauer schließt sie ein. Aber drinnen blühen Feuerlilien und Granaten, und eine Palme und ein Limonenbaum, der duftet berauschend, und an der Mauer ranken sich wilde Rosen empor, viel wilde Rosen, und ein Brünnlein rauscht und sprudelt dazwischen.

Was jenseits der hohen Mauer ist – eigentlich doch fast alles – existirte für mich nicht.

Meine Mutter hatte es endlich aufgegeben mich mit Handarbeiten zu martern. Ich erhielt jetzt die Erlaubniß das Lehrerinnen-Seminar zu besuchen. Ein ganzes Jahr meines Lebens wurde dabei geopfert.

Wer nennt die Leitfäden alle, die in diesem Seminar zusammenkamen, um einen lebendigen Geist in eine mechanische Lernmaschine zu verwandeln. Ich lernte das ganze Linné'sche System der Botanik auswendig, die ganze Zoologie, von den kleinsten Amphibien bis zu den größten Säugethieren, lernte ich auswendig, alle Flüsse Europa's mit ihren Nebenflüssen, alle Geschichtstabellen von den alten Griechen und Römern bis zur neusten Zeit. Dreißig Gesangbuchlieder saßen niet- und nagelfest in meinem Hirn, und unzählige Bibelsprüche auch.

Es war fürchterlich. Ein reines Flügelknicken. Ob es jetzt anders geworden ist, weiß ich nicht.

Walter hatte ich beinah vergessen.

Da erhielten meine Eltern eines Tages einen Brief von ihm, in dem er regelrecht um meine Hand anhielt.

Eine Anstellung in der Redaktion einer größeren Zeitung gab ihm die Möglichkeit zu heirathen.

Meine Eltern gaben gern ihre Einwilligung.

Anfangs war ich eigentlich mehr verwundert als glücklich. Sonderbar, daß er mich noch liebte. Warum war er ein ganzes Jahr verstummt? Aus Gewissenhaftigkeit? So wenig Menschenkenntniß ich besaß, das glaubte ich doch nicht.

Ich war sogar etwas enttäuscht. Ich hatte ja nach bestandenem Examen als Lehrerin in's Ausland gehen wollen, nach Paris, London, Rom, ja hauptsächlich nach Rom. Daraufhin hatte ich schon wieder die schönsten Luftschlösser gebaut, in denen Gondeln, die sich auf blauen Wogen südlicher Meere schaukeln, Palmen, Marmorsäulen um die sich Rosen winden, die bekannten, durch dunkles Laub glühenden Goldorangen, und überhaupt lauter Sachen, die in Berlin nie vorkommen eine Rolle spielten. Damals war der Gouvernanten-Roman in Flor. Jede Gouvernante trug in ihrer Mappe eine Gräfinnenkrone, jede war eine Jane Eyre.

Diese Luftschlösser fielen zusammen, da ich nun verlobt war – viel zu lange, beinahe ein Jahr. Etwas in mir war gegen die Verlobung. Ach, ich bin noch nie meiner innern Stimme gefolgt. Wind und Wellen überließ ich mein Lebensschifflein, es dahin zu treiben, wohin es dem Wind und den Wellen eben beliebte.

Während der Brautschaft – wie anders war sie als die heimliche Verlobung – spielte sich mein Seelenleben so ziemlich nach der Schablone der meisten andern jungen Mädchen ab. Wir betrugen uns ganz wie ein Durchschnittsbrautpaar. Er wollte mich lehren eine Cigarette zu rauchen, ich steckte ihm Süßigkeiten in den Mund, und er biß mich in den Finger. Wir zankten und versöhnten uns in einem Athem. Es war wohl die einzige Zeit meines Lebens wo ich launenhaft war und zum Widerspruch geneigt.

Ich stand oft vor dem Spiegel, und ärgerte mich über die damalige häßliche Tracht: eine wahre Diakonissinnentracht.

Ich versuchte durch kleine Verschönerungen, von denen ich hoffen durfte, daß sie dem Luchsauge meiner Mutter entgehen würden, der Nüchternheit der Tracht etwas abzuhelfen. Besonders in Betreff der Kragen zeigte ich mich erfinderisch, indem ich sie durch Frisuren, oder sonst eine phantastische Zuthat poetisirte. Ich riskirte sogar einige Löckchen an den Schläfen.

Eigentlich verbrachte ich den ganzen Tag in ruheloser Erwartung Walter's.

Kam er dann, so blieb alles hinter meiner Erwartung zurück. Und war er gegangen, und ich lag auf der Bank unter den Nußbäumen, und wollte in stillem Nachglück mir zurückrufen, was er gesagt, wie er ausgesehen, so gings nicht recht. Irgend ein Hinderniß war da. Walter ist eine so positive Persönlichkeit, schwer in Träumen und Extasen unterzubringen. Und da war es plötzlich der Fremde im grauen Mantel, den meine Träume einfingen.

Ich hatte in den Begriff eines Verlobten, wenigstens meines Verlobten, etwas von Lohengrin, Danton oder Romeo hineinphantasirt. Walter etwas von Lohengrin oder Danton! Er hatte nicht einmal mehr einen Schimmer von dem einstigen Schwarz-roth-gold an sich. Er schillerte, ja – in welchen Farben wußte ich nicht recht, aber er schillerte.

Ich correspondirte ab und zu mit Paulinchen, meiner Schulfreundin, die mit ihren Eltern in eine kleine Stadt gezogen war. Sie wollte wissen wie Walter aussähe. Wie ich mich hinsetze um darüber zu berichten, weiß ich nicht was ich schreiben soll. Wie sieht er denn aus? Ich schrieb: »er sieht gut aus, ist lang und schlank, den Kopf etwas vorgestreckt, die Arme etwas schlenkernd. Sein lockiges, flattriges Haar fällt in einer Byronlocke über eine hohe Stirn die weißer ist als sein übriges Gesicht. Er hat – wie soll ich sagen – so nebensächliche Augen, Augen die können nicht fragen und nicht forschen, die wissen schon immer alles. Er lächelt nicht, es ist immer gleich ein Lachen, und das Lachen klingt etwas heiser. Besondere Kennzeichen fehlen.«

Klang das nicht beinahe lieblos? Aber man kann doch jemand sehr, sehr lieb haben, auch wenn er Schwächen hat.

Einmal, auf einem Spaziergang, sprach er von seinem bescheidenen Einkommen, und ob mir das auch genügen würde u.s.w. Ich war entrüstet. Ein Verlobter von Geld sprechen! Es kam mir ziemlich so unmöglich vor, als wenn Lohengrin und Elsa sich vor der Hochzeit in einem Duett über die Höhe des Wirthschaftsgeldes hätten auseinandersetzen wollen. Von Geld hatte ich überhaupt keine rechte Vorstellung. Es interessirte mich gar nicht. Eine Wohnung hat man ja doch immer, und auch genug zu essen. Wenn man sich nur liebt!

Walter lachte über meine Entrüstung, und meinte, daß selbst eine Heilige sich am schönsten von einem Goldgrund abhöbe, wenn ich aber als Hintergrund eine grau- oder grüngetünchte Hinterstube vorzöge, so würde er mich auch in grau und grün anbeten.

Er lachte immer, wenn er Schmeichlerisches sagte. Das verletzte mich beinah. Man weiß doch auch ohnedies, daß solche Schmeicheleien nicht ernst gemeint sind.

Ich lernte Walter erst jetzt ein wenig kennen, nicht sehr. Daß er flott war, sehr flott, lebendig wie Quecksilber, oft wirblig, mißfiel mir nicht. Aber ich weiß nicht, wir kamen uns nicht näher.

Er erzählte auch jetzt wieder mehr als einmal von seinen Abenteuern am 18. und 19. März, aber anders als früher, übertriebener und zugleich komischer. Er sprach fast davon wie von einer Jugendeselei.

Trotz des Springenden, Hastenden in seiner Art fanden ihn alle urgemüthlich. Meine Mutter imponierte ihm nicht im geringsten.

»Mamachen, sagte er, ich esse Fisch gern, koche heut Karpfen in Bier, mir zu Liebe!« Und sie kochte Karpfen in Bier, ihm zu Liebe.

Er konnte meine Mutter um den Finger wickeln, eigentlich die Andern auch, besonders meine dritte Schwester, das Engelsköpfchen schwärmte für ihn. Wir nannten sie Engelsköpfchen wegen ihrer goldblonden Locken und weil sie so zart und blauäugig war.

Wenn wir alle im Wohnzimmer beisammen saßen, war Walter von sprudelnder Laune. Unter vier Augen mit mir, wußte er nicht recht, was er reden sollte. Alle Augenblicke stockte die Unterhaltung. Und dann wiederholte er immer dieselben Liebesbeteuerungen, so daß mich zuweilen eine leise Ungeduld beschlich, oder er füllte die Pausen mit überwallender Zärtlichkeit aus. Wirklich Zärtlichkeit? Seine Liebkosungen thaten der Seele weh. Ich hatte so lange nach Liebkosungen geschmachtet, und nun – – seine Art – flattrig und robust zugleich, spannte mich ab, höhlte mich aus, reizte mich zur Abwehr. Ich wußte nicht was ihr fehlte, jetzt weiß ich's. Seiner Zärtlichkeit fehlte – ich. Mit dem Engelsköpfchen wäre er gewiß noch zärtlicher gewesen. Sie gefiel ihm sehr, er scherzte mit ihr, zuweilen saßen sie Hand in Hand. Das ließ mich ruhig. Er war ja mein Verlobter. Wenn er mich nicht liebte, würde er sich doch nicht mit mir verlobt haben. Der Begriff der Untreue existierte für mich noch nicht.

Ich vermied gern mit ihm längere Zeit allein zu sein. Ich hatte ihn viel lieber im Beisein der Anderen. Später begriff ich erst, daß er ein Publikum brauchte. Er war wohl nie mit sich allein, kaum gern zu zweien. Viele – das war ihm das liebste. Je mehr, je besser.

Ich war mir meiner Unbildung voll bewußt. Ich dürstete nach Kultur.

Es kommt mir jetzt beinah unglaublich, lächerlich vor, daß ein Mensch – das ist ein junges Mädchen doch auch – in der Metropole der Intelligenz leben kann, fast ohne Berührung mit allem, was die Welt bewegt. Gerade nur ein wenig Literatur und Kunst sickerte durch.

Einer strengen Schulung hätte ich bedurft, um meinen vagabundirenden, ziellosen Geist irgendwo anzusiedeln.

Eine unbestimmte Hoffnung hatte ich auf Walter gesetzt, daß er etwas in mir wecken sollte was schlief. Ach, Walter war kein Wecker, nein, nicht im mindesten. Ein Mensch mit Augen, die nicht fragen können, die immer alles schon wissen. Und Küsse, die weckten nichts in mir – nichts.

Mich beschlich zuweilen, wenn ich längere Zeit mit ihm allein war, etwas wie – warum nach einer Umschreibung suchen – es war geradezu Langeweile.

Wir saßen oft lange, Hand in Hand, steif auf dem Sopha. Es scheint, es war damals üblich, daß Brautpaare Hand in Hand steif auf Sopha's saßen. Es ermüdete so.

In einer Nacht geschah mir etwas Merkwürdiges, was ich mir bis heute nicht erklären kann.

Ich war mit Walter einige Male in der Oper gewesen. Wir saßen immer in der ersten Reihe des Parquets's.

Im Orchester dicht vor mir hatte ein Geiger seinen Platz. Er fixirte mich oft, während er spielte. Er hatte eigentümlich grünlich braune, sprühende Augen, und sein Blick – tief, tief saugend, als wüßte er etwas geheimnißvolles, daß ich errathen sollte. Der Blick hatte sich förmlich bei mir eingebohrt.

Einmal fanden wir im Parquet keinen Platz mehr, und saßen wo anders. Ich sah den Blick des Geigers umherirren. Er suchte mich, er fand mich nicht, und ich glaubte aus dem Orchester heraus seinen Bogenstrich zu hören, als riefe er mich.

In der Nacht träumte ich von ihm. Das heißt ich sah ihn nicht, ich hörte nur seine Geige. Aus einem tollen Concert kreischender Instrumente heraus hörte ich sie; anfangs langgezogene Töne aus der Ferne, einschmeichelnd, mich umkosend, dann wurden sie immer stärker, lockender, drängender, dann war's keine Geige mehr, eine Glocke war's, und die Glocke war in meiner Brust, und läutete – läutete – als wollte sie mir die Brust sprengen. Ich erstickte – –

Mit einem wilden Schrei erwachte ich. Mein Herz klopfte hämmernd. Etwas unheimlich starkes, über das ich keine Gewalt hatte durchdrang mich, eine unbezwingliche Sehnsucht hin zu dem Geiger. Ich sprang aus dem Bett. Ich griff nach meinen Kleidern. Ich stürzte zur Thür. Ich wollte zu ihm, ich mußte. Wie denn? ich wußte ja gar nicht, wo er wohnte.

Ich riß das Fenster auf. Im lichten Ocean schwamm der Mond. Der Wind wehte kalt. Von der Kälte erlosch die Hallucination. Ich kroch zurück in's Bett,

Seitdem bin ich während meiner Brautzeit nicht mehr in's Theater gegangen

Meine Mutter konnte es sich nicht versagen, Walter auf meine Hausfrauenmängel vorzubereiten; den Speisekammerschlüssel würde ich sicher immer stecken lassen, in der Küche würde es drüber und drunter gehen, da ich ja kaum imstande wäre Pfeffer von Insektenpulver zu unterscheiden, na – und die Löcher in seinen Strümpfen!

Walter pflegte auf solche Reden mit Scherzen zu antworten, später aber merkte ich doch, daß die Worte in seinem Gedächtniß haften geblieben waren.

Beim Nähen der Ausstattung brauchte ich glücklicherweise nicht zu helfen. Der Mutter machte es viel zu viel Vergnügen, selbst jeden einzelnen Gegenstand zu bestellen und zu bestimmen.

Sie nahm mich auch bei der Besorgung der Ausstattungsgegenstände nicht ein einziges Mal mit, weil ich ja doch nichts davon verstände. Ich wäre aber sehr gern mitgegangen, besonders beim Auswählen der Möbel und Kleiderstoffe.

Später erfuhr ich, daß die Mama von dem Geld, das der Papa für die Ausstattung ausgesetzt, einen Theil bei Seite gelegt hatte, um ihr eigenes Schlafzimmer neu einzurichten.

Anfang März war die Hochzeit.

Sie warf einen Schatten voraus. Am Abend vorher – ich war eben eingeschlafen – weckte mich ein dröhnendes Krachen. Meine Brüder, in Gemeinschaft mit dem Dienstmädchen hatten alte Töpfe und sonstiges Geschirr gegen meine Thür geschleudert. Die Köchin soll für den Zweck auch ganz gutes, kaum schadhaftes Geschirr verwandt haben.

Das nannte man Polterabend machen, war aber, so viel ich weiß, in gebildeten Kreisen kaum noch üblich. Ich fühlte mich erniedrigt, gemißhandelt. Ich bebte vor Zorn.

Kein glücklicher Stern leuchtete über meinem Hochzeitstag. Frostiges, häßliches Wetter. Es schneite. Damit das Wohnzimmer beim Hochzeitsmahl nicht zu heiß sein sollte, hatte man nicht eingeheizt. Und da stand ich nun fröstelnd, in dem weißen, decolletirten Atlaskeid. Ich wollte kein ausgeschnittenes Kleid, ich war doch zu mager. Es wäre eleganter dekretirte meine Mutter und damit basta.

Der hohe, steife Myrthenkranz auf dem glatten Scheitel stand mir nicht, der lange Schleier war zu schwer, er zog mir den Hinterkopf herunter.

Ich meine, mein Blick muß trübe gewesen sein, als ich mich in den Räumen umblickte, die ich nun für immer verlassen sollte. Kein Schatten von Wehmuth oder Rührung zog durch mein Gemüth. Da war kein Winkel, kein Mensch, an den sich liebe Erinnerungen für mich knüpften.

Mit überquellender Bitterkeit empfand ich, daß ich kein Zuhause gehabt.

Mein Blick fiel auf die Hochzeitsgeschenke, die eine lange Tafel bedeckten, Geschenke wie sie damals üblich waren: Eine Lampe, noch eine Lampe und noch eine. Und kleine Löffel und große Löffel und Messer und Gabel, und ein Cognacservice, und noch ein Cognacservice, und eine Bowle. Ein Scherzbold hatte einen mit einem Damenschuhanzieher zusammengebundenen Stiefelknecht gestiftet, u.s.w.

Von Herzen kam nichts, zu Herzen ging nichts.

Um 1 Uhr sollte die Trauung sein. Von elf Uhr an mußte ich fix und fertig in vollem Staat dastehen, zur Brautschau. Und das Hauspersonal, und all die Leute, die ab und zu in unserm Haushalt beschäftigt waren, traten an: Die Dienstmädchen, die Näherin, die Plätterin, die Friseurin, die Waschfrauen, sogar die Hökerfrau. Und die Näherin brachte ihre Tochter mit und die Plätterin ihre Nichte. Und die Freundinnen meiner Schwestern kamen auch. Und alle waren in Extase über mein weißes Atlaskleid mit der Schleppe, und sie sagten alle nichts, und ich sagte auch nichts, und ich fühlte wie von der Kälte meine Nase roth wurde.

Und zuletzt kam die Großmutter in dem grünblauen Changeant, mit einer riesigen neuen Haube, und ihr Geschenk bestand in einem sinnigen Scherz: Ein Futteral, und wie ich es aufmachte, purzelten aneinander gereiht, ein Dutzend ganz kleiner Püppchen heraus.

Das war zu viel. Bebend lief ich aus dem Zimmer, und meine Hand tastete an dem Myrthenkranz mit der Lust ihn abzureißen.

Und nun das Schrecklichste.

Die Gäste waren versammelt. Der Brautwagen stand vor der Thür. Walter war nicht da. Eine Viertelstunde nach der andern verrann, er kam nicht. Mein Vater sah fortwährend zum Fenster heraus, meine Mutter war böse. Die Gäste flüsterten und sahen gespannt und neugierig zu mir herüber. Mir stand das Herz beinah still. Ich glaubte bestimmt, die Hochzeit wäre Walter in der zwölften Stunde leid geworden, und er würde gar nicht kommen.

Er kam aber doch, als es fast schon zu spät war. Ungeheuer vergnügt kam er. Er hatte sich bei einem Abschiedsfrühstück mit Freunden (Abschied vom Junggesellenstande) einfach verspätet.

Unsagbar wie vergnügt er aussah.

Meine Stimmung sank immer tiefer.

Die Trauung: Der Schnee hatte sich in feinen Regen gelöst. Naßkalt und trübe war's draußen. Naß kalt und trübe die Atmosphäre in der kahlen Kirche. Eine Menge fremder Leute waren gekommen, der feierlichen Handlung beizuwohnen, darunter die Näherin mit der Tochter, die Plätterin mit der Nichte, und die Freundinnen meiner Schwestern, die immerzu kicherten. Sie kamen mit triefenden Schirmen und Regenmänteln, und theilten der ganzen Kirche die muffige Atmosphäre von abgestandener Nässe mit.

Ein halbes Dutzen Kerzen vor dem Altar tauchten das Emporium in trübe Dämmerung.

Gemessen, fast wie zu einer Trauerfeier, schritt der Brautzug aus der Sakristei zu den Plätzen vor dem Altar. Ueber die Steinfliesen rauschten die seidenen Kleider der Damen. Und alle hatten so strenge, wichtige Gesichter, als wäre ihre Gegenwart bei der Hochzeit maßgebend. Ich war Nebensache. Die kleinen Geschwister mit Blumensträußen. Der Küster ordnete meine Schleppe. Mich fror.

Die Traurede: Die herkömmlichen Phrasen von Liebe und Treue, von heiligen Pflichten, Gehorsam, Demuth, Ewigkeit und Gottvertranen. Warum singen die Prediger nicht ihre Trau- und Trauerreden? etwa im Recitativton eines Opern-Wotan? es würde viel eindrucksvoller sein.

War das meine Hochzeit? Stand ich da vor dem Altar? Ich war nicht dabei.

Und als es zum Jasagen kam, ängstigte ich mich so, Walter könne in seiner unbezähmbaren Heiterkeit anstatt »Ja« »Na ob« – oder »I wo« – oder etwas ähnliches sagen. Er sprach so gern berlinisch

Nur in den Orgeltönen am Anfang und am Schluß der Feier, da war etwas von weicher, mitleidiger Menschenliebe, und wären nur Walter, ich und die Orgel in der Kirche gewesen, es wäre wohl echte Hochzeitsstimmung über mich gekommen.

Wo es in der Seele der Braut feierlich singt und klingt, wären gerade nur die Chöre von Lohengrin's Brautgesang gut genug.

Während der Trauung mußte ich daran denken, wie ich früher mit solcher Seligkeit empfunden: ich werde lieben.

Liebte ich jetzt?

Vielleicht, wenn die Kirche nicht so häßlich, die Rede nicht so hohl, Walter nicht so vergnügt, und überhaupt alles anders gewesen wäre. Mein Phantasieleben hatte mich in gewissem Sinn veräußerlicht.

Das Hochzeitsmahl: Zehn bis zwölf beim Koch bestellte Gänge.

Am Anfang des Mahls Stille, Steifheit. Allmählich aber schmolz das Eis, und mit jedem weiteren Glas Champagner ein Crescendo von Heiterkeit, die schließlich zu einem toll lustigen Spektakel ausartete. Und all die rothen, erhitzten Gesichter, die oft zweideutigen Scherze, das Knattern der Knallbonbons, das ausgelassene Gelächter, die Toaste mit donnernden Hoch's und klirrenden Gläsern – es gemahnte beinah an ein kleines Bacchusfest, Bacchus aber nicht als dyonisischer Jüngling gedacht, viel eher Bacchus mit dem Schmeerbäuchlein und der rothen Nase, auf einer Tonne reitend.

War das meine Hochzeit? Saß ich an dieser Tafel und aß und trank mechanisch? Ich war nicht dabei.

Und Walter? Der hatte mir gleich nach der Trauung Vorwürfe gemacht, (halbscherzend) daß meine Schwestern hübscher aussähen als ich. Er hatte ja recht. Eine verstimmte Braut mit einer rothen Nase.

Während des Mahl's war er ganz der liebenswürdige und geschmeidige Weltmann. Keine zehn Minuten blieb er an meiner Seite. Ich war ihm so dankbar dafür.

Ich war immer in Angst man könnte mich ansehen. Da man sich aber für Walter mehr interessirte als für mich, zog er die Aufmerksamkeit von mir ab.

Er ging von einem zum andern, plauderte aufs lebhafteste, stieß mit den Großen und den Kleinen an, aß ein Vielliebchen mit dem Engelsköpfchen, küßte meine Schwestern durch die Bank, und entzückte alle.

Entschieden – ich war nicht dabei. Walter war mir wie in eine weite Ferne entrückt.

Siehst du Arnold, so wurden in gut bürgerlichen Familien die Hochzeiten begangen. Und man feiert sie noch immer, diese Hochzeitsfeste, die nicht geschmackvoller sind, als es früher die Leichenschmäuse waren, und sie bilden einen so schreienden Contrast zu dem Seelenbild eines jungfräulichen Mädchens, das mit dem geliebten Mann vor den Altar tritt: Ein Psalm in Knittelversen.

Ich meine, ein Mädchen muß sehr tief und sehr innig lieben, wenn solche Feste mit ihrem vulgären Trara nicht bis in die junge Ehe hinein ihre Schatten werfen sollen.

Auch später, als Walter mit mir im Wagen saß, blieb er noch immer für mich in eine Ferne entrückt wie an der Hochzeitstafel. Ich empfand im eigentlichsten Sinne nichts – gar nichts, absolut nichts. Ich war nicht dabei. Und als er meine Hand in der seinen hielt, und so laut und übermütig von dem Glück sprach, daß ich nun ganz sein wäre, sein geliebtes Weib – schwieg ich. Ich war wie eine Uhr, die man vergessen hat aufzuziehen.

Dieser inneren Eingefrorenheit lag nicht etwa eine Abwehr gegen Walter, oder sonst irgend etwas ihm unfreundliches zu Grunde. Durchaus nicht. Die Schneeflocken, die so einschläfernd niederrieselten, trugen zu der Hypnose bei, und daß er so laut sprach, und der Reflex der Laternen auf seinen neuen Lackstiefeln und daß er Wein getrunken hatte, und daß ich von all dem Ungemach der Hochzeitsfeier körperlich erschöpft war.

Die Hauptsache aber: meine Seele hatte sich wieder in ihr Schneckenhaus verkrochen. Das that sie immer, wenn sie die Fühlhörner herausstreckte, und die Atmosphäre nicht warm und rein genug fand.

Daß diese Fahrt je ein Ende nehmen, daß ich aus dieser Starrheit je wieder zu mir kommen würde, konnte ich mir gar nicht vorstellen.

Zu Hause! – In jedem der drei Zimmer brannte eine Lampe, die eine roch ein wenig nach Petroleum. Auf dem Tisch im Wohnzimmer ein großes, buntes Bouquet in einer Papiermanschette. Die Möbel standen alle am richtigen Platz. Der Schreibtisch am Fenster. An der großen Mittelwand das Sopha mit grünem Rips bezogen, davor der Tisch mit einer grünen Ripsdecke, zu beiden Seiten je ein Fauteuil, auch mit grünem Rips bezogen. Vor den Fenstern broschirte weiße Gardinen. Und noch ein paar Stühle, und ein Schränkchen und ein – Nähtisch. Am zweiten Fenster stand er, mein Feind. Und ein Spieltisch. Sollte ich denn Karten spielen? Das aber muß ich zum Lobe der Wohnung sagen, es hingen keine Oeldruckbilder an den Wänden, überhaupt gar nichts; dagegen – das merkte ich erst in den nächsten Tagen – kam nie ein Sonnenstrahl in diese Nordzimmer.

Ein Kanarienvogel und ein Blumentisch, das wäre so nett gewesen. Ein Blumentopf mit recht viel blühenden Rosenknospen hätt's auch gethan, oder ein rother Schirm über einer der drei Petroleumlampen, oder gar keine Lampe, und nur der Mond.

Aber ein Mädchen war da, das Mädchen für Alles. Sie stand auf der Schwelle, und schmunzelte so komisch, und hatte so runde neugierige Augen, und mit den dicken rothen Händen wollte sie mir den Myrthenkranz abnehmen. Und sie nannte mich Madame (das »Gnädige Frau« war noch nicht Mode) Ich eine Madame! Gräßlich.

Daß man noch nicht einmal darauf gekommen ist an Hochzeitsabenden das Mädchen für Alles einzusperren. Und überhaupt – ach!

Ueber das, was ich für Walter empfand, war ich mir damals nicht klar. Jetzt bin ich klar. Ich liebte ihn eigentlich nicht. Aber ich hatte ihn lieb, sicher keinen andern auf der Welt lieber als ihn. Keinen Menschen lieb zu haben geht doch nicht. Und ich wollte ihn immer mehr lieben, recht aus Herzensgrund.

Es scheint, daß gewisse uns anerzogene Begriffe auch ganz bestimmte Gefühlsregister in uns aufziehen. Daß ich nun sein Weib war, schon diese Vorstellung allein entband einen Strom herzlicher Empfindungen in mir.

In den ersten Wochen meiner jungen Ehe hatte ich oft Thränen in den Augen. Thränen des Glücks? Nein. Thränen einer reinen, ich möchte sagen frommen Rührung. Ein Orgelton war in meiner Stimmung, auch etwas Harfe. Es rührten mich auch meine eigenen so sehr edlen Grundsätze. Die beste, pflichtgetreueste aller Frauen wollte ich werden. Und daß der Alpdruck des elterlichen Hauses von mir genommen, daß ein neues Leben vor mir lag, und daß der Frühling da war.

Auch Kindisches, Grünjunges lief dabei mitunter: Der weißseidene Hut mit dem Hyacinthenzweig, und das feine, bläuliche seidene Kleid, das ich nun alle Tage tragen durfte. Und der Stolz darauf, daß ich eine junge Frau war. Ich ging sogar damit um, kleine Häubchen zu tragen, damit jeder gleich merken sollte, daß ich eine junge Frau war. Und daß ich so hübsch war, das freute mich auch.

Ich schwöre Dir Arnold, nie hat eine Frau mehr Talent zur Gattin gehabt als ich. Schade nur, daß zwei dazu gehören, um ein solches Talent auszuüben.

Es hätte so wenig bedurft eine Mustergattin aus mir zu machen. So viel quellende Demuth und Zärtlichkeit war in mir. Ich fühlte mich als seine Sache. Mich an seine Brust zu schmiegen, ihm zu folgen, immer zu folgen, weiter wollte ich nichts. Sinnliches war kaum dabei. Das war nicht gut – seinetwegen.

Ich war ein Kind, ein unbeschriebenes Blatt. Und doch ganz fraulich gestimmt, mit einem Stich ins Kleinbürgerliche. Denn auch Küche und Speisekammer, Walters Oberhemden, die Suche nach den billigsten Einkaufsquellen, und ob die Wäsche besser außer dem Hause oder im Hause zu waschen sei, das alles fand Raum in meiner hochgestimmten Brust. Ich wünschte mir lebhaft einen Bouillontopf und einen Fischkessel, die meine Mutter natürlich vergessen hatte.

Allzu lange hielt die feiertägliche Stimmung nicht an. Eine herbe Wirklichkeit rüttelte mich auf.

Das Ziel von Walters Ehrgeiz war die Eroberung der Bühne. Sein erstes Stück war schon vor unsrer Verlobung aufgeführt, aber vom Publikum abgelehnt worden. Die Vorbereitungen zur Aufführung des zweiten – er versprach sich einen außerordentlichen Erfolg davon – nahmen, fast unmittelbar nach unsrer Verheirathung, seine ganze Zeit und sein ganzes Interesse in Anspruch. Nicht nur leitete er alle Proben, er schrieb auch, wie er selbst sagte, seine Stücke zur Hälfte auf der Probe selbst.

Die größeren Rollen studirte er den Schauspielern und Schauspielerinnen ein.

Schon in den ersten Wochen unsrer Ehe kam er unregelmäßig nach Hause. Oft wartete ich stundenlang mit dem Mittagessen auf ihn. Ich hätte es für eine Verletzung meiner Hausfrauenpflicht gehalten, mich ohne ihn zu Tisch zu setzen. So hungerte ich mich ab, und kam er gar nicht, würgte ich später das verpruzelte Zeug trübselig allein herunter.

Sein zweites Schauspiel hatte einen großen Erfolg. Damit hoben sich nicht nur seine Finanzen, sondern auch seine gesellschaftliche Stellung.

Walter hatte, ungefähr bis zum Zeitpunkt unserer Verheirathung, in einer gewissen Enge und Unfreiheit gelebt, die teils durch seine Lehrerstellung, theils durch sein schmales Einkommen bedingt wurden. Diese Beschränkungen fielen nun fort, und sein eigentliches Wesen entwickelte sich mit überraschender Schnelligkeit, sowohl in seinen Vorzügen wie in seinen Schwächen. Er wurde außerordentlich nervös, bis zur Krankhaftigkeit nervös, und diese Nervosität kehrte sich hauptsächlich gegen mich. Ich fing an mich vor ihm zu fürchten, wie ich mich vor meiner Mutter gefürchtet hatte.

Nervöse Menschen sind so unberechenbar. Was sie heut freut, ärgert sie morgen. Ich ängstigte mich wenn eine schlechte Kritik über ihn in der Zeitung stand. Er war dann immer so böse auf mich. Ich wußte nie, was ich in einem gegebenen Augenblick zu thun oder zu lassen hatte, ob ich heiter sein sollte oder ernst, ob reden oder schweigen.

Ich plauderte etwa bei Tisch von kleinen, wirtschaftlichen Vorfällen. »Du willst wohl Conversation machen?« sagte er, »bitte incommodir dich nicht.« Ich brach jäh ab. Schwieg ich, so fragte er, ob wir bei einem Leichenschmaus säßen.

Einmal, als er mir aufgeräumt vorkam, erzählte ich ihm ein kleines Abenteuer, das mir auf der Straße passirt war: ein junger Mann, der mich verfolgte u.s.w.

Walter sah spöttisch drein. Und erzählte mir nun seinerseits ein Abenteuer, das er an dem selben Tage erlebt: eine königliche Prinzessin, die im Vorüberfahren, ihm die Rose, die sie in der Hand hielt, zugeworfen u.s.w., eine völlig unmögliche Geschichte.

Ich war ganz verdutzt, und brauchte einige Minuten, ehe ich verstand, daß er meine Mittheilung geschmacklos gefunden, und mir eine Lektion hatte geben wollen.

Seitdem hütete ich mich, ähnliche kleine Erlebnisse zu seiner Kenntniß zu bringen.

Walter ist einer der lautesten Menschen. Auch in seinem Zimmer schrie alles. Bücher, Stöcke, Cigaretten, Asche, Zeitungen, Briefcouverts, Handschuh, bunt durcheinander geworfen, auf Stühlen, Tischen, dem Fußboden, machten den Eindruck von Lärm. Je stiller es um ihn her war, je nervöser fühlte er sich. Getöse beruhigte ihn förmlich, er brauchte es. Darum fiel ihm meine Schweigsamkeit oft auf die Nerven. Auch alle seine Erlebnisse hatten etwas Lärmendes, Aeußerliches. Nichts ging in der Stille vor sich. Alle Welt wußte davon.

In den ersten Monaten unserer Ehe bewies mir Walter eine passionirte Zuneigung. Das änderte sich rasch.

Daß wir so wenig zusammenstimmten, ich eine der Stillsten im Lande, er einer der Lautesten – dieser Gegensatz wäre zu überbrücken gewesen, wenn er mich einfach und ehrlich lieb gehabt hätte. Ich wartete immer darauf, daß er sagen würde: »meine liebe, liebe Marlene.« Und ich wäre sein gewesen mit Leib und Seele. Er liebte mich wohl in einer Art, aber es war nicht meine Art.

In den meisten Fällen, wo die Ehe zwei nicht zusammengehörige Menschen vereint, gehören wohl Jahre dazu, ehe ihr Verhältniß, nach mancherlei Schwankungen, Experimenten und Kämpfen eine dauernde Gestalt annimmt, sei es eine freundliche oder feindliche.

So war es nicht bei uns. Von Kämpfen und Experimenten konnte nicht die Rede sein, aus dem einfachen Grunde nicht, weil Walter auf gar keinen Widerstand stieß, weil ich mich völlig passiv verhielt.

Nach kaum sechs Monaten hatten unsere Beziehungen sich so herausgebildet, wie sie dreizehn Jahr hindurch, bis zu meiner Abreise von Berlin, im wesentlichen geblieben sind, Beziehungen, wie er sie schuf, er sie wollte, nicht ich. Ich wollte nichts als seine liebe, pflichtgetreuste Frau sein.

Ach, wäre ich es auch geworden, er hätte für solch eine Perle gar keine Verwendung gehabt. Ein funkelnder, falscher Rubin wäre ihm lieber gewesen.

Wenn er zu irgend einer beliebigen Nachtstunde nach Hause kam, und er fand mich, zusammengekauert in einem Fauteuil oder auf der Chaiselongue, wartend, immer wartend, so sah er mich zuweilen so sonderbar an, als müßte er sich besinnen, wer ich eigentlich wäre, und was ich da wollte in seiner Wohnung, und ich las in seinen Blicken: ja, mein Gott, was soll ich denn nun lebenslang mit dieser kleinen Person da!

Ein ander Mal erschreckte er mich durch einen plötzlichen Ausbruch verliebter Launen.

Und ich wußte doch, daß er mich nicht liebte, ja mehr, daß er mich nie geliebt hatte, die kurze Zeit halber Verliebtheit, während unsrer heimlichen Verlobung, abgerechnet.

Warum hatte er mich geheirathet? Ja warum? Ich habe eine feine, feine Witterung für das, was ein Mensch denkt; hier aber stand ich vor einem Räthsel.

Ich grübelte darüber, womit ich ihm lästig fiel. Woran hinderte ich ihn? Ich fand nichts. Es verdroß ihn wohl nur die Thatsache, daß er verheirathet war. Er wäre so sehr gern unverheirathet gewesen. Aber war er denn verheirathet? Ich war's; er – kaum. Er war ja frei, frei wie der Vogel in der Luft. Ich habe nie den leisesten Versuch gemacht, ihn in seiner Freiheit zu beschränken.

Was er auch gegen mich thun mochte, kein Vorwurf ist je über meine Lippen gekommen.

Ich merkte, er wollte eine tüchtige, wirtschaftliche Frau. Er hatte die Ansicht, ich verstände nichts. Ich wollte ihm das Gegentheil beweisen, und wurde eminent wirthschaftlich. Wie es bei meiner Mutter üblich gewesen, verhängte ich alle 4 Wochen ein großes Reinmachen über das Haus. Und ich klopfte und scheuerte und rieb und seifte aus Leibeskräften, um die Wette mit unserm Mädchen für Alles. Ich meinte, das wäre wirthschaftlich, wenn man sich so recht abarbeite. Hinterher konnte ich dann vor Ueberanstrengung und Nervenerregung nicht schlafen.

Einmal, als ich in einer derben Küchenschürze, hochroth im Gesicht, gerade einen Besen gegen ein Spinngewebe schwang, klingelte es. Ich öffnete. Ein elegant gekleideter Herr wünschte der Herrschaft gemeldet zu werden. Er hielt mich für das Dienstmädchen. Ich ließ ihn zu Walter herein, hoffend, daß mein Gatte mich nicht bemerken würde. Aber er bemerkte mich und warf mir einen Blick zu, einen bösen, geringschätzigen. Der Besen fiel mir aus der Hand.

Wenn ich recht nachdenke, ja – meine Tugenden haben mir mehr Leid gebracht, als alles Unrecht, das ich mir später zuschulden kommen ließ.

Als Ehemann hatte Walter eine stark tyrannische Ader. Zwar befahl er selten direkt: »Thu dies oder laß jenes.« Oft sogar wenn ich ihn um seine Meinung fragte antwortete er: »thu was du willst.« Dann aber, das wußte ich genau, durfte ich am allerwenigsten thun, wozu ich Lust hatte.

Ich spähte immer in seinen Zügen nach seinem Willen, seinen Wünschen, und bald wußte ich, auch in Betreff der geringfügigsten Dinge, was ich in einem gegebenen Augenblicke zu thun oder zu lassen hatte. Z.B. wenn Walter gelegentlich eines besonders ehrenvollen Besuches irgend welche Delikatessen besorgt hatte, Caviar oder eine sehr teure Weinsorte, so hütete ich mich wohl, bei Tisch davon zu nehmen. Es hätte ihn geärgert. Delikatessen waren nicht für mich. Daß ich Caviar unvernünftig gern aß, war eben eine Anmaßung meinerseits.

Ich wollte auch durchaus kochen lernen, vertiefte mich in Kochbücher und brütete über Menüs. Was so ein Kochbuch complicirt ist! Wie sollte ich denn nun den Reis machen? à la milanese oder auf französische Art? Und die Klopse? Königsberger oder mit einer Sardellensauce? Und wenn ich dann mein Erlerntes in der Küche auf die Feuerprobe stellen wollte, so warf die Köchin die Kasserollen durcheinander, und zeigte ganz unverholen, daß Madams nicht in die Küche gehören. Und einmal versteckte sie einen gefüllten Hecht vor mir, den ich ihr absehen wollte. Sie ließ sich eben nichts absehen.

Darnach faßte ich einen Widerwillen gegen alle Wirthschaftsangelegenheiten, und ein paar Wochen ließ ich alles gehen, wie es gehen wollte bis ein Zornausbruch Walters über eine zu spät angerichtete oder angebrannte Speise mich wieder in's Geschirr trieb.

Ueberhaupt, für alle Versäumnisse in Küche und Haushalt machte er mich verantwortlich. Ich hatte doch aber nicht Köchin gelernt. Schien ihm ein Gericht nicht reichlich genug, so aß er ganz tückisch nichts davon, fragte, ob ich etwa wie der Heiland mit einem Brot Tausende speisen wollte, und ging – in ein Restaurant.

Einmal waren Motten in einen seiner Röcke gekommen. Darüber wurde er ganz wild, und um mich zu strafen, sprach er einige Tage kein Wort mit mir. Er strafte mich immer wie man Kinder straft!

Ich erkundigte mich in einer Drogueriehandlung nach dem besten Mittel zur Vertreibung der Motten. Naphtalin rieth man mir. Also versah ich das *corpus delicti* mit Naphtalin. So wüthend wie an diesem Tage habe ich Walter selten gesehen. Ob Naphtalin die Motten vertriebe, wisse er nicht, die Menschen vertriebe es sicher.

Ich ging zu meiner Mutter und fragte sie um Rath. Ich sollte die Sachen täglich tüchtig klopfen und lüften lassen, war ihre verständige Meinung. Als ich zu Hause der Auguste mit dem Klopfen kam, wurde die auch böse, wegen der Scheererei mit dem Klopfen.

Immer waren alle Menschen böse auf mich.

Meine Mutter – nein, die war nicht mehr böse auf mich. Die versorgte Tochter, ging sie nicht mehr viel an. Seit dem Tage der Hochzeit war ihr Verhältniß zu mir ein freundliches geworden, wenn sie auch nicht die geringste Theilnahme für mein intimeres Schicksal an den Tag legte. Wie sollte sie auch? Sie erfuhr ja nichts davon, und war jedenfalls der Meinung, daß wie in ihrer Ehe, so auch in der meinigen alles von selbst gehen würde. Ich besuchte sie ab und zu, und war ihr immer willkommen. Zu mir kam sie nur, um mir nach meinen Entbindungen, wie andere Bekannte auch, einen pflichtschuldigen Besuch zu machen.

In Betreff der Dienstboten konnte auch sie mir keinen Rath geben, wenigstens waren ihre Rathschläge nicht ausführbar für mich. Sie war für heilige Donnerwetter; noch mit dem borstigsten dieser Biester (das Wort Biest muß damals im Schwange gewesen sein) wäre sie fertig geworden.

Die Donnerwetter lagen mir nun einmal nicht. Ach, und überhaupt, diese schreckliche, unabsehbare Reihe von Lina's, Anna's, Augusten, Jetten, an denen all meine Hausfrauentugenden scheiterten.

Sehr Wohlwollende verglichen mich wohl mit der kleinen Dora aus David Copperfield, der so ganz Wirthschaftsunkundigen, die dabei so kindlich und ahnungslos war.

Ich ähnelte ihr aber in Wirklichkeit nicht im geringsten. Mag sein, daß ich keine besondere Hausfrau war, aber ich empfand meinen Mangel tief und litt darunter. Ich hatte Verständniß und Interesse für einen wohlgeordneten Haushalt, für gut zubereitete Speisen, für Zierlichkeit und Eleganz.

Alle meine Hausfrauenmängel hatten eine einzige Quelle: meinen Charakter, meine feige Schwäche. Ich, selber Magd, mehr als die Dienstmädchen, ich sollte nun plötzlich robusten, ramassirten Frauenspersonen gegenüber ein Herrschertalent entfalten!

Ich habe bis auf den heutigen Tag nicht gelernt, Untergebene zu ihren Pflichten anzuhalten. Mäßig gute Mädchen, die bei andern Hausfrauen vielleicht Perlen geworden wären, bei mir verwahrlosten sie in kurzer Zeit. Sie fühlten, da war kein Zügel.

Unsere erste, die Auguste, war eine Trauerweide. »Ach Gott, ne, ich bin nu mal so weichlich,« sagte sie, und sie weinte, wenn der Pudding nicht aufging, sie weinte wenn Walter auf ein paar Tage verreiste, oder wenn es an ihrem Ausgehtag regnete, und sie war schon immer auf der Lauer mit ihren Thränen, wenn wir einen Brief mit schwarzem Rand bekamen, und sichtlich enttäuscht, wenn nichts rechts gestorben war. Kochen aber konnte sie weniger; war das Fleisch zähe, und ich murmelte einen leisen Vorwurf, so beteuerte sie ihre Unschuld damit, daß sie doch nicht in dem Fleisch drin stecke. Walter aber schien entschieden zu verlangen, daß *ich* darin stecken sollte.

Wie ja auch im Leben Lust und Trauer wechseln, so fügte es sich, daß auf die triste Auguste die lustige Anna folgte, der es so gänzlich an herrschaftlicher Servierkunst fehlte, daß Walter mich für die schlechteste aller Hausfrauen erklärte. Und ich hatte ihr doch so oft vorgehalten, daß man die Sardellen nicht ungewässert, den Hasenrücken nicht ungebrochen, und die Radieschen nicht in einem Seifennäpfchen auf den Tisch bringen dürfe. Die Beafsteaks richtete sie auf einem Desertteller mit blauem Rand an, die geriebenen Kartoffeln, in einem Klumpen zusammengeballt, auf einem Teller mit einem grünen Rand. Und sie ließ sich so gar nichts sagen, weil sie sich doch gute Behandlung ausgemacht hätte. Wenn ich bescheiden tadelte, wurde sie gleich grob.

Walter hielt es für eine glückliche Schicksalsfügung, als sie sich beim Anheizen der Maschine mit Petroleum, arg verbrannte, und in's Krankenhaus mußte.

Sehr viel Glück kam dabei nicht für uns heraus, denn ihre Nachfolgerin, die Jette, huldigte der Ansicht, ein Mensch, der etwas auf sich hielte, müsse eine Devise haben, so eine, wie immer in den Knallbonbons stände. Und ihre Devise wäre: »Man immer propper!« Erst sagte sie, müsse alles vor Sauberkeit blinken, eher esse sie nicht; so wäre sie nu mal, und das sagten Alle von ihr.

Und sie wusch und scheuerte wirklich den ganzen Tag, aber ihr Besen, ihre Scheuerlappen, ihr Spülwasser, alles war schmutzig und das ganze Haus roch nach Schmierseife und schmutzigem Wasser. Sie wusch sich auch sehr oft die Hände, aber mit Petroleum, weil sie aufgesprungen waren. Und als Walter eines Tages dazu kam, wie sie in unserm Wohnzimmer mit ihren Petroleumhänden sämmtliche Semmeln anknackte, bis sie die braunste und knusperigste gefunden, die sie dann gegen ihre blonde, lappige umtauschte, ließ Walter ihre Entschuldigung, daß sie die braunen und knusperigen eben lieber äße, um so weniger gelten, als er sie auch eben lieber aß, und ich mußte ihr kündigen.

Die Dienstmädchen, die sahen mich auch mit Walters Augen. Sie warteten immer wie weit sie gehen könnten, gerade wie die andern Menschen auch. Keine Spur von Respekt. Mußte es mich nicht kränken, daß die eine – sie hieß Bertha – sich ruhig in Erwartung ihres Nachmittagschläfchens auf ihrem Bett weiter räkelte, wenn ich zufällig an ihrer Kammer vorbeikam.

Und daß sich Toni heimlich in ihre Kemenate ein eisernes Oefchen setzen ließ, für den Landsmann wahrscheinlich, der sie häufig besuchte – war auch nicht schön. Bis die Schäferstunde schlug versteckte sie ihn bei einer Flurnachbarin, der sie sich dann durch kleine Geschenke an Kohlen, Petroleum, Butter, Zucker erkenntlich zeigte.

Einen Cousin oder Landsmann hatten sie alle, alle, und ich lebte in beständiger Furcht, daß ich sie einmal mit einem der lieben Verwandten überraschen könnte. Jemanden zu ertappen ist mir von jeher gräßlich gewesen.

Die Fürchterlichsten aber waren die Unehrlichen, und es gab ihrer so viele. O Emilie! o Lina! und vor allem o Lene! die hatte mir beim Miethen mit solchem Feuer ihre Ehrlichkeit gerühmt. An ihren Fingern bliebe nichts kleben! Ihr könne man alles anvertrauen. Und ich vertraute ihr alles an. Es fiel mir wohl auf, daß sie fortwährend größere und kleinere Kisten in die Heimath schickte, ich dachte aber nichts Böses dabei. Und sie hätte uns wohl ruinirt, wenn nicht eines Tages ein Schutzmann sie abgeholt hätte wegen Diebstähle, die sie in einem Laden verübt.

Mußte ich einem Mädchen kündigen, so schlug mir immer im Moment der That das Herz bis zum Halse hinauf, als ob ich einen hinterlistigen Ueberfall beabsichtigte.

Wunderst Du Dich, daß ich all diese kleinen Miseren des Ausschreibens für werth halte? Du weißt ja nicht Arnold, daß für den Frieden oder den Unfrieden eines Hausstandes, ja für das Glück einer bürgerlichen Ehe, die Dienstboten einen der wichtigsten Faktoren abgeben. Identificirte mich doch Walter immer mit ihnen. Er sagte nie anders als: »Ihr.« Ihr versteht nicht zu kochen, Ihr versteht nicht einzukaufen u.s.w.

Meine so sehr wirthschaftliche, praktische Mutter hatte nie an die hauswirthschaftliche Ausbildung ihrer Töchter gedacht. Wir mußten im Haushalt das thun, was ihr im Augenblick bequem war: Strümpfe umkehren, sticken, Schoten aushülsen, Bohnen brechen, lauter Dinge, bei denen nichts zu lernen war.

Man legt oft unerfahrenen jungen Frauen zur Last, was von den überkommenen Gewohnheiten des Elternhauses an ihnen haften geblieben ist. Mir hafteten unter andern die Menüs der Mama an.

Einmal hatte Walter einen Vetter von außerhalb zu Tisch geladen. Ich stellte meiner Meinung nach ein köstliches Mahl zusammen: Apfelsuppe, Bouletten (vom Rindfleisch des vorhergehenden Tages) mit geriebenen Kartoffeln und Eierkuchen mit Mussauce. Ich aß das alles sehr gern. Und an die Apfelsuppe hatte ich sogar Rum gegossen.

Walter aber schämte sich dieses Menü's vor seinem Vetter, besonders der Mussauce, und nannte es scheußlich. Er behauptete sogar, die Bouletten wären schlecht gebraten gewesen, was durchaus nicht der Fall war.

Daß die Köchinnen so oft schlecht kochten war doch nicht meine Schuld.

Mit einem andern Menü, zu Ehren eines andern Gastes erntete ich auch kein Lob, und ich hatte damit doch gerade die Scharte der Mussauce auswetzen wollen. Hättest Du das so arg gefunden: Eine kräftige Bouillon – wirklich kräftig. Maccaroni mit Schinken.

Konnte ich darauf kommen, daß Auguste auch in die Bouillon Nudeln thun würde, obwohl es nur ganz dünne Fadennudelchen waren, die doch nur eine entfernte Aehnlichkeit mit Maccaroni haben. Walter fand aber diese Aehnlichkeit frappant, und goß die ganze Laune seines Spottes über diese Universal-Vernudlung aus, ein Spott, der nach Jahren noch Nachläufer zeitigte.

Ich sah den Mahlzeiten meist sorgenvoll entgegen, immer auf den Augenblick wartend, wo Walter Messer und Gabel niederlegen, und nach dem Mädchen klingeln würde. Ich wußte was nun kam. »Auguste, das Zeug ist ungenießbar, bringen Sie mir sechs rohe Eier.« Und er trank sie so recht boshaft vor meinen Augen aus und sagte: »Das hat die Natur herrlich eingerichtet, daß die Liebe zweier Geschöpfe (er meinte Henne und Hahn) so angenehm sein kann – für einen Dritten.«

Es scheint, das einzige, wozu ich als Hausfrau taugte, war andern Hausfrauen als Folie zu dienen. Nach Walter's Behauptung brauchten sämmtliche Frauen seiner Bekanntschaft weniger Wirthschaftsgeld als ich, und leisteten dafür das doppelte.

In manchen Dingen war er naiver als ich. Daß diese Damen einfach die Unwahrheit sagten, darauf kam er nicht.

Als ich in späteren Jahren eine recht passable Hausfrau geworden war, z.B. in der Kunst Menü's zusammenzustellen, geradezu hervorragendes leistete, stand mein Ruf als schlechte Hausfrau schon so fest, daß nichts ihn mehr zu erschüttern vermochte.

Unter allen möglichen Hausfrauentugenden strebte ich auch die Sparsamkeit an.

Mühselig, pfennigweis sparte ich, so recht kleinbürgerlich, hausfrauenhaft. Ich versagte mir Zucker zum Thee und Kaffee, auch ein Kleid, an dem meine Phantasie, um nicht zu sagen mein Herz hing, oder eine Droschke wenn ich totmüde war. Ich hatte eine wahre Lust an jedem Groschen, der in die thönerne Sparbüchse klapperte. Und als aus den Pfennigen Thaler geworden waren, da kaufte ich Walter zu sei nem Geburtstag eine Statuette, die er sehr bewundert hatte. Was er wohl sagen würde? Ach, er sagte gar nichts, sah aber verdrießlich aus. Und ich las seine Gedanken: Er wollte mir kein freundliches Gefühl verdanken, sich von mir keine Verpflichtung auferlegen lassen.

Ich sparte von neuem. Diesmal galt es einer Wiener Kaffeemaschine, die ich mir schon lange, beinah leidenschaftlich gewünscht hatte, so eine von blinkendem Messing.

Nach Jahr und Tag hatte ich die erforderliche Summe beisammen. Und als ich sie nun wirklich besaß, die blinkende Kaffeemaschine, da bemerkte ich mit betrübter Verwunderung, daß der Wunsch eigentlich schon verjährt war. Ich machte mir gar nichts mehr aus dem Ding. Sie galt auch nicht mehr für zweckmäßig. Nicht das Schicksal der meisten Wünsche? Auch von Wünschen gilt: heute roth, morgen todt.

Ich kam selten mit dem Wirthschaftsgeld aus, darum suchte ich immer nach billigen Quellen. Ich erinnere mich, wie glücklich ich eines Tages nach Hause kam, als ich auf dem Markt, im Schweiß meines Angesichtes, eine Fasanenhenne für einen Thaler erhandelt hatte. Die Lina – sie war der Auguste auf den Fuß gefolgt, die neben mir stand, hatte bei dem Handel so verbissen geschwiegen, als wollte sie sagen: handle Du nur, da wird was Schönes herauskommen. Sie briet die Henne aber doch schön braun. Ich war gespannt auf Walters freudige Ueberraschung.

An einem Wochentag Fasan! Und in meinem Eifer sagte ich gleich: »Und denke Dir nur, der ganze Fasan hat nur einen Thaler gekostet.« Er ließ die Gabel, mit der er eben den ersten Bissen zum Mund geführt hatte, fallen, »Natürlich, sagte er höhnisch, für einen Thaler hat sie auch das Recht, ein bischen zu stinken.« Ich war wie vom Donner gerührt, und würgte mit meinen Thränen große Stücke der so schwer verdächtigten Henne herunter. Es war gar nicht so arg, sie hatte nur einen kleinen Stich, und ich habe heute noch die Lina im Verdacht, daß sie sie absichtlich in die Sonne gelegt, um ihr und mir den Stich beizubringen.

Ein andrer Sparversuch trug mir auch nicht viel ein. Im Hinterhaus bei uns wohnte eine arme Schneiderfrau, die schwärmte mir von einem so billigen Mehl vor, das sie in Steglitz (ein

Vorort Berlin's) in einer Mühle kaufe, und wenn ich davon profitiren wolle, würde sie mir gern ihren kleinen Jungen mit einem Wägelchen mitgeben.

Die Vorstellung des billigen Mehls ließ mir keine Ruhe, und eines Morgens in aller Frühe sah ich mich mit dem Schneiderjungen und dem Wägelchen auf dem Wege nach Steglitz.

Die Mühle lag vor dem Oertchen.

Der Hinweg in der Morgenfrühe war angenehm. Wanderlust und Frühlingsluft belebten mich, und daß das achtjährige Jüngelchen immerzu allerhand Wünsche und Bedürfnisse hatte, ging so hin. Ich fand die Mühle und kaufte 10 Pfund Mehl wobei ich ganze 10 Silbergroschen ersparte; nicht ganz so viel, wenn ich die Tasse Milch und die Butterbrote abziehe, die ich dem Jungen, der so sehr hungerte, geben ließ. – Dann der Rückweg. Ein Dornenweg war's. Dornen: die Sonne die immer heißer brannte, Dornen: meine wunden Füße, Dornen: das Gewicht des Mehl's. Oft mußte ich unterwegs auf einem Stein rasten, weil ich nicht weiter konnte; der Schweiß rann mir von der Stirn, der Staub der inzwischen belebten Chaussee trocknete mir die Kehle aus. Halb todt kam ich nach Hause. Am Thorweg stand die Schneidersfrau und bat mich, ihr doch das billige Mehl abzulassen; sie hätte augenblicklich kein Körnchen im Hause. Gleich am andern Morgen wolle sie nach Steglitz, sie würde mir dann das volle Gewicht retour geben.

Und ich gab ihr das Mehl, und sie hat es mir nie retour gegeben.

In den ersten beiden Jahren unsrer Ehe blieb ich fast ganz einsam. Ich schwor auf jedes Wort, das Walter mir sagte. Und er sagte, ich passe nicht für die Kreise, die er im Interesse seines Berufs frequentiren müsse, und dabei ließ er durchblicken, daß diese Kreise zu locker, zu frivol, daß sie nicht gut genug für mich wären.

In den Vormittagstunden pflegte Walter zu arbeiten. Wenn er dann ausging, versprach er zum Mittagessen zu Hause zu sein. Er hielt selten Wort. Die Abende verbrachte er regelmäßig außer dem Hause. Ich wartete jeden Abend auf ihn. Ich blieb auf bis ein Uhr, zwei Uhr, oder noch später in der Nacht, auf jedes Geräusch lauschend. Und hörte ich dann die Hausthür gehen, so schlüpfte ich eilig in's Bett, damit er nicht merken sollte, daß ich auf ihn gewartet. Er hatte es mir ja verboten.

Jeden Abend deckte ich zierlich den Tisch für ihn, stellte ein Glas mit Blumen hin und Wein, kalten Aufschnitt, und eine Lampe mit buntem Schirm.

Ich glaube, er hat diese Herrlichkeiten nie bemerkt, nie den Aufschnitt berührt, ich aß ihn dann immer am andern Abend.

Ich hatte viel Zeit. Handarbeiten brauchte ich nicht mehr zu machen. Da hätte ich ja nun ernsthaft an meine Geistescultur gehen können. Ein wahres Bildungsfieber erfaßte mich. Walter hatte eine gute Bibliothek. Ich griff hinein *à la fortune du pauvre*, und langte mir abwechselnd historische, naturwissenschaftliche, philosophische Bücher.

Ein Allzuhungriger, der sich eilig vollstopft, ernährt sich schlecht. So ging es mir. Es war ein unstätes Hin und Her.

Ich hätte jetzt meine Bücher nicht mehr zu verstecken brauchen. Und doch that ich es oft, zum Theil aus alter Gewohnheit, aber auch weil ich Walters Spott fürchtete. Ich höre immer noch sein »Ah« oder »Na ja« dem er so verschiedene Nüancen zu geben wußte, geringschätzig mitleidige, oder maliciöse, je nachdem er einen faden Roman oder ein philosophisches Buch in meinen Händen fand.

Mit seinem Spott über die philosophischen Bücher, die ich zu lesen versuchte, hatte er nicht ganz unrecht. Aus dieser ascetischen Sprache eines Kant oder Hegel starrten die Ideen mich so skeletartig an. Mochte das Knochengefüge bewunderungswürdig sein, es mit Fleisch und Blut zu bekleiden war zu mühevoll für die Unbefugte, die ohne Vorstufen in das Allerheiligste dieser Gedankentempel dringen wollte.

Könnte es nicht Philosophen geben, die ihre Gedanken gewissermaßen dichteten? Sollte nicht, wer in die lichtesten Höhen steigt, leichtbeschwingt sein? Sie aber sind alle Taucher, die mit schwerem, complicirtem Rüstzeug sich wuchtig in die Tiefe senken, wohin nur wieder Taucher ihnen folgen können. Was für ein Entzücken müßte es sein große Gedanken zu empfangen wie Musik, die sich in unser Hirn schmeichelt, wie Wogen des Licht's, die unsere Finsternisse hinwegfluten.

Mir fehlte es auch für ernste Lektüre an Ruhe. Immer war mein Sinnen und Trachten auf Walter gerichtet, und auf meine Hausfrauenpflichten. Da tauchte vielleicht plötzlich mitten in einem schwierigen philosophischen System, ein Stück Käse vor meinem inneren Auge auf, das ich vergessen hatte unter die Glasglocke zu stellen, oder der Schreck über das Bier, das wieder einmal nicht auf Eis lag, überwog das Interesse an Kant's Zeit- und Raumproblemen. Da griff ich dann immer bald wieder zu meinen lieben Schmökern zurück, zur Hahn-Hahn, der Marlit, die eben aufkam, und ähnlich Gearteten. Wie mollig waren diese Damen, wie köstlich und weich bettete man sich in dieser nie existirenden Welt voll reizender Abenteuer, die immer in lauter Seligkeiten endeten.

Ach ja, Arnold, es ist schon in meiner Natur eine Note Colportage - Roman. Hast Du das nicht bemerkt?

Auf die Dauer aber bewirkte die Ueberladung mit diesem schalen süßen Zeug das Verlangen nach Starkem, Kräftigem, nach einer geistigen Gymnastik. In Ermanglung von etwas anderm, suchte ich Zuflucht bei meinem mimischen Talent.

Ich weiß bestimmt, ich wäre eine hervorragende Schauspielerin geworden. Ich improvisirte pantominische Tänze, oder Soloscenen, wo nicht nur meine Augen in schönem Wahnsinn rollten, sondern auch – um im Jargon meiner Liebesbriefe zu reden – ewige Gefühle, wie der Gesang wilder Schwäne, durch meine Seele rauschten. Die ganze Stufenleiter menschlicher Gemüthsaffekte brachte ich zum Ausdruck. Süßes und Leises, kosend Schmeichelndes, Verzückung, Verzweiflung, Wahnsinn, Tod. Wahnsinn, oder ein schmerzlich poetisches Hinsterben gelangen mir am besten. Wenn ich dabei zufällig in den Spiegel blickte, erschrak ich zuweilen buchstäblich über die Dämonie meiner Gebärde, oder über die Agonie in meinen brechenden Augen.

Einmal, als ich wohl meinen Gefühlen zu sehr die Zügel schießen ließ, kam plötzlich die Lina (Nachfolgerin von Auguste) in's Zimmer gestürzt: »Gott, Gott, was is denn los?« Seitdem dämpfte ich die Ausbrüche meiner Seelenbrände einigermaßen.

Ich war noch so jung. Ich hätte noch Schauspielerin werden können. Walter's etwaiger Widerstand hätte sich leicht beseitigen lassen. Wäre nur jemand dagewesen, der die Sache in die Hand genommen, der ihn von meinem Genie überzeugt hätte! Ich selbst? Ach nein. Die leichteste Gegenrede entmuthigte mich ja gleich. Wenn man auf eine Schnecke Zucker streut, so fließt sie auseinander. So war ich. Nur brauchte es gerade nicht Zucker zu sein. Uebrigens nahm ich es mir nicht sehr zu Herzen, daß ich diesen Beruf verfehlte, ich wollte ja mehr werden als Schauspielerin – Dichterin. Bei allem was ich that und nicht that, verlor ich dieses Ziel keinen Augenblick aus den Augen. Es würde schon kommen. Vorläufig freilich – ich fabulirte zwar endlos, sobald ich aber die Feder in die Hand nahm war alles verflogen. Die Tinte war der schwarze Mann, vor dem meine Gedanken davonliefen.

In die ersten Monate meiner Ehe fiel ein kleines Ereigniß, das ich damals absolut nicht verstand. Ich schreibe es hin, so unbedeutend es ist, weil es einen Zug zu Walters Charakterbild liefert.

Er kam eines Abends ganz überraschend, schon gegen zehn Uhr nach Hause, mit einem sonderbaren, etwas verlegenem Wesen. Ich solle mich so schnell und so hübsch als möglich anziehen. Er habe draußen die Droschke warten lassen. Ein kleiner Kreis seiner Bekannten wolle mich kennen lernen.

In zehn Minuten war ich fertig. Ein am Halse geschlossenes schwarzes Seidenkleid, mein geliebtes, herzförmiges Medaillon, und dazu noch eine Uhr mit goldener Kette. Kleine Spießbürgereien liefen immer bei mir mit unter.

In der Droschke war Walter gegen seine Gewohnheit sehr gesprächig. Ich würde einige reizende Künstlerinnen und sehr liebenswürdige Kavaliere kennen lernen, und er erwarte, daß ich mich nicht wie ein kleines Pensionsmädchen benehmen werde.

Die Droschke hielt vor einem eleganten Restaurant unter den Linden. Walter führte mich in ein behagliches, kleines Cabinet, wo auf Sopha's und Fauteuil's fünf Personen, drei Damen und zwei Herren, um einen zierlich servirten Tisch saßen. Die Atmosphäre war stark parfümirt. In Eiskübeln Champagner. Die sehr hübschen Damen hatten duftende Sträuße in den Händen. Zwei kannte ich von der Bühne her, die dritte, Fräulein Claus, war Gesangssoubrette. Die Herren wurden mir als Graf A. und Baron B. vorgestellt.

Mein Erscheinen erregte Sensation. Ich fühlte wie alle diese Augen mich durchbohrten, mich taxirten, und ich fühlte auch, daß ich bei dem Examen gut bestand. Es war etwas in dem Verhalten der Gesellschaft mir gegenüber, das mit ihrem Gesichtsausdruck contrastirte. Sie sahen aus wie Leute, die man in einer Feststimmung jäh unterbrochen. Die Damen, in fast steifer Reservirtheit blieben schweigsam, in einer Weise, als wüßten sie nicht, was sie sagen sollten, während die Herren in fast übertriebener Wohlerzogenheit die liebenswürdigsten Worte und Fragen an mich richteten.

Mein Platz war neben Fräulein Claus, die mich von Anfang an mit einer an Zärtlichkeit grenzenden Aufmerksamkeit behandelte. Sie hatte ein feines bleiches Gesicht, eine Nymphengestalt, süße Veilchenaugen, und strömte einen starken Jasmingeruch aus. Ihre Toilette war ein in definirbares Etwas von Buntem, Glitzerndem, Flatterndem; man hätte dabei an einen geplatzten Regenbogen denken können.

Ich nahm mich auf's äußerste zusammen, um nicht Walters Mißfallen zu erregen, und antwortete degagirter und gewandter als es sonst meine Art war. Ich weiß nicht wie es kam, aber diese Leute schüchterten mich nicht ein. Vielleicht weil ich in ihren Blicken so viel Wohlgefallen las.

Allmählich aber wurde das Interesse für mich schwächer, und schließlich schien man mich beinah zu vergessen. Man sprach von Personen, von Verhältnissen, die mir ganz unbekannt waren, in einem Wirrwarr von Lachen, Anspielungen, Gesten, deren Sinn ich nicht faßte. Die Damen wurden sehr ausgelassen, die Herren immer lässiger in ihrer Haltung. Sie neigten sich so sonderbar und vertraut zu den Damen nieder. Fräulein Claus sang französische Couplets, von denen ich keine Silbe verstand. Ich fühlte in dieser Atmosphäre etwas Fremdes, Betäubendes, das mich beklommen und zugleich neugierig machte. Der Graf ließ seine Serviette fallen, und als er sie auflangte, fühlte ich einen Augenblick seine Hand auf meinem Knie. Er war ungeschickt, der Herr Graf, denn bald darauf belästigte er mich mit seinem Fuß. »Herr Graf das war *mein* Fuß, nicht der Tischfuß,« sagte ich ohne Arg. Er wurde sehr roth. Die andern lachten. Walter stand mit einer gewissen Heftigkeit auf. Er müsse fort. Fräulein Claus schloß sich uns an. Das schien Walter augenscheinlich nicht recht. Ich weiß nicht, warum ich Fräulein Claus so sehr gefiel. Mit ihren Händen strich sie liebkosend an meinem Kleid entlang, und lehnte ihre Wange an die meine. Walter fuhr sie ein paar mal grob an: sie solle mich in Ruhe lassen.

Als die Droschke vor unserer Thür hielt fragte sie, ob Walter, nachdem er mich hinaufbegleitet, sie nicht nach Hause fahren wolle. Er schlug es kurz ab. »Glaub's schon« lachte sie. Und zu mir gewendet: »Wie lange sind Sie denn verheirathet?«

- »Sechs Wochen.«

- »Ach so — na — viel Vergnügen,« Sie lachte wie ein Kobold.

Zum ersten Mal sah ich Walter mir gegenüber verlegen, und seit langer Zeit zum ersten Mal sagte er mir sogar etwas Schmeichelhaftes: ich wäre ihm wie ein Stern unter Irrlichtern vorgekommen. Es war in seiner Zuneigung an diesem Abend ein Körnchen wahrer Zärtlichkeit. Ich empfand mich als seine Gattin.

Es ist so leicht für den Mann die Liebe seiner Frau zu gewinnen. Ihn zu lieben hat sie so nöthig — — ach Du weißt ja, was ich nicht sagen mag.

Nach Jahren erst verstand ich den Sinn dieses kleinen Soupers, und wie ich da hineingerieth. Wahrscheinlich hatte man Walter mit seiner Frau geneckt, die ein Scheusal sein müsse, weil er sie verstecke. Und als er das Scheusal bestritt, war man in ihn gedrungen mich *in figura* vorzuführen. Und er hatte mich diesen Courtisanen und ihren Liebhabern vorgeführt. Und Frl. Claus — — höre nur: Einige Monate nach diesem Souper erhielt ich einen anonymen Brief.

Darin stand, daß mein Gatte seine Abende bei seiner Geliebten zubringe. Straße und Nummer des Hauses, in dem sie wohnte, waren bezeichnet.

In meiner Vorstellung waren Roman und Wirklichkeit etwas ganz getrenntes, beinah Gegensätze. In Romanen, – ja – da gab's Treu- und Ehebrüche, die ja dann auch in der Regel an den Sündern fürchterlich gerochen wurden. Dafür waren es eben Romane. Aber im wirklichen Leben – undenkbar! Und nun gar in meine bescheidene Existenz hinein sollte ein Ehebruch spielen! Unsinn! der Brief war eine Mystifikation, die Rache eines verschmähten Liebhabers der Dame, oder dergleichen.

Der Prozeß, der sich nun in meiner Seele abspielte, ist gewiß nicht neu. Ich zerriß den Brief verächtlich, in der Ueberzeugung, damit auch jeden Gedanken an seinen Inhalt beseitigt zu haben. Aber der Keim des Mißtrauens war gesät. Er wuchs, und eines Abends lenkte ich unwillkürlich meine Schritte in die Friedrichstraße. Ich ging an dem bezeichneten Haus vorüber, kehrte aber gleich wieder um. Nein – so weit war ich denn doch noch nicht gesunken – Spionage! Pfui!

Eine Woche später war ich so tief gesunken. Dem Haus gegenüber schritt ich in der Friedrichstraße wohl zwei Stunden auf und ab. Nichts. Beruhigt und reuig wollte ich den Heimweg antreten. Eine Droschke hielt vor dem Hause. Walter stieg aus mit – Frl Claus. Alsbald verschwanden sie im Hausflur. Ich wartete eine lange Weile. Vielleicht hatte er sie nur nach Hause begleitet. Er kam nicht wieder heraus. Ich entfernte mich mit dem Gefühl etwas Außerordentliches, Unglaubliches erlebt zu haben. Dergleichen geschah also wirklich: Ehebruch!

Es war meine erste Lektion in Welt- und Menschenkenntniß.

Ich war über alle Maßen aufgeregt.

Grämte ich mich? wenn ich ehrlich sein will – nein. Das Romanhafte des Erlebnisses beschäftigte mich vorzugsweise.

Mit Spannung erwartete ich an dem Abend Walter's Nachhausekommen. Ich meinte, er würde mit seinem bösen Gewissen sich gleichsam in die Wohnung hineinschleichen, ganz leise, damit ich ihn nicht höre.

Es mochte gegen drei Uhr in der Nacht sein, als er kam, wie immer mit vielem Geräusch, eine heitere Melodie summend; und wie immer warf er mit Gepolter seine Stiefel auf die Dielen.

Am andern Tag betrachtete ich ihn mit einem Gemisch von Schrecken und Neugierde, wie eine Romanfigur. So also sieht ein Mensch aus, der die Ehe bricht. Ach Arnold, zehn Jahre später hätte ich eher Neugierde empfunden, wie ein Mann aussieht, der sie nicht bricht.

Ich war anderthalb Jahr verheirathet als mein erstes Kindchen geboren wurde. Dabei geschah etwas Schauerliches. Ob es wirklich war, oder nur ein Gebilde meiner kranken Phantasie, weiß ich heut noch nicht.

Meine Entbindung war eine schwere gewesen. Fieber stellte sich ein. Eines Morgens war das Fieber verschwunden. Ein leichter Schlummer umfing mich. Irgend ein Geräusch weckte mich. Ich hörte wie der Arzt zu Walter sagte, er hoffe seine liebe Frau sei jetzt über dem Berg, käme aber das Fieber wieder, so stände er für nichts. Jede auch die kleinste Aufregung müsse vermieden werden, besonders Abends. Er machte Walter dafür verantwortlich.

Ich wußte, daß ein Kindbettfieber gefährlich ist. Ich wollte nicht sterben, und ich nahm mir fest vor, mich durch nichts aufregen zu lassen.

Es war der fünfte Tag. An den vorangegangenen Abenden war Walter sehr spät, und lärmend, wie es seine Gewohnheit war, nach Hause gekommen. Diese Lieblosigkeit hatte mich aufgeregt. Ich bat ihn inständig in den nächsten 2 – 3 Tagen nicht später als um neun Uhr heim zu kommen. Er versprach's.

Der Tag verging gut. Am Nachmittag war Walter ausgegangen. Sobald die Dunkelheit einbrach, wurde ich unruhig. Man brachte mir die Abendsuppe nicht zur rechten Zeit, und als sie endlich kam, war sie angebrannt; eine solche Kleinigkeit, aber sie erregte mich. Mit aller Anstrengung suchte ich der Erregung Herr zu werden. Es schlug neun. Walter war nicht da. Ich versuchte krampfhaft an etwas anderes zu denken, an das kleine Geschöpfchen da in der

Wiege, und wie es heißen sollte, und was ich anziehen würde, wenn ich zum ersten Mal wieder aufstehen durfte.

Hätten die Uhren nur nicht geschlagen: Halb zehn, zehn, halb elf – – Ich konnte nicht mehr. Das Fieber! es kam, stärker, viel stärker als am Abend vorher. Um zwölf hörte ich ihn kommen. Ich setzte mich im Bett auf. Ob er noch zu mir eintreten würde? Ja, er trat ein. Wie es mir ginge? Gut sagte ich. Sonderbar, er schien gar nicht erfreut darüber. Nur eine kleine Nachtlampe brannte. Ich sah aber so deutlich seine Züge, als ob es heller Tag gewesen wäre. Ich las darin eine kalte, grausame Neugierde. Und er hob an zu sprechen. Er sprach lange; mir war's als spräche er eine halbe Ewigkeit. In seinen Worten war Bohrendes, wie Messerstiche oder wie zischende Flammen, die gierige Zungen nach mir streckten, aber das Bohrende und Zischende prallte immer von etwas ab, ich wußte nicht was es war. Später wußte ich's, das Fieber war's, das mich betäubte.

So viel ich auch später darüber sann, ich konnte mich seiner Worte nicht mehr erinnern. Ich meine aber, er sprach unaufhörlich von unsrer unglücklichen Ehe. Ich hatte die Empfindung, er stände gar nicht im Zimmer, sondern auf dem Hof, vor dem offenen Fenster, und von da spräche er hinein zu mir, und zwar in Versen. Zuweilen klopfte es an mein Ohr wie Trommelwirbel bei einem Leichenbegängniß. Ein ander mal schienen die Worte langsam wie ein Lastwagen durch mein Gehirn zu fahren. Dazwischen aber hatte ich Momente völligen Wachseins. Dann war etwas diabolisch schadenfrohes in meiner Vorstellung; ich hatte förmlich einen Spaß an seinen zwecklosen Bemühungen, und ich dachte: rede Du nur, rede, es macht mir ja nicht den geringsten Eindruck. Ich sterbe nicht daran, nun gerade nicht! Ich wußte bestimmt, ich würde nicht sterben. Und ich starb ja auch nicht.

Wollte er mich tödten? war Mord in seinen Gedan ken? oder war er nur angeheitert, und darum so betrübsam redselig, ohne zu wissen was er redete? –

Ich überwand das Fieber. Ich hatte eine zu gute Constitution. Aber meine Genesung ging sehr langsam von Statten. Walter schien zu glauben, daß ich meine Schwäche fingirte. Das kränkte mich, und ich zwang mich zu Anstrengungen, denen ich nicht gewachsen war. Von diesem Mangel an Schonung datirt der Verfall meiner Gesundheit, die nie wieder blühend geworden ist.

Aber ich hatte ja das Kind, das geliebte!

Noch jahrelang nach meiner Verheirathung freute ich mich wie in meinen Mädchenjahren auf die Schlafenszeit, um im Bett ungestört an den Traumbildern künftigen Glücks zu schaffen, die sich so leuchtend von dem dunklen Grund der Wirklichkeit abhoben.

Aber ich träumte nicht mehr so ausschließlich wie früher. Ich hatte sogar Tage, wo ich dieser nebligen Hirngespinste überdrüssig wurde, wo ich begriff, daß solche imaginären Lustbarkeiten doch nur Zwischenspiele sein konnten, und der Vorhang vor dem eigentlichen Stück noch gar nicht aufgezogen war. Und ein jäher Schreck durchzuckte mich, ich könnte am Ende zu spät zur Aufführung kommen, oder wenigstens den besten Akt versäumen.

Allmählich änderte sich wirklich mein Leben. Die Stille um mich her hörte auf. Den ersten Anlaß dazu gab ein Studiengenosse und Corpsbruder Walters, der aus einer kleinen Stadt an das Amtsgericht in Berlin versetzt worden war, und der uns mit seiner jungen Frau besuchte.

Die Frau Amtsrichter Worms nahm mich unter ihre Protektion. Wir luden uns gegenseitig ein. In ihrem Haus trafen wir viele Menschen, darunter interessante, liebenswürdige. Einige Familien kamen mir mit großem Wohlwollen entgegen. Daß Walter mich nirgend eingeführt, hatte zu dem Gerücht Anlaß gegeben, ich sei nicht präsentabel, und es scheint, man fand mich nun doch präsentabel.

Als das Eis einmal gebrochen war, lud Walter alle möglichen Leute zu uns ein. Es freute ihn augenscheinlich, ein Haus zu machen, und ich war weit entfernt ihm zu widerstreben. Da er die Leute nach seinem Geschmack auswählte, waren es elegante, routinirte, in allen Tagesfragen bewanderte Gesellschaftsmenschen, unter denen ich mich als Fremde fühlte.

In anspruchslosere, weniger weltliche Kreise hätte ich mich vielleicht eher hineingefunden.

Mit einer Art Fieber ging ich in den ersten Jahren in jede Gesellschaft, immer mit der kindischen Erwartung, daß da irgend etwas Schönes, Aufregendes, Auserlesenes sich begeben würde. Kaum aber umfing mich das Geräusch und die Lichtfülle der Gesellschaftsräume, so gerieth ich in Verwirrung. Meine Gedanken schwirrten umher wie aufgescheuchte Vögel. Ich wußte ja kaum etwas von den Interessen, die diese Kreise bewegten, nichts von Politik, von Theater, Klatsch, Persönlichkeiten. Wendete sich ausnahmsweise das Gespräch abstrakten Gegenständen zu, so nahm ich gleich lebhaften Antheil daran – in Gedanken. Selber reden? nein. Es erschreckte mich schon, wenn die andern schwiegen, plötzlich meine laute Stimme zu hören.

Meine Schüchternheit war die Klippe, an der all meine etwaigen, geselligen Talente scheiterten. Ich wollte mich gar nicht verstecken. Nur schüchtern war ich, so über alle Maßen, so unsinnig schüchtern. Mein Gott, was war denn diese Schüchternheit? Furcht anzustoßen? Nein. Auch die lange Gewohnheit des Michverkriechens wäre keine ausreichende Erklärung für diese Schüchternheit gewesen, die grundloseste, schrecklichste, lächerlichste aller Eigenschaften, die je einen Menschen unglücklich gemacht haben. Eine Nervenlähmung oder Nervenüberspannung ist sie, eine Art Scheintod der geistigen Fähigkeiten. Ich höre, sehe, verstehe, und kann keinen Laut über die Lippen bringen; eine Geistesverfassung, verwandt mit dem scheinbaren Trotz der Kinder, die, wenn sie um ein ersehntes Stück Kuchen zu erlangen, sagen sollen »bitt schön«, die zwei kleinen Worte nicht sagen, und wenn man sie halb todt schlüge.

Schüchterten mich etwa die Menschen ein, weil ich sie so hoch über mir sah? Durchaus nicht.

Ich muß lächeln, wenn ich an viele Leute denke, die mir so sehr imponirten, und die doch so sehr belanglos waren, Leute wie unter andern eine Frau Bronowski. Sie war nichts weniger als vornehmen Herkommens, stammte aus einem kleinen Nest in Posen, und hatte die Allüren, wenn nicht einer Prinzessin, so doch einer *principessa*. Sie war wunderschön, aber steif und einfältig, trug auserlesene Toiletten, und strahlte in Perlen und Diamantenpracht.

Steife Gebundenheit macht uns im allgemeinen leicht befangen, weil sie sich uns mittheilt. Mehr aber noch setzen uns die Prätensionen so vieler Menschen in Verlegenheit, wenn sie im grellen Mißverhältniß zu ihrem wirklichen Werth stehen. Es ist peinlich, ihnen den Zoll der Bewunderung, den zu fordern sie sich berechtigt glauben, nicht entrichten zu können; und entrichten wir ihn aus feiger Höflichkeit, so leiden wir unter dem *malaise* der uns aufgezwungenen Heuchelei.

Vor einem Jesus von Nazareth, oder sonst einem Abgesandten aus einer Welt, die jenseits aller Convention liegt, wäre ich sicher nicht schüchtern gewesen. Wo wir ganz Glauben, Begeisterung, ehrfürchtige Liebe sind, besinnen wir uns gar nicht auf uns selber.

Es schüchterte mich auch ein, daß ich mich in der geistigen Luft unsrer Kreise nicht orientiren konnte, daß ich nicht an meinem Platz stand, daß man mich für etwas anderes nahm, als ich war Hätte ich mich plötzlich in meiner Eigenart gegeben, man würde mir gar nicht geglaubt haben. Ein Feinfühliger kann nicht reden, wenn man ihn nicht hören mag. Halte jemand für einfältig, und du hinderst ihn anders zu erscheinen.

Da waren herzlich unbedeutende junge Mädchen, die traten so keck und sicher auf, und man fand die Nichtigkeiten, die sie vorbrachten, reizend. Sie hatten eben Chik, Routine und Selbstvertrauen, die mir fehlten.

Und daß in diesen Gesellschaften alles so laut, so schwül, so durcheinander war. Wie eine compakte Masse drang die Atmosphäre auf mich ein, ein Nebelmeer, indem alles ineinander wogte und schwamm, so daß ich einzelnes nicht unterscheiden konnte. Schon eine Ansprache verwirrte mich.

Wie eingemauert war ich in meiner Schüchternheit, und ich litt unsagbar darunter. Da verdammte man vielleicht in Grund und Boden etwas, das mich begeisterte – ein Buch, eine Meinung, eine That; mein Herz erglühte, meine Lippen brannten zu sagen, was ich dachte und – ich blieb stumm – aus Schüchternheit.

Ganz einfachen anspruchslosen Leuten gegenüber verlor sich meine Befangenheit einigermaßen.

Darum war ich froh, wenn ich mich in Gesellschaft zu einer alten halbtauben Tante, oder sonst zu einer unscheinbaren kümmerlichen Dame setzen konnte, nur um untergebracht zu sein. Es genirte mich wegen der Hausfrau, wenn niemand sich um mich bekümmerte. Es ist der Gastgeberin immer unangenehm, wenn ein Gast nicht selbst für seine Unterhaltung sorgt, und ihr die Pflicht auferlegt sich um ihn zu bemühen. Einsamkeit unter Menschen ist die drückenste Einsamkeit. Ohne die andern habe ich wenigstens mich selbst. Im Gewühl verliere ich auch mich.

Oft, wenn ich von meiner Sophaecke aus in das bunte Treiben blickte, dachte ich: Wunderlich, wunderlich, daß die Leute so viel essen und trinken, und wie sie lachen, und ihre Gesichter roth und heiß werden, und die Männer sich die Schweißperlen von der Stirn wischen. Und wunderlich, wunderlich dünkte mich dieses Flattern und Schwirren, und Sichblähen, diese gierig suchende Blicke, dieses spielerige, tändelnde Plänkeln um die Liebe herum, als spielten sie wie die Kinder Katz und Maus und Blindekuh und Mokirstuhl. Aber sie amüsirten sich, Alle, Alle. Ich hätte mich auch gern amüsirt, und zuweilen packte mich eine brennende Ungeduld, wie sie etwa über einen bedeutenden Schauspieler kommen mag, der unter den Zuschauern sitzt, während auf der Bühne ein schlechter Schauspieler *seine* Rolle verhunzt. Oder ist das Beispiel von dem Prinzen im Märchen besser, der in ein Ungeheuer verwandelt wurde, und der doch weiß, er ist gar kein Ungeheuer, sondern ein lieber, guter Prinz, und der denen, die vor ihm davonlaufen, gern zuriefe: Ich bin ja gar nicht, was Ihr glaubt, sprecht doch das erlösende Wort, und ich verwandle mich in den Prinzen. Ach zu mir sprach niemand das erlösende Wort. Ich selbst wußte das Wort noch nicht. Später erfuhr ich's.

Für ein Ungeheuer hielt man mich nun gerade nicht. Im Gegentheil, Schmeichelworte über meine Schönheit hörte ich bis zum Ueberdruß.

Hättest Du mich damals in Berlin gekannt, an der kleinen linkischen Person wärst Du sicher auch vorübergegangen.

Siehst Du, häufig, wenn Leute, die mich noch nicht kannten, in eine Gesellschaft traten, erregte ich sofort ihre Aufmerksamkeit. Sie näherten sich mir mit Beflissenheit. In meiner Verwirrung sagte ich dann irgend etwas ganz Banales, Herkömmliches, das gar nicht meine Meinung war, nur um überhaupt etwas zu sagen, und ehe ich mich noch sammeln konnte, waren sie schon wieder fort. Die Leute hatten es immer so eilig, wollten sofort eine glänzende Replik oder etwas *das versprach*. Hätten sie nur Geduld gehabt, ich würde mich schon zurecht gefunden haben, aber während sie mit mir sprachen, blickten sie schon immer von mir fort, zu Anderen hinüber.

Oft war die Ansprache auch nur eine konventionelle Höflichkeit, oder eine flüchtige Huldigung, die meiner äußeren Erscheinung galt. Und die meisten hatten auch eine so wenig geschickte ganz stereotype Form der Anrede: »Gnädige Frau sind wirklich beneidenswerth.« –

»Wie so?«

»Im Besitz eines solchen Gatten« – Folgte eine Lobeshymne auf Walter und sein neuestes Stück.

– »O gewiß,« antwortete ich ebenso stereotyp, und dieses »gewiß« mag ja kaum versprechend gewesen sein. Ich konnte doch aber fremden Menschen nicht auseinandersetzen, warum ich, trotzdem man Walter bei der Première seines letzten Stückes sechsmal herausgerufen hatte, gar nicht so beneidenswerth war. Da sich solche Erfahrungen oft wiederholten, empfand ich schließlich Unbehagen, wenn sich mir überhaupt jemand näherte, dem ich ansah, das er etwas von mir erwartete, und ich athmete erleichtert auf, wenn der Kelch einer Annäherung an mir vorüberging.

Ich merkte es bald, alle Welt sah mich, wie Walter mich sah, oder mich gesehen haben wollte. Eine Frau wird auch von Anderen gering taxirt, wenn ihr Mann mit seinem Beispiel vorangeht. Die Leute denken, der muß doch am besten wissen, was an ihr ist. Ich kannte einen Schriftsteller, den man einmal (noch dazu ungerechterweise) eines Plagiats beschuldigt hatte. Seitdem spähte man in allen seinen Schriften nur nach Plagiaten. Mir hatte man Dummheit nachgesagt. Nun deutete man alles, was ich sagte, auf Dummheit.

Ich verglich im stillen, was ich gedacht und nicht ausgesprochen, mit den ausgesprochenen Meinungen vieler Anderen. Und meine Waage stieg. Ich war überhaupt erstaunt, wie wenig Bedeutendes und Anregendes in unsern Kreisen zur Sprache kam, und wie beifällig Oberflächliches aufgenommen wurde. Viel Anekdoten und Geschichten wurden erzählt. Künstler und Schriftsteller verhandelten mit wichtiger Breite die geschäftlichen Seiten ihres Berufs; daneben beherrschten Theater, Flirt, Persönliches, die Unterhaltung.

Und kam einmal Wissenschaftliches, Politisches, Künstlerisches zur Discussion, gleich platzten die Geister aufeinander mit Schlachtrufen, Verwundungen, Erbitterungen, bis zur Lust moralischer Todtschläge.

Diese Art der Geselligkeit hätte mir mißfallen, auch wenn ich nicht schüchtern gewesen wäre.

Auch Walters Gegenwart beirrte mich. Daß er immer hinhörte wenn ich redete, (warum weiß ich nicht) nahm mir den letzten Rest von Freiheit. Er war etwas Spitzes, an dem ich mich verwundete, etwas Umfangreiches, das mir Raum und Licht nahm, zuweilen eine Peitsche, unter der ich zusammenzuckte. Ich fürchtete mich auch beinah in seiner Gegenwart Originelleres, Geistreichklingendes vorzubringen. Ich wußte, es würde ihn reizen, vielleicht nur, weil es nicht zusammenstimmte mit seiner Meinung über mich und er es wie einen Widerspruch empfunden hätte. Und Widerspruch konnte er nicht vertragen, am allerwenigsten von meiner Seite. Riskirte ich aber einmal, in einem kleineren Kreis und in einem Augenblick, wo ich meinte, er achte nicht auf mich, zu sagen was der Augenblick mir eingab, so hatte er es doch gehört, und durch ein sarkastisches Lächeln oder einen Augenaufschlag zur Zimmerdecke, als wolle er Gott zum Zeugen meiner Einfalt anrufen, verschloß er mir gleich wieder die Lippen.

Ich litt unter dieser Geringschätzung, aber noch mehr unter dem eigenen grenzenlosen Mißtrauen gegen mich, die Folge der Geringschätzung der andern. Ich war am Ende wirklich eine Gans, nur, daß ich nicht schnattern konnte wie die andern Gänse. Es war doch unmöglich, daß alle, alle blind waren. In meiner Kindheit bildete wenigstens die Schule, in der ich für ein Licht galt, ein Gegengewicht zu der unfreundlichen Beurtheilung, die ich im Hause erfuhr.

Zeigte mir einmal jemand wirkliches Interesse, so flüsterte mir mein Mißtrauen zu: der weiß noch nichts von Dir. Er wird schon erfahren, daß nichts mit Dir los ist und dann − −

Oder ich dachte, er kommt nur zu Dir, weil er von Deinem Mann eine Gefälligkeit will, etwa die Besprechung eines Buches, und er wünscht Deine Vermittlung. Ja, ich ging in meinem Mißtrauen noch weiter. Ich ertappte mich darauf, daß ich gegen die, die mir liebenswürdig entgegenkamen, den Verdacht hegte, daß mit ihnen auch nichts los sei, und daß sie sich nur *faute de mieux* mit mir abgaben, weil die Andern von ihnen nichts wissen wollten.

Allgemach aber, je mehr ich sah und hörte und verstand, stiegen doch wieder Zweifel an meiner Dummheit in mir auf. War ich dumm? war ich klug? ich mußte dahinterkommen. Ich stellte Experimente an. Ich ersann Listen; z.B. ich merkte mir besonders geistreiche und tiefsinnige Aussprüche von Göthe, Schopenhauer, und andern erlauchten Geistern, in deren Bücher ich eigens zu diesem Zweck blätterte. Und wenn sich im Gespräch Gelegenheit dazu bot, so wendete ich diese Aussprüche an, möglich, daß es in etwas zaghafter Manier geschah. Und sieh da − dasselbe Resultat, als wenn ich eigene Weisheit producirte. Man überhörte meine Worte oder lächelte darüber hin, und Walter schlug gerade so über Göthe'sche oder Shakespeare'sche Aussprüche, wie über meine eigenen, die Augen zur Zimmerdecke auf.

Aha, dachte ich, es kommt also gar nicht darauf an, was gesagt wird, sondern nur darauf, wer es sagt, höchstens kommt noch das wie in Betracht.

Es gab noch anderes, das den Glauben an meine Dummheit ins Wanken brachte. Nicht allzu selten fand ich in Büchern, in anerkannt guten, Auffassungen, Ideen, Empfindungen, die den meinigen so sehr glichen, daß ich vor Vergnügen dunkelroth wurde. Da konnte ich doch nicht gar so einfältig sein. Nur unwissend war ich, unglaublich unwissend. Dieser Unwissenheit durch ernste Arbeit abzuhelfen, war ich zu träge, zu verträumt, zu energielos. Ich hätte ja auch selbst die Wege zur Abhülfe finden müssen. Ich? ich fand nie etwas. Weder im Hause, noch auf der Straße, noch in der Welt habe ich mich je orientiren können.

Und weiter: In Charlottens Kreise (ach so, Du weißt noch nichts von Charlotte, gleich erfährst du von ihr,) hatte ich meine Redescheuheit so ziemlich überwunden. Was mir an Ideen, Einfällen, Urtheilen durch den Kopf fuhr, äußerte ich frank und frei. Man gab mir zu verstehen oder sagte es mir unverholen ins Gesicht, daß ich ja doch nur meinem Mann nachspräche. Ei, dachte ich, ich bin also durchaus nicht dumm. Den Walter haltet Ihr doch für geistreich. Meint ihr, ich spräche ihm nach, so muß euch doch geistreich vorkommen was ich sage.

Aber das alles wäre vielleicht nicht hinreichend gewesen, mich in meinen Augen ganz von der Dummheit zu entlasten, wenn Charlotte nicht in mein Schicksal eingegriffen hätte.

Du hast sie nicht kennen gelernt. Zu deiner Zeit war sie schon meinem Gesichtskreis entschwunden.

Allmählich kam ich mit mir in's Reine. Nein, ich war nicht dumm, eher das Gegentheil. Mochte man mich nun immerhin für einfältig halten, mir lag nicht mehr so viel daran. Wenn ich nur wußte, daß ichs nicht war. Und wenn mir nun Kluges oder Originelles einfiel, so behielt ich es für mich, ohne jedes Verlangen, es an die große Glocke zu hängen. Ich freute mich über den Erfolg, den ich damit bei mir hatte und dachte nebenher, wenn ich erst eine berühmte Schriftstellerin geworden bin, dann werdet Ihr schon merken, weß Geistes Kind ich bin.

Dann aber, und das sollte meine Rache an der Gesellschaft sein – gehe ich in die tiefste, tiefste Einsamkeit, den »Beifall des schnöden Pöbels (ich citire Platen) ganz verachtend.«

Es entwickelte sich bei mir ein geradezu glänzender *espirt de l'escalier*.

Kam ich von einer Gesellschaft, in der ich ein stummer Zuhörer anregender Gespräche gewesen war, nach Hause, so setzte ich die Gespräche in Gedanken fort, und eine solche Fülle von Bildern, Argumenten, Worten drang auf mich ein, daß es mich ergriff, aufregte. Ich genoß mich selbst schwelgerisch.

Glaubt man wirklich, daß es nur eine Eitelkeit giebt den Andern gegenüber? Ich weiß es besser. Es giebt eine Eitelkeit vor sich selber. Eine witzige Replik, die mir einfiel, und die ich nicht aussprach, machte mir ebenso viel Vergnügen, als hätte ich vor einem großen Publikum Beifall damit geerntet. Von der gewöhnlichen Eitelkeit bin ich immer völlig frei gewesen. Es ist kein Verdienst dabei. Wie sollte ich eitel sein? die ich sein möchte, kann ich ja doch niemals sein. Das mir erreichbare lockte mich nicht. Zu wenig wars, viel *zu wenig*.

Während einiger Monate wurde die Geselligkeit für mich durch die Geburt meines zweiten Kindes unterbrochen: ein kleines Mädchen. Edeltraut nannte ich es. Edel sollte es werden und doch mir traut. Und so wurde es, gerade so. Vom Augenblick seiner Geburt an liebte ich dieses Kind unsinnig, mehr als sein pfiffiges, krausköpfiges, blondes Brüderchen.

O Arnold, es giebt eine intime berauschende Seligkeit, die nie ein Mann kennen lernt, die Seligkeit einer Mutter, die ihren Säugling an der Brust hält. Ich habe oft darüber nachgedacht, was eigentlich diese Liebe sei? Eine Tugend? Nein. Die leidenschaftliche Zärtlichkeit für dieses Stückchen lebendiger, noch unbeseelter Materie hat mit der Tugend nichts gemein. Eher noch ists eine Sinnenliebe, eine beseligende Trunkenheit. Man kann sich auch in Nektar berauschen.

Oder meint man, diese Liebe sei der Samariterzug im weiblichen Gemüth, der sich des Hülflosen so zärtlich annimmt?

Nein. Bethätigt sich auch das Mitgefühl der Frau fremden hülflosen Kindern gegenüber noch so gütig und energisch, bis zur Liebe steigert es sich selten.

Eitelkeit vielleicht die Quelle der Mutterzärtlichkeit? Nein. Auch die häßlichen, unbegabten Kinder, Krüppel und Schwachsinnige werden geliebt.

Oder Selbstsucht?

Die Mutter ist jeden Augenblick bereit, ihr Leben für das Kind hinzugeben. Ist das Selbstsucht?

Viel eher ist es die Liebe des Schöpfers für sein Geschöpf.

Warum liebt Gott den Menschen? nicht auch, weil er sein Geschöpf ist? Dem Kind gegenüber spielt die Mutter ein wenig den lieben Gott. Sie ist seine Vorsehung, von ihr empfängt es Nahrung. In der Mutter fängt die Welt des Kindes an, und hört sie auf.

Jede zärliche Mutter fühlt die inbrünstige Wonne eines Pygmalion, der seiner Galatea Leben giebt und Seele.

Oder ist diese Liebe doch vielleicht ein übersinnlicher Instinkt, der die Mutter naturgewaltig zwingt, des Funkens zu hüten, damit es der Zukunft nicht an Flammen fehle!

Wozu darüber grübeln? Mag es ein süßes Mysterium des Weibes bleiben.

Dir, Arnold, will ich gestehen, daß an meiner Mutterliebe die Schönheit der Kinder einigen Anteil hatte. Bildhübsch war das krausköpfige Walterchen. Und nun gar das Engelsantlitz meiner Traut, mit Augen von so geheimnißvoller Tiefe, so wunderbaren, als hätten sie die Erinnerung bewahrt von etwas, was sie vor ihrer Geburt geschaut. Oft füllten sich meine Augen mit Thränen inniger Rührung, dieser Holdseligkeit gegenüber.

Wenn des Knaben goldene Locken oder Trauts metallisch glänzende Mähne durch meine liebkosenden Finger glitten, das war mir ebenso sehr ein Schönheits- als ein Liebesgenuß.

Zuweilen empfand ich meine überquellende Zärtlichkeit fast wie eine Unkeuschheit. Wollust war in diesem Entzücken, mit dem meine Hand an der sammtweichen Haut der Kinder tastete, mit dem ich die girrenden Tönen von ihren rosigen Lippen küßte. Ich hielt dann wohl inne in meinen Liebkosungen und kniete vor dem Kinde, – meinem Heiligthum.

Ich meine, man müßte sich über die Maßen wundern, wenn die Legende von Engeln nicht entstanden wäre, da es doch Mütter giebt.

Und doch, auch diese geliebten Kinder hatten mir ein Leid heraufbeschworen. Die böse alte Kinderfrau, die uns nach des Knaben Geburt eine von Walters Freundinnen so dringend empfohlen hatte. Ich meine heut noch, daß sie ihre Sache nicht verstand. Aber Walter glaubte an sie. Streng war sie und willensstark. Mich übersah sie völlig. Ihre langjährigen Erfahrungen und brillanten Zeugnisse wurden, wenn ich mich einmal bei der Kinderpflege betheiligen wollte, meiner Unerfahrenheit entgegengestellt.

Sie allein bestimmte die Ernährung, den Schlaf, die Ausgänge des Knaben. Versuchte ich irgend eine Annäherung an den Kleinen, wollte ich ihn tragen, wiegen, so fand sie, daß ich alles verkehrt mache. Du wirst es kaum glauben Arnold, aber wenn ich mein Kind haben wollte, mußte ich mich heimlich und verstohlenerweise seiner bemächtigen. Ich sah voll Neid, wie die Alte den Kleinen in seinem Wägelchen im Garten umherkutschirte.

Einmal hatte sie einen nothwendigen Gang in die Stadt. Das Kind schlief, als sie ging. Durch einen Zufall wachte es vor der Zeit auf. Schnell ließ ich mir von dem Mädchen das Wägelchen in den Garten tragen.

Das war eine Fahrt! Wir jauchzten, ich und das Kind. Wir wagten uns sogar ein bischen auf die Straße hinaus. Das Gärtchen war zu klein für unser großes Glück.

O weh, da attrapirte uns die Alte, zornroth war sie. Das wäre ihre Sache das Kind zu fahren; und wenn man sie nicht brauche, könne sie ja gehen, und in ihrer Verärgertheit stieß sie mit den zittrigen alten Händen, dem Kind so heftig das Fläschchen in den Mund, daß es laut aufschrie!

Daß ich sie nicht würgte in diesem Augenblick! Ich wollte sie gehen lassen. Walter erlaubte es nicht. Die Alte hätte recht gehabt. Meine gesuchte Originalität, mich mit einem Kinderwagen öffentlich zu produciren, wäre absurd.

Und ich und das Kind, wir weinten. Ich heimlich, das Kind laut.

Zuweilen hörte sie in der Nacht nicht, wenn der Kleine weinte. Leise, leise stand ich dann auf, hob ihn behutsam aus dem Bettchen, immer ängstlich hinhorchend, ob der Cerberus nicht erwachen würde. Und wiegend und leise summend, trug ich mein Kind, und schien der Mond durchs Fenster, war das Stelldichein um so süßer und zärtlicher. Und der kleine Schelm girrte und lachte, als wüßte er, daß wir die Alte überlistet hatten.

Als mein zweites Kind geboren wurde, da war ich schon muthiger, vielleicht, weil ich das kleine Mädchen noch mehr liebte, als sein Brüderchen. Die Alte war wohl auch schwächer geworden, und daß ich ihr einen Theil der Kinderpflege abnahm, entsprach ihrem Behagen.

Meine Traut, sie gehörte mir, mir allein.

Als das Kind noch nicht zwei Jahr alt war, schlug die Alte es eines Tages mit einer Leine, die sie gerade in der Hand hielt, auf die Fingerchen, weil sie sich diese rosigen Fingerchen mit

Butter beschmiert hatte. Da erwachte die Löwin in mir, der man ihr Junges antasten will. Ich jagte sie auf der Stell fort.

Walter verhielt sich einem *fait accompli* gegenüber immer merkwürdig gefügig.

Meine Mutterliebe trug einige sonderbare Blüten. Das Nähen war mir von jeher verhaßt gewesen. Ich brauchte jetzt nicht mehr zu nähen. Und nun nähte ich freiwillig. Mit mühsamen Fleiß stickte ich halbe Tage lang Kinderkleidchen und Schürzchen. So schön wie möglich sollten meine Kinder sein.

Angst und Sorge brachten sie mir auch wenn sie krank wurden. Dazu schuf mir die Phantasie eingebildete Schrecknisse.

Oft plötzlich, auf der Straße, oder Abends in Gesellschaften, oder im Theater durchzuckte es mich: den Kindern zu Hause ist etwas geschehen! In schauriger Ahnung sah ich Walterchen aus dem Bett gefallen, oder Traut weinte und niemand hörte es, oder die Lampe war umgefallen, das Zimmer brannte, ich würde zu spät kommen. Solche Vorstellungen steigerten sich oft bis zu Halucinationen. Und ich verließ das Theater oder die Gesellschaft, wo ich mich gerade befand, warf mich in eine Droschke, versprach dem Kutscher ein doppeltes Trinkgeld, nur schnell sollte er fahren, rasend schnell. Athemlos keuchte ich die Treppe herauf, stürzte ins Kinderzimmer und – da lagen sie, meine Kinder, in ihren Bettchen, rosig, sanft schlummernd.

Walter ließ mir so ziemlich freie Hand bei der Erziehung der Kinder. Er hatte gar keine Zeit sich um sie zu bekümmern. Er erzog nur in Anfällen. Griff er aber einmal ein, so versetzte er mich damit jedesmal in Schrecken. Wenn die Kinder in Streit geriethen, und das jähzornige Bübchen über das Schwesterchen herfiel, das sich dann mit Kratzen wehrte, so amüsirte er sich darüber königlich und reizte und hetzte die Kinder zu immer hitzigerem Kampf.

»Zu! los! drauf! Laß Dir nichts gefallen Mädel! Hussa! Hei!«

Er steckte den Kindern Cigaretten in den Mund, gab ihnen Wein zu trinken, wollte sich dann über ihre lustigen Capriolen halbtodt lachen, und nannte Walterchen sein kleines Corpsbrüderchen. Die Kinder sollten ihm eben, wie alles übrige, Plaisir machen.

Walterchen artete ganz nach dem Vater. Er wußte alle Dinge zu seinem Vortheil oder seinem Vergnügen auszubeuten. Und schlau war das Bübchen, viel schlauer als Traut. Einmal war er sehr unartig gewesen, und ich schalt ihn heftig. Er will sich vor Lachen kugeln. – »Wie, Du lachst, wenn ich schelte?« – »Ja, weil ich mir nichts daraus mache.« – »Du machst Dir nichts daraus?« – »Weil Du doch gar nicht wirklich böse bist, Dich kennt man schon.« Ich erzählte ihm von einer Familie, die so arm war, daß sie Mittags nichts zu essen hatte. Ob er ihr nicht von seinem Mittagbrot etwas abgeben wollte. »Ja, ja,« rief er gleich, »bitte Muttchen, gieb ihnen meine Suppe, daraus mache ich mir nichts.« Sie stritten sich einmal, wer mich am liebsten hätte. »Ich,« sagte Walterchen, »habe Dich so lieb, wie der Teufel bös ist.«

Und Traut: »ich habe Dich so lieb, wie der Gott gut ist.«

An dem größten Kummer aber, den ich um des Knaben willen litt, war er schuldlos.

Ich lief ab und zu Schlittschuh. Die Eisbahn war kaum zehn Minuten von unserm Hause entfernt. Walterchen – er war gerade vier Jahre alt – quälte mich immer ich sollte ihn mitnehmen. Einmal that ich ihm den Willen.

Nun mußte ich immer im Kreis um ihn herumlaufen, um ihn nicht aus den Augen zu verlieren. Eine Dame meiner Bekanntschaft bot mir an, den Kleinen eine Weile in ihre Obhut zu nehmen. Inzwischen sollte ich tüchtig auslaufen. Ich nahm das Anerbieten an. Als ich nach kaum fünf Minuten zurückkam, fand ich die Hüterin meines Schatzes in lebhaftem Gespräch mit einer anderen Dame. Das Bübchen war fort.

Der Schrecken der Dame und ihre Beteuerung, daß sie das Kind eben noch an der Hand gehalten, änderten nichts an der Thatsache.

Zuerst suchten wir ruhig und umsichtig die ganze Eisbahn ab, und fragten Bekannte und Unbekannte nach dem Kinde. Allmählig aber wurde mein Suchen angstvoller, bis ich zuletzt nur noch heiser, in Todesangst, nach ihm rief. So oft und so laut wir auch seinen Namen über das Eis schrien – keine Antwort.

Ich dachte, wenn er in eins der tiefen Löcher gefallen wäre, die man hier und da in's Eis gehauen! Einige dieser Löcher befanden sich an Stellen, wohin kein Schlittschuhläufer kam.

Ohne das Kind würde ich mein Haus nicht wieder betreten, das stand fest bei mir.

Es war dämmerig geworden. Mir fiel ein, der Eisbahn gegenüber wohnten Bekannte. Mit den Kindern dieser Famlie hatte Walter oft gespielt. Dahin würde er gelaufen sein – natürlich. Ich stürzte hin. Er war nicht dagewesen; wieder zurück. Ich zweifelte kaum noch: er war blindlings in den Thiergarten hineingelaufen, und er würde sich nicht zurückfinden, in der Nacht vor Angst und Schrecken sterben – erfrieren. Ich war halb von Sinnen.

Niemand war mehr auf der Eisbahn. Die fahrlässige Dame war auf das nächste Polizeiamt gelaufen die Meldung von dem verlaufenen Kinde zu machen.

Ich stand eine Weile vor einem tiefen schwarzen Loch. Das wählte ich mir gewißermaßen. Ehe ich da hinab tauchte, wollte ich einen letzten Versuch machen. Daß das kleine Bübchen den Weg nach Hause gefunden haben sollte, war so unwahrscheinlich wie möglich, aber nicht völlig ausgeschlossen. Ich würde in der Wohnung anklingeln, und ganz ruhig fragen, ob die Dame mit Walterchen nach Hause gekommen wäre. Lautete die Antwort verneinend, so würde ich umkehren.

Ich zog die Klingel; der Ton durchschauerte mich. Mit bebenden Lippen that ich die Frage.

Ja wohl, Walterchen wäre schon seit drei Stunden zu Hause, aber er wäre ganz allein gekommen, und als der Papa gefragt, wie er so ganz allein daherkäme, da hätte er geantwortet: er wäre so unter die Menschen gekommen. Der Herr Doktor wäre ganz außer sich vor Erstaunen gewesen, daß der Kleine den Weg gefunden.

Ich empfand zu gleicher Zeit jauchzende Freude und brennenden Schwerz.

Warum Niemand auf die Eisbahn gekommen wäre, mich zu benachrichtigen?

Der Herr Doktor hättens verboten.

Ich trat ins Zimmer, Walterchen sprang mir lustig entgegen. Als ich ihn leidenschaftlich an mich preßte, sagte er schelmisch listig: »Hast Du auch rechte Angst gehabt Muttchen?« – »Ja – ja.«

»Siehst Du, das ist Dir ganz recht. Warum hast Du nicht auf mich aufgepaßt! Papa hat's gesagt.«

Papa kam dazu. Er hatte des Knaben letzte Worte gehört.

– »Und Du hast niemand an die Eisbahn geschickt? mich in Todesangst vergehen lassen!« – »Der Junge hats schon gesagt: Strafe muß sein.«

Er sagte das ungeheuer gemüthlich. Die Sache kam ihm offenbar sehr vergnüglich vor.

Ich stürzte in mein Schlafzimmer. Traut lag im Bettchen und schlief. Durch die langen dunklen Wimper wurde ein wenig von dem untern Rand des Augapfels sichtbar, ein zartes Licht wie aus einer anderen Welt. In diese andere Welt zog's mich hinüber. Das süße Bild, es wirkte auf mich wie ein Psalm des Friedens. All meine zornige Erregung schwand dahin.

Und ich, ich hatte daran gedacht zu sterben, und das holde Geschöpf da lebte.

Ich war nicht mehr zornig, betrübt nur, betrübt bis zum Tode, daß ich eines Mannes Gattin geworden, der mich in aller Gemüthsruhe drei Stunden auf die Folter spannen konnte.

Wer und was war denn dieser Mann?

Jetzt, da er mir in weite Ferne entrückt ist, tritt mir sein Charakterbild immer klarer vor Augen.

Eitelkeit und Lebenslust, eine derbe, zupackende, waren vorherrschend in ihm. Eigentlich ein beneidenswerther Mensch. Gleich phänomenal seine Arbeits- und seine Genußkraft. Ein toller Lebenswandel, den er führte. Dabei ärgerte er sich täglich mehrere Male halb todt; jede schlechte Kritik zog ihm einen Nervenanfall zu.

Der Erfolg ist sein Gott. Erfolg auf der Bühne, Erfolg bei den Frauen, in der Gesellschaft. Ich wunderte mich oft im Stillen über die begeisterte Schätzung, die ihm von aller Welt zu theil wurde. Er hat Geist, ja, quantitativ sogar viel, aber es ist ein spieleriger Geist, ein zappelnder, rastloser, an der Oberfläche tänzelnder Geist. Er denkt nur für Honorar, zu ganz bestimmten Zwecken; z.B. darüber, wie eine Scene wirksam zu gestalten, oder wie eine verfängliche Moral, etwa durch geschickt lancirte Patriotismen zu übertünchen sei. Er ist findig, wo es gilt eine gute Kritik, einen Titel oder Orden, eine Einladung zu einem Minister oder eine hübsche Frau zu erhaschen.

Er kennt keine geistigen, keine Seelenschmerzen, nur literarische, wenn z.B. eins seiner Stücke abfällt.

Er ist immer derselbe. Fix und fertig scheint er von Hause aus. Ich habe nie bemerkt, daß er über irgend einen Gegenstand im Laufe der Jahre seine Ansicht geändert hätte. Ich meine, er muß als Knabe gewesen sein, wie er als Jüngling war, als Mann ist, und wie er als Greis sein wird. Prasselnd lebendig ist er, und hat doch etwas Todtes an sich. Nichts ist an ihm geheim, räthselhaft; aus seinen ärgsten Gedanken macht er kein Hehl, aber sie sind eigentlich gar nicht so arg, nicht einmal Original-Satanismen, und er schleudert sie so nett und lachend heraus, daß man sich der Pflicht, dagegen Front zu machen, überhoben glaubt.

Vorwürfen über seine Leichtfertigkeiten pflegte er mit einem seiner Lieblingsaussprüche berlinischen Gepräges zu begegnen: Grüne Sachen!

Abstraktes Denken gehörte für ihn auch in die Rubrik der grünen Sachen. Seine Intelligenz versagte, wo ihm eine greifbare Unterlage fehlte. Persönlichkeiten, für seinen Spott geeignete, bildeten zumeist diese Unterlage. Waren sie nicht zur Stelle, so war ich ja da. Daß die Pfeile, mit denen er mich zum Amüsement seiner Gäste spickte, wehethaten, machte nichts, wenn ich nur still hielt, und ich hielt still.

Und ich hatte nun doch keinen Dichter geheirathet.

Trotz alledem hatte ich Walter eigentlich persönlich gern. Wenn ich seine Schritte auf dem Corridor hörte, wurde mir heiter zu Sinn. Und trat er dann ins Zimmer, elegant und doch flott gekleidet, den Hut in der Hand, die dunkle Locke auf der weißen Stirn, lachend, sich den Schnurrbart nach oben drehend, hatte ich immer ein herzliches Gefallen an ihm. Sobald ich ihn aber Morgens im Schlafrock sah, oder mit irgend einer Nachlässigkeit im Anzug, unrasirt, ungekämmt, oder wenn er so unangenehm gähnte, war er mir beinah widerwärtig.

Begegnete mir Walter einmal freundlich und liebenswürdig, gleich flog ihm mein ganzes dummes Herz entgegen. Ich erinnere mich, daß ich ihn eines Tages etwas gleichgültiges fragte. »Ja doch liebes Kind,« antwortete er freundlich. Thränen der Rührung schossen mir in die Augen. »Liebes Kind!« So gute Worte. Wie Musik. Darnach aber quoll es in mir von unaussprechlicher Bitterkeit auf. Wie? Diese zwei, in halber Zerstreutheit gesprochenen Worte waren imstande gewesen, mich zu rühren? Was für ein verächtlicher Wurm war ich denn!

Der Wurm aber krümmte sich zuweilen. Wenn Walter mich besonders schimpflich verhöhnte, hatte ich Ausbrüche einer jäher Empörung.

Ich erinnere mich besonders an einen Abend. Wolf Brant war da, an dessen Meinung mir unendlich viel lag. Das Gespräch kam auf einen Menschen, den man in der Nacht erfroren auf dem Pflaster gefunden hatte. Ich drückte mein Entsetzen über das Geschehene aus. »Na Leneken, fasse Dir nur« sagte Walter in seinem Berliner Jargon, und dann zu Wolf Brant gewendet: »Meine Frau kriegt ab und zu eine tragische Gänsehaut, wobei sie Gott sei Dank nicht aus ihrer eigenen Haut zu fahren braucht.«

Thränen schossen mir in die Augen. Ich stürzte fort in mein Schlafzimmer. Ich warf mich schluchzend aufs Bett. Ich rang die Hände.

Walter mochte fühlen daß er zu weit gegangen war. Er kam mir nach. Ich sollte mich durch alberne Empfindeleien nicht lächerlich machen und sofort zurückkommen.

Eine Blutwelle, über die ich keine Macht hatte, flutete über mein Herz hinauf ins Gehirn. Ein wüthendes Erbeben. Ich blickte wild umher – eine Scheere lag auf dem Tisch – ich griff darnach. Ich stürzte auf ihn los. Wäre es ein flinker, spitzer Dolch gewesen, ich hätte ihn vielleicht im Ernst umgebracht.

Es giebt Morde, die keine Morde sind, die nichts sind als der *salto mortale* einer schmerz-trunkenen Seele blindlings in eine Hölle hinein.

Walter riß mir die harmlose, stumpfe Scheere, ehe ich Unheil damit anrichten konnte, aus der Hand. Er lachte gezwungen auf. Einen Augenblick aber hatte ich in seinen Zügen Furcht gelesen, wahr und wahrhaftige Furcht. Das bewirkte einen plötzlichen Umschlag in meiner Stimmung. Ich schämte mich meines unsinnigen Ausfalles. Ich wusch mir die Augen und kam ruhig zurück.

Sonderbarerweise kam Walter weder im Spott noch im Ernst je auf diese Scene zurück, er nahm sich sogar eine Zeitlang augenscheinlich inacht, mich zu reizen. Ich verstand diesen Fingerzeig nicht, verstand nicht was ich nun längst weiß, daß der Wille des Einen nur so lange maßgebend ist, bis er sich an dem Widerstand des Andern bricht.

Von der Complicirtheit der Geschlechtsverhältnisse hatte ich, auch nachdem ich schon jahrelang verheirathet war, keine Ahnung. Das war eine der guten Eigenschaften Walters, daß er mich darin nicht unterrichtete. Doch verhalf er mir mittelbar zu Kenntnissen auf diesem Gebiet. Er pflegte im Bett vor dem Einschlafen modernste französische Bücher schlüpfrigen Inhalts zu lesen, die er dann achtlos umherliegen ließ. Ich las darin, anfangs ohne zu verstehen. Allmählich, unterstützt von den Anspielungen, Witzworten, Gesprächen, die ich überall hörte, ging mir das Verständniß auf, bis auf einen beträchtlichen Rest, den ich nie verstehen werde.

Ich wußte zwar, daß Walter mir nicht treu war; wie ganz er aber *l'homme à femmes* war, das erfuhr ich erst später.

»Gott, ich bin nun einmal kein Cato« war auch eine seiner Lieblingsredensarten. Nein, ein Cato war er wirklich nicht.

In seinen Beziehungen zu Frauen ging alles durcheinander, ob Verheirathete, ob Schauspielerinnen, kleine Bürgermädchen, Dienstmädchen, Dirnen, große Damen, Märchenprinzessinnen, alles war ihm recht.

Dabei machte ich eine sonderbare Beobachtung. Seine dreiste, zu robusten Vertraulichkeiten geneigte Art, gefiel vielen Frauen ausnehmend und nicht nur Grobgearteten.

Einmal, als ich spät Abends über den Corridor ging, hörte ich von irgendwoher Walters Stimme und sein etwas heiseres Lachen, dazwischen ein Kichern. Ich blieb erstaunt stehen. Ich begriff nicht. Da redete die Kichernde ein paar Worte. Ich erkannte die Stimme, sie kam aus der Kammer des Mädchens. Walter und die Köchin!

Einen Augenblick blieb ich wie gelähmt vor Entsetzen. Dann stürzte ich fliehend, ja fliehend davon, in Angst, in Scham.

Als ich ihn am andern Tage wiedersah, fühlte ich eine dunkle Röthe mir ins Gesicht steigen, in der Vorstellung, er könnte wissen, daß ich wüßte. Das Wissen des Abscheulichen belastete mich wie eine Schuld. Er sah ein paar Mal prüfend zu mir herüber, da er aber nichts Verdächtiges wahrnahm, wurde er ausnehmend heiter, und schlug mir sogar vor, Abends mit ihm ins Theater zu gehen.

Später wunderte ich mich eigentlich, daß die Sache mich so aufgeregt hatte. Das kam mir beinah gemein vor. Was ging es mich eigentlich an? Weil ich mit ihm verheiratet war? Das war doch von meiner Seite ein unglückliches Mißverständniß, von seiner Seite – ja, was wars von seiner Seite?

Walter, mein Gatte? o nein, der Gatte jedes Weibes, das ihn haben wollte, nicht der meine. Mein Gatte wäre nur der, an dessen Brust »zaubergewaltsam, unaufhaltsam« Sinne, Seele und Gemüth mich hinzwingen würden. Jede andere Hingabe ist Schuld, bei der Satan lacht und Eros weint. (Satan ist wohl zu stark, ich nehme ihn zurück.)

Ob ich unrecht that, daß ich Walter gegenüber schwieg? Ich weiß es nicht.

Selten war bis jetzt im wirklichen Leben Edles, Gemüthvolles, Bedeutsames an mich herangetreten, Nüchternes nur und Vulgäres, wenn ich von den begeisterten Momenten des 18. März, und den kurzen Monaten meiner heimlichen Verlobung absehe. Diese frischen Quellen des

Lebens aber, und was sonst noch hin und wieder mir zusickerte und tröpfelte, verliefen sich bald wieder in den grauen Sand meiner kümmerlichen Alltagsexistenz. Und ich schaute nach einem Strom aus, der mich an herrliche Gestade tragen sollte. So viele Menschen verdanken Zufällen ihre Entwicklung. Mir begegnete keiner solcher Zufälle. Die verirren sich nicht in Spießbürgerfamilien, zu kleinen Mädchen.

Du nanntest mich einmal scherzhaft »kleiner Hamlet;« wenigstens noch feiger, grüblerischer, passiver, verzweifelter als Hamlet bin ich. Charlotte, (Du kennst sie noch immer nicht) nannte mich Mignon. Wenn ich mich überhaupt mit solchen klassischen Persönlichkeiten vergleichen darf, sollte die Wahrheit nicht in der Mitte liegen, und ich wäre eher ein Zwitterding von Hamlet und Mignon?

Ich hatte über die Frauen der Schiller- und Göthezeit gelesen. Diese Charlotten, Carolinen, Lilis, Bettinas Rahels, in welch vornehmer geistiger Atmosphäre durften sie aufwachsen, wie Wunderblumen im Märchenwald.

Ich konnte mir diese Frauen nur in langen weißen Kleidern – nein Gewändern – denken, einen Kranz von Mohnblumen oder Vergißmeinnicht auf goldenem oder dunklem Gelock. Alle, alle Musen oder Elfen, Aspasias, Saphos oder wenigstens Sonntagskinder. Ich aber bin gewiß an einem Sonnabend geboren, an dem Scheuer- und Waschtag der Kleinbürgerfamilien.

Raphael, ohne Hände geboren, wäre der größte aller Maler gewesen, sagt Lessing. Möglich; aber der größte Maler sein und nicht den kleinsten Pinselstrich machen können, scheint mir ein Loos von furchtbarer Tragik. Geborener Schriftsteller oder Dichter sein, und dabei unwissend bis an die Grenze orthographischer und grammatikalischer Fehler, ist auch unter Brüdern keinen Deut werth.

Ich beneidete jene begnadeten Frauen, aber doch war ihre Welt nicht ganz die meine, zu viel Klassisches, zu viel Götter, liefen da mit unter. Ich schwärmte mehr für Lotosblumen und Heine; die Götter ließen mich kalt. Ich habe ja nicht einmal die griechischen Klassiker gelesen; vielleicht muß der Sinn dafür erst geweckt werden. Und wer hätte je in mir etwas geweckt! Die romantische Seite aber an diesen Frauen, die zog mich unwiderstehlich an. Der Bettina fühlte ich mich besonders wahlverwandt.

Die Träumereien, mit denen ich so lange all meine Lebensfreuden bestritten, versanken jetzt zeitweise vor einer quälerischen Unrast, einem grüblerischen Sinnen.

Ich wurde in dieser Zeit oft von einem starken, körperlichen Unbehagen heimgesucht, vielleicht war ich hysterisch. So lange ich mich unter Menschen befand, blieb mein Innenleben wie suspendirt. Sobald ich allein war, kam die gährende Unruhe, und ich schmachtete nach inneren und äußeren Erlebnissen.

Inzwischen versuchte ich wenigstens eine Stimmung oder eine Scenerie herzustellen, die einer romantischen Situation oder meinen Geistergelüsten entsprach. Aber ach, die Geister, die ich rief, sie kamen alle, alle nicht. Sie lassen sich nicht zwingen – in Berlin schon gar nicht.

Ich hatte mir allmählich verschiedene reizvolle Gegenstände angeschafft, die ich in effektvoller Weise gruppirte. In einem hohen grünlichen Blumenglas, um das sich eine goldene Schlange wand, ein Strauß von Gräsern und gelben Sonnenblumen, einen Kessel von dunklem Kupfer, allerhand Tongefäße in gedämpften und doch leuchtenden Farben. Die Chaiselonguedecke von bräunlich rothem Plüsch. Eine irdene Weißbierkruke pinselte ich mit Goldfarbe an; auf ein Hängeschränkchen gestellt, mit großen künstlichen Mohnblumen gefüllt, nahm sie sich ganz urnenhaft aus. Getrocknete Palmen neigten über einen Spiegel ihre Spitzen ineinander. Besonders stolz war ich auf den Ankauf einer ausgestopften Eule mit rothen Glasaugen. Sie hockte auf dem vorspringenden Sims einer Thür, für gewöhnlich ganz unscheinbar, von niemand bemerkt. Stellte ich aber Abends ein Licht hinter die Glasaugen, so wirkte ihr dunkles Glühen aus der Höhe zum Gruseln dämonisch, besonders wenn ich alles andere Licht löschte.

Das rothe Glas meiner Kinderjahre beherrschte noch immer meinen Geschmack. Alle Dinge in Farbe tauchen.

Und so gern hätte ich loderndes Kaminfeuer haben mögen. Von jeher hatte ich mir so sehr einen Kamin gewünscht, einen Kamin und ein Pferd. Den Kamin, den hätte ich ja nun hier in Rom. Und das Pferd – wer weiß – ruht vielleicht auch noch im Schoß der Zukunft.

Mit Vorliebe trieb ich in Sylvesternächten das Spiel des Geisterrufens. Gewiß, der 31. Dezember ist ein Tag wie jeder andere, die Tradition aber giebt ihm eine mysteriös schicksalsvolle Bedeutung, als ständen wir in dieser Nacht auf einer Brücke, wo die Gespenster der Vergangenheit mit den Geistern der Zukunft sich begegnen.

Ich suchte an Sylvesterabenden zu Hause zu bleiben, auf mystische Schauer, auf irgend eine Magie wartend, die mir eine Vision, eine Offenbarung bringen sollte. Einmal hatte ich sogar, um mich zu begeistern, einen Rest Champagner, den ich heimlich aufbewahrt, getrunken. Ach, ich wurde nur schläfrig davon und verschlief die geheimnißvolle Mitternacht.

An einem andern Sylvesterabend wollte ich mein erstes poetisches Werk schreiben – ein symbolisches.

Nur die ersten Seiten dieser Dichtung schrieb ich wirklich nieder. Ich wollte doch etwas ganz besonderes schreiben, Tiefes, Sehnsüchtiges, Mondscheintrunkenes. Mondscheintrunkene Sehnsucht war doch in mir. Ich fand meinen Stil nicht. Die Worte kamen mir so armselig, so beschämend nackt vor.

Ach Arnold, ich möchte schreiben können wie man flüstert, pianissimo, verklingende Orgeltöne, oder stark, gewaltig – Posaunenklänge, vor denen verschlossene Himmel aufspringen.

Als ich einmal mit Traut durch den Thiergarten ging, der ganz im Schnee begraben lag, sagte sie: »Nicht wahr, Muttchen, der liebe Gott hat all den Zucker gestreut, für die kleinen Sperlinge?« Ich nickte. »Aber,« fuhr sie nachdenklich fort, »sie haben doch nichts, worauf sie den Zucker streuen können.«

Mir hat der liebe Gott auch Zucker gestreut, aber ich habe doch auch nichts, worauf ich ihn streuen könnte.

Ich erinnere mich an einen Abend, wo ich einen besonders starken Drang fühlte, mich körperlich und geistig durchrütteln zu lassen.

Ich pflegte Abends an den Bettchen der Kinder zu sitzen, bis sie eingeschlafen waren. Dann ging ich ins Wohnzimmer. Ich nahm ein Buch. Ich hatte mir vorgenommen, das Griechenthum zu studiren. Meinen besten Vorsätzen stellte sich immer dasselbe Hinderniß entgegen: Der Mangel an Schulung, an Vorbildung. Ich hatte nicht einmal gelernt gut zu lesen. Eine Viertelstunde fesselte mich das Buch. Dann schweiften meine Gedanken abseits. Ich horchte hinaus. Wagen auf Wagen rollte vorüber. Es war Theaterzeit. Ich riß das Fenster auf. Ich schloß es wieder.

So wie ich jetzt existirte, das konnte doch nicht das Leben sein. Wann würde es kommen?

Ich ging umher, und rückte all meine Herrlichkeiten in das rechte Licht, das Blumenglas mit der goldenen Schlange, eine Schale mit Apfelsinen, und hinter die Eulenaugen das Lichtchen.

Obwohl ich gar kein Verlangen nach Thee hatte, bereitete ich mir Thee, weil sich die Flamme unter dem Kupferkessel und das Summen des Wassers, und das Theegeräth mit den durchsichtigen japanischen Tassen unter dem röthlichen Schimmer des Lampenschirms reizend ausnahmen.

Wir hatten einen kleinen Balkon. Ich trat hinaus und sah durch das Fenster zurück ins Zimmer, um mich an dem Farbeneffekt zu freuen. Vom Balkon aus sah ich, daß die Apfelsinen in der bemalten Porcellanschale keinen Effekt machten. Porcellan überhaupt – wenn es nicht altes Meißner ist – wirkt zwischen edlen Metallen (wozu ich auch Kupfer und goldbemalte Weißbierkrüge rechnete) wie Gips neben Marmor.

Ich trat ins Zimmer zurück, wickelte ein Stückchen lachsfarbenen Sammet um die Schale, und nannte die Apfelsinen in Gedanken Orangen, was vornehmer klingt. Ich streckte mich auf der Chaiselongue aus, faltete die Hände über dem Kopf, nachdem ich die Aermel bis zum Ellenbogen zurückgestreift, und die Falten meines weichen Wollenkleides so malerisch wie möglich drappirt hatte. Dann blickte ich mit einem romanheldenhaften Ausdruck zur Zimmerdecke empor. Ich bemerkte, daß die Zimmerdecke in der Nähe des Ofens ganz verräuchert aussah. Garstig.

Ich sprang auf. Die Einsamkeit fing an, mich zu beklemmen. Ich liebte sie wohl, aber nicht immer. Warum war ich nur immer so einsam? Ich grübelte darüber. Ich hatte doch mit meinem anschmiegsamen, zärtlichen Naturell entschiedenes Talent zur Epheuranke.

Eine Schuld aber mußte ich haben. Habe ich je Böses gethan? nein. Böses gedacht? nein. Selbst denen, die mir Böses thaten, habe ich gewünscht, daß es ihnen gut gehen möge. In den Augenblicken meiner tiefsten Erbitterung gegen Walter dachte ich höchstens: Wenn man ihm doch eine Stellung, etwa in Amerika, gäbe, eine recht glänzende, und er ginge von mir fort und käme nie wieder. Die Vorstellung, daß er jung sterben könne machte mich schaudern. Jemandem weh zu thun, auch wenn das Wehthun für ihn heilsam, ja nothwendig gewesen wäre, war mir unleidlich.

Wo lag meine Schuld? Etwa in meiner Verschlossenheit? meiner Stummheit? Wußte denn jemand, daß ich des Mitgefühls bedurfte? Nie hatte ich zu irgend einem Menschen über meine Mutter gesprochen, nie über meine Ehe.

Der schlaue Antonius, in der Sheakspare'schen Tragödie, legt Cäsars blutige Wunden blos und weckt damit das ungeheure Mitleiden.

Wem hätte ich auch mein Leid klagen sollen! Wie Touristen auf einer Reise zogen die Menschen an mir vorüber, mein nicht achtend, mich nicht anlockend; und die stehen blieben, und mir gern ihre Gefährtschaft angeboten hätten, die mochte ich nicht.

Diejenigen aber, zu denen meine Seele hindrängte, die sah ich kleiner Menschling in solcher Höhe über mir, daß ich gar nicht den Versuch machte, zu ihnen zu gelangen. Ich vergaß, daß man durch Anbetung selbst die Götter gewinnt, um wieviel mehr Sterbliche, die sich nur für Götter halten.

Die Pflanze auf trocknem Boden, die Feuchtigkeit braucht, streckt ihre Wurzeln weiter und weiter, bis sie an eine feuchte Stelle kommt, aus der sie Nahrung zieht. So klug wie die Pflanze war ich nicht. Ich streckte keine Wurzeln aus.

An jenem Abend hielt ich es nicht länger im Zim mer aus. Ich brauchte Luft, Bewegung, Kälte, nach dem schwülen Grübeln und dem heißen Thee.

Ich wußte selten, wo Walter seine Abende zubrachte. Zuweilen aber sagte er es mir. An dem Abend wollte er ein Concert in der Singakademie besuchen. Ob ich mitgehen wolle, hatte er so obenhin gefragt, er habe zwei Billets. – »Nein,« antwortete ich, »ich bleibe lieber zu Hause.«

Und ich wäre doch so gern mitgegangen. Aus seinem Ton aber hatte ich herausgehört, daß er lieber allein ging, – er ging fast immer lieber allein – und nichts in der Welt hätte mich dazu gebracht, mich jemandem aufzudrängen.

Ich ging hinaus in den schneelichten Abend. Es beruhigte mich, wie der Schnee unter meinen Füßen knirschte. Die Kälte war so erfrischend, hell, gesund, und der Glanz aus den erleuchteten Schaufenstern unter den Linden, der auf das weiße Trottoir fiel, hatte etwas fröhlich warmes.

Ich ging schnell, damit mich niemand ansprechen sollte. Eine unwiderstehliche Lust wandelte mich an, Walter aus der Singakademie herauskommen zu sehen.

Da stand ich nun unter Lakaien und Dienstmädchen, die auf ihre Herrschaft warteten, auf der Freitreppe. Mein Herz klopfte. Was ich da that war doch eigentlich unwürdig, ganz ziel- und zwecklos. Warum fror ich jetzt? warum wartete ich auf ihn? Ach Gott, ich glaube nur weil meine Verlassenheit mich dauerte, weil ich jemand sehen mußte, der zu mir gehörte.

Als der erste Schwarm der Concertbesucher die Treppe herunterkam, verkroch ich mich ängstlich, immer aber nach ihm ausspähend. Ob er überhaupt im Concert gewesen war? Die Vorstellung, daß er mich bemerken könne, erschreckte mich. Entsetzlich böse würde er sein, und glauben, ich hätte ihn ausspioniren wollen, und nichts lag mir doch ferner.

Endlich kam er. Er führte eime Dame in einem hermelinbesetzten rothen Mantel am Arm. Ich kannte sie: eine junge Schauspielerin, die Gastrollen in Berlin gab. Ich versteckte mich noch tiefer unter der Menge. Er lachte und plauderte lebhaft mit der Dame und einigen anderen Bekannten, die an ihn herantraten. Meine Augen folgten ihnen, wie sie die Allee hinabschritten bis sie in eine Equipage stiegen, die augenscheinlich auf sie wartete. Wie er sich noch einmal herausbog, um den Schlag zuzumachen, sah ich im Schein der Laterne sein glückliches, lachendes Gesicht. Warum der Mann nur immer lachte! Es war doch nur Grimasse. Umd warum weinte ich denn immer? auch Grimasse?

Meine Gedanken gingen ihnen nicht nach.

So, nun war mir wohler. Die nervöse Ungeduld fort. Inzwischen war das leichte Schneegestöber dichter und dichter geworden. Der Wind, der vorher schon frisch genug blies, hatte sich sturmartig verstärkt. Ein Schneewehen, ein wahrer Schneesturm brach los. Und dazu wurde es glatt. Ich suchte eine Droschke. Da alle Welt sich vor dem Unwetter in Droschken geflüchtet hatte, gab es keine mehr. Der Weg, obgleich es noch nicht zehn Uhr war, war unheimlich menschenleer. Nur mühsam keuchend kam ich Schritt vor Schritt vorwärts. Eine sinnlose Angst überfiel mich. Ich würde nicht nach Hause kommen, ich würde ohnmächtig zusammenbrechen.

Und nun geschah, wovor ich mich geängstigt hatte. Jemand sprach mich an. Aber schon beim Ton seiner Stimme verschwand meine Angst. Eine weiche, tiefe, gedämpfte Stimme. Schüchterne Höflichkeit war in seiner Art. Er habe bemerkt, wie ich gegen den Sturm ankämpfe, ob er mir seine Dienste anbieten dürfe, bis ich einen Wagen fände. Ach wie gern nahm ich seinen Arm.

Während wir uns mühsam vorwärts kämpften, benahm er sich discret und ritterlich. Bei heftigen Windstößen schob er mich ein wenig hinter sich, damit sein Mantel mich decke; riß mir der Sturm den Schleier vom Gesicht, so brachte er ihn wieder in Ordnung.

Sprechen konnten wir nicht miteinander, des Sturmes wegen. So oft er sich auch zu mir wendete, ich konnte seine Züge nicht sehen. Ich mußte mich an ihn schmiegen, um einen Halt zu haben. Ich fror nicht mehr. Ich fühlte mich sicher in seinem Schutz. Der Schneesturm kam mir beinah schön vor, von wilder Romantik.

Ich fühlte instinktmäßig, ein guter Mensch schritt da an meiner Seite. Ich glaube, ich habe ihn zehn Minuten lang geliebt, zehn Minuten gehörte ich zu ihm, er zu mir. So impulsiv für eine Sache oder einen Menschen plötzlich aufzuflammen, geschah mir zuweilen.

Am Pariserplatz stiegen Leute aus einer Droschke. Er rief die Droschke, und half mir sorglich hinein. Dann fragte er mit schüchterner Bitte: »Darf ich mitfahren? ich wohne in Ihrer Nähe.«

»Nein,« sagte ich beinahe heftig, damit er merken sollte, wie unziemlich seine Frage war. Durch das Wagenfenster sah ich noch, wie er dastand im Sturm, ein dunkler Schatten, der zu drohen schien, zu wachsen, den der Schnee verwehen würde und begraben.

Ich fröstelte unter einem unerträglichen Malaise Warum ließ ich ihn im Unwetter da stehen? weil es unanständig gewesen wäre mit einem fremden Menschen Nachts in einer Droschke zu fahren? War es nicht viel unanständiger, daß ich den, der mich aus einer gefährlichen Situation befreit, dem Unwetter preisgab? und war es etwa anständig, daß Walter jetzt mit der hermelinbesetzten Dame – freilich, sie gehörte wohl auch zu ihm – behaglich im Wagen saß, und dahin fuhr – wo es noch behaglicher war!

Erlosch da vielleicht zum dritten Mal ein Stern, der für mich aufgegangen war? An den Fremden im grauen Mantel dachte ich, und an den armen Vetter Erich.

Sonderbar, sehr sonderbar, daß uns nicht selten ein Instinkt, (wie viele unter dem »uns« zu verstehen sind, weiß ich nicht) eine überwallende, zitternde Zärtlichkeit an die Brust eines Menschen zieht, den wir kaum kennen? (selbstverständlich folgen wir dem Zuge nicht,) während oft genug unsere Natur einer legitimen Umarmung widerstrebt.

Und diesem Zuge, hin zu einem kaum Gekannten liegt nicht etwa verwilderte Sinnlichkeit zu grunde. Selbst sanfte, gute, normale Seelen werden zu ihrem eigenen Schrecken zuweilen davon ergriffen. Nur hüten sie sich es zu bekennen.

Oder könnte diese scheinbar zügellose Verirrung nicht einen anderen tieferen Grund haben? Vielleicht ein mystisches Hineinspielen von noch ungeborenen, körperlosen Seelen in das menschliche Liebesleben? von Seelen, die gerade von dieser Mutter, von diesem Vater ihren Leib empfangen wollen?

Es giebt wohl noch viele Naturgesetze, physiologische und psychologische, von denen wir uns nichts träumen lassen.

Ganz normal ist es wohl auch nicht, daß ich nie mals eine Spur von Eifersucht empfunden habe, nur immer Mitleid mit meiner Verlassenheit. Ich bin selbst erstaunt, wie objektiv ich nicht nur in meinem Denken, sondern auch in meinem Fühlen war. Ich wollte nicht, daß Walter auch nur einen Augenblick die Ehe als Fessel empfinden sollte, aus Stolz wollte ich es nicht. Mochte er sein Leben leben nach seinem Geschmack. Möglich, daß unfeine Nebengedanken dabei mitwirkten. Damen in hermelinbesetzten rothen Mänteln entlasteten mich vielleicht ein wenig von dem Mangel an – sagen wir Liebe – den ich Walter gegenüber als Schuld empfand.

Mir fehlt überhaupt das Verständnis für Eifersucht. Ich glaube, selbst wenn ich jemand leidenschaftlich liebte, und er bräche mir Liebe und Treue, wohl könnte ich klagen, weinen, sterben. Aber Neid und Groll nähren gegen die Frau, die besäße, was das Schicksal mir versagt? warum? Den anklagen, der sein Herz nicht zu mir zwingen kann! Erzwungene Treue, ich möchte sie gar nicht! ich will sie nicht! ich brauche sie nicht. Verächtlich käme ich mir vor im Genuß erzwungener Treue und Liebe. Mir scheint, in der Eifersucht ist Eitelkeit und Unkeuschheit, und vulgär ist sie, und – so überflüssig.

Und nun gar eifersüchtig auf Walters Liebe! Aber ich besaß sie ja nie, diese Liebe, und die Andern besaßen sie auch nicht.

Merkwürdig, ich liebte ihn sicher nicht. Sobald ich aber fühlte, daß ich Marlene für ihn war, sein Weib, nicht ein Weib schlechthin, gleichviel welches, erwachte die Zärtlichkeit meines Gemüths. Ich mußte doch jemand lieb haben, es wäre so natürlich gewesen, wenn er es gewesen wäre. Er machte es mir nicht leicht, ihn lieb zu haben.

Ein Tages spielte Walterchen im Wohnzimmer um mich herum. Er fragte mich etwas. Ich las gerade und überhörte es. Da kam er zu mir gesprungen, packte das Buch und sagte: »Du Henne, über was gluckst Du denn schon wieder?« Ich war tief erschrocken. Und als ich ihn ernsthaft schalt, sagte er trotzig: »Aber Vatchen hat doch gesagt, Du bist eine Henne, die immer über etwas gluckt, und verbohrt bist Du auch, Vatchen hats doch gesagt.«

Ich brauche Dir nicht zu schildern, was ich bei diesen Worten empfand. Das eine wurde mir klar: die Meinung über mich, die Walter allen Anderen beigebracht hatte, allmählig würde sie sich auch den Kindern mittheilen. Ich hatte keine Mutter gehabt, keine Geschwister, keinen Gatten. Sollte ich auch keine Kinder haben! Ein Schauder überlief mich. Ernst, eindringlich wollte ich mit Walter reden. Es ging nicht. Ich konnte eben nicht. Da schrieb ich an ihn.

Ich glaubte damals rührende Töne gefunden zu haben, ach Gott, es waren nur klägliche Miaus einer späten Griseldis.

Es lief ungefähr darauf hinaus, daß ich ihn – wie Dienstmädchen es bei der Vermiethung zu thun pflegen – um gute Behandlung bat. Ich glaube, ich sprach es wirklich aus, daß ich schon zufrieden wäre, wenn er sich mir so freundlich erweisen wolle wie unsrer Auguste.

In lyrischer Zerflossenheit ersuchte ich ihn um das Conto meiner Sünden, und versprach, es nie wieder zu thun, (ich kann dir nicht ernsthaft und ohne Selbstironie über den so albernen Brief berichten.) Wenn es ihm aber besser passe, so sollte er mir kündigen, und ich würde gehen – ganz wie unser Mädchen für Alles. Und wenn ich jetzt erst meine bleichen Lippen öffnete, nachdem ich so lange aus meinem Herzen eine Mördergrube gemacht, so geschähe es der Kinder wegen, die nicht in Seufzeralleen, unter Erisäpfeln aufwachsen dürften – – –

Der Erfolg des Briefes war wie es sein Inhalt verdiente. Walter nahm nicht die geringste Notiz davon, weder mündlich noch schriftlich. Durch keine Miene zeigte er, daß er ihn nur gelesen hatte. Ich fand ihn einige Tage später offen auf seinem Pult liegen. Das Mädchen hätte ihn lesen können und darüber lachen – wie er.

Alles blieb beim alten.

Trotzdem ich von keiner Eifersucht wußte, beobachtete ich doch mit einer Art psychologischer Neugierde Walters Verkehr mit Frauen. Seine Vielseitigkeit auf diesem Gebiet schloß selbst platonische Beziehungen nicht aus.

An eine bestimmte Frau denke ich dabei. Während einiger Zeit war sie Walters Gottheit, diese süperbe Gräfin Virginia Dürer. Eine jener hochmüthigen, geistigen Aristokratinnen, die sich selbst auf ein Piedestal stellen, und huldreich der gläubigen Gemeinde sich neigen, die zu ihnen betet, und nicht merkt, daß die Heldin sich selbst in die Heiligennische placirt hat.

Es gab viele, die diese Frau mit dem großen Mund und der langen Nase häßlich fanden. Ich fand sie wunderschön. Diese lange Nase war so fein profilirt, wie gemeißelt, der vornehme große Mund mit den schmalen blaßrosa Lippen wie geschaffen für den Kuß der Muse. Nie habe ich einen Schimmer von Farbe auf ihrem reinen, mattweißen Gesicht gesehen. Nicht wie Frau Bronowski hatte sie die Allüren einer Prinzessin, eher die einer Iphigenia, Hypatia, Aspasia, mit einem kleinen Zusatz von Vestalin. Ihr dichtes, seidiges Haar, das sie an den Schläfen glatt gescheitelt trug, fiel ihr hinter den Ohren in zwei langen Locken bis zur Schulter. Aus ihrem ganz durchgeistigten Gesicht blickten zwei klare, unergründlich tiefe, graue Augen, fast wimperlose, Böcklin'sche Sphinxaugen. Ihrer großen, schlanken beinahe dürren Gestalt fehlte es an Anmuth.

Sie besaß einen brennenden, auf große Ziele gerichteten Ehrgeiz. In einem früheren Zeitalter wäre sie vielleicht eine Katharina von Medicis, eine Elisabeth von England, eine Eleonore d'Este, eine Lady Macbeth geworden, und in einem noch früheren eine Pythia, eine Antigone, oder sonst irgend etwas Blutiges oder Hohes, mit Priesterthum oder Walhalla Verwandtes. Auf alle Fälle wollte sie irgendwo an der Spitze stehen. Und da sie zu ihrem Kummer keine eigenen hervorragenden Talente besaß, wollte sie sich wenigstens mit einem Genie oder einer Majestät associeren. Der Graf Dürer spielte, als sie ihn heirathete eine hervorragende Rolle in der Kammer. Er galt für den kommenden Minister. Es war ein Irrthum gewesen. Er hatte bereits sein bescheidenes geistiges Maß erreicht, als Virginia seine Gattin wurde. Sie verzieh ihm diese Enttäuschung nicht. Entschlossen nicht an seiner Seite zu bleiben hielt sie Umschau nach einer Krone oder einem Lorber. Sie hätte getrost die Geliebte eines Königs werden dürfen. Ihr Ruf wäre intakt geblieben; ihr hoher Stolz war ein Schild vor erniedrigenden Deutungen.

Und sie wird ihr Ziel erreichen, denn sie ist von jener zähen rücksichtslosen Energie, jenem überstarken Glauben an sich selbst, der mit fast mystischer Gewalt das Schicksal zwingt.

Wo ihr Platz wirklich ist, weiß ich heute noch nicht. Keins der Räthsel dieser nordischen Sphinx habe ich errathen. Und ich liebte sie heimlich. Weshalb? ich weiß es nicht.

Gräfin Virginia wäre noch viel schöner gewesen, wenn sie verstanden hätte, sich zu kleiden. Gräßlich, ihre grünen, kornblumenfarbenen und schwarz und weißgestreiften seidenen Kleider. Und die Hüte, die sie über ihren unergründlichen Seherinnenaugen trug! Madam-Hüte!

Wirst Dus glauben Arnold, wegen dieser Geschmacklosigkeiten zweifelte ich an der Tiefe ihres Geistes, und an dem Schwung ihrer Seele.

Sammet von dunkelflammendem Purpur, Hermelin, nächtliches Schwarz mit oder ohne Sterne, Brokat, schweren elfenbeinfarbenen Atlas hätte sie zu ihrer Kleidung wählen müssen. Aber knistriger, seidener Plunder! Und Hüte durfte sie überhaupt nicht tragen. Nur Schleier, oder etwas reizvoll-phantastisches aus dem *cinque cento*, allenfalls einen Minervahelm.

Noch einen andern plebejischen Zug hatte diese königliche Persönlichkeit. Sie verstand aus ihren Vasallen Nutzen zu ziehen. Ich glaube, daß ihre Beziehungen zu Walter nur um dieses Nutzens willen bestanden. Sie sah damals noch in ihrem Gatten den künftigen Minister. Sie bedurfte der Presse. Walter sollte ihr litterarischer Helfer sein; vielleicht auch forderte sie diese Dienstleistungen nur in dem souveränen Stolz ihrer Herrschernatur.

Zuweilen kam sie zu uns. Walter gerieth bei jedem dieser Besuche in so große Erregung, als wenn unserm Hause eine hohe Ehre wiederführe.

Mir bereiteten diese Besuche eine tödtliche Verlegenheit. Sie sprach mit Walter von Personen, Büchern, Dingen, die mir völlig unbekannt waren, und nicht ein einziges Mal richtete sie ein erklärendes oder entschuldigendes Wort an mich. Sie richtete überhaupt kein Wort an mich. Sie ignorirte mich völlig. Ich existirte für sie nicht. Ich fühlte, wie ich roth wurde, nicht etwa aus verletzter Eitelkeit, nein, ich wurde roth in die Seele dieser Frau hinein, die, jedes

Taktes und jeder Höflichkeit baar, mich in eine lächerliche, unmögliche Situation zwang, mich gewissermaßen aus meinem eigenen Hause hinaus warf.

Ich verließ ab und zu das Zimmer, scheinbar um Erfrischungen zu bestellen, in Wahrheit aber um wenigstens für eine Viertelstunde dieser peinlichen Situation zu entrinnen. Draußen zu bleiben wagte ich nicht, aus Furcht einen Gast zu beleidigen. Ach, ich hätte ruhig draußen bleiben können. Sie würde meine Abwesenheit nicht bemerkt haben.

Wenn wir eine Gesellschaft gaben, lud ich jedes Mal Virginia Dürer ein, oft ohne es Walter vorher mitzuteilen. Ich wollte mich an seiner freudigen Ueberraschung weiden, und meinte, er müsse mir für meine Selbstlosigkeit ein wenig dankbar sein. Die Ueberraschung gelang zwar, aber zu meinem Erstaunen schien sie nicht ganz so freudig zu wirken, als ich erwartet hatte; und doch war Walter's Anbetung ächt.

Mit der Zeit fand ich die Erklärung dafür. Wer in's Theater geht, um sich in einem Lustspiel zu amüsiren, wird sich leicht enttäuscht fühlen, wenn das Repertoire geändert, und statt des harmlosen Lustspiels ein klassisches Drama gegeben wird. Auf hohen Ernst muß man eben vorbereitet sein. Der geistige Appetit ist ebenso wenig immer rege wie der leibliche.

Virginia Dürer war nicht bequem Sie schlug einen zu hohen Ton in der Unterhaltung an. Es giebt Frauen, die jedem Salon zur Zierde gereichen, aber die Leute sprechen lieber nicht mit ihnen.

Walter ging nach wie vor viel allein in Gesellschaft. In die elegantesten maßgebensten Kreise, in denen die Spitzen der Kunst, Wissenschaft und Aristokratie vertreten waren, lud man mich entweder gar nicht ein, oder doch nur zu den großen Pflicht-Gesellschaften, nicht zu den intimen kleinen Diner's und Soupers. Solche Gattentrennungen kamen nicht häufig vor. In den meisten Fällen würden sie eine schroffe Zurückweisung erfahren haben. Das war bei uns nicht zu fürchten. Die Zurücksetzungen beleidigten mich nicht, sie waren mir nur ein Beweis, wie gering man mich taxirte. Aber weh thaten sie mir doch.

Durch meine Schüchternheit, die mich wie im Schraubstock hielt, sammelte sich Explosivstoff in mir auf, so daß ich mich hüten mußte, nicht gelegentlich in's Gegentheil umschlagend, in irgend eine thörichte Excentricität zu verfallen. Ich hatte Augenblicke concentrirten Zorn's gegen mich. Mit den gröbsten Monologen traktirte ich mich: Aber das ist ja ekelhaft idiot, deine Blödigkeit, auf der Stelle thu sie ab!

Und einige Male schüttelte ich sie wirklich mit einem gewaltsamen Ruck ab, und – schwups – saß ich – es war noch dazu bei der Gräfin Virginia – auf einer Sophalehne – von gelblichem Atlas war sie – steckte eine unternehmende Miene auf, und wollte etwas ganz originelles sagen.

Die mir zunächst Stehenden sahen mich unendlich erstaunt an. Und da rutschte ich ganz sänftiglich von meiner Sophalehne wieder herunter, zurück bis in die tiefsten Tiefen meiner Schüchternheit.

Ich glaube, eigentlich war es mir natürlich, excentrisch zu sein. Immer riß eine Ungeduld an mir, mich über Hergebrachtes hinweg zu setzen. Ich kämpfte mit der Lust, mich originell und malerisch zu kleiden. Vor dem Spiegel steckte ich mir mit Nadeln ein phantastisches, halbgriechisches Gewand zusammen. Das Haar ließ ich in Locken auf die Schulter wallen und durchflocht es mit goldenen Bändern. Im letzten Augenblick aber versagte mein Muth, und ich zog verdrießlich ein langweiliges, correktes Seidenkleid an.

Oder ich nahm mir vor, in einer Gesellschaft einen pantomimischen Tanz aufzuführen, was ich so gut konnte wenn ich allein war, Tänze, an denen ich mich, gleich jenen indischen Derwischen, bis zur Extase berauschte.

Auch die Tänze blieben ungetanzt. Nicht nur gegen Dummheit, auch gegen Schüchternheit kämpfen Götter selbst vergebens.

Oft hatte ich die Empfindung, als hätte ich einen heimlichen Feind, der gegen mich wirke. Und ich hatte doch niemandem etwas zu leide gethan, niemandem machte ich Concurrenz.

Wir waren bei einem berühmten Künstler zum Diner eingeladen. Ich erschrak immer über solche Einladungen. Warum lud man mich ein? doch nur aus Höflichkeit; man wollte mich doch gar nicht haben.

Walter hatte mir anempfohlen möglichst elegante Toilette zu machen. Und ich machte sie. Ein weites, faltiges Mullkleid mit weiten Aermeln, eine breite Schärpe von weißem Atlas, eine weiße Rose im Haar, drei Reihen weiße Wachsperlen um den Hals. Alles weiß, schneeweiß. Das reine Schneewittchen, dachte ich, als ich mich im Spiegel sah. Nur meine schwarz lackirten Schuh – ich besaß keine andern – genirten mich, und später, in der Gesellschaft konnte ich mich der Vorstellung nicht entschlagen, daß alle Welt nach meinen Füßen sähe.

Als ich mit Walter in den Salon trat, fing ich einen erstaunten Blick der schönen Hausfrau auf. Sie begrüßte mich ein wenig verlegen, mit erzwungener Liebenswürdigkeit, und flüsterte dann mit einem Herrn, der sich gegen das, was sie sagte, aufzulehnen schien. Ich fühlte instinktiv, daß von mir die Rede war. Dieser Herr, auch ein berühmter Maler, führte mich darauf zu Tisch. Er sprach fast ausschließlich mit seiner Nachbarin zur Linken, nur ab und zu richtete er in brüsker Weise eine jener conventionellen Fragen an mich, die fast beleidigend sind, sicher aber nicht zu eingehenden Antworten ermuntern. Und dabei redete er mich immer »schönste« und »allerschönste« Frau an. Ich antwortete einsilbig.

Ob ich denn wirklich nur ja und nein sagen könne, fragte er mich einmal, und aus seinem Ton hörte ich, daß er damit eine Meinung aussprach, die über mich im Umlauf war. Ich hielt mit Mühe meine Thränen zurück, und fürchtete mich vor dem Augenblick, wo man vom Tisch aufstehen würde; wieder würde niemand mit mir sprechen, und verlassen würde ich dastehen, zum Verdruß der Hausfrau, und zu meiner eigenen Beschämung.

Es wäre wohl auch so gekommen, wenn nicht eine auffallend große und stattliche Dame zu mir herangetreten wäre: Charlotte von Krüger. Nie wieder bin ich mit einem Menschen so schnell bekannt geworden wie mit dieser Frau. Das lag aber nicht an mir, sondern an ihr. Sie wollte mit mir bekannt werden. Von Ansehen kannte sie mich schon. Sie hatte mich oft mit meinen Kindern gesehen, von ihren Fenstern aus, die in unsern Garten gingen.

Vor ihrer sicheren, einfachen Art wich gleich meine Schüchternheit. Sie fragte nach meinen Kindern, nach meiner Familie, meiner Lektüre. Mit keiner Silbe erwähnte sie meines Mannes. In der Unterhaltung mit ihr vergaß ich meine schwarzen Schuh.

Wir schieden beinah als Freundinnen. Ich mußte versprechen, sie am nächsten Nachmittag zu besuchen. Ich hielt mein Versprechen. Gesellschaftliche Phrasen und andere Präliminarien, wie sie sonst intimeren Beziehungen vorauszugehen pflegen, fanden zwischen uns nicht statt. Ohne je an Indiscretion zu streifen wußte sie mich zum Sprechen zu bringen. Dabei merkte ich, daß ich eigentlich gar nicht verschlossen war; so mußten es wohl die andern sein, die mich stumm machten.

Schon bei diesem ersten Besuch fragte ich sie, warum wohl die Leute bei dem gestrigen Diner so sonderbar gewesen wären.

Sie schien eine Weile nachzudenken; dann erklärte sie »der kleinen, süßen Frau« – sie nannte mich oft so – reinen Wein einschenken zu wollen. Ich wäre nämlich gar nicht eingeladen gewesen, daher die Verlegenheit der Wirthin. Mein Nachbar hätte eigentlich eine andere Dame, für die er sich lebhaft interessirte, zu Tisch führen sollen. Daher sein Verdruß, als er mir den Arm bieten mußte.

»Und dann, liebes Kind,« fuhr sie fort, indem sie mich liebevoll an sich zog, »wie konnten sie nur diese kindlichen falschen Perlen tragen! Das thut man doch nicht. Das überläßt man doch den Nähmamsells.«

Mir war schon wieder das Weinen nahe, und ich stotterte, sie hätten doch so gut zu dem Kleid gepaßt, und ich hätte gedacht, es käme nur darauf an, ob etwas hübsch aussähe, nicht auf den Geldwerth, und die Schnüre wären auch gar nicht so billig wie sie wohl annähme, ich hätte $1^1/_2$ Thaler dafür ausgegeben.

Charlotte lachte und meinte, sie würde mit der Zeit schon eine perfekte, kleine Weltdame aus mir machen, und wir sprachen von etwas anderm.

Charlotte von Krüger war eine eigenartige Persönlichkeit, fast männlich in ihrer Erscheinung; groß und wuchtig. Paletot, Kragen, Cravatte trug sie nach Männerart.

Den Sommer brachte sie auf ihrem Gut in der Nähe Berlins zu. Ich besuchte sie dort zuweilen. Und wenn sie da durch den Wald schritt, mit der dicken Cigarre im Munde – Cigaretten verachtete sie – zwei Riesenhunde ihr zur Seite, einen knorrigen Stock in der Hand, wirkte sie nichts weniger als weiblich, trotzdem die Züge ihres Gesicht's fein und regelmäßig waren; ein gutes, klares, bürgerliches, etwas zu fleischiges Gesicht, ohne jede Complicirtheit; nur um ihre Mundwinkel einen Zug, wie wenn jemand etwas verschluckt hat, das ihm widrig gewesen.

Ihre Haut war spröde und rauh, ihr Teint wettergebräunt. Absichtlich setzte sie sich jedem Wetter aus. Nie trug sie Schleier, Handschuh oder Schirm. Ihre spröden Hände waren schön geformt. Ein großer Diamant am Finger war die einzige Koketterie, die sie sich erlaubte. Durch die Sicherheit und Würde ihrer Haltung, durch den stolzen Ausdruck ihrer Physionomie wirkte sie vornehm.

Ich hielt sie anfangs für einen großen Geist. Bei näherer Bekanntschaft fand ich sie weniger intelligent, als stark von Charakter. Sie hatte sehr viel *bon sens*, und in praktischen Dingen handelte sie ungewöhnlich klug, klug bis zur Schlauheit.

Sie hatte viel gelitten, und litt noch. In herbem Stolz aber verbarg sie ihre Wunde unter der rauhen Schale einer selbstherrlichen Männlichkeit, dabei empfand sie so weich, wie nur je ein Weib empfinden kann.

Eine Liebesheirath, die sie mit einem Offizier geschlossen, war von seiner Seite nach zehnjähriger Ehe gelöst worden. In Folge der Wiederverheirathung mit einer niedrig stehenden Frau hatte er den Dienst quittiren müssen. Ueber diese Scheidung und die sie begleitenden Umstände, ist Charlotte niemals fortgekommen. Blutete auch ihr Herz nicht dabei, so hatte doch ihr Stolz eine Wunde davongetragen, die sich nicht schloß. Die Vorstellung, daß man sie um dieser Scheidung willen, mißachten könne, war ihr unerträglich, hauptsächlich um ihres einzigen Sohnes willen, den sie über alles liebte.

Vielleicht war es nur der Haß gegen den einen Mann, der sie zur Männerfeindin machte. Sie affichirte diese Feindschaft nicht etwa, im Gegentheil, sie verbarg sie sorgfältig. Im Verkehr mit Männern zeigte sie sich außerordentlich liebenswürdig und außerordentlich falsch, katzenhaft falsch. Sie spielte die ihrem Geschlecht zuerkannte Unterordnung, wußte aber in unnahbarer Würde die Männer fern zu halten.

Sie hütete die Reinheit ihres Rufes wie ihren Augapfel. Ihrem Knaben sollte die Mutter, trotz der Scheidung, eine Lichtgestalt bleiben.

Nie sprach sie mit ihm direkt Unfreundliches über den Vater, verfuhr aber so diplomatisch schlau, daß sie ihre Abneigung gegen ihn auf den Sohn übertrug.

Die stattliche Frau hätte sicher noch Neigung erwecken und sich wieder verheirathen können. Sie wollte nicht. Ihre Herrschsucht aber, ihre thatkräftige Natur verlangte nach einem Kreis, in dem sie zur Geltung kam. Da sie für ihre Person auf Erlebnisse verzichtet hatte, wollte sie in den Seelen Anderer leben, Schicksal für sie spielen und dabei zugleich ihrem Gemüthsbedürfniß Rechnung tragen.

So zog sie eine Anzahl weiblicher Wesen in ihre Atmosphäre, die eine Art Hof um sie bildeten, und über die sie unumschränkt herrschte.

Es waren meist junge Mädchen, die aus irgend einem Grunde heimathlos und heimathbedürftig waren: Waisen oder durch unglückliche Verhältnisse dem Elternhaus Entfremdete. Einige bildeten sich zu Lehrerinnen oder Künstlerinnen aus; alle aber waren schwärmerisch veranlagt und alle beteten Charlotte an. Es schien, die Bedingung zur Aufnahme in diesen Kreis war Jugend, Schönheit und ächt weibliche Artung. Selbst ganz männlich, stieß Herrisch-Männliches bei andern Frauen Charlotte ab. Man sollte sich lianenhaft an ihr emporranken, hülflos sein.

Das war ich ja, und vielleicht die Hülfloseste von Allen. Für eine Frau, die in glücklicher Ehe lebte, hätte sie sich nie interessirt. Ich wurde allmählich ihre Bevorzugte, und daran lag es wohl, daß die jungen Damen dieses Kreises sich mir nicht besonders herzlich anschlossen.

Einer verheiratheten Frau, die es ja nicht nöthig hatte, gönnten sie den Platz am Herzen Charlottens nicht.

Und ich lag oft an ihrem Herzen. Wenn sie mir mit ihrer rauhen Hand über das Haar strich, mir Stirn und Augen küßte und mich Mignon nannte, (gerade wie früher der Dichter Moritz) dann durchströmte mich köstliches Behagen. Dann fühlte ich recht, wie ich geschaffen war, verwöhnt, gehätschelt, geliebkost zu werden. Ich dachte an meine Mutter. Was für ein zärtliches Kinderherz hatte sie von sich gestoßen!

Und doch – eigentlich liebte ich Charlotte nicht, vielleicht nur deshalb nicht, weil ich für Frauen – ich sagte es Dir schon – keine Zärtlichkeit empfinde. Auch waren unsere Seelen und Intelligenzen nicht verschwistert. Sie war nicht von meiner Art, diese positive, kluge, geschäftskundige Frau.

In der Folge sahen wir uns fast täglich. Eine perfekte Hausfrau und Weltdame aus mir zu machen, gelang ihr zwar nicht, aber ich lernte viel von ihr, und ich lernte mit Begierde und mit Neugierde.

Langsam schwand unter dem Einfluß ihrer reichen Erfahrung, ihres klaren Verstandes meine Gläubigkeit, meine Naivetät. Sie spielte mir gegenüber etwas den Mephisto, um nicht zu sagen die Schwiegermutter. Ich sollte auch Walter sehen, wie er wirklich war.

Ihre Beweggründe waren complicirter Art. Ihr sexueller Haß gegen Männer wirkte mit, die heimliche Genugthuung einem Manne den Meister zu zeigen. Ausschlaggebender aber waren edlere Impulse bei ihr. Hülfreich war sie und gut, und voll Zähigkeit und Energie, wo es galt denen zu helfen, die sie liebte, und nicht nur denen, allen Mühseligen und Beladenen gegenüber spielt sie gern die Rolle der guten Fee, und suchte und fand sie dabei auch eine Befriedigung ihrer Eitelkeit und Herrschsucht, der Grundzug blieb schlichte Herzensgüte. Mich liebte sie wirklich. Meine Blindheit und Naivetät aber entrüsteten sie, für meine Schwäche und Feigheit hatte sie kein Verständniß, ich sollte unter ihrer Leitung durchaus einen Charakter kriegen. Auch als Hausfrau legte sie Hand an mich.

Ganz sacht und allmählich suggerirte sie mir, daß Walter an der geringen Schätzung, die ich in der Welt fand schuld sei. Ich fragte sie, ob er Unfreundliches von mir spräche?

Das wisse sie nicht. Aber es gäbe ein Lächeln, ein Achselzucken, das vielsagend sei. Unter dem Siegel der Verschwiegenheit pflege man intimen Freundinnen mancherlei anzuvertrauen, Wahres und Falsches, hauptsächlich Falsches. Diese Siegel schienen nur da zu sein, um gebrochen zu werden.

Aber ich thäte ihm doch nichts Böses, nicht das geringste.

Das hindere niemand, mich für ein Malheur des genialen Dramatikers, und nebenbei für eine schlechte Hausfrau zu halten.

Ob ich denn wirklich eine schlechte Hausfrau wäre?

Sie lachte und streichelte mich.

Perfektere gäbe es schon.

Und sie erinnerte mich an eine gänzlich aufgeplatzte Bratwurst, die sie kürzlich auf meinem Tisch gesehen. Wenn ihr die Köchin eine solche Bratwurst auf den Tisch brächte, so flöge sie die Treppe herunter. Und Chocoladensuppe! Wer gäbe denn einem erwachsenen Mann Chocoladensuppe zu essen!

Ich konnte mich nur damit entschuldigen, daß wir im elterlichen Hause uns doch immer so sehr auf Chocoladensuppe freuten.

Und die Geschichte mit dem Fasan, die kannte sie auch. Ich erfuhr, daß Walter alle Welt damit amüsire, und mit der Chocoladensuppe auch. Auch ein Rindfleisch mit Rosinensauce, das Charlotte ebenfalls rügte, will ich hier nicht unterschlagen.

Ich erfuhr, daß Anekdoten und geflügelte Worte von mir im Umlauf waren, die mich als das Schäfchen charakterisiren sollten, das ich doch nicht war.

Uebrigens wurden unter Charlottens Einfluß die geplatzten Bratwürste wirklich seltener, die Chocoladensuppen und Rosinensaucen verschwanden, und machten ausgewachsenen, einwandsfreien Menü's Platz.

Die Dienstboten zu zügeln und zu leiten das aber lernte ich auch nicht von ihr. Sie hatte stets die denkbar vorzüglichsten Mädchen, obwohl sie überaus anspruchsvoll und sehr streng war. Sie verstand eben zu herrschen.

Nicht nur für ihre Liebe war ich Charlotte dankbar, mehr noch für etwas anderes. Sie entband mich von der fremden Person in mir, vom Alpdruck der Schüchternheit, die sich wenigstens ihr gegenüber verlor. Ich wurde mit ihr ich selbst, und indem ich mich gab, entwickelte ich mich.

Ich entdeckte Fähigkeiten in mir, die mich selbst in Erstaunen setzten. Denke Dir – aber wahrhaftig, es ist wahr – ich wurde witzig.

Charlotten's junge Mädchen lebten in ganz andern Kreisen als ich, sie wußten also nicht, daß mit mir nichts los war, waren nicht in Vorurtheilen gegen mich befangen. So wuchs ich an ihrem Lachen, ihrem Beifall. Einige weniger Wohlwollende unter ihnen, meinten freilich, ich wollte mit Gewalt originell sein. Irrthum, ich gab mich wie ich war, redete, was mir in den Sinn kam. Es sprudelte in mir von launigen Einfällen, von Bildern, meine Seele jauchzte förmlich in der neuen geistigen Freiheit, in der ich wie auf hohen Bergen mit vollen Lungen athmete. Zuweilen sprach ich unwillkürlich rythmisch.

Und Charlotte war so stolz, daß sie mich entdeckt hatte, zuweilen etwas befremdet, daß ich über ihren Gesichtskreis hinausflog.

Warum, fragte ich einmal Charlotte, hält man mich für dumm, da ich's doch nicht bin?

Ob nicht möglicherweise jemand ein Interesse haben könnte mich für dumm gelten zu lassen? war ihre Gegenfrage.

Sie dachte an Walter. Aber der hielt mich ja wahr und wahrhaftig für dumm. Sie hatte eine Aversion gegen meinen Mann, was sie aber nicht hinderte sich im Verkehr mit ihm einer unvergleichlichen Liebenswürdigkeit zu befleißigen.

Sie war entrüstet, daß ich meine Rechte als Gattin, und meine Würde als Frau mit Füßen treten ließ. Damit ich meine Situation klar erfasse verhalf sie mir energisch zu einem Einblick in Walter's ausschweifende Lebensweise.

Eines Abends, als ich bei ihr war, schlug sie mir einen Spaziergang im Mondschein vor.

Wir gingen hinaus. Es war kalt. Sie trug Verlangen nach einer Tasse heißen Thees, und trat mit mir in ein elegantes Café unter den Linden.

Sofort sah ich Walter an der Seite einer schönen Dame. Der Mantel der ihr von den Schultern geglitten, ließ den blendend weißen Hals frei. Drei Reihen großer, blaßrosa Korallen waren um den Hals geschlungen.

Walter, als er uns bemerkte, runzelte im ersten Augenblick die Stirn. Gleich aber gewann er seine Heiterkeit wieder. Daß kein Ueberfall beabsichtigt war, sah er wohl an meiner aufrichtigen Ueberraschung, die sogar einen Anflug von Freude hatte.

Er stellte uns die Dame vor: eine Schauspielerin, die ein Gastspiel nach Berlin geführt, und die ihm von einem Freund warm empfohlen worden war.

Die Dame kam mir entzückend liebenswürdig entgegen. Sie freue sich unendlich, die Gattin des Mannes kennen zu lernen, dem sie ihr Engagement zu verdanken habe. Und sie bat mich so treuherzig, doch all meinen Einfluß bei meinem Gatten aufzubieten, damit er ihr die Hauptrolle in seinem eben an die Bühnen versandten Stück zuwende. Einer so reizenden jungen Frau könne er sicher nichts abschlagen.

Ich glaubte jedes Wort das die beiden sagten, plauderte eine Stunde auf das angenehmste und Walter war so herzlich mit mir wie ich ihn kaum je gesehen.

Wie sonderbar doch der Zufall spielt, dachte ich; einmal der Zufall, daß wir uns im Café trafen, und dann noch ein anderer Zufall.

Vor nicht langer Zeit war ich mit Walter vor einem Juwelierladen stehen geblieben, ganz in Bewunderung einer dreireihigen Kette von großen, blaßrosa Korallen. »Wenn wir das große Loos gewinnen, sagte ich zu ihm, mußt Du sie mir zum Geburtstag schenken.« Und gerade solche Kette trug die junge Künstlerin.

Am andern Tag erzählte mir Walter ganz gegen seine sonstige Gewohnheit von dem ausgezeichneten Charakter, und der hohen, künstlerischen Begabung der Dame. Leider sei sie bitter arm, aber zu stolz, um von irgend jemand eine Unterstützung anzunehmen. So fehle es ihr im Augenblick an einem passenden Hut, um sich dem Intendanten vorzustellen. Er habe schon daran gedacht, ihr anonym etwas zu schicken, sei aber gerade jetzt gänzlich abgebrannt. Ob ich nicht etwas Erspartes besäße. Ich besaß in der That 50 Thaler, an denen ich ein ganzes Jahr gespart, um mir ein pelzbesetztes Winterkostüm anzuschaffen.

Walter, der mich um etwas bat! Und ich konnte ihm diese Bitte erfüllen! Ich war so stolz und so glücklich darüber.

Ich verschwieg Charlotten diesen Zwischenfall, aus Diskretion gegen die junge Künstlerin, auch um Walter's Willen.

Eine Woche später – abermaliger Zufall. Charlotte hatte darauf bestanden, mich zu einer Première mit in's Theater zu nehmen.

Vorn in der Prosceniumsloge saß die Dame mit den rosa Korallen.

- »Wer ist denn der Herr hinter ihrem Stuhl, der so eifrig in sie hineinredet?« fragte Charlotte.

Ich richtete das Opernglas auf die Loge und erkannte Walter. Ich murmelte etwas über wunderbare Zufälle.

Sie sah mich an, ohne ein Wort zu sagen. Für die Rückfahrt nahm sie eine Droschke, die sie vor einem Hôtel in der Mohrenstraße warten ließ. Nach wenigen Minuten hielt eine andere Droschke. (ich kann nicht dafür, daß in meiner Geschichte so oft Droschken halten.) Walter stieg mit der Korallendame aus.

Er hat sie vielleicht nur nach Hause gebracht, stieß ich beklommen heraus. Wir warteten noch zehn Minuten. Walter kam nicht wieder.

Woher Charlotte so genau in Walters Lebensgewohnheiten eingeweiht war, hat sie mir nie verrathen.

»Du hast jetzt Deinen Mann in der Tasche, sagte sie, benütze die günstige Position.«

O Gott, sie wußte nicht, daß es mir fürchterlich war, jemand in der Tasche zu haben, daß ich nicht über die Lippen gebracht hätte, Walter auch nur mitzutheilen, daß ich ihn in der Loge gesehen. Zog er eine andere mir vor, wie vulgär mich zu ihm drängen zu wollen.

Einen Menschen beschämen, gern über ihn triumphiren, ist das nicht, als bestritte man seine Vergnügungen mit dem Schaden Anderer?

O Arnold, von ihr, von Charlotte habe ich auch endlich erfahren, wie es kam, daß ich seine Gattin wurde.

Jahrelang hatte er ein Verhältniß mit einer verheiratheten Frau von den schlechtesten Sitten gehabt, die viel älter war als er. Der Gatte der Dame starb. Sie hielt es für selbstverständlich, daß er sie heirathen würde, um so mehr, da er annehmen mußte, daß ihr Kind auch das seinige war. Als Gattin war sie für ihn eine unmögliche Person. In der Umschau nach einem Rettungsanker verfiel er auf die Verlobung mit mir; der Dame gegenüber datirte er unsere Verlobung auf einen früheren Zeitpunkt zurück. Er könne das junge Mädchen, in deren elterlichem Hause er jahrelang ein-und ausgegangen, nicht im Stich lassen.

Nach Charlotten's Ansicht trug er sich mit dem Hintergedanken, die Verlobung mit mir in einem geeigneten Moment wieder aufzulösen. Eine solche Auflösung, meinte sie, wäre nicht leicht, wenn man als Bräutigam in einen Familienkreis aufgenommen, wenn die Braut schön und makellos ist, und ihr ein ansehnliches Erbtheil in Aussicht steht.

Vielleicht hatte Walter auf einen Zufall gerechnet, der ihm zu Hülfe kommen sollte. Es kam ihm aber keiner zu Hülfe. Zufälle sind Kobolde. Gleich sind sie da, wenn sie nicht da sein sollten, und ruft man sie, stellen sie sich taub.

Und darum vielleicht ist Walter von Anfang an so böse auf mich gewesen, weil er versäumt hatte, mich zur rechten Zeit abzuschütteln.

Uebrigens erschütterte mich diese Aufklärung nicht. Daß er mich zur Zeit der Verlobung nicht geliebt hatte, wußte ich längst. Was hatte ich also besonderes erfahren? Nur meine Neugierde war befriedigt, und der Horizont meiner Menschenkenntniß erweitert worden. Und dann – meine Gewohnheit in Träumen zu leben, mag schuld sein, daß oft Wirkliches mich nur traumartig, an der Oberfläche berührte, ohne die feineren Empfindungsnerven vibriren zu lassen.

Aber nicht bloß in Bezug auf Walter lüftete Charlotte allmählig die Binde vor meinen Augen. Sie lehrte mich auch der Gesellschaft in's Herz sehen.

Charlotte hatte meiner Intelligenz den Anstoß gegeben, nun kam sie in's Rollen, und sie rollte – rollte – lawinenartig weiter. Sie rollte fort über so vieles, bis zuletzt – ach ich glaube, es ist noch gar nicht zuletzt.

In meiner Natur begannen sich immer schärfere Gegensätze herauszubilden: Romantik im Gemüth, eine singende, klingende, und Skepsis im Kopf, eine kalt fragende; und neben dieser zersetzenden Intelligenz zärtliche Verträumtheit, die am liebsten auf weichem Pfühl unthätig und beschaulich schwelgte. Feige Geducktheit nach außen, und innere Auflehnung gegen jede Schranke.

Es scheint mir so sonderbar willkürlich die Menschen in Herrscher- und Sklaven-Naturen einzutheilen. Herrschen! es widerstrebte mir nicht nur, weil ich es nicht konnte, ich hätte es auch nicht gewollt. Ueberhaupt kam mir das Herrschen brutal vor, eine Eigenschaft für ein subalternes Zeitalter, und für subalterne Menschen. Kraftmeier, Gewaltmenschen sind mir von jeher antipathisch gewesen.

Können aber nicht Mangel an Wehrkraft und Willensohnmacht zusammengehen mit absolut freiem souveränem Denken? Viel seltener als man glaubt wirken Charakter und Intelligenz bestimmend aufeinander und ineinander.

O Arnold, das Bild, das ich Dir von unsern Kreisen entrollen könnte, würde Dich mit Entsetzen erfüllen, Du würdest es für eine tolle Ausgeburt meiner Phantasie halten, Du Begnadeter, der Du unter Adelsmenschen aufwachsen durftest, fern ab von der Malaria, die ich jahrelang athmete.

Im Paradiese sind viele geboren, ich wohl auch. Und schuldlos – ohne in den Apfel gebissen zu haben, sind sie hinausgetrieben, nicht von Engeln, die Gott gesandt, eher von der bekannten kalten Teufelsfaust.

Mit Staunen blickte ich anfangs in diese neue Welt. Sie wirkte wohl deshalb so überraschend, so befremdlich auf mich, weil sie sich so scharf von der Welt abhob, in der ich im elterlichen Hause und in den ersten Jahren meiner Ehe gelebt.

Meine Natur ist nicht auf Beobachtung angelegt, und ohne Charlotte wären wohl noch Jahre hingegangen, ehe ich diese Gesellschaft begriffen.

Du meinst vielleicht, daß die engen Kreise, in die ich zufällig gerathen, nicht viel bedeuten, gegenüber der Masse der Bevölkerung.

Doch Arnold, sie bedeuten viel. Die Quintessenz der modernen Weltanschauung und eine Fülle von Intelligenz waren in ihnen vertreten.

Ich hatte von den französischen Salons einer Frau von Rambonillet, von den Salons einer Rahel, einer Henriette Herz gelesen, und immer waren es politische, literarische, künstlerische Interessen, die da im Vordergrund standen, Flirt, Liebesintriguen liefen nur nebenher.

Durch unsere Salon's aber wehte der Duft von Orangenblüthen, Jasmin, Tubarosen. Aphrodite saß auf dem Thron; Apollo, Minerva leisteten ihr nur Knappendienste.

Waren die einzelnen Frauen dafür verantwortlich zu machen? Kaum. Eine war, wie alle waren, weil alle die Eine mit hineinrissen in die hübschen Höllen, wo man nur zum Plaisirvergnügen liebt und lebt.

Und wenn von Schuld die Rede ist, so hatten die Männer mehr davon als die Frauen. Bevorzugten sie nicht die Circen, die Bajaderen, die mit den bacchantischen Gebärden, und den noch bacchantischeren Gewändern?

Ich habe Erfahrungen gemacht Arnold – abscheuliche! Wirst Du's glauben, da war ein Mensch, ein widriger, der affichirte ein Liebesverhältniß mit einer guten, kleinen Frau, nicht etwa um den Verdacht von einer andern abzulenken – nein, nur um damit zu prahlen, daß eine hübsche, junge Frau von reinem Ruf seinen Reizen erlegen war. Wie er sich hinter ihren

Stuhl stellte – immer nur wenn viele Leute es bemerken mußten – sich zu ihr niederbeugte, ihr in's Ohr flüsterte, die gleichgültigsten Dinge von der Welt, wie er ihr zunickte und winkte, und eine einseitige Gebärdensprache etablirte – ein Verbrechen war's.

Woher ich das weiß? Ich war ja selbst die kleine Person, die hülflose, die nicht wußte wie sie sich so gemeiner Zudringlichkeit erwehren sollte, ich selbst war die dumme Person, die ihren Mann um Hülfe anrief, und der lachte und gratulierte mir zu dem dicken Anbeter, und meinte, jede Frau von Takt wisse sich in solcher Lage selbst zu helfen.

Er hatte wohl recht damit. Aber ist es nicht entsetzlich, daß in der sogenannten guten Gesellschaft eine Frau überhaupt in eine solche Situation gerathen kann, daß es in dem Belieben jedes Schurken steht, sie zu kompromittiren.

Es gab in unsern Kreisen einige pikante, schöne, geistvolle Damen, hochgefeierte, die sich von Dirnen nur durch den Ehering unterschieden. Man konnte sie nicht einmal mit der Augier'schen »Armen Löwin« in eine Reihe stellen. Denn einmal waren sie nicht arm, und dann begnügten sie sich auch nicht mit Einem Liebhaber, um sich finanziell heben zu lassen.

Da war ein Mensch – Hochstapler ist kein zu hartes Wort für ihn, – er hätte ins Verbrecheralbum gehört. Jedermann wußte es. Und man lud ihn mit Beflissenheit ein. Warum? Er war geistreich, amüsant, hatte die schärfste Zunge und den beißendsten Witz, wußte jeden Klatsch und verachtete die Menschheit, die ihn mit einigen Millionen im Stich gelassen hatte, unermeßlich.

Die Gastgeber entlasteten ihr Gewissen, indem sie meinten, man lüde ja auch Virtuosen nur um ihrer Kunstleistungen willen ein, ohne nach ihrem Charakter und Vorleben zu fragen. Warum also nicht diesen Virtuosen der Zunge?

Natürlich behaupte ich nicht, daß so Bösgeartete Dutzendweise vorhanden waren. Sie waren vielmehr Ausnahmen. Aber daß sie eine Rolle spielen konnten, daß man ihnen die Hände drückte, sich nicht über sie entrüstete, das war so gräßlich charakteristisch.

Ja, ein ungeheures Lügennetz umspannt die ganze Kulturwelt. Alle, alle lügen, auf der Tribüne, auf der Kanzel, im Gerichtssaal, in den Salons, im Schlafzimmer.

Und ich? lüge ich etwa nicht? Ich lüge vom Morgen bis zum Abend, ich lüge wenn ich jenem Hochstapler die Hand gebe, ich lüge, wenn ich gedankenlos herkömmliches Zeug rede, von dem meine Seele nichts weiß. Ich lüge mit meinen Lippen, die lächeln, wo sie verachten. Ich lüge, wenn meine Züge still bleiben, während es in mir gährt. Selbst meine Schüchternheit ist eine Lüge. Ich bin ja innerlich unverschämt, vor nichts habe ich Ehrfurcht; ich verneine im Geheimen, was ich äußerlich bejahe.

Aber ein wenig unterscheide ich mich doch zum Vortheil von vielen andern Lügnern. Ich lüge ungern und ich bin mir immer der Lüge voll bewußt.

Es herrschte in dieser Gesellschaft eine prickelnde Lust in verfängliche Tiefen zu tauchen, Irrlichter in Sümpfen, Hexen auf dem Blocksberg, unanständige, satanische Grimassen zu erlauschen.

Einmal nach einem kleinen Souper in unserm Hause, beschloß man *in corpore* das Orpheum (damals ein Lokal wie etwa in Paris das »*bal mabile*«) zu besuchen. Man müsse eben alles kennen lernen.

Die Damen schienen an Ort und Stelle einigermaßen enttäuscht, und eine äußerte ganz ärgerlich, darum wäre sie doch nicht Nachts um zwölf Uhr in's Orpheum gefahren. Das wäre ja alles beinah anständig, jedenfalls lange nicht unanständig genug.

Man lachte und verständigte die unzufriedene Dame, daß es die Sittenpolizei sei, die Satan bändige!

Und doch – nicht ungestraft besucht man Orpheum's.

Sicher traten auch bedeutende Menschen in meinen Gesichtskreis, ich hatte aber nicht Muth und Geschick sie nach den Wegen zu fragen, die aufwärts führen, und sie gingen vorüber.

Und auch Charlotte entschwand mir. Seit einiger Zeit schien ein Kummer an ihr zu nagen. Sie verlor sichtlich an Kraft und Frische. Mitten im Winter gog sie sich plötzlich auf ihr Gut zurück. Sonderbarerweise schrieb sie mir von da nicht ein einziges Mal. Eines Tages aber kam sie unvermuthet nach Berlin. Das freudige Willkommen erstarb mir auf den Lippen, als ich sie so traurig verändert sah. Ihr blühendes Gesicht verfallen, das Haar ergraut, die Gestalt gebeugt. Ich forschte liebevoll nach dem Grunde der traurigen Veränderung.

Sie sei herz- oder lungenkrank, sie wisse es nicht recht, es sei auch ganz gleichgültig.

Ob sie nach Berlin gekommen, um einen Arzt zu consultiren, fragte ich. Nein, sie selbst sei als Arzt gekommen, um meinetwillen sei sie da. Aus weichlicher Feigheit habe sie mir noch etwas verschwiegen. Es wäre so thöricht gewesen als eine Operation zu hintertreiben, die einem die Gesundheit wieder geben könne. Meine Gesundheit hieße: Trennung von Walter. Ich sah beklommen zu ihr auf. Was würde ich erfahren?

Nur widerwillig, Arnold, sage ich Dir das Abscheuliche.

Walter hatte im Vertrauen verschiedenen Personen mitgetheilt, daß er von mir betrogen worden sei, daß ich vor der Ehe einen Geliebten gehabt. Seine Intimen hatten den hübschen Klatsch weitergetragen, von Mund zu Mund war die Mähr gegangen, und hoch klang das Lied von dem edlen Gatten, der Gnade hatte für Recht ergehen lassen. Ich sah Charlotte entsetzt an. Ich glaubte nicht recht gehört zu haben.

»Das kann nicht sein, es ist unmöglich.«

Ob ich je eine Verleumdung oder Lüge aus ihrem Munde gehört?

Nein, das hatte ich nicht.

Sie habe hart mit sich gekämpft, ehe sie sich zu dieser Mittheilung entschlossen, die eine Trennung von meinem Gatten zur Folge haben müsse. Walter sei mein Feind, und ich hätte nur die Wahl: Trennung oder moralisches und geistiges Siechthum. Davor wolle sie mich bewahren.

Ich war außer mir, Charlotte wollte mich beruhigen, trösten, und da zeigte sie mir die furchtbare Wunde an der sie verblutete: Man hatte ihre immer hülfsbereite Freundschaft, ihren zart innigen Verkehr mit den jungen Mädchen auf ein unnatürliches Laster zurückgeführt, und sie kannte die Quelle dieser infamen Verleumdung: der Vater ihres Sohn's.

Und noch mehr sagte sie mir. Du lieber, einfacher, reiner Mensch, Du weißt nichts von der heimlichen Misere so vieler Ehen, welche Widrigkeiten, welche Martern es für die Frau giebt, von denen der Mann keine Ahnung hat.

Da ist eine Gattin, – sie hat möglicherweise ihren Mann lieb, ihre zitternde Seele neigt sich in heißer Zärtlichkeit ihm zu. Aber diese Flamme will mit edlem Material genährt sein. Darüber verfügt er nicht, und in seiner Umarmung wird die Flamme zu einem Brandmal.

Unglückliche Charlotte! Sie hat mich ahnen lassen, wie furchtbar ihr das Erdulden der Gattenliebe war, wie zornig oft ihre Abwehr, ein Zorn bis zur Raserei, bis zu der teuflischen Einflüsterung: »Tödte ihn.«

Und nun tödtete er sie.

Sie hatte heiser, tonlos gesprochen, die Augen in starrender Wuth auf den Boden geheftet.

Die Aermste hatte seit Monaten in steter und furchtbarer Angst gelebt, die Verleumdung könne ihrem heißgeliebten Sohn zu Ohren kommen. Er war Offizier – ein Wort von einem Kameraden – sie sah das Schreckbild eines Duells – sie sah ihn todt – den einzig Geliebten, todt um ihretwillen.

Und wie – wenn er auch nur einen einzigen Augenblick eine solche Monstruosität für möglich halten konnte!

Ueber Todte schweigt man. »Darum – so schloß sie – werde ich sterben, weil ich sterben will.«

Es waren ihre letzten Worte.

Ich habe sie nicht wieder gesehen. Wenige Monate darauf war sie todt.

Als sie nach jener schrecklichen Stunde von mir ging überfiel mich ein Schüttelfrost. Ich legte mich zu Bett. Einen Augenblick trug ich mich mit Selbstmordgedanken, und sterbend wollte ich Walter in's Ohr schreien: »Es ist nicht wahr.«

Im heftigsten Paroxismus der Verzweiflung aber fiel mir plötzlich ein: »Kriegst Du schon wieder eine tragische Gänsehaut?«

Wie albern, ihm zurufen zu wollen: »Es ist nicht wahr.« Er weiß ja, daß es nicht wahr ist.

Die Vorstellung, eine Erklärung dieser abscheulichen Verleumdung von ihm zu fordern, wies ich mit Abscheu zurück. Und dann dachte ich wieder: wie gut, wie gut, daß du ihn nicht liebst, du müßtest ja wahnsinnig werden. Laß ihn doch sagen, was er mag. Was geht es mich an? Nichts habe ich mit ihm gemein. O heilige Ehe! heilige Ehe! Ich glaube, ich lachte laut. Ein böses Lachen, das über die Seele hinbraust, und in einer Flut von Hohn Glauben und Idealität begräbt.

Ich sprang aus dem Bett, mit dem Gefühl des Erstarktseins. Hin zu Traut. Ich riß das Kind an meine Brust: Traut! Engel! Seelentrost! Himmelsbote! mit deiner schwarzen Mähne trockne meine Thränen, schlage um mich die dunkeln Flügel, daß ich nur Dich sehe, nur Dich! Herzenspüppchen! jauchze! tanze!

Das Ungewohnte, Wilde meines Wesens erschreckte die Kleine, und mit einem himmlischen Instinkt sagte sie: »Muttchen, Traut will lieber beten.«

Und sie kniete nieder im Bettchen. In dem langen, weißen Hemd, die Händchen gefaltet, die Augen nach oben gerichtet, ganz ein Cherub. Und sah ich den Glorienschein nicht, ich empfand ihn.

Und Traut betete wie das Kindermädchen es sie gelehrt: »Breit aus die Flügel beide, o Jesu meine Freude, will Satan Dich verschlingen, so laß die Englein singen, dies Kind soll unverletzt sein.«

Ja, das Englein hatte gesungen. Ja, das Kind soll unverletzt sein, auch von mir. Er soll nur kommen, der Satan!

Ich bettete sie zurück in die Kissen, ich küßte ihre rosigen Füßchen: »schlaf Traut, schlaf!«

Nein, Traut ist nicht Walter's Kind. Es ist mein Kind, meines ganz allein.

Wirst Du es glauben Arnold, daß in nicht allzulanger Zeit mein Groll gegen Walter sich verflüchtigte, und als Jahr und Tag in's Land gegangen waren, hatte ich fast vergessen, was er mir gethan. Meiner Seele fehlt das Gedächtniß. Ich muß einmal zu irgend einer Zeit einen zu starken Zug aus dem Lethe gethan haben, und der wirkt noch immer in mir nach.

Edle, gütige Charlotte, Du hast mich schlecht gekannt; nicht einen Augenblick dachte ich an Scheidung. Ich kann wohl hassen, aber keinen Einzelnen, mein Haß breitet sich immer gleich wie eine Wolke über den ganzen Horizont meines Lebens: ein Haß über die Enge meines Daseins, ein Haß so ins Blaue hinein, gegen die Welt im allgemeinen, daß sie gerade so war und nicht anders, sie hätte doch auch so gut anders sein können.

Was für eine Welt! wo einer dem andern das Herz aus dem Leibe reißt, ohne jeden Grund! Was hatte er nur davon? Man erzählt von einer Fürstin im Mittelalter, die junge Mädchen zu Tode martern ließ, um sich an ihren Qualen zu weiden. Aber sie war toll, diese Fürstin, toll.

Und Walter war so nüchtern klug. Freilich, ich wußte ja, er hatte nicht etwa aus überlegter Bosheit gehandelt. Das hatte meine Mutter auch nicht gethan. Beide handelten impulsiv. Er war nun einmal kein Cato.

Walter hatte in einem gegebenen Augenblick eine Rechtfertigung, eine Beschwichtigung irgend einer Person gegenüber gebraucht, und da kam ihm der Einfall mit meinem Fehltritt vor der Ehe. Und er hat die Idee gewiß ganz famos gefunden. Er dachte dabei garnicht an mich, nur an sich. Und ich würde es ja nie erfahren.

Mit der Zeit mochte ich ihn sogar wieder gut leiden. Ich hatte es wieder gern, wenn der Duft seiner Havannah durch das Haus zog, wenn er sein hübsches Gesicht durch die Thür steckte, und sein nervöses, etwas heiseres Lachen eine prickelnde Aufgeräumtheit verbreitete.

Und doch – gab ich mir auch keine Rechenschaft davon – der Tropfen Gift, mit dem Walter's schimpfliche Verleumdung mein Blut inficirte, that seine Wirkung. Manches, was bis dahin noch unsicher und schwankend in mir gährte, gewann an Boden: Die Lust und der Wille bei dem Bacchanal des Lebens dabei zu sein. War ich nicht in der That dumm? Wenn alle das Leben so leicht nahmen, warum ich nicht auch? Durch Reihen Tanzender, schwerfällig schreiten ist beinah lächerlich. Mittanzen einfach und natürlich.

Waren alle diese Umschwärmten, Begehrten etwa schöner, besser, klüger als ich? Gar nicht. Ich brauchte also nur zu werden wie sie.

Als ich früher einmal in einem Gespräch mit Charlotte meine Verwunderung über die fabelhaften Gesellschaftserfolge einer reizlosen Dame, aussprach, sagte sie! »Diese Frau kennt die Männer.«

»Wie meinst Du das Charlotte?«

»Sie weiß die Männer sind eitel, sinnlich und dankbar. Eins der urältesten Recepte der Weltapotheke – lange vor Machiavel und Napoleon – heißt: die Menschen bei ihren Schwächen fassen.«

Dieses Gespräch fand in einer Gesellschaft statt. Sie deutete auf eine Dame, die mit einem Archäologen plaudernd, in unserer Nähe stand. Sie habe einen Theil der Unterhaltung zwischen den Beiden gehört. Die Dame, die oberflächlichste aller Kommerzienräthinnen, ließe sich schon eine Stunde lang, begeisterten Ohr's, einen Vortrag über die Inschriften auf alten Sarkophagen halten, welches Wissensgebiet ihr Hekuba sei, indem sie mit Recht den Ruf genieße, nur für Hüte zu schwärmen.

»Warum thut sie das«? fragte ich.

Charlotte winkte dem Archäologen, der sich eben mit tiefer Verbeugung von seiner Dame trennte. »Nun, junger Winkelmann haben Sie sich gut unterhalten mit Frau S?...«

»Ausgezeichnet. Die gescheuteste und liebwertheste Frau, die ich kennen gelernt habe«.

»Das ist der Dankbare, sagte Charlotte zu mir als der Archäologe gegangen war. Und daß Du's nur weißt, Frau Bronowski, das notorische Gänschen, ist auch die gescheidteste und liebwertheste Frau unter der Sonne. So behauptete vorhin der sehr ehrenwerthe Abgeordnete Maider, der im hohen Hause für Civilehe und Leichenverbrennung wie ein Löwe kämpft, sonst aber als politischer Kannegießer zum Weißbier neigt. Das notorische Gänschen hatte ihm ein künftiges Ministerportefeuille auf den Kopf zugesagt, als Lohn seiner welterschütternden politischen Wirksamkeit.«

»Das war für den Eitlen. Uebrigens war es der Dame aus dem Posen'schen, die in Perlen und Diamantenpracht strahlt, Ernst mit ihrem Lob. Sie schwärmt nämlich auch für Leichenverbrennung. Sie will durchaus nicht verwesen.«

Charlotte hatte dann meine Aufmerksamkeit auf eine Gruppe von Damen gelenkt, um die sich ein Schwarm von Verehrern drängte.

»Warum glaubst Du daß diese Damen so umschwärmt sind?«

Ich wußte es nicht. Besonders hübsch waren sie nicht. Ich meinte, sie wären vielleicht geistreich, unterhaltsam.

»Nicht die Bohne. Aber sieh nur, wie reizend sich der weiße, tiefentblößte Nacken der Blondine da von dem schwarzen Boa um ihren Hals abhebt; und die Andere, die Brünette – kann eine Büste rosiger, durch feinere, verrätherischere Spitzen schimmern als die ihrige?«

»Das ist für die Sinnlichen, Hm, ja! So wird's gemacht.«

So Charlotte. Und ich? Ob ich mir das Recept aneignen sollte? Pfui! Und doch – – –

Ich verhöhnte mich, in Selbstgesprächen: Du mein braves, rechtschaffenes Selbst. Ducke Dich nur weiter und übe nach wie vor Treu und Redlichkeit bis an Dein kühles Grab.

Hat es je einer anerkannt? Meine Bescheidenheit hieß Dummheit, meine Stille – Stumpfsinn, meine Arbeitsamkeit – Magdthum, meine einfache Kleidung – Mangel an Geschmack. Dieses letztere besonders kränkte mich bitter. Meine einfache Kleidung! Ich wußte doch, welche Entsagung ich gerade auf diesem Gebiet übte. Oft stand ich vor einem Confektionsgeschäft, hart mit mir kämpfend, ob ich nicht diesen entzückenden Pelzkragen, jenes reizende Jäckchen kaufen sollte. Und wenn meine Tugend triumphirte – und sie triumphirte immer – ging ich betrübsam weiter, und fand nicht einmal in meinem Pflichtbewußtsein einen kümmerlichen Lohn.

Ja, grau, aschfarben, saft- und kraftlos waren all' meine Tugenden, sie blühten nicht, sie zeugten nicht, sie hatten etwas entblättertes, dorniges. Und wenn ich mir's recht überlege, es waren ja gar nicht *meine* Bravheiten, ich hatte sie mir aufschwatzen lassen; die meinen, die sollten noch kommen, die mußten weittragender, beschwingter sein, mehr als das bißchen bescheidene Geducktheit, mehr als der stumpfe Gehorsam gegen Sitte und Brauch.

Also – fort aus dem Schatten! Hinüber auf die Sonnenseite.

Ich beobachtete nun scharf und aufmerksam, was um mich her vorging. Ich wollte hinter das Geheimniß der Anziehungskraft all jener Gefeierten kommen. Und ich kam dahinter. So einfach war's. Charlotte hatte recht. Koketterie, nichts weiter. Ja, mit Worten und Gebärden, mit Körper und Geist kokettirten sie, die Einen so und die Andern wieder anders.

Mit Erstaunen sah ich die Wirkung dieser verschiedenen Spielarten der Koketterie, die Wirkung dieses girrenden Lachens ohne Grund, dieses Neckens und Schäkerns ohne Witz, dieses Lockens mit Temperament, capriziösen Frechheiten, ja mit Verbuhltheit.

Es gab freilich auch ganz feine Seelenkoketterien, auf höher gestimmte Geister berechnet, wo man sich als Göttin, Elfe, Muse, Grazie verkleidete, und in zarte Schleier gehüllt, räthselhafte Tiefen, abgründliche Geheimnisse ahnen ließ.

Ich konnte nicht genug darüber staunen, daß die Kunst der Schmeichelei eigentlich gar keine Kunst war. Sie mochte noch so grob und primitiv geübt werden, sie erreichte immer ihren Zweck. Und keine Gescheutheit, keine Tüchtigkeit schützte den Mann, den Zauberinnen in's Garn zu gehen; ja, je naiver, besser, je unbefangener er war, desto leichter geschah es ihm.

Am ehesten entgingen noch routinirte Weltleute den Fallstricken dieser Circen. Die hatten zu oft hinter den Coulissen gestanden, und die abgebrannten, hölzernen Gerüste gesehen, nachdem das Feuerwerk verpufft war.

Ja, ich wollte auch zaubern lernen, auch kokett werden, mich auch des Lebens freuen, »so lange das Lämpchen glühte, die Rose pflücken, ehe sie verblühte.«

Ich erinnere mich noch genau meines ersten Debüt's auf dieser schlüpfrigen Bahn. Ich saß in einer Gesellschaft zur Rechten eines Herrn, der mir, im angeregten Gespräch mit seiner Dame zur Linken, unentwegt den Rücken kehrte. Ich ergriff die Gelegenheit, als er mir einmal aus Höflichkeit einen Brocken von Unterhaltung zuwarf, und fragte ihn mit kalter, ironischer Berechnung, ob er vielleicht mit dem Herrn S. verwandt wäre, dem Schriftsteller, dessen Werke ich mit solchem Entzücken gelesen hätte.

Mit einem Ruck wendete er sich mir voll zu. Daß er dieser Schriftsteller selber war, wußte ich natürlich. Und von diesem Augenblicke an, gab er sich ganz der Unterhaltung mit mir hin, die Dame zur Linken sträflich vernachlässigend.

»Ce n'est que le premier pas qui coûte.«

Meine ersten Schritte waren gewiß ungeschickt genug, und oft, wenn ich mir etwas besonders Unfeines hatte zu schulden kommen lassen, sah ich mich erschrocken um, in der Meinung einer beleidigten Miene, einem spötischen Achselzucken zu begegnen. Nichts! Ich hatte schließlich den Eindruck, als gäbe es gar keine Grenze, wo die Koketterie anstößt, verletzt, unerlaubt wird. Und wenn ich mich nicht allzu weit vorwagte, so zog mir einmal meine nie ganz überwundene Schüchternheit die Grenze, hauptsächlich aber mein natürlicher Widerwille gegen Ausschweifungen.

Auf der andern Seite kam mir mein mimisches Talent zu statten. Ich wußte, daß ich durch mein Mienenspiel jedwede Seelenerregung, von der treuherzigsten Unschuld bis zur heißesten Leidenschaft auszudrücken verstand. Trotzdem fand ich die Rolle der Koketten schwer, anstrengend, sie lag mir nicht.

Man weiß von Bühnenkomikern, die im Privatleben sehr ernsthafte, ja melancholische Leute sind. So war ich nur eine Spielkokette. Sobald ich nach Hause kam, wurde ich melancholisch, mit einem Stich in's Menschenverächtliche.

Du hättest mich in dieser Zeit von andern Weltdamen nicht unterscheiden können. Wie sie fingirte ich Interesse für Dinge, die mir ganz gleichgültig waren, ich posirte, ich schwatzte kreuz und quer in's Blaue hinein, ich gewöhnte mir ein girrendes Lachen an, ich – o Arnold, verhülle Dein Antlitz – ich kleidete mich nach dem Geschmack der Sinnlichen.

Die Schmeichellügen gelangen mir am wenigsten. Nur in einzelnen Momenten bösester, ironischer Stimmung kamen sie über meine Lippen, von dem Unbehagen begleitet, als hätte ich jemand, der mir nichts gethan, beleidigt.

Immer bisher hatte ich mich mit einem schlechten Gewissen gequält, immer mich als Ertappte, Beschämte, Straffällige gefühlt: wenn ich von meiner Mutter bei dem Spiel mit Theaterfiguren oder bei den Büchern (O, Veronika mit dem Blutschleier) überrascht wurde. Und später, wenn die Köchin eine Speise verdarb, wenn Motten in Walter's Rock kamen, und der Kuß des Mädchenjägers und der langweilige Wilhelm – alles Schuld! Schuld! – Nun wollte ich kein böses Gewissen mehr, ich schwor es ab, ich begrub es unter Tand, geistigem und sehr ungeistigem.

Anfangs erschreckten mich meine Erfolge, obwohl sie gar nicht überwältigend waren. Zu den allgemein Gefeierten habe ich nie gehört. Doch wurde nun auch für mich das ganze Arsenal begehrlicher Liebe in Bewegung gesetzt: Glut und Thränen, und alle Sorten ewiger Gefühle, gereimte und ungereimte, mit einem Wort, romanhaft ging's zu. Wie sich's in Romanen gehört erlebte ich neben der Liebe, Haß und Intrigue, Verleumdung, Kampf, Neid.

Ein paar Jahre lebte ich in diesem heißen Dunstkreise wie in purpurnem Nebel. Es roch förmlich nach Orangenblüten, zuweilen auch nach Lindenblüten und Veilchen. Dann war ich gleich gerührt, und »zerflossen in Wehmuth und in Lust warf ich dem Sänger die Rose von meiner Brust.«

Keinem aber der Sänger stieß Walter das Schwert, das blitzende in die Brust, im Gegentheil, er amüsirte sich sogar über meine Erfolge, wenn es auch zuweilen um seine Lippen zuckte, als wollte er sagen: »sieh einer das Leneken, hätte ich ihr gar nicht zugetraut.«

In unserm Speisezimmer stand unter grünen Gewächsen, zierlichen Palmen, und blühenden Hyazinthen eine Büste der Venus von Milos. Zuweilen wenn ich gerade recht im Zuge war mir in der üblichen, frivolen Weise den Hof machen zu lassen, fiel mein Blick auf diese Büste. Wie groß und rein erschien sie mir in ihrer klassischen, stillen Schönheit, diese Göttin der Liebe, gegenüber diesen blasirten, plappernden, klappernden Nichtgöttinnen der Verliebtheit; und ich gehörte dazu, und ich schämte mich ihrer und meiner.

Glaube mir Arnold, ich hatte Momente, wo mir mein Wesen zuwider war, und wo ich die Empfindung hatte, als ob von irgendwoher ein großes, mystisches Auge auf mir ruhte, dem ich nicht entrinnen könne. Ich erinnere mich, zuweilen, wenn ich aus einer Gesellschaft nach Hause kam, verfiel ich in finstere Stimmung. Ich warf meine Gesellschaftsrobe zu Boden, riß mir das Haar auseinander, schnitt vor dem Spiegel eine höhnische Grimasse: »So bist Du.« Und plötzlich fiel mir das längst vergessene, gräßliche Schimpfwort meiner Mutter ein: »Ekelbiest«. Und langsam sprach ich es aus, den Blick auf den Spiegel geheftet.

Während dieser Jahre war mein Verhältniß zu Walter freundlicher und friedlicher als je zuvor, und es wäre vielleicht so geblieben, wenn nicht etwas Unglaubliches, beinah Groteskes sich ereignet hätte, was ein freundliches Nebeneinanderleben für alle Zukunft ausschloß. Nur, weil Du mein Wort hast, daß ich Dir alles sagen will, sage ich Dir auch das.

Walter gerieth plötzlich auf den Einfall, mich noch einmal lieben zu wollen, und er legte dabei eine gewisse Zähigkeit und Leidenschaftlichkeit an den Tag.

Ich war zu diesem Zeitpunkt nicht mehr ganz die Sklavin, die nur dient und gehorcht.

Zum zweiten Mal dieses verlogene Liebesspiel, das die Gattin zur gefälligen Dame macht! Jeder Nerv hätte sich in mir empört. Und zwischen uns stand jene schimpfliche Verläumdung, deren Stachel noch in mir bohrte.

Und noch etwas anderes. So sonderbar es klingt – ich finde kein anderes Wort – die Ehrfurcht vor Traut – und – – ach, nichts mehr davon.

Zwischen uns entspann sich nun jener stille, hartnäckige Kampf, bei dem selbst die einfachsten, ungeschicktesten Frauen listig werden. Als er endlich den Kampf aufgab, blieb ein Groll in ihm zurück, der mein Leben überdauern wird.

O heilige Ehe! Es giebt keine heilige Ehe, keine heilige Sitte, um derentwillen wir nach unserm besten Gewissen unsittlich leben müßten. Unsittlich war es, daß ich mich nicht schon im ersten Jahr unserer Ehe von Walter trennte. Das kannte ich aber doch nicht.

Wohin sollte ich denn?

In meiner Ehe blieb ich eigentlich immer halb Wittwe – halb Mädchen.

Unter meinen Verehrern war einer, der liebte mich ehrlich und ernsthaft. Er war Abgeordneter der liberalen Partei und nebenbei Professor der Geschichte. Sein Spezialfach das Mittelalter, hauptsächlich die Minnesänger. Man nannte ihn Minnefänger, weil er ganz ein Mann *à bonnes fortunes* war, eigentlich ein frivoler Lebemann; er milderte aber die Frivolität, einmal dadurch, daß er so urgemütlich sächselte, mehr aber noch durch die unverbrüchliche Treue, die er seinen Coeurdamen hielt. In jedes seiner Abenteuer legte er sein ganzes Herz, und stempelte es so beinah zu einer Ehe. Geliebter sein, war der Ehrgeiz seines Lebens, und er nahm diese Rolle sehr wichtig. Es waren immer äußere Umstände oder die Untreue der Geliebten, die eine solche Verbindung für ihn lösten.

Sonderbar – eigentlich ein guter, braver Mensch, und suchte doch nur unter verheiratheten Frauen seine Liebesgenossinnen. Dabei erfreute er sich als überzeugungstreuer Politiker hohen Ansehens in der Gesellschaft. Daß man an seinen Abenteuern Anstoß genommen hätte, habe ich nie bemerkt.

Das war so neu für mich, ein Mensch für den ich Sonnenschein und Regen bedeutete, der so grenzenlos dankbar war für jedes freundliche Wort, jeden Blick den ich ihm gönnte; und daß man ihn Lene's Troubadour nannte, hatte Walter angestiftet. Und er benahm sich wirklich ganz troubadourhaft: wandelte nächtlings unter meinem Fenster, parfümirte sich und schlug die Leier, wenn auch nicht wundervoll, aber er schlug sie doch, indem er wöchentlich mit 2-3 Sonnetten mein hartes Herz zu rühren suchte.

Hart war es gar nicht; seine vergebene Liebesmüh rührte mich, auch seine Häßlichkeit, nicht die Häßlichkeit an und für sich, aber daß er sich ihrer so bewußt war, daß seine Mienen förmlich um Entschuldigung für seine Sokratesnase baten.

Walter legte eine befremdliche Beflissenheit an den Tag, den liberalen Professor einzuladen. Waren wir im Theater gewesen, und soupirten nachher mit anderen Bekannten in einem Restaurant, so mußte der Professor dabei sein. Daß er mich auf dem Nachhausewege führte, war selbstverständlich.

Was bezweckte Walter damit?

Auch ohne Charlotte's Scharfsinn, – ach sie war nicht mehr erreichbar für mich – kam ich auf die richtige Fährte. Es gehörte kein Scharfsinn dazu. Walter in seiner Lässigkeit und Frivolität verrieth sich immer selbst. Er wünschte mich compromittirt. Er bedurfte meiner offiziellen Untreue, um, sowohl in den Augen der Welt als in der. Augen der Gräfin Virginia – die damals seine regierende Königin war – der Rücksicht auf mich enthoben zu sein. Sie sollte sich dem armen Verrathenen mild wie ein Engelsbild neigen

Uebrigens überwand mein Troubadour um meinetwillen seine Abneigung gegen die Ehe. Ich sollte mich scheiden lassen. Er wollte mich heirathen. Das ging doch nicht. Ich liebte einen Andern. Fast alle diese verheiratheten Weltdamen liebten ja einen Andern als ihren Gatten. Mein Anderer war kein Mensch von bescheidenem Mittelmaß. Er gehörte zu den Großen. Ich sagte es schon: Die Gesellschaft hatte mich abgestempelt als eine dritten Ranges, und nur Menschen ersten Ranges zogen mich an.

Ich blickte zu Wolf Brant empor, sehnsuchtsvoll, wie einer aus dem Schatten des Thals zu flammenden Gipfeln blickt.

Ein Mensch in großem Styl, ein heroischer Mensch. In einem andern Zeitalter, unter einem andern Stern geboren, hätte er ein Friedrich der Große, (er hatte seine mächtigen, blauen Augen) ein Napoleon, ein Mahomet werden können.

Er gehörte zu der Hohenpriesterkaste oder zu den Königsnaturen, die Reiche oder Religionen gründen oder zerstören, die Bildsäulen stürzen und Revolutionen entfachen. Er war ein Apostel, aber ein sehr complizirter, einer der nicht das geringste Talent zum Märtyrer hatte. Seine kühnen Gedanken, gleichsam gekrönt, von Purpur umwallt – er schleuderte sie wie Blitze des

Zeus in die Welt. Glühend seine Weltlust, glühend und tief sein Denken, ächtes Feuer, das aber die Pose nicht ausschloß.

Ein fast schauerlicher Dualismus war in ihm. Schon daß er – reich und eine Herrschernatur – sich zum Herold der Gleichheit aller Menschen machte, schloß einen immensen Widerspruch in sich.

Er lebte wie ein Weltmann, hielt ein Reitpferd, ließ sich zu den kleinen Diners und Soupers, die er seinen Freunden gab, Sterlet's aus Rußland und Poularden aus Brüssel kommen, trug Hemdenknöpfe aus ächten, schwarzen Perlen, und die Zahl seiner Cravatten war lächerlich.

Einer der Menschen, die Himmel und Hölle (zuweilen auch einen Tingel-Tangel) in der Brust tragen, aber doch so viel mehr vom Himmel, daß sie ungestraft mit kleinen Teufeln tändeln dürfen – zur Kurzweil. Wolf Brant's Tafelfreuden – Kurzweil; seine Toiletten, Badereisen – Kurzweil, und Kurzweil vor allem – die Frauen. Er liebte sie über alle Maßen, begriff aber einfach nicht, daß man am Weibe etwas anderes lieben könne als das Weibchen. In naivster Weise konnte er seinem Erstaunen darüber Ausdruck geben, daß viele Männer in ihre Beziehungen zu Frauen Seele und Zärtlichkeit trugen. Ja, er beneidete sie gelegentlich um diesen feineren Genuß, der für ihn nicht existierte.

Er dachte nicht daran, seine Ansichten zu verhehlen. Er hat nie einem Weibe gegenüber gelogen, nie versprochen, was er nicht halten konnte. Ja, er pflegte Frauen, die ihn liebten, zu warnen, nicht über die Stunde der Liebe hinaus auf ihn zu rechnen, nicht auf sein Gemüth, nicht auf seine Treue, und am allerwenigsten auf die Ehe.

Er warnte aber nicht nur die Frauen, er warnte auch seine Freunde, damit sie ihre hübschen, jungen Frauen vor ihm hüteten. Auf dem Gebiet der Liebe gäbe es für ihn keine Schranken, keine Freundschaftsverpflichtungen. Er wisse, daß im gegebenen Moment, sein Temperament mit ihm durchgehen werde.

Abgesehen von diesem Punkte, war er der trefflichste Freund, von unverbrüchlicher Treue, voll rückhaltloser Anerkennung der Verdienste der Freunde, und jederzeit bereit ihnen opfervolle Dienste zu leisten.

Witz, Munterkeit, ließ er beim Weibe gelten als Würze für den Liebesgenuß. Und wenn er zuweilen doch mit zäher Leidenschaftlichkeit um ein Weib warb, so galt die Zähigkeit dem Widerstand, dem sie ihm etwa entgegensetzte. Die Liebe wurde ihm eine Machtfrage: Ich will Dich, also wirst Du mein sein. Um den Sieg ging es ihm. So warb er um die Gräfin Viriginia, die ihm eigentlich mißfiel, ja sogar langweilte, weil er ihren Widerstand brechen wollte.

Ich hielt mich schen von ihm zurück. Ob er mich geliebt hätte? Warum denn nicht? Aber fragt mich nur nicht wie!

Dieser starke Simson hätte vielleicht wirklich Weltsäulen gestürzt, und die Philister darunter begraben, wenn er nicht einem Aberglauben erlegen wäre. Er – als ein Gesalbter des Herrn – hielt sich für gefeit gegen tückische Zufälle des Schicksal's, wie sie gewöhnliche Sterbliche treffen. Eines Tages bestieg er, führerlos, trotz eindringlicher Warnungen, einen der gefährlichsten Schweizerberge. Ein Schneesturm überraschte ihn. Dieser Feuergeist erfror langsam.

Gegen Ende des Winters fand ein Costümfest statt. Eine italienische Nacht sollte es darstellen.

Der Theaterdirektor, der Walter's Stücke aufführte, gab das Fest. Ein Ehepaar, das durch einen Todesfall verhindert war, den Ball zu besuchen, hatte Walter um einen geringen Preis zwei Costüme, das eines Pierrot und einer Pierrette angeboten. Walter nahm sie und stellte mir frei, das der Pierrette zu benutzen.

Ich benutzte es, um zu erfahren, daß Costüme imstande sind, eine wunderbare Suggestion auf uns auszuüben. Den ganzen Abend über war ich von einem Kobold besessen, er identificirte sich mit mir, der Kobold des Costüm's. Schon dieses Freisein von beengenden Kleidern entband einen tanzenden Uebermuth in mir, eine springende Lust über alle Stränge zu schlagen. Zum ersten Male in meinem Gesellschaftsleben streifte ich jegliche Schüchternheit ab. Alles was sonst *esprit de l'escalier* bei mir war wagte sich dreist auf die offene Scene.

Und zum ersten und letzten Male in meinem Leben hatte ich einen sensationellen Erfolg. Ich weiß nicht, warum Walter im letzten Augenblick auf das Pierrotkostüm verzichtete, und es meinem liberalen Professor überließ. Wahrscheinlich hatte letzterer ihn darum gebeten, weil er als Pierrot ein Anrecht an die Pierrette zu haben glaubte.

Wolf Brant kam in den weiten elfenbeinfarbenen Gewändern eines Dominikaner-Mönch's. Die weiße Kaputze bildete für seinen schönen Kopf eine wundervolle Umrahmung.

Er bemerkte mich gleich – zum ersten Mal. Er machte mir den Hof. Nein, mehr. Immer war er neben mir, hinter mir. Eine leichte Conversation zu führen, verstand er nicht. Sein Geist war zu wuchtig, sein Temperament zu feurig.

Die Art wie er den Frauen huldigte, war fauenhaft.

- Es wäre ein Verbrechen, daß ich bis jetzt mein Licht unter den Scheffel gestellt. (ich fürchte, fürchte, er meinte mit dem Licht nicht meinen Geist.) In Contrasten läge der Reiz des Lebens, Mönch und Colombine erinnere an »Gott und die Bajadere.« Den Gott nähme er ohne falsche Bescheidenheit auf sich, und wenn mir auch zur Bajadere fast alles fehle – außer meiner berückenden Schönheit, so wolle er ein Auge zudrücken, und mich dennoch mit in seinen Himmel nehmen u.s.w. u.s.w. Nicht wahr, grobkörnig? Aber eine Pierrette nimmt's nicht so genau, besonders nicht in einer italienischen Nacht, wo ein internationales Menschengewirr die schöne Gelegenheit aus Rand und Band zu gerathen nach Kräften ausnutzte.

Was Wolf Brant noch mehr anstachelte, war mein Pierrot, der immer um uns her schnuppernd, ab und zu seine Sokratesnase in die Luft streckte, mit einem ebenso komischen als dräuenden Schellengeklingel seiner Narrenkappe.

Ich hörte kaum, was Wolf Brant sagte. Er zog mich magnetisch, unwiderstehlich zu sich.

Ich begriff, was man von einer Vogelart erzählt, die von dem Blick des Basilisken bezwungen (was ist denn eigentlich ein Basilisk?) freiwillig in seinen Rachen fliegt. Ja, ich hatte ein brennendes Verlangen, mich von ihm verschlingen zu lassen. Die wildeste, gröbste Regung, die ich je empfunden. Ich? nein, Pierrette. Ich war ja trunken vom Gift der Tarantel, ich mußte mich drehen – wirbelnd – um ihn – immer um ihn. Schwarze Magie war im Spiel.

Ein kleines Kabinet, in eine Laube verwandelt, war mit rothen Lampion's stimmungsvoll in Dämmer getaucht. Er zog mich hinein. Das wäre die Beichtlaube. Mit goldenem Stabe wollte er mir die Absolution ertheilen; aber erst die Sünde, und dann die Absolution.

Er neigte sich zu mir nieder – – die Sünde kam nicht zu stande. Ein furchtbar wildes, anhaltendes Schellengeklingel brach los, und mit tragischem, aber desto sächsischerem Accent klang es hohl aus des Minnefänger's Mund: »Lamm hüte Dich vor dem Wolf.«

Wolf Brant aber sprach den großen Bannfluch über den Religionsstörer aus, den Fluch der Lächerlichkeit. Der schien auch sofort zu wirken. Mein Pierrot fand später in der Garderobe seinen Hut nicht, und mußte mit der Schellenkappe über dem Pelzüberrock auf die Straße hinaus.

Wir verließen zusammen das Fest. Walter ging mit seiner Theaterdame voran, ich folgte zwischen Mönch und Pierrot. Sämmtliche Nachtdroschken waren genommen. Eine milde Februarnacht. Weiche, weiße Flocken fielen vom Himmel. Wir fanden es lustig, entzückend, den kurzen Weg bis zu unserm Hause zu Fuß zu machen. Wolf Brant führte mich, und Pierrot schnitt so komische, entsetzlich eifersüchtige Gesichter, und einmal stolperte er, und fiel in den weichen Schnee. Und wie er sich mühsam wieder aufraffte, sah das so komisch aus, daß ich lachen mußte, laut lachen!

Ich hatte so laut gelacht, daß ich über den grellen Ton in der stillen, weißen Nacht erschrak. Im nächsten Augenblick war mein Pierrot verschwunden. Die Schellenkappe war im Schnee stecken geblieben.

Ich lachte nicht mehr. Ein Bild fiel mir ein, das ich auf der Ausstellung gesehen. Ein Pierrot, betrunken und wohl auf dem Nachhauseweg wie wir, war in den tiefen Schnee gefallen. Weiche, weiße Flocken rieseln auf ihn nieder. Und er lacht! lacht! es scheint über die eigenen, vergeblichen Versuche sich aufzuraffen. Je länger man aber hinsieht, je verzerrter, je schrecklicher erscheint das Lachen. Man fühlt, er wird nicht wieder aufstehen, der Pierrot, er lacht sich in den Tod.

Lachte ich etwa auch so verhängnisvoll? War ich nicht auch trunken, und meine Lustigkeit ein Zerrbild?

Als ich nach Hause kam, warf ich todmüde Pierrette mich unausgekleidet auf's Bett, und die lustige Pierrette war so betrübt. Und ich dachte: sterben nicht so viele, viele Menschen in falschen Costümen, und wie nach einem Mummenschanz – die armen Pierrots und Pierretten.

Ich fürchtete mich seitdem vor Wolf Brant. Einige Wochen blieb ich zu Hause; übrigens war ich wirklich erkältet. Es half nichts. Die tolle Nacht zog ein verhängnisvolles Abenteuer nach sich, bei dem mein Pierrot keine Rolle spielen konnte. Er lag krank an Kopfrheumatismus. Ja, wenn Narren ihre Schellenkappe verlieren!

Kaum acht Tage später war's, ich stand im Speisezimmer, im Begriff die Wäsche, die die Wäscherin am Nachmittag gebracht, zu zählen und in die Schränke zu legen. Es klingelte. Halb zehn Uhr. Zu so später Stunde pflegte kein Besuch zu kommen. Ich hörte im Corridor eine Stimme, die mir alles Blut zum Herzen trieb: Wolf Brant.

Er trat ein, offenbar in starker Erregung.

Seine Cravatte saß schief, in seinen Augen war etwas Flackerndes, in seinem Wesen eine halbe Verlegenheit, die mich bei diesem sichersten aller Menschen verwunderte. Ich aber war noch viel verlegener, wegen der Wäsche, die auf Tischen und Stühlen herumlag, wegen des unabgedeckten Tisches, auf dem noch die Reste des Abendessens standen, und ich hatte eine Schürze umgebunden. Ich suchte in versteckter Weise die Bänder zu lösen, verknotete sie aber gänzlich. Greulich prosaische Situation, Asche auf meines Herzens Glühen.

Er sagte gleich, daß ihm etwas ärgerliches passirt sei. Er habe Frau Doris (wußte er nicht daß sie für seine Geliebte galt?) eine Dichtung vorgelesen, seine erste Dichtung, er gäbe sich sonst mit Allotria nicht ab – und das ganze Feuer seiner Seele habe er in die Lektüre gelegt. (Er las in der That wunderschön vor) Da seien sie von einem jener Besuche unterbrochen worden, die man zum Teufel wünscht, eine Unterbrechung, die einem die Nerven zerreißt. Er hätte Fersengeld gegeben, und eine andere, verständnißvolle Freundin aufgesucht. Nicht zu Hause. Da sei ihm die reizende Pierrette eingefallen – – –

Er hielt inne und sah mich an.

– »Und nun wollen Sie mir die Dichtung vorlesen?« stotterte ich beklommen.

Er antwortete nicht. Ich vermied ihn anzusehen, und fühlte doch seine bohrenden Blicke.

Plötzlich ergriff er meine beiden Hände, preßte sie in die seinigen, daß es mich schmerzte, und behauptete schlankweg, daß die reizendste aller Pierretten ihm gehöre seit jenem Abend, wo der dialektvolle Pierrot ihn und die bezauberndste aller Pierretten auseinandergeklingelt. Der Refrain: ich will Dich! also bist Du mein!

Und immer Pierrette, Pierrette!

Der Unglücksmensch wußte sicher nicht einmal meinen Vornamen. Dabei setzte er aber den Respekt nicht gänzlich aus den Augen, indem er mich »Sie« nannte.

In seinem Ton lag nichts Zärtliches, nur grob leidenschaftliches Verlangen. Ganz Pascha, der einer Favoritin das Taschentuch zuwirft.

Ich hatte einen Augenblick des Hellsehn's. Es wurde mir klar, was geschehen war, und was geschehen sollte. Er bemühte sich auch gar nicht, um meinetwillen diplomatisch sein zu verfahren. Er war bei Frau Doris gewesen, ein Besuch hatte eine Liebesscene unterbrochen. Er hatte die Fortsetzung bei einer andern gefälligen Freundin gesucht, sie nicht getroffen, ich war Nummer drei. Vielleicht hätte ich nicht so schnell errathen, wenn er anstatt: »Sie reizende Pierrette«, gesagt hätte: »Marlene, Du meine Marlene.« Ob es mir so leicht geworden wäre, den Mann zurück zuweisen, den ich seit Jahren heimlich und tief liebte?

Die kleinen, scharfen, merkwürdig spitzen Zähne zwischen seinen halbgeöffneten Lippen, das Unstäte, Züngelnde seiner Blicke, die zu großen Hände – alles stieß mich ab.

Ich vergaß in diesem Augenblick den ganzen Menschen über den – ich finde kein anderes Wort – Brünstigen, der vor mir stand.

Eiseskälte durchdrang mich. Ich machte mich von ihm los.

- »Sie haben mich auch unterbrochen, wenn auch nur beim Wäschezählen,« sagte ich. Ich wendete mich dem Tisch zu, nahm ein Packet Taschentücher und fing an zu zählen: »eins, zwei, drei.« Von sechs an zählte er mit, bis zwölf.

»So nun wäre das Dutzend voll,« sagte er, und lachte; ein unbefangenes, gutmütiges Lachen, ohne Spur von Empfindlichkeit. Er nahm eben Liebesangelegenheiten nicht ernst und wichtig.

»Gnädigste Frau, sagte er noch immer lachend, wer hat ihnen denn damals insuinirt als Pierrette auf den Ball zu kommen, und damit arglose Menschenkinder hinter's Licht zu führen. Wie konnte ich vermuthen hier in die Kemenate einer deutschen Hausfrau zu gerathen? Uebrigens schreiben Sie immerhin darüber: ›*voi che entrate lasciate ogni speranza*,‹ Dante's Hölleninschrift. Die Hölle kennt mich schlecht. Es war eine falsche Stunde. Ich treffe Sie schon wieder – als Pierrette.«

Er drückte mir freundschaftlich die Hand, wendete sich in der Thür noch einmal um und sagte: »Kind, Kind, Revolutionen macht man nicht mit Rosenwasser, und mit temperamentloser Reserve – *on ne fait pas l'amour*,« nickte mir zu, und fort war er.

Ich zählte, als ich allein war mechanisch die Wäsche weiter, bis das Packet meiner Hand entfiel.

Ich schauderte zusammen. Pfui!

Ich dachte an Charlotte. Eine leise Regung von Männerhaß stieg in mir auf. Ich verkroch mich in die Sophaecke und starrte umher. Die Lampe, in der nur noch wenig Petroleum war, qualmte, auf dem gedeckten Tisch das Stückchen Schinken, und die Käserinde, und der Fettfleck auf dem Tischtuch, die Wäsche, die umherlag – greulich, greulich! Ich hatte Recht verdüstert zu sein, denn – und das trug ich Wolf Brant am meisten nach – ich wäre sein geworden, wenn nicht – – Und so starb meine Liebe für Wolf Brant, theils an seiner brutalen Art, theils an dem unabgedeckten Tisch mit der Käserinde, an der Wäsche, und der Kattunschürze.

Starb? hatte sie gelebt?

Wie ein Künstler, der die Idee zu einem Bilde begeistert in der Seele trägt, und dann trauernd sieht, wie vergröbert, verzerrt sein Pinsel das Bild wieder giebt, vielmehr nicht wiedergeben kann, so findet das Weib selten in der Liebe ihre Ideen von der Liebe wieder, und vor ihrer Vergröberung und Verzerrung schaudert sie.

Und Du lieber, reiner Freund, ob Du nicht auch schauderst, wenn ich Dir nun das nette Bild, das Du von mir im Herzen trägst, so vergröbert und verzerrt zeige. Es ist aber doch nach der Natur gezeichnet.

O, Arnold, glaube mir, es giebt Frauen, die vielleicht ihrer Naturanlage nach Vestalinnen, Iphigenien, Märtyrerinnen sind; man schleifte sie durch den Schmutz des Lebens, und die Vestalin vertauschte das Liliengewand mit dem purpurnen Festkleid – einem tiefdecolletirten – der Freude, und die Iphigenien und Antigone's, die man aus den Tempeln und dem Schatten heiliger Haine gerissen, hinein in die Schwüle der Salon's, verschleuderten die heilige Inbrunst ihrer Seelen an den unheiligsten Altären.

Auch ich, Arnold, wenn ich auch nicht aus Tempeln und heiligen Hainen stamme, war ein so unschuldiges Geschöpf, als ich heirathete, daß ich Jahre brauchte, um nur die Möglichkeit einer Schuld zu begreifen. Alles Unreine, das ich in zahllosen Büchern gelesen, glitt von mir ab, weil es keinen Boden fand um zu wachsen. Nun war es anders geworden, ganz anders. Du brauchst aber nicht gleich das Schlimmste zu denken.

Was bedeutet die Thatsache einer Schuld? Wenig, wenn man von ihrer Genesis nichts weiß. Die Thatsache kann ein Verbrechen sein, aber auch mit einem Verbrechen nichts gemein haben.

Bricht ein lieblos böses Weib die Ehe aus Abenteuer- und Sinnenlust, und bricht damit das Herz des treuen Gatten – werft das Scheusal in die Wolfsschlucht.

Ein anderes Weib, ein liebreich gutes, thut desgleichen. Ehe Du sie auch in die Wolfsschlucht wirfst, frage nach ihrer Erziehung, frage nach der Atmosphäre in der sie lebte, frage nach ihrem Gatten.

Hätte ich Ehebruch begangen, das alles und noch viel mehr müßtest Du fragen.

Selten, selten weiß man etwas von den complizierten Motiven, die eine Frau zur Untreue verleiten.

Denke nicht Arnold, daß ich den Ehebruch entschuldigen will. Ich erkläre ihn nur. Ich weiß wohl, die ganze Existenz der Ehebrecherin beruht auf Lug und Trug. Und das ist immer abscheulich.

Und doch – sonderbar – ich kenne Frauen, die sonst keiner niedrigen Regung, geschweige denn einer schlechten Handlung fähig sind, begeistrungsfähige, hohen Idealen nachstrebende – und sie begingen Ehebruch.

Sie hatten vielleicht mit der Unwissenheit des jungen Mädchens Männer geheirathet, die ihrer Wesensart widersprachen. Starke, eigenartige Individualitäten, und stark vielleicht auch in der Sinnlichkeit, sind subtiler in der Auslese, das Hinderniß der Antipathie gegen den Gatten ist für sie im Verkehr mit ihm unüberwindlich.

Es ist doch begreiflich, daß man nicht auf Befehl, nicht auf den Trauring hin lieben kann. Und die es können sind sicher nicht die feineren, keuscheren Naturen, sondern die aus gemeinerem Stoff, bei denen keine feinere Auslese stattfindet.

Mir scheint, die Schuld an dieser Schuld trägt die Ehe selbst, ich meine die jetzige Form der Ehe, denn diese Ehe bedeutet oft genug eine Sünde gegen die Natur. Die Natur läßt sich eben nicht vergewaltigen. Schließlich bleibt sie immer Siegerin über alle Gesetze und Sitten der Welt.

Und keine Versöhnung zwischen Natur und Ehe gäbe es? Ja, wenn alles ganz anders sein könnte. Kann es denn nicht? Ich will darüber nachdenken.

Ich will Dir noch etwas anderes sagen, was Du mir auch nicht glauben wirst.

Es giebt Frauen (viele sind es wohl nicht) die ehebrecherisch, ohne Liebe, eines leidenschaftlich Liebenden Geliebte werden, aus purer Dankbarkeit, aus einer Gutmüthigkeit ohne Grenzen, die nicht nein sagen kann, aus dem erbarmungsvollen Schauder heraus beim Anblick fremder Leiden.

Blick nicht so entsetzt auf diese Zeilen. Vielleicht war ich selbst nicht weit davon dergleichen zu thun. Darum weiß ich es.

Und willst Du wissen, was das Weib am meisten corrumpirt, ihre Intelligenz vergiftet? Die Wahrnehmung, daß die heuchlerischen, zügellosen Frauen in der Sonne des Glücks, der höchsten Werthschätzung leben, und daß sie nicht nur vorübergehende Erfolge ernten, nein, dauernde, auch als Gattinnen.

Ich hatte ja meine Tugenden erst ablegen müssen, damit man nur bemerkte, daß ich da war. Wenn ich nur die landläufigen Laster, an die man gewöhnt ist, übe, krümmt man mir kein Härchen. Nur kein Separatlaster haben, etwa dem Gatten, der mich seelisch verdirbt, davonlaufen.

Ich bin nicht einmal durch das Feuer der Versuchung gegangen. Ich war nur das Echo der Melodie, die ich spielen hörte. Ich schloß mich dem großen Zuge an, weil ich nicht allein bleiben wollte.

Die Gesellschaft impft uns mit einem Tropfen Gift, und wir tanzen und drehen uns, und tanzen in scheinbar ungeheurer Lust – aber wir sterben an der Lust – unser besseres Theil wenigstens.

Na, etwas übertreibe ich. Ich habe mich nicht schwer vergiftet, nicht einmal berauscht. Ich kann auch nichts dafür daß sich an meine Sohlen keine Furien hefteten. Und doch hefteten sie sich einmal an meine Sohlen einer ganz kleinen Maus wegen, die sich Nachts in meinem Schlafzimmer in einer jener greulichen Fallen, die dem Thierchen einen Nagel durch den Kopf treiben, gefangen hatte. Die Maus war nicht gleich todt sondern quälte sich stundenlang jammervoll. Und ich ließ es geschehen, weil mir davor graute, Nachts in die Küche zu gehen und sie zu ersäufen.

Diese schwärzeste That meines Lebens werde ich mir nie verzeihen. Wenn ich meine, ich hätte die Maus längst vergessen, plötzlich taucht sie aus einem Winkel meines Gedächtnisses wieder auf.

Etwa Walter gegenüber Gewissensbisse? Aber ich stieg ja, wie in den Augen der Anderen, auch in den seinigen, seitdem ich den Leuten so gut gefiel.

Was waren ihm Reinheit und Würde des Weibes: Grüne Sachen.«

Meine erste Reise!

Wir waren beide blaß und müde, ich und Traut. Der gute, alte Hausarzt sah es, verschrieb uns Landluft und Gebirge. Das Bübchen, das schon in die Schule ging, sollte beim Vater bleiben.

Ich erinnere mich so gut des Spätnachmittags, an dem ich Dich zuerst sah. Ich hatte im Walde unter einer Buche gesessen, ganz eingesponnen in goldenem Grün und weichem Duft; ein sanftes, lässiges Säuseln in den Bäumen, ein träumerisches Fließen in der Natur. Ferne Musik, so ferne, daß man keine Melodie unterschied, nur wie leise klingende Luft war's.

Traut spielte in meiner Nähe. Sie hatte mich einmal gefragt, was aus den gestorbenen Menschen würde: »Staub«, antwortete ich ihr »und aus dem Staub guter Menschen erblühten schöne, duftende Blumen, aus dem Staub böser Menschen aber Giftpflanzen.«

Und nun kam Traut mit einer ganzen Hand voll Blumen zu mir gelaufen. »Sieh Muttchen, sieh, wie viel gute Menschen ich gepflückt habe.«

Die Uhr auf dem Kirchthurm des Dörfchens schlug. Ein müder, heiserer Klang. Ich fühlte mich auch heiser und kraftlos. Leute mit Bergstöcken gingen an mir vorüber, sie stiegen wohl in's Gebirge hinauf. Mich verdroß meine Müdigkeit, ich hätte auch wandern mögen, fort in weite, weite Fernen, bis in's Herz der Welt hinein.

Und Traut an der Hand, begann ich tapfer drauflos zu marschieren. Ich merkte aber bald, ich würde nicht bis in's Herz der Welt gelangen. Sobald wird man müde. Mit den Beinen sind wir zu kurz gekommen. Glückliche Vögel! Durch eine frische, bürgerlich friedliche, nahrhafte Landschaft wanderten wir. Jenseits des See's das kleine Dorf Egern.

Tegernsee erschien mir weder besonders malerisch noch poetisch, aber gesund, kräftig. Grüne Wiesen, braune Kühe, weiße Häuser mit grünen Jalousien, gemütvolle Berge, mit Tannen bewachsen, oder grün wie die Wiesen. Ich glaube, so viel Grün wie in Tegernsee giebts in der ganzen Welt nicht. Und überall und immer das Geläut der Herdenglocken. Die Poesie des Ort's liegt in dem See.

An einem sickernden Wässerchen fand Traut eine Fülle von Vergißmeinnicht. Sie hatte eine Vorliebe für diese Blumen. Jemand kam durch die Wiese auf uns zu: ein junger Mann in einfachem, grauem Anzug, (oder sollte er braun gewesen sein?) Er trug eine Brille, und über dem schlichten dunkelblonden Haar einen Strohhut. Grüßend ging er an uns vorüber. Traut sah ihm nach. Mit einem Mal lief sie hinter ihm her, und reichte ihm die Vergißmeinnicht hin: »Weißt Du, wenn Du ein guter Mensch bist, wirst Du auch einmal ein Vergißmeinnicht.«

Und Du lächeltest auf das Kind nieder, hobst es in Deinen Armen empor, und sagtest: »Ich danke Dir, Engelsbild.«

Und dann sahst Du zu mir zurück, und grüßtest noch einmal mit so feiner Höflichkeit, und in Deinem Auge lag etwas, als wolltest Du um Entschuldigung bitten, daß Du das Kind in deine Arme genommen.

Hättest Du mich angesprochen, ich würde Dir freundlich geantwortet haben. Daß ich die Begegnung nicht so bald vergaß, dafür sorgte Traut, die immer ab und zu wissen wollte, ob Du noch nicht gestorben, und ein Vergißmeinnicht geworden wärst.

Und nun zehn Tage später das Erlebniß mit dem armen Betrunkenen. Das fürchterliche Bild! Es verfolgt mich noch heute, wie der Elende auf dem Steinblock hockte und unartikulirte Laute ausstieß, und wie ihm von einem blutigen Striemen auf der Stirn, langsam ein Blutstropfen nach dem andern über das Gesicht lief.

Und die Buben! Die nichtswürdigen Buben! O Arnold nie habe ich mehr an der angeborenen Güte des Menschen gezweifelt, als da ich nun sah, wie diese kleinen Henker einen Topf eisigen Quellwasser's nach dem andern über den schlotternden Leib des sinnlos Betrunknen schütteten, und es wehte eine rauhe, scharfe Luft. Und ihr roher Jubel, als dem Unseligen die blutunterlaufenen Augen fast aus den Höhlen quollen, und er so zitterte, wie ich noch nie einen Menschen habe zittern sehen, als wollte er auseinander bersten. Die Lumpen schienen ihm auf dem Leibe fest zu frieren. Heulend schluchzende Laute drangen aus seiner Kehle.

Traut brach in jammervolles Schluchzen aus. Und ehe ich den Buben noch den Topf entreißen konnte, kamst Du daher, und die kleinen Teufel ergriffen die Flucht.

Und wie Du Dich dann des Halbtodten so liebevoll annahmst, für ein Obdach, für Erwärmung, für einen Arzt sorgtest, und so einfach, als etwas ganz Selbstverständliches meine Hülfe annahmst – das verschwisterte und in einer einzigen Stunde.

Du sagtest später zuweilen, Du wüßtest nicht, was ich an Dir Besonderes fände, da Du doch nichts wärst als ein korrekter Dutzendmensch, ein einfacher Gelehrter und noch dazu ein Philister. Und als Beweis für Dein Pedantenthum erzählest Du mir, du habest einmal zehn Taschentücher verschenkt, weil Dir zwei von dem vollen Dutzend abhanden gekommen wären. Das hätte Deinen Ordnungssinn verletzt.

So ordentlich bist Du auch in allen inneren Angelegenheiten.

Als ob Du nur correct wärst! Viele Ungute handeln correct, Du aber, Du könntest auch incorrect sein, nur um gut zu handeln. Einfach – ja. Aber ich liebe Deine krystallhelle Einfachheit, Deiner Seele Durchsichtigkeit, der man bis auf den Grund sieht, und da ruhen Perlen und Gold. Du bist nicht nur ein guter Mensch, Du bist auch ein ganzer, ächter Mensch! O Wunder! Wunder! Du lügst ja nicht. Ein Mensch, der nicht lügt! Wolf Brant, der log auch nicht. Aber er log nicht, wie ein Kaiser oder König nicht lügt, aus unbändigem Stolz, aus grenzenlosem Souveränitätsbewußtsein. Du aber, Du Feiner, Stiller, Du lügst nicht, weil Du wahrhaft geboren bist. Ich wüßte für Dein Haus eine Inschrift: »Weiß und weise«. Still und weiß, wie ein Schwan ziehst Du Deine Bahn dahin, und über Deinem Haupt schwebt eine Eule. Deiner Einfachheit und Natürlichkeit gegenüber habe ich nie einen Augenblick Schüchternheit empfunden.

Und daß Du auch mein Kind liebtest »unser Kind« nanntest Du sie immer. Daß Du ihre Vergißmeinnicht aufbewahrtest!

So bald verstand ich jeden Blick, jedes Lächeln, jedes Zucken um Deinen Mund verstand ich. Und ich merkte, wie Dir das Wirre und Sprunghafte in meiner Natur unbehaglich war, das bald hier bald da sein mit den Gedanken, und daß ich so scharf im Urtheilen, und so molluskenhaft schwach im Handeln mich erwies. Du begriffst nicht, daß ich Nachmittags mich so übermüthig und wenige Stunden später so abgründlich melancholisch zeigen konnte, so dityrambisch aufglühend, und daneben so kleinbürgerlich ängstlich.

Halb Hase, halb Gazelle sagtest Du. Laß mich doch lieber einen Adler sein, bat ich. Da sollte ich mir erst Krallen und einen Schwertschnabel wachsen lassen. Ohne solche Ausrüstung wäre es viel vergnüglicher Sperling sein als Adler.

Noch ganz andere Gegensätze hättest Du an mir erleben können. Wie ich z.B. einmal Abends aus der Flasche trank, weil gerade kein Glas in der Nähe war, und gleich darauf mondscheintrunken auf dem Balkon die Nacht anschwärmte und den See, der wie ein schimmernder Traum dalag. Die Silhouetten der Berge in Silberdunst gehüllt, an ihrem Fuß schimmernde Nebelstreifen. Erlenkönig- und Elfenreigenklänge hörte diese Marlene, die eben noch so unanständig aus der Flasche getrunken hatte.

Wir sind doch auch ein Stück Natur, und ist die nicht auch bald »himmelhoch jauchzend, bald bis zum Tode betrübt?«

Erinnerst Du Dich des kleinen Kirchhofs, an dem wir an einem sonnigen Nachmittag vorüber gingen? Ein paar junge Mädchen standen lustig plaudernd hinter dem Gitterwerk, eine bog sich über das Gitter fort, und warf einem jungen Burschen, der vor dem Gitter auf einer Bank schlief, eine Blume auf den Kopf. Ein Apfelbaum stand neben der Bank. Zweige mit rothen Aepfeln hingen über ein Grab, auf dem rothe Rosen blühten. Und die goldenen Lettern auf den weißen Mormortafeln gleißten im Sonnenschein; buntfarbige Blumen, Epheu um Säulen gerankt, schiefe Kreuzchen von kleinen Blumentöpfen umstanden, alles nahm sich so heiter, so bildnett, so gar nicht verstorben aus. Unter dem Dach der Todtenkapelle nisteten Schwalben, und flatterten um das Kreuz, das in der Sonne funkelte.

Und als wir auf dem Heimweg Abends an dieselbe Stelle kamen, ging da nicht förmlich ein Huhn durch die Natur? Starke Windstöße ratterten an den schiefen Kreuzen. Die langen

Zweige der Trauerweiden wurden emporgepeitscht. Es röchelte, ächzte, pfiff – Todtentanz-Melodien. Die zerbrochenen Säulen schienen etwas längst Verwittertes. Schaaren schwarzer Krähen krächzten darüber. Ein matter Lichtschein aus einem Fenster des Todtenhauses grinste mit weißen Augen hinaus in die Nacht.

War das derselbe Kirchhof, den wir am Nachmittag sahen? Mache selbst die Nutzanwendung auf unsere Seelen. Ich sagte Dir ja schon am Anfang meiner Geschichte, daß ich ganz Stimmung bin. Selbst meine Gedanken sind nur Stimmungsbilder.

Das gehört zu meinen fatalen Gaben, daß ich von allen Temperamenten Anklänge in mir habe, und auch von allen Lebensaltern habe ich etwas, vom Kinde, vom Backsisch (von dem hauptsächlich und nur allzuviel) vom Weibe und – ja – auch von der Greisin; denn oft fühle ich mich allem Leben entfremdet, altersmüde, liebäugelnd, hin zu der Böcklin'schen Todteninsel, wo die feierlich dunkeln Cypressen so verheißungsvoll die Seele zu ewigen Wohnungen locken.

Wie ganz, wie intim lernten wir uns auf unsern schönen, langen Spaziergängen kennen.

Weißt Du noch auf dem Tegernsee im Kahn, als das Gewitter schwarz, drohend über uns stand, und über dem schwe'ligen Himmel der Donner so betäubend rollte? Ich fürchtete mich maßlos, ich suchte Hülfeheischend Deinen Blick. Dein Blick aber haftete an Traut. Da erst gewahrte ich die Todtenblässe auf dem Gesicht des Kindes, ihr krampfhaftes Zittern, ihre starr aufgerissenenen Augen.

In einem Augenblick war meine Furcht fort, ich wurde sogar lustig, und Du und ich, wir heuchelten Entzücken über das große Schauspiel am Firmament. Du zeigtest ihr in dem schwarzen Gewölk ein blaues Guckloch. Das, sagtest Du, wäre das Auge des guten Gottes, der unsern Kahn vor dem bösen Gewittergott schütze. Der hätte seine Raubthiere entfesselt, die streckten nun ihre lechzenden Zungen nach allem was licht ist und schön; jeder Blitz aber aus Gottes Auge wäre ein Feuerstrahl, der ein Raubthier tödte.

Durch den Sturm und das Krachen und Knacken der Zweige hindurch tönte vom Ufer her der Ton eines Waldhorns.

»Was ist das?« fragte Traut – »es weint einer.« – Ein Engel, der in Noth ist, sagtest Du. Und nun dachte dieser menschliche Engel gar nicht mehr an sich, immer nur an den Engel in Not und freute sich über jeden Blitz, der ein Raubthier tödtete.

Sorglich hattest Du mich mit Traut zusammen in Dein Plaid gehüllt. Ueber unsere Sorge um das Kind vergaßen wir Gewitter und Gefahr. Und als wir glücklich an's Land kamen, trugst Du mir den weiten Weg das Kind, das geliebte, heim, Du Herzlieber, Du Grundgütiger. Und wie ich Dir zur Seite schritt, fühlte ich mich ganz als Deine Genossin in Leid und Freud, Dir Freundin in alle Ewigkeit.

Ich liebe Dich. Ein wenig liebe ich Dich auch, wie das Kind die Mutter liebt. Wen ich auch lieb habe, es ist immer etwas dabei von dem Gefühl des Kindes zur Mutter, vielleicht weil meine krankhafte Sehnsucht nach Mutterliebe nie befriedigt wurde, und ich ganz im Geheimen noch immer auf der Suche nach einer Mutter war.

Diese Sehnsucht lag meiner Hingabe an Charlotte zu Grunde. Und selbst wenn ich meinen Kopf in Traut's Schoß legte, und ihre zarten Fingerchen mein Haar zerwühlten, regte sich das Kindhafte in mir.

Nicht wunderschöne Herbsttage, die wir miteinander lebten, wenn die Wiesen sonnengetränkt waren, die Ebereschenbäume heiter an den weißen Häuschen standen, in den kleinen Gärten Georginen und Astern blühten, und an den Galerien die um die Häuschen liefen, sich wilder Wein rankte, der eben anfing sich zu färben. An lieblichen Villen kamen wir vorbei; an ihren Mauern ein Geringle von Blüten und Blättern, und Spaliere von Pfirsichen und Aepfeln, und malerisch hoben sich die großen Sonnenblumen und das Gaisblatt von den sanftansteigenden grünen Bergen ab. Und hin und wieder zwischen den kräftig gefärbten Bäumen eine zart gelbblättrige Espe, die goldene Blätter über die grünen Wiesen streute, wenn ein Wind sich erhob, flatterten sie durch die Lüfte. Goldene Vögelchen nannte sie Traut.

Und auf den Höhen – die schon bunten Bäume wurden zu rothen und goldenen Riesenblumen, die an der Brust der Berge erblühten.

Kräftige Lieblichkeit, blühende Gesundheit, Kernigkeit war in diesem Bunt zwischen den smaragdenen Matten – eine Landschaft, nicht für träges Genießen, für frohgemuthes Schaffen mehr, so recht für Freundschaft – wahre Freundschaftswiesen.

War nicht diese Landschaft eigentlich ein Abbild Deines Wesens: so mild und so kraftvoll und rein, und voll stillen, tiefen Gemüths, so urdeutsch.

Und Abend für Abend die Fahrten über den See. Wir blickten hinüber zu dem weißen Schloß mit den grünen Jalousien und den rothen Gehängen wilden Wein's, das so einsam am See lag, klösterlich, voll Schönheit und Frieden. Und wenn schon alles in Nacht sich verlor, noch immer strömte zarter Lichtschein über das Wasser, als würde das Licht nicht müde, den See zu küssen.

Und an Spätnachmittagen. Wie ein bürgerliches Venedig stieg das weiße Dorf aus dem Wasser. Das Posthorn aber, das von der Chaussee herüber klang, das war deutsch, inniglich und minniglich. Ein schimmernder Abglanz der untergehenden Sonne fiel in das Wasser und es erschien wie eine leichte Eisdecke, unter der es von einem geheimnißvollen Feuer brannte.

Ich sehe diese Tage und diese Scenerien noch so deutlich vor mir, weil Traut ja immer dabei war, und an der Natur fast wie eine Erwachsene sich freute.

Und der Tag vor der Abreise!

O Du Lieber, Lieber, laß' mich alles noch einmal durchleben.

Es war spät geworden. Wir kamen von den Bergen herunter, gingen durch einen Wald. Es war aber nicht finster. Der Mond schien und wir sprachen Mondverwandtes, Erdentrücktes. Da der Weg uneben wurde, nahmst Du meine Hand. Und wir gingen lange so. Und an der andern Hand führtest Du Traut. Allmählich wurdest Du wortkarg, Du zogst Deine Hand sanft aus der meinen, und nach einer Weile sagtest Du: Marlene, Du hast mir nie etwas von Deiner Ehe gesprochen, ich weiß aber doch, daß sie nicht glücklich ist. Habt ihr nicht daran gedacht, euch zu trennen?

»Nein, sagte ich, wo sollte ich auch hin?«

Du wandtest Dich hastig von mir. Du nahmst Traut, die müde geworden war, in Deine Arme, und sagtest, wie so oft schon, aber noch inniger, viel inniger: »unser Kind.«

In Deiner Miene hatte ich eine Frage gelesen. Was dachtest Du? Ob ich es weiß? Du dachtest: »warum nicht zu mir?« dachtest Du das nicht?

Ach ja, wenn ich zu Dir hätte kommen können! Der Freund darf zum Freund kommen, die Freundin zur Freundin, aber nicht die Freundin zum Freunde. Die Statuten der Gesellschaft verbieten es.

Warum?

Weil wir verschiedenen Geschlechts sind.

Was thut das? Sind wir nicht zuerst und hauptsächlich Menschen? Ach, das glaubt ja niemand, sie glauben ja immer nur an das eine.

Ich verstehe so wenig von Deiner Wissenschaft, aber ich habe Deine Seele lieb, das echt und rein Menschliche in Dir, und auch Dein Wesen, Dein Gesicht, Deine Gebärden habe ich lieb, sie spiegeln Deine Seele wieder.

Wir können doch mit Gemüth und Geist ganz in Stimmungen, Gedanken und Empfindungen aufgehen, die ein Mann in seinen Schriften niedergelegt hat. Und wenn wir Aug in Auge demselben Manne gegenüber stehen, so sollte diese ideale Hingabe gleich in's materiell Sinnliche umschlagen!?

Man weiß es noch nicht, aber man wird schon noch einmal dahinter kommen, daß die besten, echtesten Freundschaften die zwischen Mann und Frau sind. Unter erlesenen Geistern waren sie schon. Denk an eine Rahel, Bettina und andere Frauen aus dieser Epoche seelischer Hochflut.

Männerfreundschaften, das sind mehr Intimitäten auf abstrakter Basis; sie erwachsen aus gemeinsamen, wissenschaftlichen, künstlerischen oder sonstigen geistigen oder auch geschäftlichen Interessen. Ein Band von Kopf zu Kopf. Die Anziehung von Person zu Person tritt in den Hintergrund. Bei der Freundschaft zwischen Mann und Frau steht sie im Vordergrund. Sie ist ein Band von Seele zu Seele. Sie erstreckt sich nicht nur auf geistige Wechselwirkung, auch an den geringfügigsten Vorgängen in des Freundes Leben nimmt die Freundin Antheil, selbst ein abgerissener Knopf, oder eine schiefe Kravatte entgeht ihrer Fürsorge nicht.

Freundschaften, die einen so persönlichen Charakter haben, schließen auch einen Hauch zärtlicher Hingebung nicht aus.

Du weißt's, tief und rein ist meine Freundschaft für Dich, und doch mag ich gerne meine Wange an Deinen Arm schmiegen, mag gern Hand in Hand mit Dir gehen, und zuweilen – lache nur – hätte ich Dich sogar gern herzlich geküßt, wenn ich Dich gar so lieb, so edel, so küssenswerth fand. Ich dachte aber, es ginge nicht. Du könntest es anders auslegen, als es gemeint war.

Solche Freundschaften sind selten, es ist wahr. Aber müssen wir denn immer nur Collektivempfindungen haben? Empfinde ich anders wie viele Andere, und mein Gewissen sagt in seiner besten Stunde »ja« dazu, so ist es mein Recht, so zu empfinden.

Vielleicht sind auch solche Freundschaften nur deshalb so selten, weil die Welt sie boshaft glossiren würde, weil sie nicht daran glaubt, sie verdächtigt. Darum hat der junge Mann kaum den Muth zu einem Freundschaftsverhältniß mit einer jungen Frau; er muß fürchten, sie zu compromittiren, und falls sie unverheirathet ist, ihr die Ehe zu verscherzen.

Auch unsere besten, reinsten Gefühle beugen sich unter das Joch der Zeitanschauungen, oder vielmehr, die ersticken sie schon vor der Geburt.

Viel Glück dank ich Dir, und helle hohe Freude, wie sie etwa ein Künstler empfinden mag, der immer nur Modeporträts, Porcellanfigürchen oder dürftige Gipsabgüsse gesehen, und der nun zum ersten Mal vor der antiken Statue eines Sophokles, eines Moses steht.

Und noch auf andere Weise hast Du mir wohlgethan. »Marlene ist gut, Marlene ist schön, Marlene ist klug.« Wer hat das gesagt? Du! Und so einfach und überzeugt sagtest Du es. Ich hätte aufjauchzen mögen. Die Anerkennung eines Einzigen, wenn es einer der Besten ist, löscht die Geringschätzung einer ganzen Welt aus.

Ich will's Dir gestehen, ich selbst hatte manchmal ähnlich von mir gedacht, da aber niemand meine Meinung zu theilen schien, hielt ich es für Größenwahn.

In dem Winter, der auf Tegernsee folgte, ging ich nicht mehr in Gesellschaft, das weißt Du. Wie viel mehr als alle Gesellschaften waren die wenigen schönen Tage werth, als ich Dich in Berlin hatte. Und daß Walter Dir so liebenswürdig entgegen kam! Er fühlte instinktiv Deine Lichtnatur und beugte sich innerlich vor Dir. Wagte er doch nicht den kleinsten Scherz über unsere Freundschaft.

Du fandest auch, daß Traut blaß und mager aussah. Der Arzt aber meinte, es wäre weiter nichts, sie wüchse zu schnell. Sie blieb aber so den ganzen Winter über. Als sie sich auch im Sommer nicht besonders erholte, hielt der Arzt ein Seebad für angezeigt.

So fuhren wir nach Heringsdorf. Daß Du im September auf einige Wochen herüber kommen wolltest, darauf freuten wir uns Beide.

Ich konnte oft lange auf Traut hinblicken mit einer seltsamen Empfindung, die mich nicht froh machte; ein unruhig stimmendes Glück. Das Kind hatte zuweilen den Blick eines Wesens, das etwas schaute, von dem ich nichts wußte. Traut war über mir, mehr als ich. Sie war zu viel Glück für mich.

Sie war ganz verliebt in den Strand, und an Tagen, wo sie nicht an müder Schwäche litt, konnte sie auf unsern Spaziergängen an jeder Feldblume, an jedem Boot auf dem Wasser sich freuen.

Ich vergesse ihr Entzücken an einem Feuerwerk nicht, das sie doch nur aus der Ferne sehen konnte. Am Steg, zehn Minuten entfernt von unserm Hause wurde es abgebrannt; sie dahin zu führen war es zu spät.

Wir hatten Mondschein. Ein breiter Strahl ruhte mitten auf dem Wasser, und bildete einen leuchtenden See im dunklen Meer. Illuminirte Schiffchen kreuzten in der Nähe des Steges hin und her, und geriethen sie in den Silbersee, so sah es zauberhaft aus, als wenn Nixen und Nereiden in funkelnd bunter Juwelenpracht Hochzeit hielten.

Ein großes Schiff erschien am Rande des Silberstrom's, schwarz, scharf, gespenstisch zeichnete sich das Takelwerk ab, als aber das Schiff mitten durch den Silbersee fuhr, verschwammen die Umrisse, und der eben noch düstere Coloß schien ein strahlendes Schloß, ein silberngesponnenes, und die hohe Gestalt am Bord wie der Meerkönig selber. Und ringsherum das bunte Geflimmer der kleinen Boote, und über all dem Zauber, die leuchtenden, roth, grün und goldenen Blumensträuße, die aus den Racketen ins Meer zischten.

Traut jubelte auf, erschrak aber, als Jemand neben uns sagte:

»Das ist das Gespensterschiff mit lauter Todten drinn.« – »Können denn die todt sind, noch leben?« fragte Traut. Und als man ihr antwortete, das wisse niemand, sagte das Kindchen nach einer Weile so recht altklug: »diese Räthsel werden sich alle lösen, wenn wir im Himmel sind.«

Es kam ein melancholischer Tag. Traut spielte unter der Aufsicht des Mädchens mit andern Kindern am Strand. Um meine trübe Stimmung zu verscheuchen unternahm ich einen weiten Spaziergang. An einem kleinen Gewässer kam ich vorbei, das von einer Gruppe Weidenstümpfe eingefaßt war; die dünnen, dürren, röthlichen Zweige daran sahen aus, als ob röthliches Haar sich in geheimen Schrecken sträubte. Von den Wiesen stieg weißlicher Dunst auf.

Ich hatte kürzlich ein Bild gesehen. »*Mors imperator*« stand darunter. Der Tod, eine Krone auf dem grinsenden Schädel, schreitet über eine Wiese. Es ist gegen Sonnenuntergang. Leichte Nebeldünste schweben wallend über dem Gras. Das Erdreich hinter dem Tod, über das sein Fuß schon geschritten – ein leerer, quirlender Sumpf; vor ihm auf der Wiese strahlendes blühendes Leben. Junge Mädchen tanzen einen Ringelreihen, goldlockige Kinder spielen und pflücken Blumen; aber nur die Köpfe der Spielenden und Tanzenden sind ganz sichtbar. Die Körper zeichnen sich durch das Nebelmeer hindurch nur undeutlich ab. Dicht vor dem Tod gaukelt ein bezauberndes kleines Geschöpf, in weißem Kleid. Es will einen Schmetterling haschen. *Mors imperator* erhebt sein Scepter – –

Wenn sich Traut nur nicht erkältet, dachte ich, und ich wandte mich wieder dem Strande zu. Am Strand, da war eine so sonderbare, fahle Helligkeit ohne Sonne. Eine so graue, stille Milde über dem Meer, so verblichen, verjährt, als könne gar nichts mehr in der Welt geschehen. Am Himmel viel stille Wolken, aber es wird nicht regnen. Dampfschiffe hingen am fernen Horizont über dem bewegungslosen Wasser, und sie fahren, langsam, langsam, immerfort, immerfort, und sie werden nie an's Land kommen. Wenige Leute, auf ihre Schirme gestützt, wandelten dahin am Strand, träge, lässig, als hätten sie auch nicht Zweck und Ziel. Hier und da schleppte sich schwer und müde ein Segelschiff hin, einem Riesenschmetterling ähnlich, dem die Flügel feucht und schwer geworden. Kähne, wie schwarze Schwäne, glitten sacht und lautlos über die bläuliche Fläche.

Es war nicht melancholisch, und es war nicht heiter, es war nicht trüb, und es war nicht hell, ein sanftes, flaues, einförmiges Fortgleiten aller Dinge. So willenlos und seelenlos. Das einzig Lebendige der Duft der Lupinen, der vom Felde herkam. Und mit einem Mal kam mir alles Sehnen und Sorgen so überflüssig vor, und als wäre es so gut, wenn auch das ganze Leben von so grauer, stiller Milde wäre, und wir kämen gar nicht mehr an's Land, blieben im Schiff, von Meer zu Meer, nur Himmel und Wasser. Niemand merkte ja, wie sich alles so hinschlich und schleppte, und die Leute alle sahen ganz zufrieden aus.

Da sah ich wieder über einer Wiese den Nebelstreif. Ich ging schneller, Traut heimzuholen. Ich hörte schon von fern das Lachen von Kinderstimmen. Als ich näher kam, sah ich, daß die Kinder ein unheimliches Spiel spielten: Begrabenwerden. Später hörte ich, das sei eins der beliebtesten Kinderspiele an Ostseestränden.

In dem tiefen, weißen, weichen Sand wurden die Körperchen leicht eingegraben, nur die Köpfchen, die auf einer kleinen Sanderhöhung ruhten, blieben frei.

Die Sandhügel waren über und über mit Blumen besteckt. Merkwürdigerweise waren die Begrabenen lauter Mädchen. Die Knaben machten die Totengräber. All' diese kleinen Mädchen mit den frischen und verbrannten Gesichtern, und den hellen, offenen Aeuglein, sahen nicht besonders verstorben aus. Nur Traut allein schien die Rolle ernst zu nehmen. Sie lag ganz still mit geschlossenen Augen da; die langen, dunklen Wimper ließen sie noch blasser erscheinen, als sie war. Sie hatte nur weiße Blumen auf ihrem Sandhügel gewollt. Und in diesem Augenblick schlug ein Knabe auf einer Trommel jenen monotonen Wirbel, wie er bei Militärbegräbnissen üblich ist.

Ein Entsetzen packte mich. »Traut,« rief ich, »Traut«.

»St!« flüsterte sie, »ich bin ja todt.«

Was den unheimlichen Eindruck noch vermehrte, war die Stimmung des Meeres, die sich in der letzten halben Stunde geändert hatte. Grauschwarz wie von Erz war es. Rothe, feurige Lichtstrahlen fuhren darüber hin wie *ein* blutiges Schwert.

Als ich Traut aus ihrem Sandgrab zog, waren ihre Händchen eiskalt.

Sie wurde krank. Sie hatte sich wohl bei dem Begräbnißspiel erkältet. Der Arzt wußte nicht recht, was ihr fehlte. Erst hatte sie Fieber. Als es gewichen war, wurde es nicht viel besser mit ihr. Eine Art Abzehrung war's. Immer verlangte sie an's Meer. Ich trug sie täglich an den Strand, und da lag sie auf Kissen und Decken im warmen Sand.

An einem Tag, als das Meer in bläulicher Milde atlasweich dahinrollte, fuhr im Hintergrund ein Schiff vorbei mit feuerrothem Segel.

»Ich möchte in dem Schiff mit dem rothen Segel sein,« sagte sie.

»Warum denn Traut?«

»Roth ist so gesund.« Und ihr Blick zerriß mir das Herz.

Ein ander Mal bot die See ein morgenfrisches Bild von einem unbeschreiblich sanften Reiz. Auf dem zarten, lichtblauen Himmelsgrund hinschwebende lichte Wolkenbälle, locker und luftig ineinander gefügt, das Grau und Weiß gar lieblich abschattirt.

»Siehst Du Muttchen, sagte sie, die weißen Bällchen am Himmel, das sind Schneebälle die mit ihren Köpfchen aus den grauen Wolken gucken, und ich glaube gewiß, der Himmel hat auch Blumen wir wissen es nur nicht. In der Nacht habe ich eine große, rothe Feuerlilie am Himmel gesehen.« Es war wohl der Leuchtthurm, den sie gesehen.

Langsam, langsam welkte sie dahin. Woran starb sie? An dem Gram, der mich erschöpfte während ich sie unter dem Herzen trug, und der ihr Blut verarmte?

Ich hatte in Berlin den Kindern ein Kanarienvögelchen geschenkt. Walterchen ließ einmal das Bauer offen stehen, das Vögelchen war herausgeflogen auf die Zweige eines Baumes, der nahe dem Fenster stand. Die Kinder riefen und lockten »Lisi« und es regte auch einige Mal die Flügel zur Heimkehr, wagte aber den Flug nicht noch einmal. Da rauschte ein großer, schwarzer Vogel, krächzend mit ausgebreiteten Flügeln über ihn hin. Vor Schrecken fiel das Vögelchen vom Baum, und blieb unten am Boden liegen. Die Kinder liefen hinunter. Das Thierchen zuckte noch ein paar Male, dann war es todt.

Walterchen beschäftigte sich sofort mit den Begräbnißfeierlichkeiten. Traut weinte herzbrechend. Ich schenkte ihr ein anderes Vögelchen. Sie wollte es nicht. Es wäre nicht Lisi.

Dieses kleine, fast vergessene Erlebniß wurde jetzt in ihrer Phantasie wieder lebendig, wenn sie fieberte. Sie hielt sich für das Vögelchen: »Bist Du böse Muttchen, daß ich fortgeflogen bin? Laß nur das Fenster offen, wenn meine Flügel gewachsen sind, komme ich wieder.« Nach einer Weile stieß sie einen Schrei aus »der Vogel mit den schwarzen Flügeln, da – über mir.« Sie klammerte sich an mich »hilf mir doch, hilf mir.«

Einmal, als sie von einem Halbschlummer erwachte, sah sie mich groß und verwundert an: »Muttchen Du? Bin ich denn nicht todt? ich dachte, ich wäre gestorben.« Nein, nein Traut, Du lebst, Du wirst wieder gesund werden. »Ach ja, das will ich! Ich lebe – dann gieb mir schnell zu essen, ich will stark werden, ich habe Hunger.«

Ich reichte ihr eine Tasse Milch. Sie hatte schon wieder vergessen, daß sie essen wollte, sie trank die Milch nicht.

Sie blickte um sich, so seltsam. Das Kind wußte vom Tode. Ungeheure Verwunderung und zugleich ein Entsetzen lag in ihren Augen, ein Flehen um Leben, unaussprechliche Zärtlichkeit, und dann wie der eine müde, stille Sehnsucht.

»Muttchen, sagte sie einmal, ich will ein Vergißmeinnicht werden. Aber, – fuhr sie nachdenklich fort – wenn Du mich dann pflückst so weißt Du ja gar nicht, daß ich es bin.« Sie sann vor sich hin.

An einem Tag, nach Sonnenuntergang, während ich sie in meinen Armen hielt, starb sie, ohne einen Seufzer, einen Laut. Ich merkte erst an ihrer zunehmenden Kälte daß sie todt war.

Unmittelbar nach ihrem Tode war mein Empfinden wie ausgelöscht. Meine Augen blieben trocken, meine Seele leer. Ich begriff einfach diesen Tod nicht. Ich ging stundenlang umher, aus einer Stube in die andere, mechanisch wie ein Automat. Physisch lebte ich fast wie sonst. Ich empfand sogar Hunger, und ich aß. Ich quälte mich vergebens damit ab, mir vorzustellen, daß Traut gestorben sei. Ich schlief traumlos die ganze Nacht nach ihrem Tode.

Und sonderbar – zuerst war es der Körper, der sich aufbäumte gegen das was geschehen, Herzschwäche stellte sich ein, Beklemmungen, die sich bis zum Unerträglichen steigerten. Ich war nahe daran, mich aus dem Fenster zu stürzen, nur um dieser Qual zu entgehen. Warum ließen sie mich so allein? Ich wollte rufen. Die nervöse Angst hatte mich der Stimme beraubt.

Da ging die Thür, Walter mit dem Knaben war an gekommen. Ich stürzte ihnen entgegen. Die physische Todesangst war gebrochen.

Walter war sehr betrübt. Er hatte heftig geweint. Der Schmerz war etwas so Neues für ihn. Er war gewissermaßen stolz auf seine Thränen. Hätte er jetzt aus tiefstem Gemüth heraus zu mir gesprochen, vielleicht hätten wir uns in dem gemeinsamen Leid gefunden.

Am Abend sah' ich Traut aufgebahrt, ganz mit Blumen bedeckt. Ich stürzte über den Sarg. Eine Ohnmacht umfing mich. Als ich zu mir kam, war der geistige Starrkrampf von mir gewichen, glühend bohrte der Schmerz sich in meine Brust, und unversiegbar flossen meine Thränen.

Traut todt! War das möglich? Und die Menschen alle, sie lachen und schwatzen, und essen und trinken als wäre nichts geschehen. Und alle waren gesund. Und ich war auch gesund. Ich schämte mich beinah zu leben, da Traut todt war. Und die Sonne goß ihren Goldglanz über Himmel und Erde, und Traut's Augen waren mit Erde bedeckt.

In einer Nacht erwachte ich. Ich hatte intensiv von Traut geträumt. Ihr Bettchen stand noch wie früher in meinem Zimmer, und ich sah einen zarten Schatten über dem Bett, nein – nur den Hauch eines Schattens! und dieser durchsichtige Schatten hatte Traut's Formen. Ich rief ihren Namen, ich sprang aus dem Bett, der Schatten war nicht mehr da.

Wenn ich des Morgens die Augen aufschlug, flüsterten meine Lippen den Namen Traut, ehe noch das Weh im Herzen wach war. Ach sobald erwachte es. Wenn ich las oder mit jemand sprach oder Musik hörte – plötzlich – da war's! Ein ferner Ruf: Traut ist todt! Und Nachts halb schon im Schlaf, weckte es mich jählings: Traut ist ja todt!

Ach, nie wieder würde ein solches Geschöpf geboren werden, mit so himmelshellen Augen unter so nachtschwarzen Wimpern, mit solcher Fülle metallischglänzender Haare, die so königlich das süßeste Gesichtchen umrahmten.

In dem Kind beweinte ich nicht nur mein Kind, ich weinte auch, daß ein solches Kleinod vom Erdkreis verschwunden war, ich weinte über alle Menschen, die, in der Knospe schon sich vor der Reife fürchten müssen, wo der schwarze, erbarmungslose Schnitter sie mähen wird.

Ich hatte auch Stunden wilder Empörung. Mußte ich's dulden, daß sie starb, still sitzen, als der feige Tod sie heimtückisch überfiel! sie würgte – würgte, einen Engel würgte.

Ich blieb den ganzen September über am Meer. Stürmische, düstere Tage. Es war, als wenn auch die Natur sich aufbäumte in unbändigem Schmerz wie ich. So wollte ich es. Das waren meine erträglichsten Stunden, wenn ich baarhaupt dem Sturm entgegen schritt, vor dem die Wolken zerrissen, der feine Sand wie von Entsetzen gepackt über die Dünen floh, das große Meer aufschauderte aus seiner Tiefe, wie in Titanentrotz ungeheure Flüche über den Weltenraum hindonnernd.

Dann öffneten sich meine Lippen, ich trank die salzigen Winde, und meine Seele schrie zum Sturm: Heule, rase, Du schöner Sturm Deine Riesenklänge über Himmel und Meer! Ich heule, ich rase mit Dir. Ich verstehe Dich, ich liebe Dich, Sturm! Mit Deinen Raubthiertatzen krallst

Du in die Lüfte, und reißt sie an Dein wildpochendes Herz, daß sie ächzend aufstöhnen im Riesenjammer – wie ich – wie ich! Traut ist ja todt!

Läutert wirklich, wie man sagt, der Schmerz? Der meine nicht. Nein, nein, er läutert nicht. Es soll unter dem Aequator heißen Regen geben, der alles versengt, verbrennt. Heißer Regen waren meine Thränen. Sie verbrannten mein Herz.

Und doch zuweilen in meinen tiefsten Schmerz hinein ein leises Mahnen: Jetzt ist der Zeitpunkt: »aus Deinen großen Schmerzen mache kleine Lieder« wie Heine es that, und auch Goethe und viele Andere. Die glühende Lava Deiner Schmerzen, die Dich zerstört, lass' sie in Feuerströmen durch Dichtungen rauschen.

Kleine Lieder! Ein großer Schmerz will große Lieder. Ja, wenn ich mein übermenschliches Leid hinausrasen könnte, wie ein Weckerruf für Todte: Steht auf! Steht auf! wenn ich Verse dichten könnte, von so tödlich trauriger Zärtlichkeit, daß sie meine geliebte Todte umdufteten wie Kränze von weißen Lilien!

Wozu? Weltliche Erfolge? Was gingen mich die Menschen an! Die Zeit, die Gesellschaft. Ich lebte mit Todten. Schon die Thatsache, daß man zu den Lebenden gehörte, kam mir armselig vor.

Meine völlige Weltabgewandtheit nahm mir auch in dieser Zeit jede Schüchternheit. Ich eröthete und erblaßte nicht mehr. Ich war nicht mehr feig, nicht mehr furchtsam. Sonst, wenn ich auf einsamen Wegen einer Rinderherde oder einem Hund begegnete, fürchtete ich mich. Jetzt hätte mich selbst eine wilde Bestie kalt gelassen. Furcht – lächerlich! Was konnte mir denn Aergeres geschehen, als mir schon geschehen war? Ja, ich ersehnte oft einen körperlichen Schmerz, um den seelischen nicht zu fühlen. Ich ritzte mir mit einem Messer die Haut. Es that weh, ich warf das Messer fort. Ich verachtete mich wegen dieses feigen Schauders.

Wenn ich irgendwo ein Kind sah, das mich an Traut erinnerte, durchfuhr mich ein süßer Schreck, als könnte ich ihr wirklich noch unter den Lebenden begegnen. Daß sie gestorben, wenn es nun nichts wäre, als ein Traum, ein fürchterlicher, aus dem ich erwachen würde!

Einmal ging ein armes Weib vor mir her. Auf ihrem Rücken trug sie einen Buben von 10 oder 12 Jahren, einen Krüppel.

Ich sprach sie an. Der Krüppel war auch schwachsinnig. Der Herr wolle ihr die Last nicht abnehmen, sie müsse sie tragen, und ihre ganze Familie litte darum bittere Noth. Und dieser formlose Klumpen Fleisch lebte, lebte zum Elend der Seinen, und Traut mußte sterben.

Ich weinte auch um jedes kleinste Leid, das Traut in ihrem kurzen Leben erfahren. Einmal hatte ich sie vor Gästen wegen einer kleinen Unart gescholten. Sie schluchzte herzbrechend. Später fragte ich sie, warum sie über die Paar Scheltworte so geweint habe? »Weil Du mich so vor fremden Leuten beschämt hast.«

Ja, warum that ich das? An ihrem fünften Geburtstag hatte sie sich zum Mittagessen Rehbraten mit Himbeergelee und Pudding bestellt. Reh war mir zu theuer, und sie bekam nur Kalbsbraten. So enttäuscht sah sie mich an. Und nun wird sie keinen Geburtstag mehr haben, und nie mehr kann ich ihr einen Wunsch erfüllen.

Ein ander Mal kam ich dazu, als sie mit einem großen Stück Seife in der Hand, einen sehr eleganten und sehr empfindlichen Plüschbezug aus allen Kräften abrieb. Und voll Stolz und Thatendrang theilt sie mir mit: »Muttchen schau, Dein Sopha ist so verschmutzt, ich thu's sauber abwaschen.« Ich gab dem Kinde einen leichten Schlag, und dieser häßliche, ungerechte Schlag ist nun in meiner Erinnerung wie ein blutiger Fleck, der mit meinen Thränen nicht abzuwaschen ist.

Und Tag und Nacht verfolgte mich der glühende Wunsch, nur noch einmal, ein einziges Mal, und wär's auf eine Minute, wollte ich sie lebend haben, um ihr all' meine heiße, heiße Liebe zu sagen. Gewiß, sie hat nicht gewußt, wie abgöttisch ich sie liebte.

Walter vergaß des Kindes bald. Es war mir recht. So gehörte sie mir allein, meine Todte, mir ganz allein.

Nach Jahr und Tag kam eine erste Stunde in der ich an Traut nicht dachte. Dann kamen mehrere Stunden, und wieder nach langer Zeit war es ein ganzer Tag, an dem Traut's Bild nicht vor mir stand. Eine verächtliche Bitterkeit gegen die menschliche Natur preßte mir das Herz zusammen.

Wie? Ein so ungeheures Weh – kaum zwei Jahr, und es erlischt wie eine Kerze die ausgebrannt ist! Wer weiß – noch eine Spanne Zeit, und wenn es sich so macht – tanze ich wieder. Wozu sich dann erst die Augen blind weinen?

Nie aber löste sich mein Gram in Wehmuth auf. Ewig ruhte er ungebrochen, unzerstörbar in meiner Brust, die Zeit hat nur Asche darüber gestreut.

Und indem ich das jetzt schreibe, bricht der Quell meiner Thränen wieder auf, und ich weine bitterlich. Und wenn ich einmal im Sarge liege, und Du siehst aus meinen todten Augen Thränen fließen – Du weißt, warum die todten Augen weinen!

Ich wollte mich mit doppelter Zärtlichkeit meinem Knaben zuwenden. Hätte er nur, als das Schwesterchen gestorben mit mir geweint, oder hätte ich wenigstens in seinen Zügen gelesen, daß sein junges Gemüth erschüttert war. Nichts davon. Er empfand eine gewisse Scheu vor dem Tode, und ein Unbehagen, daß er nicht lustig sein durfte.

Ich preßte ihn an mein Herz, und nannte ihn mein einziges, geliebtes Kind. Er erwiderte meine Liebkosung und sagte: »Muttchen, nicht wahr, jetzt gehören mir Traut's Spielsachen!« –

– »Nein,« sagte ich hart. Ich verbrannte sie alle – alle. Das war Walters Sohn.

Daß eine Mutter all' ihre Kinder gleich lieben soll, ist eine falsche, ethische Forderung.

Meine Mutter hatte das Recht mich nicht zu lieben aber nicht das Recht, sich mir ungerecht und lieblos zu beweisen.

Ich wurde milder als je gegen meinen Knaben, aus Furcht, ich könnte ungerecht werden.

Ich siechte so hin. Ein müder, zehrender, schleichender Gram. Der Schatten Traut's, der mich umkreiste, zog mich ihr nach.

An einem Morgen erwachte ich mit einem Lachen. Ich hatte, wie so oft, von Traut geträumt. In dieser Nacht sah ich sie langsam durch eine Allee von Trauerweiden schreiten. Die Allee erstreckte sich bis zu einem tiefen See. Immer näher kam sie dem See, und in immer wilderer Angst klopfte mein Herz. Da schwirrte etwas durch die Luft, ein Käfer, ein Maikäfer, der setzte sich auf Traut's Fingerchen. Gleich streckte sie das Fingerchen von sich, und fing an zu singen: »Maikäfer fliege, Dein Vater ist im Kriege, Deine Mutter ist in Pommerland, Pommerland ist abgebrannt, Maikäfer fliege.« Mit einem Male war ich selbst der Maikäfer, und ich krabbelte auf ihrem Fingerchen. »Na, so fliege doch, fliege!« sagte sie mit so unnachahmlicher Schelmerei im Ton, daß ich laut auflachen mußte. Das Lachen that mir so wohl, und wachend wiederholte ich noch immer: na, fliege, so fliege doch!

Ja, warum flog' ich denn nicht? weit fort, da doch meine Heimath abgebrannt war?

Von diesem Tag an reifte in mir der Entschluß, dem Hinsiechen und Hinkriechen ein Ende zu machen – fortzufliegen. Aber wie? Wohin? Etwa zurück zum Gesellschaftsleben? Nein, ich wollte mit dieser Welt nichts mehr zu thun haben, nichts mit ihren Verlogenheiten und falschen Pflichten und gelernten kategorischen Imperativen, auch nichts mit ihren ewigen Wahrheiten, deren Ewigkeit so kurz ist, wie unser Gehirn eng.

Immer hat es mich nach dem Süden gezogen. Nach Gemälden und Schilderungen hatte ich mir ein Bild von Italien gemacht. Wenn ich dahin könnte, heraus aus diesem Leben, das nicht mein Leben war, heraus aus dieser Stadt, aus diesem Klima. Eine andere Erde! Anderer Himmel!

Viele Tage grübelte ich darüber. Ich wartete immer auf eine Eingebung oder einen Zufall.

Es waren graue, graue Novembertage, eine sickernde, muffige Feuchtigkeit in der Luft, alles müde, als könne es nicht leben und nicht sterben.

Ich hatte mich erkältet. Ich hustete viel, an einem Tag hatte ich Fieber. Da kam mir die Eingebung, nicht vom Himmel, denn es war eine Lüge dabei.

Hatte der Arzt nicht Deine Schwester, weil sie nach einer Lungenentzündung so stark hustete, nach Rom geschickt? Ich wollte mich auch nach Rom schicken lassen. Da würde ich dann Deine liebe Julie treffen, in derselben Pension mit ihr wohnen und wenn Du im Februar auf Deiner

Reise nach Griechenland durch Rom kämst, würdest Du uns ein paar Tage gehören, und im Mai – das rechnete ich fein aus – könnten wir dann alle mitsammen heimfahren.

Und nun ist es doch anders gekommen!

Unser Hausarzt, ein lieber alter Mann von bemerkenswerther Intelligenz, hatte mir immer eine besondere Güte bewiesen. Ich bat ihn zu mir, klagte ihm, daß ich krank sei – brustkrank wahrscheinlich – und daß ich eine so große Sehnsucht nach dem Süden habe, nach Sonne, er solle mir Italien verordnen.

Ich sah von ihm weg, während ich sprach, und fühlte, wie ich über und über roth wurde. Er fixirte mich scharf mit seinen klugen Augen. Sicher ist er gleich dahinter gekommen, daß alles Lug und Trug war. Doch untersuchte er mich gründlich. Dann nahm er meine vor Aufregung feuchtkalten Hände in die seinen, und meinte, gar so schlimm wäre es nicht mit der Brustkrankheit, die rechte Lungenspitze sei allerdings angegriffen, sicher aber würde ein Winter in Italien Wunder an mir thun. Mit meinem Mann wolle er sofort Rücksprache nehmen.

Ich hörte in meiner Erregung kaum noch was er sagte. In Gedanken war ich schon bei Deiner Schwester. Und so väterlich, so gut sprach er, ich hätte ihm die Hände küssen mögen, daß er um meinetwillen lügen wollte.

Und nun ging alles so schnell, daß ich kaum zu Athem kam. Walter, der gleich ja sagte, der ohne weiteres das viele Geld, das eine solche Reise erfordert, bewilligte. Und wie Du plötzlich nach Berlin kamst, (hatte Dir Walter wirklich nicht geschrieben?) um gleich mit mir nach Rom zu fahren, obgleich doch Deine große Reise erst für den Februar geplant war. Ich versteh es heut noch nicht recht. Und Walter der in allem mit Dir so einverstanden war. Es sah beinah so aus als conspirirtet ihr gemeinschaftlich hinter meinem Rücken über die Reise.

Nur darüber bin ich nachträglich noch betrübt, daß Du mir während unseres achttägigen Beisammenseins hier Rom nicht zeigen konntest. Gewiß, es war vom Arzt und Deiner Julie allzu ängstlich, daß sie mich nicht aus dem Zimmer ließen. So ein bißchen Husten bringt einen doch nicht gleich um. Und Philomela, das treffliche Stubenmädchen, die mich auch immerzu pflegen wollte.

Und nun, da ich Deine Schwester kennen gelernt habe, Arnold, finde ich, daß Du mich gar nicht brauchst. Besser, edler ist sie als ich. Sie liebt Dich, und ihr seid auch im Geist Geschwister. Fein und still ist sie wie Du, nur nicht ganz so harmonisch befriedigt in sich wie Du. Und das ist erklärlich. Seitdem Du ihrer Pflege und Fürsorge entwachsen bist, leidet sie an unverbrauchter Kraft. Sie ist die geborne Mutter, und hat keine Kinder. Darum hat sie sich nun mit so viel Eifer auf's Zeichnen geworfen, und wenn ich erst wieder wohl sein würde, dann wollten wir immer zusammen ausziehen, Beide mit Bleistiften bewaffnet, sie zum Zeichnen, ich zum Schreiben. Ich sah mich schon – ganz Corinna – auf Ruinen sitzend und auf Schreibgedanken lauernd.

Sie hat Humor Deine Schwester, sie ironisirt sich selbst mit ihrem Zeichnen. Was Göthe kann, kann ich auch, sagte sie, nämlich: mich irren und mich für ein verkanntes Zeichengenie halten.

Nun bist Du schon lange, lange fort. Zu Ende ist meine Geschichte. Ich warte auf Dich.

Nein – meine Geschichte ist nicht zu Ende. Wie? diese Aufzeichnungen sollten mit einer Lüge schließen! Aufzeichnungen, die für Dich bestimmt sind?

Bei Tag schrieb ich die Geschichte meiner Vergangenheit, Abends oder in der Nacht meine Geschichte in Rom.

Ich schrieb anfangs mit dem Hintergedanken, daß sie nie in Deine Hände gelangen sollte, nie solltest Du erfahren, daß ich unserer Freundschaft im Geist die Treue gebrochen.

Nun will ich, sie soll in Deine Hände gelangen. Hast Du zu Ende gelesen, so wirst Du wissen, daß fortan eine Lüge in meinem Leben keinen Raum mehr hat.

Aus Karten oder Briefen wirst Du ja von Julie erfahren haben, wie traurig es ihr ergangen ist, wie das römische Fieber sie mitgenommen hat. Nun ist sie ja, weil der Arzt es durchaus so wollte, schon lange an der Riviera.

Die Pension war mir verleidet. Meiner Philomela hatte man unter nichtigem Vorwande den Dienst gekündigt. Dazu kam, daß ein Herr in der Pension mir lästig fiel, sehr lästig, in welchem Sinn kannst Du Dir denken. Da entschloß ich mich kurz auf einen Vorschlag Philomelens einzugehen. Sie hatte wie sie sagte, ein reizendes, kleines Logis im fünften Stockwerk mit einer großen Terrasse, und drei kleinen Zimmerchen ausgekundschaftet. Ich sah die Wohnung, war entzückt davon, und zwei Tage später hatte ich sie mit Philomele bezogen.

Sie ist eine fromme Katholikin, es macht ihr Kummer, daß ich eine falsche Religion habe. »Aber, sagte sie, wenn ich einen so guten Charakter sehe, wie den Ihrigen, so wende ich die Religion nicht darauf an.«

In der ersten Zeit fühlte ich mich auf meiner Höhe recht vereinsamt. Es regnete auch, dann kam strahlender Sonnenschein. Ich saß oder lag stundenlang auf der Terrasse, ohne Lust auszugehen. Den ganzen Vormittag, wenn ich wohl genug war, schrieb ich an meiner Geschichte.

Auf der Terrasse war es immer warm und schön; nach Sonnenuntergang aber mußte ich im Zimmer bleiben, das hatte mir der Arzt befohlen. Sie waren dürftig, die Zimmerchen, ich wollte sie hübsch und behaglich machen, Du würdest Dich später auch daran freuen, dachte ich. Und ich kaufte allerhand ein, zuerst in Begleitung Philomelas später auch allein.

Reizend sieht es jetzt bei mir aus, Du weißt schon – das rothe Glas. In der einen Ecke des Salons riesige Eukaliptus-Büsche, davor ein Tischchen, auf dem eine broncene Amphora mit weißen Narzissen steht. Auf der Chaiselongue ein weißes Lammfell. Zu Vorhängen und Portieren verwendete ich die so lächerlich billigen Ciociarenteppiche, die so warm in der Farbe sind. Ich legte sie auch über den Reisekorb und den Koffer, und schlug damit zwei Fliegen mit einer Klappe, indem ich diese unschönen Gegenstände vortheilhaft unterbrachte, und zugleich ein paar kleine Divan's gewann. Und denke Dir, ich fand ein Stück merkwürdig bedruckten Kattun's, das wie ein türkischer Teppich wirkte. Davon fabricirte ich eine Art Baldachin, und hing eine, in wirklichem Oel gemalte Madonna darunter, nur Skizze, die ich für ein paar Lire in einem Trödelladen erstanden, was aber dem innig schwermüthigen Ausdruck ihres Gesichts keinen Abbruch that. Unter der Madonna ein ewiges Lämpchen (seine angezündete Ewigkeit dauerte bei mir allerdings nur von 7-10 Uhr) in einem antiken mit bunten Edelsteinen (unächten) verziertem Glas. Gegenüber in einem scharfem Winkel von der Decke herabhängend, eine noch antikere Laterne mit grünen Gläsern. Natürlich war auch eine vierzinkige, römische Lampe da. Und nun male Dir den Effekt aus, wenn der Kamin brannte, und das Oel in der grünen Laterne, und in dem rothen Edelsteinglas, und in der vierzinkigen, römischen Lampe, die ich berechnenderweise vor einen Spiegel gestellt hatte. Die Petroleumlampe zünde ich Abends gar nicht erst an, um mir die Farbenstimmung nicht zu verderben.

Bei Tage sorgt der Ausblick von meiner Terrasse für Stimmung. Da habe ich ein gutes Stück Rom vor mir; bis zum Janiculus sehe ich, und ein Stückchen Campagna sehe ich auch, und St. Peter und die vielen Gärten auf den Häusern. Aus der Häusermasse, gerade mir gegenüber, ragt, fast bis zum Niveau meiner Terrasse, eine hohe Säule empor. Sie trägt eine Madonna, um ihren metallenen Heiligenschein flattern Vögel. Morgens, wenn ich heraustrete, achte ich darauf, ob es Krähen oder Raben oder Tauben sind. Eine Taube bedeutet mir Gutes, ein Rabe so etwas, auf das sich *nevermore* reimt (ich denke an Poe's Gedicht.) eine Krähe – Verdrießliches, oder wenigstens Alltägliches.

Meine gute Philomela zankte mit mir, daß ich nun wieder immer daheim saß, und mir das Wunder Rom, ihr Rom, nicht ansehen wollte. Der liebe Gott hätte doch auch rothe Laternen und grüne Gläser an den römischen Himmel gehängt, aber es wären ächte Rubinen und Smaragden, und die Sonne selbst wäre ein Riesendiamant u.s.w. (Ich embellire ihre Ausdrücke) Und eines Tages kam sie mit Hut und Shawl, und ich mußte mit. Und da bin ich nun eine ganze Woche mit ihr herumgewandert, mit dem festen Vorsatz von Rom entzückt zu sein wie alle Welt es war. Von einer Kirche zur andern liefen wir, von einer Gallerie in die andere, auf Ruinen kletterten wir umher. Das Capitol und alle Paläste und den Monte Pincio sahen wir. Ich kam jedes Mal tödlich erschöpft nach Hause. Ich hustete wieder stark, und fühlte mich elend.

Die Massenhaftigkeit des Gesehenen, dieses wüste Durcheinander, erdrückte mich. Rom ruhte wie eine schwere Arbeit auf mir, mein Körper war der Anstrengung nicht gewachsen. Sicher ich brauchte einen Führer. Ich kaufte mir Göthe's italienische Reise. Das wäre doch der denkbar, vornehmste Führer. Ich las eifrig darin, und das Resultat: bitterste Beschämung. Göthe's römische Welt war mir eine völlig verschlossene. Aus jeder Seite dieses Buches starrte mich meine grenzenlose Unwissenheit an.

O Arnold, ich schämte mich, schämte mich vor mir selber, daß ich Rom nicht verstand. Zu zeitlich bin ich für die ewige Stadt, zu klein für ihre Größe.

So hatten sie wohl Alle recht, tausendmal recht. Dumm war ich, dumm. Und plötzlich überschaute ich die ganze ungeheure Dummheit all der Jahre, die hinter mir lagen.

Was war denn diese starre, seelische Ungeschmeidigkeit, die sich mit Menschen und Schicksal nicht abzufinden verstand, anderes als Mangel an Verstand!

Nadelstiche empfand ich wie Dolchstöße. Immer sollte die Wirklichkeit sich nach meinen Träumen richten. Ich war wie von Glas, rührte man mich an, zerbrach gleich etwas in mir. Der Wanderer, dem eine Dornenhecke den geraden Weg versperrt, und der sich durch die Dornen zwängt, sich dabei blutig verwundet, während er mit einem geringen Umweg die Hecke umgehen konnte – etwa nicht dumm?

Bin ich nicht immer selbst mein eigener Feind gewesen?

Warst Du es nicht, der mir ins Gesicht behauptete, ich wäre schön und gut und klug? Und wäre ich's, hätten mir gütige Feen all diese Gaben in die Wiege gelegt, die eine böse Fee – gerade wie in dem Märchen – würde die Gaben nutzlos gemacht haben. »Du sollst keinen Charakter haben und keinen Willen,« das war ihr fluchwürdiges Geschenk. Und da habe ich nun keinen Charakter und keinen Willen, und die sind doch der Schlüssel zu allem Glück und allem Erfolg. Die schönste Intelligenz kommt dagegen nicht auf.

Ja, ich bin mein eigener Feind gewesen. Nicht meinen Gatten trifft eine Schuld, nicht meine Mutter. Ich habe sie fälschlich angeklagt. Die Natur hatte doch keine Verpflichtung, sie gerade für mich zu schaffen. Meine Mutter war, wie sie sein konnte.

Und daß ich so ganz anders wurde? Vielleicht empfing sie mich in einer sturmbewegten Vollmondnacht, und der Sturm trug Lindenblüthen auf ihr Lager, und so wurde ich ein Kind auch des Mondes, des Sturms, der Lindenblüthen.

Und auch keine Gerechtigkeit ist in meinem Verstand. Blieb ich meiner Mutter nicht die Tochter schuldig? das frische, fröhliche Weltkind, das sie wollte? meinem Manne nicht die Gattin voll kräftig robuster Zuneigung?

Wie ich nicht zu lesen verstand – viel zu hastig las ich über alles fort – so verstand ich auch nicht mich in Menschen zu versenken, den Kern ihres Wesens zu erfassen. Was wollte denn Walter? nicht ernst genommen werden. Warum nahm ich ihn denn ernst? Hatte ich je nach seinen guten Eigenschaften geforscht? Ruhten nicht vielleicht im Grunde seines Wesens Goldkörner? Hatte ich die außerordentliche Tüchtigkeit meiner Mutter gewürdigt? Intolerant und ungerecht war ich in all meinem Empfinden. Es ist wahr, ich vergalt nie Böses mit Bösem, ich war gehorsam, diensteifrig, bescheiden. Ich habe von Niemand etwas genommen, aber was habe ich denn gegeben? Nichts. Ich habe mich so und so oft für Andere aufgeopfert – etwa aus reiner Herzensgüte, aus dem Bewußtsein heraus, daß es das Gute, Richtige sei? Nein. Hielt ich still aus christlicher Demuth? Nein.

Ach Arnold, ich glaube, meine Tugenden waren nichts als die weichlichen Instinkte einer mangelhaften Organisation.

Und so bin ich – immer nur ein Schatten, den die Andern warfen – zu einer undefinirbaren, verschwommenen, farblosen Nichtindividualität geworden.

Ich bin es geworden mit vollem Bewußtsein. Meine Seele zeigte rechts und ich ging links.

Aber jetzt, jetzt war ich doch frei, frei wie Wenige.

Der nicht ein Thor, der verdurstet mit einer Flasche köstlichen Weins vor sich, weil er sie nicht entkorken kann? Warum zerschlug ich die Flasche nicht?

Wie? wenn ich sie jetzt noch zerschlüge, und Rom böte mir den köstlichen Trunk?

Ich sprang auf. Ich reckte mich, streckte die Arme zu der Madonna empor. Ein Rabe saß auf dem metallnen Heiligenschein.

Ja, ich wollte es noch einmal mit Rom versuchen. Gleich, sofort. Zu den Ausgrabungen auf dem Palatin wollte ich mit Philomela.

Philomela hatte Zahnschmerzen. Allein, meinte sie, würde ich mich auf dem Palatin nicht zurecht finden. Ich sollte in die Titusthermen fahren, die wären leicht zu übersehen.

Ich fuhr in die Titusthermen. Die Frau des Custoden sagte mir, wenn ich die dunklen Gewölbe sehen wollte, ihr Mann wäre mit einer englischen Familie voraus, ich könnte mich ihnen anschließen.

Ich hatte eine Reihe von Gewölben durchschritten, als sich ein langer, dunkler Gang vor mir aufthat. Ich zögerte erst. Da ich aber in geringer Entfernung Stimmen hörte und einen Lichtschimmer gewahrte – es mußte der Führer mit der englischen Familie sein – vertiefte ich mich in den Gang. Er nahm kein Ende. Ich wollte schnell gehen, konnte nicht, der Boden war schlüpfrig. Endlich schien er zu Ende. Die Stimmen waren verhallt. Ich trat in ein anderes Gewölbe, that noch tappend einige Schritte – Nacht umfing mich, tiefe schwarze Nacht. Dumpfe modrige Luft, ein leises Rieseln wie von Sand oder sickernder Feuchtigkeit. Ich wußte ja, die Thermen waren keine Katakomben, es war noch niemand darin lebendig begraben worden. Trotzdem packte mich ein rasendes Grauen. Ich wagte mich nicht vor- nicht rückwärts. Ich rief mit erstickter Stimme. Schaurig, der Widerhall von den Mauern. Ich rief noch einmal. Ein schwacher Lichtschein kam allmählich näher. Ein Mann mit einer Wachskerze in der Hand wurde sichtbar. In meiner Erregung dachte ich nicht daran, daß er wahrscheinlich nicht deutsch verstehen würde, und bat ihn in deutscher Sprache mir den Ausgang aus der Höhle zeigen zu wollen. Es war ein Deutscher.

Ich sollte ihm folgen. Ich that so. Kaum zwanzig Schritt weiter fiel schon der erste Tagesschimmer herein. Auf dem Wege bis zum Ausgang machte der Fremde den Führer. Das heißt, er zeigte dahin und dorthin, immer nur wenige erklärende Worte hinzufügend.

Als wir uns im Freien befanden, fragte ich ihn nach dem nächsten Droschkenstand. Er sei 8-10 Minuten von den Thermen entfernt. Als verstünde es sich von selbst, blieb er an meiner Seite.

Wo ich wohne?

Due macelli.

Im Sonnenlicht sah ich seine Züge. Nicht sonderbar Arnold, er erinnerte mich an die beiden Fremden, die in meinem Leben so geheimnißvoll an mir vorübergegangen waren. Der Klang seiner Stimme war tief und weich wie die des Mannes vom Schneesturm, es war als umgehe er die Consonanten und spräche nur in Vokalen. Und er hatte die hohe, leicht vornüber gebeugte Gestalt des Fremden im grauen Mantel. Seine Augen aber waren ganz anders. Graue Augen mit beinah mädchenhaft langen geraden Wimpern. Was er für eine Nase und ein Mund hatte, weiß ich nicht.

Wir kamen an Wagen vorbei und ich merkte es nicht. Wir gingen weiter und weiter, bis wir vor meinem Hause standen. Ich war wie in einer Bezauberung gewesen, die Stimme hatte mich hypnotisirt. Ich hatte nicht einen Augenblick an die Ungehörigkeit gedacht, mich von einem wildfremden Menschen begleiten zu lassen. Als wir uns trennten, rieth er mir, in Rom lieber nicht allein umher zu wandern. Ich unterdrückte die Antwort, daß ich niemanden habe. Er hätte es für eine Aufforderung halten können, sich mir als Führer anzubieten.

»Auf Wiedersehen« sagte er, als wäre ein Wiedersehen selbstverständlich.

Und wir sahen uns wieder, wenige Tage später auf dem Monte Pincio.

Gegen Sonnenuntergang war's. Ich stand auf der Terrasse und blicke empor zum Himmel. Der ganze Himmel Musik. Geige und Harfe in diesem zartesten Rosenroth, in dem seelenvollen Violet. Und der grünlich fließende Himmelssee darunter – melodisch erklingendes Waldhorn. Allmählich verhallten Harfe und Geige und Waldhorn. Und da – eine Feuerwolke, kupfrig flammend. Und da stand er neben mir, im Widerschein der Feuerwolke und grüßte mich lächelnd. Und alle Glocken läuteten Ave Maria. Das thun sie immer gegen Abend.

Arnold, wirst Du es für möglich halten, nur wenige Tage vergingen, und wir sahen uns täglich. Zumeist holte er mich ab, zu längeren oder kürzeren Spaziergängen.

Ueber seine Person erfuhr ich nicht viel. Er war kein Fremder in Rom. Er lebte hier seit Jahren, nicht als Entgleister oder Kranker, sondern um bestimmter Studien willen. Er schrieb an einem wissenschaftlichen Werk über die Renaissance. Was er in Deutschland gewesen, darnach fragte ich nicht, und er sagte es nicht.

Daß er mir vorschlug miteinander zu verkehren ohne unsere Namen zu nennen, war wohl ein etwas abenteuerlicher, befremdlicher Einfall. Er meinte aber, wenn wir uns korrekterweise mit unseren deutschen Namen vorstellten, wären wir nicht mehr ganz in Rom, die liebenswerthesten Ungenannten, wenn sie sich als Frau X und Herr Y enthüllten, mit allem Ballast ihrer gesellschaftlichen Beziehungen, so würden sie sich gleich fremder. Ich könne aber sicher sein, es stecke nichts hinter ihm als ein Kunst- und Rom-Enthusiast.

Da man in Rom bei Besuchen immer nur nach der »signora« fragt, ohne den Namen hinzuzufügen, ging es ganz natürlich zu, daß er meinen Namen nicht zu erfahren brauchte. Ich glaube, Philomela wußte ihn selbst nicht recht, jedenfalls konnte sie ihn nicht aussprechen.

Ob ich verheirathet, unverheirathet, geschieden, ob arm, ob reich, er wollte es nicht wissen. Nur, daß ich eines Lungenleidens wegen mich in Rom aufhielt, log ich ihm zögernd vor.

Er sprach wenig, aber es war immer als sagte er viel. Selbst Gleichgültigem wußte er durch eine Flexion seiner sammtnen Stimme eine besondere Bedeutung zu leihen. Ueberaus anziehend war seine Art, in halben Worten, in Andeutungen, durch einen Blick oder ein Lächeln seine Meinung zu äußern. In allen was er that und sagte war ein zarter Ernst. Er lächelte mit unvergleichlicher Anmuth. Ein weibliches Lächeln.

In Bezug auf sich selbst übte er eine merkwürdige Diskretion. Ich kam nicht hinter seine eigentliche Gesinnung, seine politischen und sozialen Ueberzeugungen. Nichts hatte er von Deiner Seelen-Durchsichtigkeit. Im Gegentheil, er ließ immer Geheimnißvolles ahnen. Sollte ich ein Farbenbild für ihn wählen, ich würde sagen, er ist graublau.

Ich nannte ihn Signore Adalbert – das war sein Vorname. Er ist mein Führer geworden.

Und nun sah ich Rom mit ihm noch einmal. Noch einmal? Nein, ich sah es zum ersten Mal.

Wunderbarste Erlebnisse stürmten auf mich ein. In jeder Landschaft, jedem Sonnenuntergang, jeder Kirche, jeder Gallerie erlebte ich romantisches oder Klassisches, Leidenschaftliches oder Holdseligstes.

Oft war's mir, als wären all meine Träume Wirklichkeit geworden.

Charlotte lehrte mich sehen und hören in Bezug auf die Menschen. In Rom lerne ich nun ein höheres Sehen und Hören. Mit großen verschlingenden Augen, mit gefalteten Händen stehe ich vor der Offenbarung des Schönen.

Welch ein Gegensatz: Berlin und Rom! Ein Gegensatz wie Rathhaus und Tempel, wie antike Säulen und Eisenkonstruktion.

Und doch – manchmal frage ich mich, ob mein Entzücken nicht zum Theil auf der Fremdartigkeit der Erscheinungen hier beruht, der Fremdartigkeit, die der Süden für den Nordländer hat.

Wenn ich an den Mauern entlang, den schönen Weg zum Monte Pincio aufsteige, blicke ich gefesselt in das Häusergewirr vor mir. Schön ist das sicher nicht, nur fremdartig. Im Vordergrund zumeist die Hinterhäuser irgend welcher Straßen. Was ich sehe ist ein unentwirrbares Knäuel der heterogensten Dinge. Und diese Steinmassen sind durcheinander, übereinander gedrängt, seitwärts geschoben, in den Boden gedrückt, auseinandergezerrt, so daß sie einen völlig chaotischen Eindruck machen, einen Eindruck, als hätte ein Gott mit ungeheuren Steinen Würfel gespielt, und da wäre Alles bunt durcheinander gefallen: Häuser und Baracken, Paläste und Schuppen, Bildwerke, Bäume, Lumpen, Blumen, königliche Portale und Holzplatten, Säulen und Spelunken, Dächer, Gärtchen, Terrassen, Gitter, höhlenartige Löcher und Luken, offene Fensterbogen, baufälliges, graues oder röthliches Gerümpel.

Kein Winkel geht verloren, alles vollgestopft, und wär's nur mit dem Fragment eines Marmorkopfes, mit alten Tonnen, mit Wäsche, mit dornigem Gestrüpp, Schutt und Kehricht.

Und damit es in diesem Chaos Licht werde, sprach der Genius der Schönheit: Ihr rothen Orangen glüht dazwischen, ihr goldenen Limonen hebt euch reizend von diesen Gemäuern ab, lodere darüber du dunkelblauer Himmel, und du Sonne funkle über diese Glaskugeln, funkle über Gerümpel, Schmutz und Kehricht, und siehe – alles war schön, ein Wohlgefallen den Göttern und Menschen.

Also doch schön? nicht nur fremdartig.

Die Poesie der Stadt, ihr Süden, ihr ewiger Frühling sind die Garten und Gärtchen, die Terrassen auf den flachen Dächern der Häuser. Entweder sind es natürliche Gärten oder durch Blumentöpfe künstlich imitirte. Sie sind aber nicht immer zu ebner Erde oder auf den Dächern der Häuser. Sie sind oft auf einer niedrigen Mauer, die zwei Häuser von einander trennt; auf einem Vorsprung, in einem schrägen Winkel. Da giebt's Häuser, die haben drei bis vier Terrassen, nach ganz verschiedenen Seiten hin; wie das architektonisch möglich ist, weiß ich nicht – unentwirrbar.

Sage nie, wenn Du in Rom in engen Straßen, an häßlichen Häusern vorübergehst: in diesen Häusern wohne ich nicht. Suche nur die Seelen dieser Häuser. Ueberschreitest Du den gewölbten Thorweg bleibst Du oft überrascht und entzückt stehen – vor dem Hof. Das heißt der Hof ist kein richtiger Hof, sondern eher ein Garten oder Gärtchen. Meistens kommt eine Mauer darin vor. (Mauern müssen immer dabei sein, und wär's auch nur, damit sich Orangen und Citronen davon abheben können) und auf der Mauer stehen in großen Thonkrügen, in Urnen oder Vasen – Palmen und Aloe's, Caktus und Musa's, und ein blühendes Geschlinge wogt da durcheinander, von Blumen, die sich bei uns vor profanen Blicken vornehm in Treibhäusern zurückziehen.

Und sind es keine Gärten, so grüßen Dich wenigstens aus Nischen, vom Hintergrunde des Hofes her, selbst des unscheinbarsten, Arrangements von Pflanzen, die ein Bildwerk umrahmen, einen Gott, eine Göttin oder sonst eine Idealgestalt.

Und jedes Häuschen hat sein Brünnlein oder sein Fontänchen, das Götter und Schlinggewächse netzend, in steinerne Becken oder alte Sarkophage sprudelt.

Und alles ist unregelmäßig, verworren, bizarr, unsinnig malerisch, ganz anders wie irgend sonst wo in der Welt. Kobolde und Grazien wohnen in Rom nah beieinander.

Ich muß Dich um Entschuldigung bitten, Arnold, wegen der fortwährenden Orangen und Limonen, Palmen und Blumen, Säulen und Sarkophage, die in meiner Erzählung kein Ende nehmen. Aber das alles ist hier wirklich wie das tägliche Brot.

Wohin wir auch unsere Schritte lenkten, überall Bilder von fabelhaftem Reiz.

Von einem Nachmittagsspaziergang will ich Dir erzählen: Vor einem der Thore Rom's wurden wir im Freien von einem Unwetter bedroht. Nachtschwarze Wolken am Himmel. Zwischen dem Gewölke war ein Lichtstreifen eingekeilt. Das Licht fiel auf ein altes, verwittertes Gemäuer mit leeren Fensterhöhlen, das auf einem Hügel stand. Eine Cypresse davor. Durch die Gräser zischelte der Wind. Selbst die fromme Cypresse bewegte ein sachtes Säuseln.

Daß der zerfallene Bau bewohnt war, sah man an den Lumpen, die aus verschiedenen Löchern hingen, und an einigen Blumentöpfen vor den leeren Fensterhöhlen. Hinter einem der Blumentöpfe stand ein reizendes Kind. Ein Schüsselchen hatte es vor sich. Es bog den Kopf weit hintenüber und ließ sich Makkaroni in's Mäulchen gleiten.

Ein altes Weib kam aus dem Gemäuer gestürzt. Der Wind wehte stark, und ihr struppiges Haar stob nach allen Seiten auseinander. Sie stürmte dahin wie eine Verzückte, schüttelte das graue Haupt, und warf mit wilder Gebärde die Arme um sich. In der Hand trug sie einen langen Stab.

»Wohin des Weg's?« rief Adalbert sie an.

»Nach Jerusalem! nach Jerusalem!« rief sie zurück, und fort raste sie, unverständliche Laute ausstoßend.

Wir stiegen zum Monte Pincio hinauf, dem Park Rom's, der allen zugänglich ist. Eine Menschenflut da oben aus allen Ständen. Die Militärkapelle spielte. Drei Reihen Wagen, die langsam auf- und abfuhren. Die Aristokratie Rom's saß darin. Die Wagen blieben oft halbe Stunden lang, der Kapelle gegenüber stehen, um die Musik zu hören. Junge, elegante Männer traten an den Schlag, um mit den Damen zu plaudern, ihnen Blumen darzubieten. Die Damen in kostbaren Pelzen, weiße zumeist, mit den kühnsten, federreichsten Hüten.

Die römische Aristokratie ist gewiß so hochmütig wie die Aristokratie anderer Länder. Aber freudige Lebenslust, die ihnen aus den dunklen Augen blitzt, die Welt ewigen Frühlings, die sie umgiebt, läßt Kälte und Steifheit nicht zu.

Im Ganzen bot der Pincio das Bild eines hübschen, glänzenden, kleinen Markt's der Eitelkeit. In einer Allee standen lauter goldene Bäume, jedes Blatt glitzerte. Ein leiser Wind, der sich erhob, streifte die Blätter ab, daß sie schimmernd durch die Lüfte flatterten. Der Boden war mit Gold bedeckt. Und wenn die Wagen mit den schönen Frauen in den weißen Pelzen durch diese Allee fuhren, und die goldenen Blätter auf sie niederrieselten, so nahm sich das reizend aus. Man konnte, wenn man wollte, dabei an den Goldregen Jupiters denken.

Die rothen Blumen auf den Beeten glühten im Sonnenschein, er funkelte auf dem Goldschmuck der scharlachrothen oder himmelblauen Röcke der Ammen, auf den rothen Priestersoutanen, auf den hellen, oft roten Livreen der Kutscher. Roth war in der fröhlichen Musik.

Roth war die Sonne, als sie sich zum Untergang neigte. Sie hatte Feuerpfeile geschmiedet, die schoß sie weit hin über den Horizont. Sie schoß sie hinunter in das grünliche Himmelsmeer aus dem phantastische Riesenfische mit schimmernd leuchtenden Schuppen sich emporreckten. Sie schoß sie hinüber in die Fenster der Kirchen, daß sie aufbrannten, und zwischen Pinien und Cypressen entzündete sie goldene Lampen. Im Widerschein des Goldstroms erglühten die Bäume, die Gesichter der Menschen, die Gebäude, das Feuer flutete durch die Thurmöffnungen der Kirche – –

»Das ist der Niebelungenhort« sagte Adalbert.

Wir blickten zufällig einmal von der hohen Mauer, die den Pincio nach den borghesischen Gärten zu umschließt, hinunter in die tiefliegende, schmale dumpffeuchte Chaussee, die zwischen den Mauern des Pincio und des borghesischen Parkes entlang führt. Auf diesem einsamen häßlichen Weg, der schon in Dämmerung begraben lag, kam langsam, langsam ein Leichenzug daher.

Ein armer Mensch wurde da wohl begraben. Ein paar Leute aus dem Volk folgten, die Männer, die Mäntel über die Schulter geschlagen, die Frauen in schwarze Tücher gemummt. Voraus schritten ein halb Dutzend Priester mit den brennenden Kerzen. Ein kleines, weißes Kränzchen hing am Leichenwagen. Lautlos schlich der stille Todeszug dahin, ein ergreifender Contrast zu dem Bilde da oben.

Und plötzlich kam mir neben diesem stillen Todeszug, Pracht und Licht auf dem Pincio grob und gewöhnlich vor. Es war etwas dabei, das einen erschauern machte, als ob alle diese glänzenden Erscheinungen einen Feind im Rücken hätten, den sie nicht sahen. Sähen sie ihn aber – diese rosigen Gesichter würden erbleichen, die Musik würde verstummen und gespenstisch würde alles auseinander stieben.

Unter diesem düsteren Eindruck blickte ich zu meinem Begleiter auf. Eben fuhr eine der glänzendsten Equipagen an uns vorüber. Eine schöne Dame grüßte ihn. Sie hatte ein Gesicht, das man, wenn man es ein mal gesehen, nicht so bald wieder vergißt: Röthlich blondes Haar über einer hohen Stirn. Fast wimperlose Augen vom hellsten Lichtbraun. Das Charakteristische aber, das in diesem Gesicht Formen und Physiognomie beherrschte, war das Fleisch, ich möchte sagen ein ätherisches Fleisch, blaß, mit einem kaum zartrosigen Anhauch und so luftig und konsistenzlos, als könnte es jeden Augenblick auseinanderfließen. Ich fand das unangenehm, ebenso wie die Nasenlöcher und die Lippen, die fast zu roth waren um natürlich zu sein, und die dem Ausdruck etwas vampyrartiges gaben.

Sie trug merkwürdigerweise keinen Hut, sondern einen schwarzen, spanischen Schleier auf dem Kopf.

Sie hatte Adalbert so sonderbar gegrüßt, nur mit den Augen, und er – er stand noch, nachdem der Wagen längst vorüber war, mit dem Hut in der Hand und blickte ihm nach.

Er hat schöne Augen; sie fragen und sagen so viel. Durch die langen Wimper leicht verschleiert, nehmen sie zuweilen den Ausdruck einer feinen Schalkheit an, öfter noch den eines schwärmerischen Schmachtens, einer beinah verschämten Innigkeit. Augen, die überall das Malerische, das Schöne herausfanden. Er sah feine Töne auf Bildern und in der Natur, die mir entgingen.

Aber auch sein eigenes Wesen, seine Ausdrucks weise entsprachen dem anspruchvollsten Schönheitssinn. Er gehört zu den Menschen, in deren Gegenwart uns kein derbes Wort entschlüpft, ja, wir vermeiden unwillkürlich eine ungeschickte Bewegung, eine unschöne Gebärde.

Ich war mit ihm im Colosseum und in den Ausgrabungen der Cäsarenpaläste auf dem Palatin.

Beglückte Heiden, diese Alten, bei denen Religion und Leben eins war. Das Dasein ein einziges Fest.

Langsam, langsam als folgten wir einem kaiserlichen Todtenbegängniß, schritten wir durch die versunkene Pracht der Cäsarenpaläste. Versunken? nein – noch ist lebendige Pracht in diesem zertrümmerten Säulen und Mauern. Der weiße Glanz uralter Geheimnisse umwittert sie. Geister oder Gespenster oder etwas ganz Unbekanntes pocht und klopft an diesen zerrissenen Mauern.

Zu hoch erscheinen die Riesenportale für gewöhnliche Sterbliche. Hat der Erbauer bei diesen Titanenwerken an Triumphzüge gedacht, an Unsterbliche, an Geisterschaaren, an Ewigkeiten?

Da aber, wo Licht und Himmel nicht eindringen, erinnern diese zerfallenen, cyklopischen Steingebilde an ungeheure Todtenköpfe, die uns aus leeren Augenhöhlen gespenstisch und räthselhaft anstarren. An einigen Stellen scheinen die Steine, von einem Delirium ergriffen, mit wilden unheimlichen Gebärden durcheinander zu rasen. Irgendwo kamen wir vorbei, da waren die Mauern roth besprenkelt, wie von Blut. Es mochten Farbenreste sein.

Daß das schauerlich Düstere der Zerbröcklung uns nicht beklemmt, liegt daran, daß der Himmel überall dabei ist, der blaue, blaue Himmel, die goldene goldene Sonne und die Frühlingsdüfte und -Lüste. Das Licht lugt durch Löcher und Spalten, es flutet sein Blau durch die grandiosen Bogen hinein, es überwölbt die deckenlosen Gewölbe mit seinem Azurzelt.

Und wohin der Blick fällt, sprossen und sprießen, und wuchern Blumen und Blüten und Gräser. Sie kriechen und drängen sich aus allen Fugen, klettern bis zu den höchsten Rändern des Gesteins empor und nicken und winken von oben, und sind es gelbe Blumen, so rollen sie wie goldene Locken von den gigantischen Stirnen.

Ja sogar kleine Bäumchen klemmen sich in die Spalten. Und überall schmeichelt und schlängelt sich üppig das feine Moos an, und der grüne Schimmel, der den Boden bedeckt, wirkt wie zartes Frühlingsgrün. Ein Ganzes, von einem malerischen Zauber sondergleichen, in der Zerstörung noch von Urkraft strotzend. Cyklopen sind diese Mauern, in deren Schoße Grazien ruhen.

Und sie sind nicht stumm, die Ruinen. Sie halten Grabreden, die wie Donner durch die öden Räume hallen, todte Weltgeschichten ruhen ja darin, und sie wispern und flüstern in dem leise rinnenden Sand, und sie klingen und singen auch von seliger Lust – ich bin nur kein Sonntagskind, sonst würde ich's hören.

Als wir nun aber in die Landschaft voll hehren Liebreizes hinausblickten, da spürte ich doch etwas von der seligen Lust.

Lange saßen wir auf einem Säulenfragment. Aus dem dunklen Grün der Pinien und Cypressen tauchten vor uns Kirchen und Klöster auf, ein Weg zwischen Mauern, weite gartenähnliche Gründe, ihre knospenden Bäume verschwammen in eine weiche, röthliche Masse. Und darüber schwebte und webte ein weihrauchartiger, lorbeerdurchhauchter, zarter Dunst.

Dahinter die Berge. Ganz nahegerückt schienen sie an dem Tage. Die zunächst liegenden von schwärzlichem Blau mit einem violetten Hauch, düster und prächtig, fast ehern im Boden wurzelnd. Schnee bedeckte noch die fernere Gebirgskette. Ihre Abhänge schimmerten in heiter röthlichem Licht.

Wir badeten Auge und Seele in dem Glanz und athmeten Reinheit und thaufrische Jugend.

Wir blieben bis die Sonne hinterm Horizont verschwunden war. Jeder Sonnenuntergang war für uns eine Feststunde.

Und an jedem Abend ging sie anders unter.

Bald zeigte sich der Himmel bei Sonnenuntergang heidnisch, als Venusberg, voll dityrambischer Wollust, lockend mit verheißungsvoller Glut, oder als Pluto's Hölle, die all ihre Feuerschlünde öffnete, als Olymp, Walhalla, als Götterdämmerung voll visionärer Pracht.

Noch öfter aber sind diese Sonnenuntergänge urchristlich, geläutert, heilig, von unaussprechlich feierlicher Reinheit.

So verschwand sie an dem Tage hinter dem Janiculus in weißer, stiller Frömmigkeit. Morgenschön ging sie unter; über den lichtdurchflossenen Himmel, über die Berge leichte weiße Schleier hinwehend.

Bisweilen besuche ich die Leute, mit denen Julie mich bekannt gemacht hat, weil ich es ihr versprochen habe, und jedes Mal, wenn ich von ihnen gehe, athme ich befreit auf. Es sind gewiß treffliche Menschen, aber die einen leben nur in Musik und könnten so gut in Berlin wie in Rom wohnen, Andere haben sich ganz in eine Detailkunst vertieft, und Rom hat für sie nur einen Kunstwerth. Noch Andere leben nach dem Bädecker, immer auf der Jagd nach Sehenswürdigkeiten. Ein paar Malerinnen sind darunter, die habe ich gern, die besuchte ich auch an den Weihnachtstagen. Da hatte ich zum ersten Mal Heimweh nach Deutsch land, nach meinem Knaben.

Die Pifferari in den Schafspelzen, spitzen Hüten und verschossenen Sammetjacken, die zu Weihnachten von ihren Bergen niedersteigen, spielten vor meiner Thür ihre schelmisch wehmüthigen Weisen. Aus ihren Dudelsackpfeifen klingen Kichern und verhaltene Thränen. Es ist ein inbrünstiges Quieken, ein Schluchzen in Fisteltönen, ein schalkhaft gepfiffenes Heimweh. Das Alpenhorn in's Italienische übersetzt.

Gar hübsch war's. Meine Gedanken schweiften aber doch hinüber zu den Currendeschülern, wie sie im lichten Schnee standen mit ihren dunklen Mänteln und so feierlich und ergreifend ihre »Heilige Nacht, stille Nacht« sangen.

Als aber dann Abends auf meinem Tisch ein wahrhaftiges Tannenbäumchen stand mit vielen Lichtern, und daneben ein uraltes Krucifix, ganz mit Veilchen umwunden, da war ich doch wieder heimisch in Rom.

Ich liebe die Krucifixe. Ich liebe Cristus. Besonders an diesem Weihnachtsfest war ich christussehnsüchtig.

Am ersten Feiertag gingen wir in die Kirche, Ara-Coeli hinauf. Philomela meinte, etwas schöneres als Ara-Coeli am ersten Feiertag gäbe es nicht.

Schön? war das schön? Auf der hohen, mächtigen Treppe, die zur Kirche emporführt, wälzte sich, wie ein schwarzer, tausendgliedriger Lindwurm eine tobende Menge auf und ab, und jede Stufe der Treppe war – zu Ehren der Geburt Jesu Christi, – in ein Waarenlager oder eine Osteria (nur Bier und warme Würstchen fehlten) verwandelt. Alles war vertreten: Kleiderstoffe, Küchengeräth, Kämme, Spielzeug, und über all dem Gewühl und Gekreisch der etwas ranzige Duft ölgebackener Eßwaaren.

War das in Jerusalem, wo Christus mit Geißelhieben die Verkäufer aus den Vorhallen des Tempels trieb? Oder in Rom?

Die Waaren wurden mit einer unglaublichen Lungenkraft ausgeschrieen, und nicht zum wenigsten das *bambino* (Christkindlein) selbst. Da war besonders ein unmenschlich dickes, häßliches Weib, das nicht müde wurde zu kreischen: »*Il bambino, il bambino!* Stück für Stück einen Soldo!«

Nach dem Umzug mit dem *bambino* beginnt auch innerhalb der Kirche ein Jahrmarktstreiben. Waldteufel und Kinderknarren! Das sind die Kindlein, die da predigen.

Von einer hübsch beleuchteten Krippe wird der Vorhang aufgezogen. Die Figuren sind von Pappe, und die Kinder – nicht von Pappe – lebendige, halten ihre Predigten mit den Gesten kleiner Provinzialschauspieler. Sie verdrehen die Aeuglein zum Himmel, breiten weit die Aermchen aus, krähen begeistert und winseln rythmisch. Jedenfalls eine originelle Auffassung von dem Wort Jesu Christi »Lasset die Kindlein zu mir kommen.« Liebe kleine Affen!

Und irgendwo stand ein Priester – vielleicht auch von Pappe – der murmelte und trieb etwas, um das sich niemand bekümmerte.

Und über dem Gefeilsche und dem Gekreische auf der Treppe, wölbte sich der reinste, blaue Himmel, und wir sahen hinüber in den Garten des Palastes Kaffarelli und darüber hinaus in die Berge, – sie waren leicht beschneit – und um die Cypressen, um die Ruinen und Kuppeln der Kirche webte und schwebte rosiger Schein.

Wir traten in den Garten des Palastes. Gewölk am Himmel, die Ränder feurig umsäumt, ballte sich zu einem düsteren Krater zusammen, und aus diesem Wolkenkrater stiegen Säulen rosigen Dampfes zum Firmament empor, höher, höher – – was wird sich begeben? wird der Himmel sich öffnen und das ächte *bambino* im Arm der Mutter Gottes niederschweben? Und die Glocken läuteten Ave Maria, und Ton und Farbe wuchsen in heiliger Schönheit ineinander.

Drinnen in der Kirche beinah grotesker Unsinn, draußen in der Natur eine stumme Frommheit, ein lang nachhallender Choral, eine ächte Feier der Geburt Jesu Christi.

Wir waren in der Villa Albani. Wir wandelten unter ihren Statuen, in ihren Hainen; in Rom möchte ich immer hinzusetzen: heilige Haine; und die der Villa Albani haben einen besonders heiligen Charakter. Ganze Reihen herrlicher Sarkophage stehen darin, als wären sie mit den Pinien, Lorbeeren, Cypressen zugleich aus dem Boden gewachsen. Barden mit Harfen und goldener Binde gehören in diese Gärten, die wie Tempel sind. Und darüber der Himmel von einem lodernden Blau, wie ich es nie in Deutschland gesehen, so tief, so inbrünstig, ich möchte sagen ein purpurnes Blau. Lauterkeit und Poesie, antike Klarheit und Einfachheit athmet dieser Park. Und die Luft, zugleich voll Herbstfrische und Maienwonne, und die träumerisch weichen Fernsichten erfüllen die Seele mit unaussprechlicher Süße.

Wir stiegen auf das Dach der Villa Albano, und da hoch oben, hoch oben sind unsere Herzen eins geworden. Es mußte sein.

Die Sonne war untergegangen. Graue Dämmerung breitete sich aus. Wir waren im Begriff hinabzusteigen. Da begab sich am Himmel etwas Wunderbares. Eine Rosenglut von überirdischer Leuchtkraft ergoß sich plötzlich über den Horizont. St. Peter erglühte, das Colosseum, der Lateran erglühte, Trinita dé Monti, die Villa Medici erglühten. Und als allmählich die Rosenbrunst auf den Steinen erlosch, da erglühten die Berge. Grandioses, ergreifendes Schauspiel. Wolken von einem zarten, nie gesehenen Violet schwammen durch das rosige Meer, glühende Orangentöne spielten hinein. Das waren nicht Wolken, das waren leuchtende Schatten von Seelen, die dem Körper entflohen, das waren ätherische Hüllen von Cherubinen und Seraphinen, die auftauchend aus goldenen Flammen, mit Rosen bekränzt ein Fest am Himmel begingen! Ein Halleluja in Farben.

Meine Augen füllten sich mit Thränen, Thränen des Entzückens. Er sah meine Thränen, neigte sich zu mir und küßte mich auf die Augen. Ich lehnte an seiner Schulter, und so standen wir lange Hand in Hand. Wir sprachen kein Wort. Jedes Wort wäre überflüssig, ja widersinnig gewesen, viel zu grob.

Ich gab ihm meine ganze Seele hin in lauterster Zärtlichkeit. Die Seligkeit, die diese Landschaft durchströmte war in mir.

Ich liebe Rom in ihm. Und unter den weißen Augen marmorner Götter, unter dem Frohlocken und dem frommen Aufschluchzen der Kirchengesänge, mit dem hochzeitlichen Duft der Orangen und Rosen, verschmolzen Schönheit und Liebe, Kunst und Natur in eins.

Ich liebe Rom in ihm, und in Rom ihn. Die zwiefache Liebe brannte in mir wie ein goldenes Feuer. Ich war romberauscht. Wenn seine Hand die meinige berührte, wenn sein Auge sich in das meinige senkte, wenn er mit seiner sammtnen Stimme, die wie eine Liebkosung ist, flüsterte »Marlene«, war ich sein, sein.

Ich habe mich immer so nach dem Süden gesehnt, der Sonne wegen. Ich liebe sie die Sonne, ich möchte ihr überall hin nachlaufen. Ich liebe wohl auch die helle, weiße Mittagssonne, aber viel, viel mehr die Sonne mit einem keuschen Schimmer nach der Morgenröthe, oder die Abendsonne mit ihrem heißen Purpur, oder wenn sie ihr traumhaft verklingendes Schwanenlied singt.

Und so liebe ich auch die Liebe, keusch mit einem Schimmer noch thaufrischer Morgenröthe, oder Zwielicht, zart und lind, verklingender Harfenton. Oder wie das zitternde Kräuseln auf dem Spiegel eines Sees, in dem der Mondschein sich bricht.

Diese zarteste Wollust der Zärlichkeit kennen nur Frauen.

Weißt Du, Arnold, nicht nur das Glück ist verschieden, je nach der Erdscholle auf der wir leben, auch Recht und Unrecht.

Würde ich mich in Berlin von einem Mann, den ich eben erst in den Ruinen – aber nein, in Berlin giebt's ja keine Ruinen, sagen wir also in den Museen kennen lernte und dessen Namen ich nicht einmal weiß, am hellen lichten Tage nach Hause begleiten lassen, wie ich es hier that? Undenkbar. In Rom – das ist ganz etwas anderes. In Rom haben die Götter mitzureden, die in ihrer nackten, stolzen Natürlichkeit, ungebunden an Menschensatzungen, so souverän über Zeit- und Ortsitten hinweglächeln.

Was wir in unseren Gärten mühsam als Zierpflanzen pflegen, hier wuchert es in wild-üppiger Schönheit. Es Unkraut nennen kann nur ein nordischer Barbar.

Nordisch bist auch Du, aber kein Barbar.

Du warst liebevoll wie ein milder, sonniger Herbstmorgen. Ich aber will alle vier Jahreszeiten in meinem Herzen durchempfinden.

Du gehörst in die deutsche Landschaft. Was wolltest Du hier in dem exotischen, schönheitstrunkenen von ungeheurer verklärter Wollust durchtränkten Rom? Ich weiß es ja, alles was ich für Dich empfand war reiner, höher, als was mich zu Adalbert zieht. Aber Du bist fern, ein Sternbild, ein nordisches, und er ist hier – in Rom. Ihn liebe ich, weil er in Rom ist, und weil man in Rom jemand lieben muß. Soll das Uebermaß der Schönheit uns nicht mit tödtlicher Melancholie erfüllen, so muß man zu zweien fühlen. Nie, nie möcht ich, wenn ich alt geworden, nach Rom kommen.

Und wie meine Eindrücke von Rom wechseln, so schillert meine Liebe vom lichtesten, reinsten Himmelsblau, vom hingehauchten, echoleisen Rosenroth bis zum leuchtenden Violet, zum flammenden Purpur.

Sage mir, sage mir, wie soll man in Rom ohne Liebe sein?

Am liebsten gingen wir nun in die Villengärten. Die ziehen ihren Zauber aus allen Elementen. Vom Himmel – Licht, Luft, Maienwonne, aus dem Wasser Quellen, Fontainen, die singenden, springenden, die aus Maskenköpfen in alte Sarkophage oder steinerne Becken fließen, über das zartblättrige Venushaar hinweg, das selbst wie feinrinnendes Wasser ist. Aus der Erde die üppige Vegetation.

Und zwischen Cypressen und Blumenlauben immer der Blick in's Gebirge, in diese wellenartig sanft ineinander fließenden Albanerberge, die aus der Träumerei erwachen, wenn der Abend naht, und vom heißen Trunk der Sonne berauscht, aufglühen.

In der Villa Matthäi standen wir vor einem Wasserbassin. An dem dahinter liegendem Felsgestein üppiges Rosengehänge. Der Rand des Bassin's mit Schilf und Vergißmeinnicht umsäumt. Die Vergißmeinnicht waren so blaß. Meine Augen füllten sich mit Thränen. Adalbert wollte wissen, was mich bewegte. Nicht um alles in der Welt hätte ich ihm gesagt, daß ich an Traut dachte. Er weiß nichts von ihr.

»Thränen in den Augen sind schön,« sagte er, »aber weine sie nicht, es verhäßlicht.«

»So liebst Du mich wohl mehr im Profil als en face?« fragte ich im Scherz. (Du weißt ja, das Profil ist das beste an meinem Gesicht.)

Und er antwortete ernsthaft: »Wenn ich Dich je vergessen könnte, nach Deinem Profil würde ich mich immer zurücksehnen.«

An einer Mauer des Parks entdeckte ich, in einem Busch von Akanthusblättern versteckt, ein fast zerstörtes Relif. Eine Sphynx war's. Sie hielt die Hand seitlich, nah dem Mund, Schweigen symbolisirend. Der Zeigefinger war von Gold. Von der Mauer tröpfelte sacht und unaufhörlich Wasser nieder, über den wundersamen Kopf hinweg, als ob sie weinte Niemand sonst sah diese Sphynx.

In die Villa Dora Pamphili gingen wir oft, die liebte Adalbert am meisten.

Wahre Gefilde der Seligen. An Böcklin muß man dabei denken, wie er seine Paradiese und seine Frühlingsidyllen malt. Alles von sonnigster Schönheit, von Anmuth, Lieblichkeit, Unschuld und Frische.

Das Wasser des See's crystallklar, ein Tummelplatz für Tritonen und schilfbekränzte Nymphen. Schwarze Schwäne mit blutrothem Schnabel ziehen unter zartgrünen Weiden am Saum des See's entlang.

Und diese weiten, weiten Wiesen, so smaragdgrün und die Blumen darauf, weiße und rothe Anemonen, und Veilchen in solcher Fülle! Flora selbst wandelt über diese klassischer Schönheit geweihte Erde.

Junge Mädchen in lichten Kleidern schwärmten über die Wiesen hin, und man wunderte sich beinah daß sie Hüte und nicht Kränze trugen. Und Kinder und Erwachsene, und ganz alte Leute, alle, alle pflückten Blumen, und die Erwachsenen und Alten bekamen einen frohen kindlichen Zug.

Und das Schloß mit seinem feenhaften Garten, und der Pracht seiner Baumgruppen. Ein todter Baum stand unter all dem blühenden Gezweig. Rinde und Zweige waren weiß als läge Schnee darauf. Und er hatte mit seinem ausdrucksvollen Geäst etwas so weises, der stumme Baum, als wollte er sagen: Grünt und sproßt nur ihr Grünzeug in's Blaue hinein. Ihr wißt nicht, was ich weiß. Ich bin nicht todt, ich scheine nur so. Der Blitz, der mich getroffen, hat mir etwas verrathen.

Unter dem todten, weißen Baum stand ein junger Priester und blickte auf die Wiese, hinüber zu einem jungen Mädchen, augenscheinlich eine Amerikanerin. Sie trug ein merkwürdiges buntes Kleid mit grün und rothem eidechsenartigem Gerank, von weicher Seide. Ein goldener Gürtel hielt es zusammen. Sie saß auf einem scharlachrothen Tuch und ordnete Veilchen und Anemonen zu einem Strauß.

Als sie aufgestanden war, kam der junge Priester herbei und setzte sich dahin, wo sie gesessen hatte. Er nahm die Blumen auf, die ihr entfallen waren, und spielte eine Weile damit. Plötzlich, mit einem Ruck stand er auf, warf die Blumen weit fort, und eilig, eilig, als würde er verfolgt, schritt er von dannen.

Vielleicht, als er unter dem todten, weißen Baum stand, empfand er auch: ich bin nicht todt. Ich scheine nur so.

Adalbert und ich, wir pflückten auch Blumen, und ließen sie wieder fallen, nur um immer neue zu pflücken. Er lächelte sein liebstes Lächeln und wir waren ganz goldene Jugend auf diesen Weiden Gottes.

Weit schweift an einigen Stellen der Blick über die Campagna und das Gebirge. Unbeschreiblich schön sahen wir die Sonne dort untergehen, als wäre das Himmelsbild der Widerschein von irgend etwas übersinnlich Herrlichem, das auf einem andern höheren Stern geschah. Maria's Himmelfahrt vielleicht. Man glaubte ihren weithin wallenden grünlichen Mantel zu sehen, ihr rothes Gewand, den Heiligenschein über ihrem Haupt, Lilien in ihrer Hand; und die leuchtend sich ineinander ballenden Wölkchen lauter verschwommene Engelsköpfchen. Der ganze Himmel ein Tempel, heiliger Wunder voll.

Schweigend, Hand in Hand, die Seele auch heiliger Wunder voll, gingen wir heim.

In Rom ohne Liebe sein! Ach Arnold, das ist ja nicht möglich.

Bei unseren Wanderungen durch Rom, konnte sich Adalbert zuweilen in die Kunstwerke, die er mir zeigte, dergestalt versenken, daß er, obwohl meine Hand in der seinen ruhte, gar nicht mehr an mich dachte. Er war mir entrückt.

Ich dagegen war jeden Augenblick ganz bei ihm, ganz durchdrungen von ihm, und zu gleicher Zeit von allem was ich sah. Das eine tiefe, starke, entzückte Gefühl – die Liebe – entband in mir alle anderen Seelenkräfte.

Nicht wahr Arnold, es muß doch Liebe geben! Sollten denn Alle, Alle lügen, lügen seit Jahrtausenden, immer, immer lügen. Eine so zähe Lüge ist doch nicht denkbar. Sinnliche Befriedigung kann doch nicht alles sein.

Und habe ich sie nicht jetzt, die echte wahre Liebe? Und ich weiß auch jetzt, ich weiß was die rechte Liebe ist. Wenn man mit Inbrunst ein Kind von dem Mann will, den man liebt. Das ist Ehe in der Liebe. Und das Kind dieser Liebe würde das rechte Kind sein.

Ich kann mir eine inbrünstige Leidenschaft denken, ein Schöpferverlangen von Größe, das mit niedriger Wollust nichts gemein hat, wobei die Seele trunkner ist, als es die Sinne sind, und der Geist ist der dritte im Bunde.

Und er – selbst wenn es nicht in seinem Temperament gelegen, er wäre in der Liebe keusch und zart gewesen – um der Schönheit willen.

Ich bin in einer andauernden, ich möchte sagen heiligen Erregung, unberlinisch bis in die Fingerspitzen. Ich weiß nie welches Datum wir haben. Zeitlos ist mir alles.

Ich träume nicht mehr. Ich will wach sein immer wach, mit allen Sinnen das Leben in mich saugen.

Ich will mein Leben noch einmal leben, aber anders, ganz anders. Die Stunden will ich wieder haben, wo ich Kinderkleidchen und Kinderschürzchen stickte, wo ich Kochbücher las und studirte, wo ich weinte – weinte – weinte!

Ich will in einem einzigen Jahr zehn Jahre leben. In 33 Jahren habe ich kaum 33 Tage gelebt. Ich will Freude, aber nicht die Freude jener öden Gesellschaftstage in Berlin, nicht »Freut Euch des Lebens, so lange das Lämpchen glüht«, nein, »Freude, schöner Götterfunke, Tochter aus Elysium« die Freude will ich.

Nachholen! Das Wort läßt mich nicht los.

Vorläufig wirbelt noch alles in mir durcheinander: Glut und Melancholie, Mondschein und Tagesglanz, Ruinensentimentalität und Ueberdenwolkensein.

Alles ist flüssig in mir, auf- und abfluthend, auf und ab. Es wird sich verdichten, verdichten zu einer Weltanschauung. Zu welcher? Ich weiß es noch nicht.

Wenn zu einem Tempel oder Palast das Baumaterial daliegt, Quadern und Säulen und plastische Ornamente, es fehlt aber die Arbeitskraft, es fehlen Mörtel und Kalk, so nutzt das Material nichts. Und Ruine wird, was nie Tempel oder Pallast, nicht einmal Wohnhaus gewesen ist.

Bin ich so eine Ruine? Ist es zum Aufbauen zu spät?

Eine wahnsinnige Begierde überkam mich, die ungeheure Leere in mir zu füllen, zu wachsen, schlank hinauf. Mir war, als hätte ich bis jetzt immer geduckt gehen müssen, wie unter einer zu niedrigen Decke. Nun stehe und recke ich mich in einem unendlichen Raum.

O, Arnold, sei nicht böse, Du hast zu wenig für mich gethan, zu wenig. Ein schlichter Wegweiser warst Du, hin zu einem umfriedeten Häuschen in Braunschweig mit schneeweißen Vorhängen an den Fenstern und einem Gärtchen, in dem viel Lilien und Veilchen blühen. Weiß und weise alles.

Ich aber warte auf Flammenzeichen, auf Blitze mir den Weg zu zeigen – – wohin? wenn ich's nur so recht wüßte. Du bist so menschlich gut, so fein, so still. Aber die Götter selbst, in ihrem weißen Marmorglanz, sie sind nicht fein, nicht still. Auch sie sind Flammenzeichen, auch die Natur ein Flammenzeichen.

Was für ungeheure Gegensätze giebt es. Meine Jugend im Elternhause mit der großen und der kleinen Wäsche und der guten Stube, und – Rom! Diese zeitlose, erhabene Welt, dieses Meer von Schönheit! Rom, wo die Natur wie ein erhabenes Kunstwerk, die Kunst wie titanisch durchseelte Natur wirkt.

Brauche ich in Rom Wissen, Kenntnisse? Der Himmel hier, die Ruinen, die Natur lösen in ihrer glühenden Beredsamkeit Welträthsel. Die Steine predigen, ich höre Psalmen und das hohe Lied der Liebe, der Schönheit; beides ist eins. Offenbarung ist die Pracht des Südens. Die Tempel springen auf. Ich trete in ein Allerheiliges. Das Mal auf meiner Stirn, es ist kein Kreuz, es ist ein Stern.

Lieber, lieber Arnold, bitte sage nicht, daß, was ich da schreibe, geschraubt ist, unnatürlich. Man kann nicht schlicht und verständig bleiben, wenn über uns der Himmel mit seinem singenden, siegenden Blau alles verseligt, wenn der Duft des Lorbeers, der Limonen- und Orangenblüthen uns hochzeitlich umweht.

Ach, laß mich in Bildern reden. Alles ist ja hier Bild, Symbol, magischer Zauber.

Und meine Seele jauchzt, und singendes, siegendes Blau ist auch in ihr.

Frei werden will ich von den Menschen, die mich grausam verletzten, frei von dem Land, wo ich innerlich immer fror, wo ich mutterlos war.

Rom ist meine Heimath. Rom ist in mir, um mich, über mir. Ich durchdringe mich mit Rom.

Jetzt, da ich beinah alt bin – ach, ich lüge schon wieder, ich bin nicht alt, ich bin jung, ich bin noch nie so jung gewesen, blutjung bin ich. Ich suche wieder Vergißmeinnicht am Schafgraben, ich suche die goldenen Eier des Vogels Wunderhold, und – vielleicht finde ich sie.

Adalbert meinte, ich wäre zu draufgängerisch mit meinem Gemüth; er müsse dämpfen. Und als Seelendiät verordnete er mir etwas italienisches Volksleben.

Und das gefällt mir auch. Liebe Kinder, diese Römer. Sie jubeln über ein Kasperletheater an der Straßenecke, über Seiltänzer, die auf offener Straße, auf einem Stück zerissenen Teppich's Feuer fressen, über eine Drehorgel mit einem Sänger, der sich die Seele in den höchsten Tönen melodramatisch ausschreit. Aber Lärm muß dabei sein, am liebsten Höllenlärm.

Den Superlativ davon erlebten wir zum Epifaniasfest auf der piazza di Navona, wo ein Orkan von Tönen, »Stein erweichen, Menschen rasend machen« konnte.

Alle, alle, Kinder, Männer, Greise blasen auf Trompeten, die in ihren Formen von der Kindertrompete bis zur Posaune wechseln. Nur möchten diese Posaunen die Todten nicht lebendig machen, sondern selig in der Vorstellung, diese Blechfanfaren des Blödsinns, diese Steinigung mit Tönen verschlafen zu dürfen.

Und der Vollmond schien und spiegelte sich in den Wasserstrahlen der Berninischen Fontaine, und erglänzte auf den Säulen der dunklen massiven Kirche, der stille Mond, und er machte nicht einmal ein schiefes Gesicht, weil er keine Ohren hat, der glückliche Mond.

Es ist ja richtig, Faustnaturen sind die Römer nicht.

Wie ein buntes, unterhaltsames Bilderbuch für Erwachsene ist das römische Volksleben. Das ist so amüsant, daß ihr ganzes Leben sich auf der Straße abspielt. Und ganz ohne Rohheit sind die Leute. Sie kennen den Schnaps nicht. Ich habe kaum je einen Betrunkenen gesehen.

Abends ging ich zuweilen an Adalbert's Arm, an ihn geschmiegt durch die Straßen. Ab und zu blieb er stehen, vor einem alten Gemäuer, einer dunklen Treppe, einem unheimlichen Winkel, wo etwas schreckliches sich zu regen schien, und immer sah ich Interessantes, Malerisches.

Wir kamen durch enge, abgelegene Gassen. Mattbrennende Laternen hingen quer über der Straße. Halb vermummte Gestalten in den weiten, malerisch um die Schulter geschlagenen Mänteln, glitten an uns vorüber, oder verschwanden in einer Trattoria. Beim Oeffnen der Thür der Gastwirthschaft blickten wir in einen verqualmten Raum, in dem Tonnen aufgestapelt lagen, die Tische von Trinkenden besetzt. Das leidenschaftliche Rufen der Morraspieler gellte uns in's Ohr, oder ein Ciociarenmädchen tanzte die Tarantella, während eine Frau mit großen glitzernden Ohrgehängen das Tamburin dazu schlug.

Zuweilen hörten wir aus schwarzen, offenen Gewölben heraus den Klang von Guitarren oder Mandolinen.

Und wenige Schritt weiter, standen wir am Tiber und blickten hinab in den schwermüthigen Strom, der so träge, so dumpf, so lehmig dahinfloß, als wäre er müde von all den Jahrhunderten und melancholisch von allem was er gesehen.

Und nicht nur, was er gesehen, was er noch sieht, täglich, stündlich. Die Hinterhäuser des Ghetto gehen auf den Fluß hinaus. Ich kann nicht ohne Schaudern an das Ghetto denken. Man sagt, es soll niedergerissen werden. Noch steht es, ein schauerliches Denkmal menschlicher Unmenschlichkeit.

Seit so vielen Jahrhunderten hat man menschliche Geschöpfe in diese Käfige eingesperrt, unbekümmert ob die Pestluft sie moralisch und leiblich verderbe. Eine Schicksalstragödie, die sich hier abspielt. Sie ist in Stein gehauen, sie ist unauslöschlich in die Gesichter geprägt.

Der ekle Bodensatz allzu thierischer Menschlichkeiten wurde von denen außerhalb des Ghetto's in's Ghetto abgelagert. Draußen zogen die Scham und die Gesetze der nackten Barbarei Grenzen. Aberglauben, Herrschsucht, Neid, Grausamkeit, Rassenhaß schufen das Ghetto und machten es zu einer Cloake der Weltgeschichte. Und aus dieser Cloake würde der brodelnde, gährende Unrath zum Himmel stinken, wenn der Himmel überhaupt in diese grausen Winkel hineinschiene.

Paria's sind immer Opfer der *bête humaine*.

Wir kamen durch lange, schmale Gassen, wo der Abhub von Monaten angehäuft lag, Berge von Gemüseabfällen, Stofffetzen, schreckliche Rinnsale Schmutz, Gestank.

In allen Thorwegen saßen Menschen, fremdartig seltsame, die wisperten und zischelten und lachten, und ihre Gebärden hatten etwas so entlegenes, hastig wildes.

Alle Gewölbe waren mit Lumpen angefüllt. Sie lagen in Bündeln zusammengebunden, oder bedeckten den Fußboden. Und diese Gewölbe und Thorwege, die Luft und Licht nur durch die offenen Thüren empfangen, sind zugleich die Wohn- und Geschäftsräume der Familien.

Der ganze Abhub Rom's scheint hier aufgespeichert. Lumpen bilden den Erwerbszweig der Ghettobewohner, Lumpen oder Reste von irgend etwas: von altem Eisen, von Holz, Federn, Betten, Kleidern, Häuten.

In einem dumpfen Gewölbe, – ein Lager alter Schuhsohlen – saßen fünf Weiber, alle damit beschäftigt altes Schuhwerk auseinander zu trennen. Als sie uns sahen winkten sie uns, alle fünf mit derselben stereotypen Handbewegung, eine Handbewegung, die bei uns bedeuten würde: geh! in Italien aber bedeutet: komm! Dieses stumme, gleichzeitige Winken war unheimlich.

In einem anderen Gewölbe, vor einem leeren Tisch saß ein alter Mann, ein Greis, mit langem, weißem Bart, edlen Zügen und wunderbaren Augen, Augen, die blind für die Nähe, Gedankenfernen zu durchmessen schienen. Er sah mich an, das heißt, eigentlich sah er mich nicht, es war als sähe er unmittelbar in mein Innerstes hinein, und als hätte er mir etwas zu sagen, etwas sehr Wichtiges. Ich wollte mit ihm sprechen, Adalbert hielt mich davon zurück.

Wir gingen schneller. Der Gestank war wie etwas, das uns anfiel, verfolgte.

Und die Gassen wurden immer dunkler, immer enger, kein Himmel mehr, keine Luft, nur etwas modrig, wüst wirbelndes, gräßliches. Und doch stehen in einer dieser Gassen noch die Reste eines alten Palastes. Er ist geborsten, verwittert, fensterlos; jede Stufe der zerbröckelten Marmortreppe mit Stroh, Lumpen, Unrath bedeckt, in dem sich bleiche, halbnackte Kinder umherwälzen.

Auf einen kleinen Platz öffnet sich ein breiter, gewölbter, höhlenartiger Durchgang. Pechfackeln brennen. Bei offenem Feuer werden Fischchen gebraten. Der Qualm der Fackeln wirbelt empor. Ihr Schein und ein düster rothes Glimmen von der andern Seite her, fielen auf die steinernen Wände der Höhle und gaben ihr etwas dämonisch unterweltliches.

Die knisternden Flämmchen, das kreischende Toben der Menge, der Dampf der Fackeln – eine Hexenküche, wo das Schauerlich-Grandiose mit dem seltsam Possenhaften, das Tiefsinnige mit dem Närrisch-Lustigen zusammengeht. Spukhaft, unwirklich war das alles, als wären das verstorbene Geschlechter, die in der Nacht zu wahnsinnigem Leben erwacht, sich nun hasteten und eilten, um bei dem ersten Hahnenschrei wieder zu verschwinden.

Da waren alte Frauen, die sahen aus als hätten sie vor Tausenden von Jahren schon gelebt, und als wüßten sie uralte Runensprüche. Und die ältesten Frauen und Männer hatten nichts Greisenhaftes. In ruheloser, lebenssüchtiger Geschäftigkeit trieben sie umher, Menschen, die nicht sterben können, an denen etwas vom Fluch des Ewigen Juden haftet.

Das war das Volk, das unversöhnt, voll zehrender Inbrunst, voll rastloser Sehnsucht noch auf den Messias wartet.

Der Greis vor dem leeren Tisch wußte etwas von dem Messias.

»Nun – ist das malerisch?« fragte Adalbert.

Es war unsinnig malerisch, dieses Ghetto. Malerisch ist auch der Kopf der Medusa, und wirkt doch Grauen, vor dem die Seele erstarrt.

Ich wurde traurig. »Tröste Dich Marlene, sagte er, morgen zeige ich Dir einen Juden im Purpur kaiserlicher Majestät.«

Und er ging mit mir am andern Tag in die Kirche St. Pietro in Vincoli.

Die Kirche ist einfach, eine stille Halle mit altrömischen Säulen; durch die kleinen matt-geschliffenen Fenster dringt leichter, goldiger Schein. Sie wirkt wie ein ernster Choral. Aus diesem Choral aber erhebt sich ein Riesensolo: der Moses des Michel Angelo. Er steht im Schat-ten, aber er strahlt im eigenen Licht. Der Marmor wirkt wie Erz, so streng, gewaltig, dräuend ist diese Gestalt. Moses sitzt da wie das Symbol des altjüdischen Gesetzes selber, voll hehrer, düstrer Kraft, in jeder Muskel die Energie eines Titanen. Das ist Moses, der zugleich Priester ist und König, der Jehovah geschaut hat von Angesicht zu Angesicht. Um die Augenbrauen, um die leicht aufgeworfenen und doch zusammengepreßten Lippen zuckt erhabener Zorn und verächtliches Staunen über das Gesindel Mensch, das da unten tanzt, um das goldene Kalb tanzt. Ein Wehruf oder ein Fluch wird sich von diesen Lippen ringen, wenn er sie öffnet, wenn er die Gesetzestafeln die er im mächtigen Arm hält, zerschmettert.

Der weite Platz vor der Kirche ist still und todt. Das bunte Leben Rom's dringt nicht hier-her. Eine einsame Palme auf der Höhe ragt in den Himmel. Zwei schwarze Mönchsgestalten kommen langsam die Stufen des Klosters herab.

Ich war in dieser Zeit religiös gestimmt. Immer zog es mich in die Kirchen.

Jede Kirche, in die man hier tritt, ist an und für sich ein Erlebniß. Es funkelt darin von Gold und Silber, die Bronce glüht, der Marmor erglänzt. Die Kerzen flimmern wie ein Geflüster in die prunkende Pracht; die kleinen rothen Lämpchen, die still in sich hineinglimmen – ein Sinnbild armer fromm versunkener Seelen. Und überall, in Oel, Marmor oder Bronce, Darstellungen von Himmelfahrt und Auferstehung, von Verzückung und Martyrium. Jubelnde Verkündigungen und grabestiefe Resignationen, himmlische Gesichte und teuflische Hallucinationen, Krone und Kreuz, Halleluja und Miserere. Und in irgend einer Kuppel, in goldenem Strahlengeflimmer, die weiße Taube, die den heiligen Geist in den Tempel herabruft. Und zwischen aller Pracht und allem Gefunkel die vielen, vielen welken Blumensträuße.

Trotz dieser Gemeinsamkeit bietet jede Kirche ein anderes Bild.

Da sind Kirchen, die an ein Museum, oder ein Antiquitätengeschäft erinnern, wie die Kir-che der heiligen Prassetes, mit ihren altehrwürdigen Mosaiken aus den ersten Jahrhunderten, wo Reihen von Männern von unzweifelhaftester, wenn auch hölzernsteifer Glückseligkeit über Goldgrund wandeln, und die Schäfchen die sich ihnen anschmiegen, blöcken naivste Heiligkeit und rührende Unschuld, die Grundseele des Christenthum's blickt uns aus ihren Augen an.

Leider kniet unten die Holzfigur der heiligen Prassetes, brandroth und blitzblau angemalt, und blutig, ach so blutig! Das geht ganz natürlich zu. Sie ist ja eben dabei, aus einem Schwamm das Blut der Märtyrer in eine Vase zu drücken.

Und diese Kirche besitzt eine Kapelle, über der eine lateinische Inschrift angebracht ist, wel-che besagt, daß Frauen unter Strafe der Exkommunikation diesen Ort nicht betreten dürfen. »Warum nicht?« fragte ich den Mönch, der uns führte. Weil eine heilige Reliquie, die Marter-säule Christi, in dieser Kapelle aufbewahrt würde. Sie Frauen sehen zu lassen, wäre Entweihung. Er sagte das so einfach, als wäre es das Natürlichste von der Welt.

Ja, ja, richtig, Es fiel mir jenes Concil, ich glaube im dritten Jahrhundert, ein, auf dem ernsthaft die Frage erörtert wurde, ob Weiber zum eigentlichen Menschengeschlecht zu zählen seien.

Es war mir unangenehm, daß Adalbert das mitanhörte. Ich fragte ihn, ob er nicht diese verächtliche Hintenansetzung der Frau widersinnig fände?

Er lächelte, so sehr liebenswürdig lächelte er, und er neigte sich flüsternd zu mir nieder: »Du hast die schönsten Augen – –«

Meine schönsten Augen aber ärgerten mich in diesem Augenblick.

Eine Schaar junger Priester zog an uns vorüber.

- Sieh, sagte ich zu ihm, glaubst Du daß all die Priester, alte und junge, die massenhaft auf den flachen Dächern der Häuser, in den Villengärten, auf dem Monte Pincio stundenlang auf und abwandeln, auf und ab, immer mit denselben Büchern in den Händen, immer betend, murmelnd, auswendig lernend, glaubst Du, daß alle diese Männer klüger und intelligenter sind als ich? Sie werden ja nicht wahnsinnig bei dieser Beschäftigung, ich aber würde es. Sage – bin ich klüger? ja oder nein?

Nun lachte er. Und er blickte mich so schalkhaft und zärtlich unter seinen langen Wimpern hervor an, und sein Arm umschlang mich, und er machte Huhu, und ob ich wohl glaube, daß er einen Blaustrumpf, oder ein, auf irgend eine Art schiefgewachsenes Weib so recht von Herzen lieb haben könne?

Und er küßte mich so recht von Herzen, und ich sah nicht mehr die zahllosen Priester, die da auf und ab wandelten, immer betend, murmelnd, auswendiglernend.

Wir gingen weiter. Wir kamen in Kirchen, die Putzstuben glichen.

Diese Kirchen gefielen mir nicht besonders. Sind die künstlichen Blumensträuße neu, unverstaubt, die Bilder frisch gemalt, die Wände sauber getüncht, so ist's reizlos. Der Nimbus des Zeitlosen, der Ewigkeit fehlt, der den alten Basiliken ihren weihevoll feierlichen Charakter giebt.

In der Kirche San Eusebio sind lauter Sonnenstrahlen und gemächliche Ruhe, so recht zu einem *dolce far niente* einladend, die Kirche träumt, und die Menschen darin auch. Nur Einer träumte nicht. Am Eingang dieser Kirche, dicht an der Thür stand ein blasser, junger Priester, unbeweglich wie eine Bildsäule. Ich erkannte ihn gleich; es war der Priester aus dem Dora-Pamphili-Park. Als wir die Kirche verließen stand er noch immer da, in derselben Unbeweglichkeit. Er stand am Kirchenpranger, zur Buße. Gewiß, es war wegen der Amerikanerin mit dem bunten Zauberkleid.

Es giebt auch kleine dürftige Kirchlein, die mit ihren verwitterten Blumensträußen, ihren paar hölzernen abgenutzten und verküßten Heiligen, und ihren pauvren Lithographien an den vergrauten Wänden, so recht Kirchen für arme, alte Weiblein sind, die im stillen Winkeln ihren Gott für sich allein haben wollen.

Andere sind wie dumpfe Grabgewölbe. Und doch war's in einer solchen Kirche einmal wunderschön. Von einer Kuppel hoch oben floß eine Lichtsäule von Sonnenstaub nieder in den düsteren Raum. Von fern her (wohl aus der Sakristei) klangen die Töne eines Harmoniums, und es war als bewegten sich die schimmernden Stäubchen leise im Rythmus der säuselnd süßen frommen Töne, und die Lichtsäule wurde zu einer Himmelsleiter, und man wartete der Engel, die da auf- und niederschweben sollten.

Engel sahen wir zwar nicht, aber wieder einen Büßenden. Der lag platt am Boden, mit der Stirn den Steinboden schlagend. Als er aufstand, gewahrten wir, daß es ein alter, seingekleideter Herr war. Er keuchte schwer, und trocknete sich mit einem parfümirten Taschentuch den Schweiß vom Gesicht. Die Stirn aber erhob er stolz: ihm war vergeben.

Im katholischen Ritus, in seiner Hypnose des Weihrauchs, ist leidenschaftliches Gemüth. Es fällt wie Thau auf brennenden Schmerz. Das blecherne oder silberne Herz, das der Leidende der Madonna darbringt, thut Wunder an seinem eigenen. Maria heilt sein krankes Herz.

O wunderthätige Glaubenskraft!

Oeffnen sich dem Mühseligen und Beladenen die Pforten der Kirche – und sie stehen immer offen – so fallen die Thüren der häßlichen Welt hinter ihm zu. Mit ihrem Aroma der Ewigkeit entbindet sie, was in ihm selbst unsterblich ist. Und voll Barmherzigkeit ist sie – die Kirche, die die Absolution ersann.

In der Kapuzinerkirche wurde einem Heiligen zu Ehren ein Fest gefeiert. Die dem Heiligen geweihte Seitenkapelle war mit bescheidenen Kerzen, Blumensträußchen und Blumentöpfchen geschmückt. In der Sakristei Gesang. Ein eintöniger Männerchor von tiefem Ernst und Adel.

In dem durch ein Gitter abgeschlossenem Raum vor dem Hochaltar saß ein alter Kapuziner mit eisgrauem Bart, und las in einem großen Folianten. Er las unter einem Kandelaber auf dem 12 Kerzen brannten.

Die Leute alle hatten sich zu der erleuchteten Kapelle gedrängt.

Ich stand vor dem Gitter und hörte dem Gesang zu.

Der alte Kapuziner sah mich an, als erwartete er, daß ich ihn etwas frage. Er hielt den Zeigefinger auf einer Seite des Folianten, als stände da etwas besonderes.

Ich wollte ihn ja auch fragen, was da geschrieben stände. Ich zögerte aber zu lange.

Langsam löschte er eine Kerze nach der andern aus. Als die letzte erlosch, war der Gesang zu Ende. Die Mönche traten aus der Sakristei heraus an den Altar.

Ach Arnold, nie verstand ich zu fragen, wo eine Weisheit oder ein Geheimniß sich mir hätte erschließen können.

Der Kapuziner sah dem alten Juden ähnlich. Und bei dem Kapuziner und dem Juden, mußte ich an den weißen todten Baum in der Villa Dora Phamphili denken.

An einem Nachmittag kam Adalbert nicht wie sonst mich abzuholen. Ich wartete lange, dann ging ich in die Peterskirche. Wie immer war da alles voll Leben. Im Vordergrund wurden in einer Kapelle Kinder getauft, und alle durch die Bank schrieen. Nach der Mitte der Kirche zu, in einer der größten Kapellen, sangen eine Anzahl Priester die Vigilia. Ein Seitenschiff wurde vom Kirchendiener mit Schrubber und Besen gereinigt. Vom Hintergrund aus hörte man Sägen und Hämmern, zu einem Kirchenfest wurden Gerüste aufgebaut. So unermeßlich groß aber ist St. Peter, daß keine einzige dieser Funktionen die andere störte. Und dazwischen die Hunderte von Fremden mit den rothen Büchern.

Ich war zum ersten Mal allein in St. Peter. Die Riesenmaße überwältigten mich. Und Marmor und Gold ohne Ende. Eine bunte und doch grandiose Pracht.

Die ganze Basilika – eine ungeheure himmlische Posaune, die die gesammte katholische Welt zusammenruft. Selbst die Gebärden und Stellungen der Heiligen, in ihren wilden Verzückungen, ihrer Andacht über Lebensgröße, ihrer Märtyrerbrunst – Posaunenklänge.

Diese Statuen, fast alle in Berninischer Manier, nehmen einem Ruhe und Frommheit. Das sind Gestalten, die nicht warten können, bis man sich still in sie versenkt, sie drängen uns ihren Entsagungsschmerz, ihre verzückte Gläubigkeit auf. Sie sind Tragöden auf der Bühne der Kirche, die Zuschauer brauchen, sie sind fromm – auf Applaus.

Und ein Gewimmel von Engeln! natürlich auch Posaunenengel, die ungeheure Posaunen blasen. Engel für Alles. Sie weinen und senken Fackeln bei Begräbnissen, sie halten jubelnd die Bildnisse frommer Päpste empor, sie winken die Gläubigen zu den Weihrauchbecken heran, sie dienen den großen Monumenten als Putten.

In St. Peter scheint der Herr Revue abzuhalten über alle Heiligen, Märtyrer, Päpste, Sybillen, Cardinäle, gewissermaßen ein Universaltag seiner Heerschaaren. Und wenn der Katholik die Häupter seiner Heiligen zählt, kaum wird ein theures Haupt ihm fehlen.

St. Peter ist die unfrommste aller Kirchen. Zu groß, zu klar, zu viel Gold, zu viel Sonne, zu viel diesseitige Luft, zu viel Leben von da draußen. Gedämpfte Farben, gebrochene Töne, Weihrauch fehlen, sie hypnotisirt nicht. Es fehlt ihr an intimer Poesie. Kein Staub, keine verwelkten Blumensträuße, keine mystischen Dämmerungen.

Am meisten in der Riesenbasilika zog mich die Pieta von Michel Angelo an, Maria, die den todten Sohn im Arm hält. Ich vertiefte mich in den Ausdruck schmerzlich süßer in sich geschlossener Frömmigkeit, in die keusche stillheilige Trauer dieses Kopfes, eine Trauer, für die Thränen zu profan sind.

Wie wild bäumte ich mich auf, als Traut starb.

Maria, ja, die trauert um Gottes Sohn und Engel halten über ihrem Haupt die Himmelskrone.

Ich hörte Schritte hinter mir. Und ich lauschte, lauschte auf die sammtne Stimme, die leise meinen Namen rufen würde.

Eine rauhe Stimme war's, die mich erschreckte. »*Non si entra in questa capella*«.

Ich that einen Schritt zurück, und gleich darauf, ja, jetzt war es seine Stimme, aber sie rief mich nicht. Er sprach mit jemand anderem.

Ich wandte mich um. Eben ging er an mir vorüber, mit einer Dame. Ein Seitenblick unter seinen langen Wimpern traf mich, oder traf mich wenigstens beinah, einer jener Blicke mit dem unverkennbaren Ausdruck des Nichtsehenwollens, ein Blick der ein böses Gewissen hat.

Es war die Dame vom Monte Pincio, die ihn so sonderbar aus dem Wagen heraus gegrüßt hatte.

Eine Traurigkeit kam über mich. Ich verließ St. Peter. Von einem Seitenhof der Basilika gelangt man in den kleinen deutsch-katholischen Kirchhof. Eine der grandiosen und malerischen Seitenfacaden von St. Peter bildet die vornehme Einrahmung des Friedhofes. Die Todten ruhen hier so recht im Schoß von St. Peter. Ein stilles, beinah ärmliches Fleckchen Erde, nicht düster, nicht heiter, nur ganz klein und ganz grün. Hier und da ein Strauß gelber Blumen, die zuthunlich freundlich aus dem Grün gucken. Ein Zweig zarter, weißer Rosen um ein weißes Kreuz.

Die Pracht des Rahmens erdrückt das Bild. Der Tod erscheint hier belanglos. Was liegt an dem kleinen Erdenrest. Erhaben und feierlich wölbt sich darüber die Kuppel von St. Peter, und Petrus hält in seiner Hand den Schlüssel, der vom Leib befreiten Seele öffnet er die Himmelspforte.

Ich stand vor einem halb verwitterten Kindergrab. Zwischen wildsprießenden Gräsern ein hölzernes Kreuz mit einer halb verlöschten Inschrift. Das Kindchen war nur fünf Jahr geworden. Der Name war unleserlich. Nur wenige Buchstaben. Es hätte Traut heißen können.

Und plötzlich begann eine Glocke in St. Peter zu läuten, nicht wie sonst Glocken läuten. Kein Hin- und Herschwingen, kein Auf und Ab, keine Modulation der Töne, – ein einziger Ton nur, immer derselbe, derselbe, ein mächtiger, dumpf weithinhallender Klang, wie heiser von ungeheurem Weh, von der Verkündigung von etwas Furchtbarem.

So müssen die Glocken geläutet haben zur Bartholomäusnacht. Das Geläut füllte das Ohr, das Hirn, die Seele.

Wer rief mich? Wird sich das Kindergrab da öffnen? Wird – – –

Fremde mit dem Bädeker erschienen. Da ging ich. Trübe sinnend schlenderte ich durch die engen Gassen nach Hause.

War das nicht unmännlich, daß er that, als sähe er mich nicht?

Es wurde mir klar, nicht in der Männlichkeit lag seine Stärke. Eher ist er weiblicher Artung. Die Delikatesse im Ausdruck seiner Gedanken, die Grazie seiner Gebärden, seine diskrete Feinheit und daß er ohne Stachel ist und glatt, alles muthet fast weiblich an.

Nie schöpft er aus dem Vollen. Er lebt in geistiger Sparsamkeit. Auch in seinen Studien beschränkt er sich peinlich auf die italienische Renaissance. (Die deutsche Renaissance interessirt ihn kaum.) Auf diesem Gebiet aber ist ihm das winzigste Detail von immenser Wichtigkeit. Er kann sich auf's liebevollste in jede einzelne Linie eines schönen Renaissance-Kopfes vertiefen, und sich darnach in den Kopf verlieben. Er hat immer behauptet, was ihn zuerst bei mir angezogen, wäre meine Aehnlichkeit mit einem Kopf von Sodoma gewesen.

Ich hatte ihn einmal gefragt, ob ich ihn nicht bei seinem Buch helfen könne, etwa Auszüge für ihn machen.

Er verneinte. Das sei schwere und tiefe Mannesarbeit.

Und sein Blick wurde weit und schmerzlich.

Ich habe einen Instinkt für das, was Menschen denken. Und ich wußte, er barg im Grund seiner Seele ein geheimes Mißtrauen gegen sein Können, seine Schaffenskraft. Er hatte Stunden, wo das Bewußtsein seiner Unzulänglichkeit, und die unruhige Sorge, daß Andere davon etwas merken könnten, ihn quälte.

Er arbeitete trocken und mühsam. Keine Inspiration, kein kühner Gedankenflug kam ihm zu Hülfe.

Die Vorstellung, sein Werk der Kritik aussetzen zu müssen, erschreckt ihn. Er ahnt eine Ablehnung, und würde sich doch nicht dagegen zur Wehr setzen. Dazu ist er zu vornehm, zu graublau.

Er wird das Buch nicht vollenden.

Er wäre selbst gern ein blühender Renaissancemensch gewesen. Daß er es nicht war, nagte an ihm. Er ist leicht müde und abgespannt. Ich habe mehr errathen, als daß er es mir verrathen hätte: er lebt in Rom, weil seine Lungen schwach sind.

Auch etwas altmodisch didaktisch lehrhaftes ist in ihm. Ich kann mir ihn gut als Mustererzieher eines Prinzen denken.

Uebrigens weiß ich nun längst seinen Namen, einer der häufigsten, einfachsten, banalsten Namen.

Abens kam er. Ob ich sein Billet erhalten, in dem er mir für den Nachmittag abgesagt?

Ich hatte es nicht erhalten. Ich blickte ihn fest an, als ich sagte, daß ich ihn von fern in St. Peter gesehen. Er zuckte nicht mit der Wimper. So hatte er mich wohl doch nicht bemerkt.

»War das nicht dieselbe Dame, die Dich einmal auf dem Monte Pincio gegrüßt?«

Er verstand was ich wissen wollte, und nannte den Namen einer italienischen Fürstin. Er habe aus mancherlei Gründen ihr Ersuchen, ihr bei der Besteigung der Peterskuppel behülflich zu sein, nicht ablehnen dürfen. Indem er den Namen der Fürstin nannte, beging er zum ersten Mal eine Indiscretion. Sie lag in dem halb schmerzlich schmachtenden, halb schwärmerisch verzückten Ausdruck seiner Augen. Eine ganze Geschichte lag in diesem Blick, die Geschichte eines Glückes, das einst genossen, und nicht mehr war, und dem doch die Seele noch nachhängt.

Ich fragte ihn nach der St. Peter-Glocke, und was ihr dröhnendes Schlagen bedeute?

Er lächelte. So läute sie ja jeden Nachmittag zur Vesper. Wahrscheinlich pflanzten sich die Schallwellen in der Richtung des kleinen Friedhofs mit besonderer Stärke fort.

Er fand übrigens, daß die vielen Kirchenbesuche mich katholisirten. Ich gab zu, daß der Katholicismus mich lockte, weil er schön war.

Ich sollte auch die Kehrseite des Kultus – eine ziemlich heitere Seite kennen lernen.

Er führte mich in eine entlegene Straße. Wir traten in eine Werkstatt, wo bei offenen Thüren Heilige fabricirt wurden. Diese Figuren in all ihren verschiedenen Entwicklungsstadien, vom zartestem Embryo bis zum vollendeten Gott oder Heiligen vor sich zu sehen, war ein recht kurioses Schauspiel; nicht gerade weihevoll anzusehen, wie die Gesellen in schmutzigem Arbeitskittel die Heiligen erbarmungslos mit Beil und Hammer bearbeiteten, ihnen mit Messerchen Wunden in die heiligen Leiber schnitten, und so recht con amore mit Zinnober das Blut anpinselten.

Die Italiener leiden nicht an Schamhaftigkeit. Diese öffentlichen Geburtsstätten der Heiligen sind doch aber gar zu indiscret; wenn auch nicht ganz so indiscret wie eine Madonna-Pfingstprocession bei der die Naivetät des italienischen Volks eine wahre Orgie feiert. In feierlicher Procession wird Madonna durch die Straßen getragen. Plötzlich werden ihr die Kleider wie ein Vorhang in die Höhe gezogen, und eine Schaar weißer Tauben flattert heraus. Ein Raufen um die Tauben entsteht. Und wer eine oder mehrere abfängt, geht vergnügt nach Hause, um diese Symbole der Ausgießung des Heiligen Geistes zu – braten.

Ich habe mit Adalbert einem großen Kirchenfest in St. Peter beigewohnt, eine Prachtentfaltung sondergleichen.

Ein Feenmärchen dieses Kirchenfest. Märchenpferde, Märchenwagen, Märchen-Cardinäle, märchenhaft die Tamboure mit den ungeheuren Pelzmützen, märchenhaft die Nobelgarde in den strahlenden antik römischen Helmen mit den weißen wallenden Federn, den rothen, reich mit Gold verzierten Waffenröcken, über der Brust ein breites goldenes Band.

Und märchentraumhaft der Gesang der Knaben der päpstlichen Kapelle. Das sind Zaubertränke, von Erzengeln kredenzt, das sind Titanengebete, die, im Heißhunger nach Gott, sieghaft, stürmisch, an den Himmel klopfen. Er thut sich auf, und in weicher Wollust vergehen sie am Herzen Jesu.

Nichts entspricht mehr den Verzückungen die der Katholicismus fordert, als die Musik.

Ich fühlte den heftigsten Drang, sofort in ein Kloster zu gehen. Adalbert aber meinte lächelnd, wir wollten vorher noch in einem Restaurant etwas essen.

Er war immer darauf aus, Contraste, in denen er den größten Reiz fand, für mich auszuspüren.

Nach dem Mittagsessen fuhren wir auf den Coelio, zur Basilika San Sabina. Eine wohlerhaltene schöne Kirche mit einem berühmten, aber verhängtem Gemälde.

Noch mehr als die Basilika gefiel mir das kleine Gärtchen, das zum Kloster gehört. Es war nur ein winziges, rings von Mauern umschlossenes Gemüsegärtchen, das schon seit dem 15. Jahrhundert seinen Zweck, sich von dem alten Klostergebäude abzuheben, nachkommt. Die Orangenbäume zwischen dem Kohl und der Petersilie waren wohl nicht so alt, sie hoben sich aber auch malerisch ab. Einer aber stand von einem Gitter umschlossen auf einem Hügelchen. Den hatte der heilige Dominikus selbst gepflanzt. Das sah man den Früchten an, so groß, so herrlich blutroth waren sie.

So ein ächter, rechter Gottesfrieden ruhte über der Petersilie, den Kohlköpfen und den wilden Rosen, und die Luft war mild und lau wie im Juni – auch Himmelsluft.

Ein alter Dominikaner stieg zu uns nieder. Ein stilles, frommes, liebes Gesicht hatte er, und so lieb und fromm sprach er auch, so himmelsluftig und mailich warm. »Gott ist es, sagte er, der alles wachsen ließ, den Kohl und die Orangenbäume. Er ist jeden Augenblick um uns, über uns, er ist überall und wer ihn so recht liebt, der lebt in Frieden mit sich und der Welt, und er hat ein Glück, das immer währt.« Die Rede war wohl auch, wie der Orangenbaum, aus dem 15. Jahrhundert, aber die Gesinnung, der sie entsprang, ob sie im 15. oder im 19. Jahrhundert ausgesprochen wird, ist immer ehrfurchtgebietend, und – ach – so beneidenswerth.

»Selig sind die Geistig-Armen.« Ich weiß zwar nicht ganz, was Jesus damit meinte, das aber weiß ich, es hätte mich keine Ueberwindung gekostet, in den Frieden dieses stillen Dominikaner-Klosters einzugehen.

Wenn ich nur Gott so recht lieben könnte! Wenn ich nur wüßte – –

Adalbert weiß es eher. Der ist kein Zweifler. Aber er spricht nicht gern davon.

Von San Sabina bis zur Villa Medici ist zwar mehr als ein Schritt, wir thaten aber die Tausende von Schritte, weil Adalbert mich durch einen neuen Contrast entzücken wollte.

In den dunklen Hain der Villa Medici fallen die Sonnenstrahlen nur gedämpft, wie Altarkerzen in eine Kirche. Ein Tempel ist dieser Hain voll Schauer heidnischer Mystik. In einem solchen Hain muß Pythia ihre Orakel abgegeben haben, muß Daphne's Verwandlung in einen Baum vor sich gegangen sein. Man glaubt in den gewaltsamen, wundersamen Verrenkungen dieser Bäume noch die schauerliche Tragik ihrer Gebärden, ihr wildes Sträuben zu überraschen.

Diese Gebärdensprache ist eine Eigenthümlichkeit der Immergrünen-Eichen, die ich bei keiner anderen Baumart bemerkt habe.

Und fast alle diese Bäume zeigen furchtbare Verwundungen, tiefe, schwarze, klaffende Löcher, oft sind die ganzen Stämme aufgerissen, das Innere schwarz, als wäre es mit Feuer ausgebrannt.

Auf einer hohen, schmalen, mit Schimmel bedeckten Treppe, die oberen Stufen mit Lorbeer überwölbt, steigt man zu dem Tempelchen auf, und ist man oben – plötzlich eine Lichtflut. Ueber allen Wipfeln Licht! Licht! Wir stehen in Licht gebadet, ein Eindruck, der noch verstärkt wird, wenn wir herabblicken von der Treppe in das schwermüthige Dunkel da unten.

Das starre Laub des Buchsbaums und des Lorbeer's, das den Hügel des Tempelchens ganz bedeckt, regt sich nicht. Es ist um uns wie ein stilles, grünes Meer. Kein bunter Ton in der Landschaft, ausnahmsweise nicht einmal Orangen.

Lyrische Weichheit und zugleich Kraft, Reinheit, Seele ruhte auf dieser Landschaft, die in ihrer klassischen Vornehmheit an den Kopf der Juno Ludovisi, an Verse Homers erinnert.

Und wie sanft sich die Berge an- und ineinander schmiegten, und ebenso mild und sanft flossen die graublauen Farbentöne ineinander, sich immer verwandelnd, wie Musik, wie Musik. Und vom Monte Pincio klang das Requiem von Verdi herüber und verschmolz mit der göttertraumhaften Schönheit dieser Landschaft.

Ich bin in Rom oft geneigt tiefes Graublau für die poetischste aller Farben zu halten.

Die Sonne ging unter. Ein dunkles Gewölk am Himmel verdichtete sich zu einer Form, die ein Berg schien: Der Berg Tabor. Ueber dem Wolkenberg ein Stück blauen Himmels, hoch oben wieder leichtes Gewölk. Und aus diesem Gewölk in der Höhe flossen weiße Strahlen, Lichtsäulen nieder, und die weißen transparenten Strahlen hüllten allmählich den Berg in heilige Schleier ein. Und wenn plötzlich aus den heiligen Schleiern der leuchtende Schatten Jesu Christi emporgeschwebt wäre, wir hätten es natürlich gefunden.

Ein vermummter, alter Mann, mit einem langen, weißen Schnurrbart trieb uns hinaus: der Wächter. Er führte zwei seltsame Hunde mit sich, zwei große überschlanke Windspiele mit kleinen klugen Köpfen. Sie hatten lange silbergraue Haare die wie Chinchilla aussahen: Dianas Jagdhunde.

Es war hier eben alles verzaubert, mystisch, unwahrscheinlich.

Ach Arnold, Arnold, und ich bin mitverzaubert. Sage mir, sage, wie soll man in Rom ohne Liebe sein!

Du bist hochherzig, ich weiß es. Ich weiß auch alles, was ich jetzt fühle, was ich thue, Du wirst es verzeihen, aber nur aus lauterer Herzensgüte, nicht weil Du es verzeihlich oder natürlich fändest.

Meine Hände rein erhalten? Und wenn sie leer bleiben? mein Herz rein erhalten? und wenn es leer bleibt?

Denkst Du nicht daran, daß Deine Marlene nachholen muß, nachholen, was sie versäumt hat? Ihre Vergangenheit: Traum, Schmerz, Schlaf. Nun will sie Wachsein, Kraft, Frohsinn, Zukunft.

Du denkst nicht so, Du denkst nicht so, ich weiß es. Du, ja, Du hast's gut gehabt. Harmonische Eltern haben Dich harmonisch geschaffen. Du liebst Deine Wissenschaft. Wo ist die Leidenschaft, die Du überwunden? Du bist zu normal für mich, zu unbeirrbar gut. Ich soll ja auch gut sein, aber ach, so beirrbar bin ich.

Ob es unrecht ist, was ich thue, ob ich in der Sünde wandle? Aber ich weiß es nicht, ich weiß es nicht. Wissen es denn die Anderen? Ich thue was ich muß.

Und that ich Unrecht – war mir nicht die Nemesis schon auf den Fersen?

Noch nicht. ein wunder- wunderschöner Tag wurde uns beschieden.

Wir hatten einen Ausflug an's Meer gemacht. An einem Dorf machten wir Halt. Adalbert kennt den Strand weit hinaus. Er ließ uns zu einem kleinen Ort hinrudern, der kaum je von Fremden besucht wird.

Könnte ich Dir den bestrickenden Reiz dieses Oertchen's schildern, das wie eine phantastische Meerlaune in den blauen Ocean hineingebaut ist.

Auch ein kleiner Palast hat da einmal gestanden. Auf einem zerbröckelnden Portal, aus einer zerbrochenen Urne wuchern wilde Rosen, gelbe Eidechsen wie Goldadern schlüpfen um Kelche und Steine. Eine einsame Pinie davor spiegelt sich im Meer.

Durch eine geborstene Thür sahen wir eine düstere Treppe emporsteigen; plötzlich setzte sie sich von einem leuchtenden blauen Himmel ab, als führe sie unmittelbar in den Aether hinein.

Phantastisch auch all die steinernen kleinen Baracken. Alte Weiber mit Spindeln sitzen in den Loggien, um die lichtgrüne Weinreben sich ranken.

Und verwilderte Gärten! Rosenalleen, Rosen ohne Zahl, und wo die Gärten zu Ende sind, beginnt das Meer, und der Purpurschein der Rosen und die blaue Glut verschwimmen in süßeste Farbenmelodieen.

Hoch oben auf dem Dach eines Gemäuers, lehnte sich ein wunderschönes, halberwachsenes Mädchen über die Brüstung und warf uns lachend Blumen auf die Köpfe. Unter ihr, in einem höhlenartigen Raum wälzten sich, wie Tigerkätzchen, nackte Kinder durcheinander.

Auch hier muß einst altrömische Pracht geherrscht haben. Wohin wir blickten: Gerümpel, aus dem Marmor glänzte. Steinhaufen mit zartem Moos überwuchert, blühende Kräuter, Säulenfragmente. Und all-überall das Meer.

Es lugt durch schimmliche Löcher, es bricht sich Bahn durch wilde Rosenhecken, es überschimmert verfallende Mauern, es blitzt silberne Flammen in gewölbte dunkle Bogen.

Eine kleine Dorf-Sphynx ist dieses Oertchen, Kobolde und Nixen umtänzeln sie im Rahmen der Meer-Unermeßlichkeit.

Als wir zurückgerudert kamen war es spät geworden. Der Mond schien hell.

Ehe wir unsern Wagen erreichten mußten wir eine Strecke zu Fuß gehen, über einen Hügelrücken, einen schmalen Weg entlang, den dichtes Gebüsch an beiden Seiten einfaßte. Hin und wieder eine Pinie oder Eiche. Hinter uns das Meer im Mondlicht. Und während wir dahinschritten schimmerten, schwebend und schwärmend Tausende und Abertausende von Lucciola (Glühwürmchen) um uns her, in lautloser Schönheit.

Oder waren es leuchtende Blumenseelen, die die leidenschaftlich zärtliche Luft zum Leben entküßt, oder Sterne, die von den sehnsüchtigen Melodien dieser Sommernacht aus ihren kalten Höhen herabgelockt, in's Tanzen geriethen? und meine Seele tanzte mit, meine leuchtende, schwärmende, schwebende, außer sich gerathende Seele.

Jedes Blatt am Baum, jeder Kiesel am Weg schien den Athem anzuhalten, um in Wonne zu schauern. Ich auch, ich auch.

Als wir in's Dorf zurückkamen, von dem wir ausgerudert waren, tummelte sich noch jung und alt auf der engen Gasse. Ein reizendes, junges Mädchen lief quer über den Weg, breitete die Arme aus, als wollte sie uns nicht durchlassen, und sang unter schelmischem Lachen: »*Sul mare lucica, l'astro d'argento*«...

Und fort war sie wie der Wind. Und alt und jung drängte sich, als wir abfuhren, um den Wagen. Viele kannten Adalbert, und es war ein Händeschütteln, ein Grüßen, Scherzen und Lachen, eine naive, herzliche Zuthunlichkeit ohne Zudringlichkeit. Diese Leute waren wie trunken von Mondschein und Liebenswürdigkeit, von Grazie und schöner Menschlichkeit. Sie bettelten wohl auch ein wenig dazwischen, aber nicht sehr.

Nie habe ich eine solche Zärtlichkeit für das ganze Menschengeschlecht empfunden wie an diesem Abend, nie ein tieferes Gefühl der Zusammengehörigkeit Aller.

Und nun ging es eine lange Strecke immer am Meer entlang. Der Wind hatte sich erhoben und es begann zu rauschen. Irgendwo tauchte eine Insel auf. Lang hingestreckt ruhte sie wie ein Riesensarkophag auf dem Wasser. Sie war bewohnt. Wir sahen Lichter am Ufer. Ihre langen, tief sich niedersenkenden Reflexe im Wasser schienen goldene Kandelaber, auf denen stille Flammen zu einer düster geisterhaften Feier brannten. Das Rauschen des Meeres – Orgelklänge.

Ich weiß nicht welche Gedankenverbindung es war, ich mußte an die Waldeinsamkeit des Tiek'schen Märchens denken, und an die Vergißmeinnicht, die ich am Schafgraben pflückte, und an die goldenen Eier des Vogels Wunderhold und – merkwürdig – ich besann mich gerade wie die Bertha im »Egbert« auf den Namen des Hündchens, und gerade wie Bertha konnte ich nicht darauf kommen.

Aber diese Meereseinsamkeit war tiefer, feierlicher als die Waldeinsamkeit mit ihren heimlichen, unheimlichen Schauern.

Mein Kopf ruhte an seiner Schulter, seine Hand an meiner Wange, grenzenloses Glück überflutete mich und wie stille Flammen aus goldenem Candelaber stiegen lautlos, wortlos Hymnen aus meinem Herzen in den Mondzauber der Nachteinsamkeit empor.

Ich fühlte, dieser Abend war ein Höhepunkt. Nie würde eine solche Stunde wiederkehren, nie mehr ein solcher Vollmond mir scheinen, nie würde mein ganzes Wesen in so taumelnder Seligkeit von den Jubelchören der Schönheit und Liebe emporgehoben, das Leben in so vollen Zügen in sich trinken. Und allmählich streckte sich ein Schatten von Schwermuth aus der Meertiefe, und umfing mich sacht.

Und plötzlich fiel mir auf die Seele was mir bis dahin nicht zum Bewußtsein gekommen war: Adalbert war in diesen sonnen- und mondtrunkenen Stunden, an diesem Tag Aphrodite's mit mir nicht eins in der Empfindung gewesen. Nur rythmisch bewegt war er gewesen und gerührt, eine Rührung voll edlen Maßes. Er hatte im Laufe des Tages viel Wein getrunken, und war müde geworden.

»Adalbert«, sagte ich leise, und blickte zu ihm auf.

Er war eingeschlafen. Er schlief, während das Meer Wunder rauschte, er schlief, während der Mond wie eine große, sehnsüchtige Thräne am Himmel hing, und silberne Tropfen über das dunkle Meer hinträufelte. Er schlief, während alle meine Sinne wach waren, glühend wach.

Ich sah ihn an. Der Mond schien ihm hell in's Gesicht.

Ich erschrak. War er das? Adalbert? Nichts besonders, nur er sah gewöhnlich aus, so sehr gewöhnlich; das dünne Haar klebte leicht an den Schläfen fest. Seine Züge waren nicht fein, eher grob. Er war schlafend so ganz entgeistigt.

Wir ließen das Meer jetzt hinter uns. Gewölk zog über den Mond. Ich sah seine Züge nicht mehr. Ich war allein.

Ich verlor mich in Sinnen. Ich sann über ihn und mich. Und ich sagte mir: wenn Du älter geworden, und nicht mehr schön bist, so wird er Dich nicht mehr lieben. Und wenn er älter geworden ist? wird er nicht das bischen schöne Heidenthum, das er in Rom er worben, wieder abthun? und – wer weiß – vielleicht bin ich dann auch nur in seiner Erinnerung ein heidnischer Einfall gewesen, ein Bild aus einem Dyonisusfest.

Er trinkt viel und gern die italienischen Weine, besonders den goldklaren Chianti. Er trinkt ohne Durst, mit einem ästhetischen Genuß. Aus einem schön geschliffenen Kelchglas trinkt er, daß ich ihm geschenkt habe. Aber der Wein erhöht seine Lebensgeister nicht.

So meine ich, fehlt es ihm auch in der Liebe an ächtem, unbezwinglichem Durst. Er trinkt seine Empfindungen – auch gewissermaßen aus crystallener Schale – mit sanftem ästhetischem Genießen.

Wie jenem König Midas sich alles in Gold verwandelte, so sind alle seine Lebensbethätigungen von Kunst durchschimmert, darum fehlt es ihnen an Ursprünglichkeit, an Mark.

Darum nahm auch die Liebe nicht seine ganze Seele hin. Er umrankt all seine Empfindungen mit feinem, künstlerischen Blüten. Er ist immer Thau und Duft, sanftes Schimmern, vornehmes Graublau, Oel in hochgehende Gefühlswogen.

Und ich sehnte mich zuweilen nach Naturlauten. Ich hätte ihn gern einmal lichterloh gesehen, geistig und seelisch tanzend, taumelnd außer sich gerathen.

Er hatte einmal von sich selbst gesagt: »*Non son nato per l'amore.*« Er sagt oft auf italienisch, was eine zarte Scheu ihn hindert deutsch zu sagen.

Ich sann darüber, was er damit meinte. Ich fand es. Mehr als einmal hatte er ausgesprochen, wie innig er sich ein Kind wünsche, einen Knaben. Er wünschte aber eigentlich das Kind nicht, um es aus tiefstem Gemüth heraus zu lieben, sondern um es zu bilden, zu erziehen, ein Kunstwerk aus ihm zu schaffen.

Er gehört zu den Männern, die im Weibe zumeist die Mutter ihrer Kinder lieben. Darum meinte er, daß er nicht für die Liebe geboren sei.

Er trägt es mir in seinem Herzen nach, daß ich ihm kein Kind schenke. Er hatte es gewissermaßen für meine Pflicht und sein Recht gehalten. Dann erst hätte er mich ganz und für immer geliebt.

Nicht eigentlich ein schöner Zug an ihm? ein Zug sympathischster, reinster, ihm angeborener Ethik?

Ich liebte ihn. Ich hätte ihm gern das Kind geschenkt.

Der Mond trat wieder hell hervor und ich sah ihn wieder schlafen. Ich rüttelte seinen Arm: »wach auf! wach auf!«

Und siehst Du, Arnold, oft seitdem, wenn ich an seinem Arm hing, sah ich ihn plötzlich schlafend mit offenem Mund und geschlossenen Augen, und die Vorstellung erkältete mich. Merkte ich, daß er müde war, so litt ich nicht mehr, daß er zu mir heraufkam.

Ich war auf der Höhe gewesen. Es ging bergab.

Ein Unglückstag kam.

Wir waren zur Porta Giovanni hinausgewandert, hin zu den römischen Gräbern.

Mitten auf dem Wege blieb er plötzlich stehen. Er habe etwas auf dem Herzen gegen mich. Man habe ihm hinterbracht, daß ich – u.s.w. u.s.w.

Daß Du's nur weißt Arnold, ich bin einem braven, trefflichen Gatten mit einem Unwürdigen (das bist Du) davongelaufen; ich habe mein Kind im Stich gelassen, und nun hat die Nemesis mich ereilt, indem der Unwürdige wiederum mich arme Ariadne im Stich gelassen hat.

O Arnold, widrig! widrig!

Tief erregt sagte ich ihm wie alles sich verhielt. Ein reindenkender Mensch konnte nicht einen Augenblick an der Wahrheit meiner Worte zweifeln.

Er hörte mir ruhig zu, und sagte nichts. Sein Schweigen verletzte mich. Wir gingen eine Strecke weiter, über das uralte römische Pflaster hin, bis der Weg zu Ende ist. Er erklärte mir die Construktion der alten Wasserleitung, die vor uns lag. Ich hörte nicht zu. Wir traten in den von Mauern umschlossenen Raum, in dem sich die kargen Reste einer Basilika aus dem 5. Jahrhundert befinden. Wir setzten uns auf eine gebrochene Säule. Die Campagna vor uns.

Ich vergaß einen Augenblick mich und Adalbert, so ergriffen war ich von dem Pathos und der Größe dieser Landschaft. Ueber die röthliche, altrömische Mauer, die daraus emporragt, fällt ein wahrer Catarakt von Epheu.

Die Campagna ist schattenlos. Keine Bäume, in denen Vögel zwitschern, durch deren Wipfel der Sturm rast; nicht Bäche rieseln durch diese bräunlichen Wiesen, nicht Elfen tanzen darüber im Mondschein. Tiefe, stumme Einsamkeit ist ihr Charakter. Ein Riesenrequiem der Natur, weil die Götter alle todt sind.

Die deutsche Landschaft ladet uns ein: Ruhe, träume, wandere!

Die Campagna spricht: Steh und schaue!

Ihre Stummheit aber löst sich, das Requiem verhallt, wenn die Sonne untergeht und die Beleuchtung Wunder an ihr wirkt. Sie ist ihre Lieblichkeit, ihre Leidenschaft, ihr Tiefsinn, ihre Begeisterung.

Und an dem Tage war ihr Untergehen wie ein Hinströmen, ein Ausströmen überirdischer Wonnen.

War das nur roth, blau, grün, gelb? nur Farbe? nicht ein Klingen und Singen des Aethers? Vielleicht die Fata Morgana eines jenseitigen Paradieses, wo übersinnliche Blumen blühen: Feuerlilien, die aus lichten Wiesen von zartestem Smaragd emportauchen, Sträuße von leuchtenden Riesenveilchen, Schneebälle in milchweißem Glanz und – Rosen! Rosen! Rosen zart wie ein Hauch, Rosen, roth wie Blut und wie Gluth, von Erzengeln purpurngeküßte Rosen.

Und die Reflexe der Rosen und Feuerlilien flossen über die bräunlichen Lande und verklärten sie, und in der brünstigen Umarmung mit dem Himmelsfeuer empfing die Campagna ihre Seele.

Wahnsinnig schön war's. Meine Augen suchten Adalbert's Blicke.

Hätte er mich jetzt an seine Brust gezogen, die Seelen, trunken von dieser höchsten Schönheit, wir wären für alle Ewigkeit eins geworden.

Seine Züge waren weich geworden, seine Augen feucht. Zärtliches Lächeln umspielte seine Lippen.

Er neigte sich zu meinem Ohr und flüsterte: »Marlene, sei wahr, sage, daß er Dein Geliebter war. Ich liebe Dich doch.«

Ich schüttelte mich unwillkürlich. Ein Schauder lief mir durch die Glieder.

Er glaubte, daß ich gelogen.

Es lag wohl Verächtliches in meinem Ton, als ich ihm antwortete:

»Meinetwegen, wenn Du es durchaus glauben willst.«

Er erhob sich schnell, wendete sich von mir. Ich konnte sein Gesicht nicht sehen. Auf dem Heimweg ging er einige Schritte vor mir her, oder blieb hinter mir zurück. Er bot mir seinen Arm nicht.

Ich erhielt mich kaum aufrecht. In meiner Straße gab er mir zum Abschied die Hand. Eine Kälte ging von dieser Hand aus. Er entfernte sich rasch. Ich stieg die Treppen herauf. Ich klingelte. Eine fremde Person öffnete. Ein fremder Corridor lag vor mir. Ich war in ein falsches Haus gegangen. Ich kehrte um.

In meinem Zimmer setzte ich mich vor den kalten Kamin, und versuchte nachzudenken.

Nein, es konnte nicht sein; er konnte mich nicht für eine Lügnerin halten. Und jetzt litt er wohl Gewissensnoth. Er wollte sich nur erst sammeln. Er würde wiederkommen. In wenigen Minuten würde er da sein. Ich spähte zum Fenster hinaus – nichts. So war er nach Hause gegangen, und erst später, zu seiner gewöhnlichen Stunde zwischen 7–8 Uhr würde er kommen.

Nein, es war nichts geschehen. Eine Eifersuchtsscene, wie sie wohl im Leben jedes Mannes unausbleiblich ist, und die endet ja immer mit einer Versöhnung.

Ich richtete mein Zimmer schön her. Das grüne Licht, das rothe Licht, die römische Lampe, alles brannte, und mein Herz auch. Ich zog mein langes blaßrosa Cachemirkleid an.

Ich lernte die Qual des Wartens kennen. Seine Zeit war vorüber. Das Klopfen meines Herzens machte mir Pein.

Es kam jemand die Treppe herauf. Er blieb vor der Thür stehen. Die kleine, dünne Glocke wurde gezogen. Jeder Nerv in mir war gespannt. Ich stand mitten im Zimmer. Ich wußte, im nächsten Augenblick würde ich an seiner Brust liegen. Es klingelte zum zweiten Mal. Philomela öffnete: Die Waschfrau.

Das Warten wurde mir unerträglich. Ich zündete den Kamin an. Es rauchte etwas. Das war mir recht. Ich hatte mit dem Feuer zu thun, mit dem Rauch. Ich riß das Fenster auf. Ich sah hinaus. Ein Mensch kam die Straße herauf, und ging dann langsam auf und ab. Ich konnte ihn vor Thränen nicht erkennen; ich glaubte aber bestimmt, er wäre es. Ich stürzte ohne Hut, ohne Tuch die Treppe herunter, in den Regen hinaus. Er war es nicht.

Was hatte ich denn gewollt? nur noch einmal seine Stimme hören.

Ich ging wieder hinauf. Ich wartete nicht mehr auf ihn. Ich legte mich auf die Chaiselongue, die auf der Terrasse steht.

Was er wohl jetzt treibt? dachte ich. Er sitzt behaglich zu Hause, liest die Zeitung und trinkt Chianti. Er liebt den römischen Wein. Er trinkt viel Wein.

Ich schlief ein. Etwas sonderbar wohliges weckte mich. Wie ich die Augen öffnete war ich ganz mit Rosen bedeckt, von Duft umflossen.

Adalbert! – rief ich. Da war er, und da waren wir versöhnt. Ich mit ihm – nicht ganz.

Es schien alles wie vorher. Es schien nur so. In mir war etwas anders geworden.

Der Riß wäre wohl geheilt, und alles wieder in's Gleiche gekommen, wenn er nur gemerkt hätte, daß ich verändert war. Aber er merkte es nicht.

Einmal ging er – es war in den Caracalla-Thermen – etwas voraus. Er vertiefte sich in einen Säulenknauf, und merkte nicht, daß ich zurückblieb. Ich war eifersüchtig auf den Säulenknauf. Ich setzte mich in einem Winkel auf ein Marmorfragment. Das Schluchzen war mir nahe. Ich warf meinen Pelzkragen ab, obwohl es feucht und kühl war. Er kam zurück, sah mich nicht gleich. Seine Blicke suchten mich ängstlich. Er schalt mich liebevoll, als er mich in dem schimmlichen Winkel entdeckte, und hüllte mich sorgsam in den Pelz. Er liebte mich doch noch.

Einige Tage später, als wir nach einem schönen Sonnenuntergang heimgingen, kam unversehens eine Ernüchterung über mich. So viel Staub und Menschen und Wagengerassel und Geschrei in den spärlich erhellten Straßen. Und so viel Schmutz. Und Adalbert sah müde und abgespannt aus.

Unwillkürlich schweiften meine Gedanken in die Vergangenheit zurück, zu den Stunden, wo ich mit dem Gefühl der Leere und einer ungeduldigen Verdrossenheit Hand in Hand mit Walter so steif auf dem Sopha saß, oder wo wir uns auf unsern Spaziergängen so gar nichts zu sagen hatten.

War es möglich, daß jetzt eine ähnliche Stimmung mich beschlich? Zwischen mir und Walter fehlte jedes Seelenband, jede ethische Gemeinschaft, und zwischen mir und Adalbert – vielleicht – –

Wir gingen wieder vor einem der Thore Rom's spazieren. Zwischen hohen Mauern, hinter denen die wundervollen Villengärten liegen, blieben wir bewundernd vor einem uralten Portal stehen.

In einiger Entfernung sahen wir einen römischen Lastwagen halten.

Plötzlich kamen in wilder Jagd zwei Hunde auf uns zugelaufen. Raubthierartig und gefährlich sahen sie aus. Mit heulendem Bellen umkreisten sie uns. Keine Möglichkeit ihnen zu entkommen. Halb todt vor Angst klammerte ich mich an seinen Arm. Die Angst preßte mir einen Schrei aus.

»Still, keinen Laut,« sagte er. Seine Stimme klang heiser, rauh, sein Blick war böse, seine Mienen verzerrt. Wir thaten einige Schritte vorwärts, von den Bestien umheult.

Da fühlte ich, fühlte mit unheimlicher, vernichtender Deutlichkeit, daß er mich sacht von sich drängte. Er wußte es vielleicht selbst nicht. Und mit ebenso unheimlicher vernichtender Deutlichkeit war ich mir bewußt, daß er mich preisgeben würde, wenn ich seiner Rettung im Wege stände.

Ich empfand keine Furcht mehr, das war ja etwas Fürchterlicheres als die Hunde, dieser Mann, der in bleicher Furcht mich von sich drängte.

Ein schriller Pfiff ertönte vom Lastwagen her. Die Hunde liefen davon.

Ich that so gelassen. Ganz still und langsam ging ich neben ihm her. Ahnte er, was in mir vorging?

Vor meiner Thür fragte er nicht, ob er mit hinaufkommen dürfe.

Die Treppen wurden mir schwer. Als Philomela öffnete sagte ich ihr, ich wäre hungrig, sie möchte mir etwas Gutes zu essen geben. Warum ich das log, Gott weiß es.

Was war denn geschehen?

Nichts der Rede werthes.

Ich sank auf der Chaiselongue zusammen. Ich versuchte zu gähnen. Ein so affektirtes Gähnen.

Es war doch etwas geschehen.

Mein Blick fiel in den Spiegel. Ich erschrak. Ganz alt und häßlich sah ich aus, und – ich hatte ja Charlotte's Zug um den Mund, der immer war, als hätte sie etwas Widriges verschluckt.

Sonderbar, als er der schönen Fürstin als Cicerone diente, hatte ich ihm auf's Wort geglaubt, daß er mich nicht gesehen. Jetzt wußt ich's besser, er hatte mich gesehen.

Es war etwas geschehen.

Abends im Bett konnte ich nicht einschlafen. Plötzlich hörte ich deutlich neben mir: »Marlene«.

Mit einem Ruck saß ich aufrecht im Bett. Er! war er da?

Unsinn! Ich mußte lachen.

Schlafe doch – – mit einem mal fiel mir der längst vergessene Name »Pippe« ein. Und ich sagte laut zu mir selber: Schlaf doch Pippe! So recht mit Hohn sagte ich's.

Philemela mußte ihm am andern Tage, als er kam, sagen, ich sei krank, und würde schreiben, wann ich ihn sehen könne.

Ich schrieb nicht. Er fragte noch einige Male nach mir. Das letzte Mal hinterließ er eine Zeile, er reise auf einige Wochen nach Neapel, hoffe mich bei seiner Rückkehr gesund anzutreffen.

In einer Zeitung hatte ich gelesen, die Fürstin N. N. sei nach Neapel abgereist.

Ich werde ihn nicht wiedersehen. Ich will nicht. Auf der Madonna krächzte der Rabe. *Nevermore.* Ich habe wieder einen Todten begraben.

Dieser kleine Vorfall war nur der letzte Schatten der den letzten Glanz von seinem Bilde löschte. Nicht wahr, sie klingt kindisch diese Geschichte mit den Hunden? weil es Hunde waren? Nicht dasselbe, wenn die Hunde Löwen gewesen wären, oder wenn er bei einer Sturmfluth oder einer Feuersbrunst über seine Gefahr die meinige vergessen hätte? Es hätte nur tragischer oder romantischer geklungen. Der Seelenvorgang wäre derselbe gewesen.

Die feige Selbstsucht paßte so wenig zu dem Mann, dem die Natur das Gepräge des Seelenadels verliehen. Oder – war Falschmünzerei dabei? Spiegelten seine Augen eine Seele, lächelten seine Lippen einen Liebreiz, die nicht in ihm waren? Er, der alles, was plebejisch und unschön war so schroff ablehnte, er war in die Häßlichkeit der Furcht verfallen, und er ahnte, daß ich seine Häßlichkeit empfunden. Das würde er mir nie vergeben haben – dieser Sklave der Schönheit.

Aber – ich verleumde mich Arnold. Nein – nicht, daß er sich einen Augenblick lieblos feige gezeigt, nicht daß er im Schlaf so gewöhnlich aussah, nicht daß seine Art so zahm und glatt war, entfremdete ihn mir so ganz.

Entfremdete? war ich denn je so recht vertraut mit ihm gewesen? so ganz intim? das ists: Wir waren nicht eins in Gesinnung, im Geist. Nie umschlangen sich unsere Geister. Also auch nur eine Gelegenheitsliebe, in der Psyche, wie das Mädchen aus der Fremde, sich nicht lange aufhält.

Was wußte ich denn von ihm? daß er einen feinen Sinn für Natur und Kunst hatte, eine Stimme, die wie eine Liebkosung war, und Augen – magnetische, herzgewinnende. Seine sozialen- und seine Welt-Anschauungen aber barg er in des Busen's Tiefe. Und doch wußte ich nun plötzlich, daß seine Denkungsart eine durch und durch konservative, daß er gottesgläubig war, und streng denkend auf ethischem Gebiet. Und er verrieth seinen Gott und seine Ueberzeugungen durch sein Schweigen. Und seine Beziehungen zu mir hielt er aufrecht, gegen sein Gewissen. Ohne Tapferkeit und ohne Aufrichtigkeit war er. Ganz heimlich wußte ich es längst. Ich hatte es nicht wissen wollen.

Und die Fürstin mit den Vampyrlippen?

Sein Geheimniß, ein vornehmes Geheimniß, das einmal seine Augen, nie sein Mund verrieth.

Ich habe wieder Augenblicke des Hellsehns. Glaube mir Arnold, ganz gewiß, er hat nur anfangs seinen Namen nicht genannt, weil er so gar gewöhnlich und trivial ist. Und wahrscheinlich ist er Lehrer an einer Mädchenschule gewesen.

Alles, alles sah ich nun anders, als wenn eine Thür in meinem Innern zugefallen, und eine andere sich aufgethan hätte. Die Zugefallene führte zu sonnenbestrahlten Lustgefilden, die offene in tiefe Gründe.

Entgeistert alles.

Entgeistert weil ich in der Liebe eine Enttäuschung erfahren?

Nein Arnold, gewiß nicht. Diese Enttäuschung hat nur den Anstoß gegeben zu großen inneren, schmerzlichen Erfahrungen.

Daß es meiner und Adalbert's Liebe an Kraft und Tiefe fehlte, daß ich mich nun nicht mehr in seliger Versunkenheit an ihm aufranken, nicht mehr die schmachtende Innigkeit seiner Augen, nicht mehr die Melodien seiner singenden Lippen in mich trinken konnte, das machte mich wohl traurig, aber es wendete und wandelte mir die Seele nicht. Das aber wandelte sie mir, daß ich irre wurde an der Aechtheit, den Werth und die Wahrheit aller menschlichen Empfindungen. Das ließ mich schaudern, daß wir immer wieder von uns selber Abschied nehmen, von dem, was wir für einen Lebensinhalt hielten; daß auf neue Freuden immer neue Gräber folgen.

Ich trauere um die Untreue meiner Empfindungen, und kann doch daran nichts ändern.

An was soll ich noch glauben, wenn diese Liebe nicht ächt, wenn meine Begeisterung für Rom nicht ächt war! Und kann ächt sein, was heute roth und morgen todt ist?

Es ist ja möglich, daß unser Gemüth andere Zeitbegriffe hat, wie unser Verstand, und ich habe ihn in den fünf Monaten eine halbe Ewigkeit geliebt, wie es ja Lebewesen giebt, deren ganzes Dasein sich in 24 Stunden vollendet.

Viel Aberglauben ist in Rom von mir abgefallen, und auch viel Glauben. Ich habe Abschied genommen von dem Glauben an den idealen Kern der Liebe zwischen Mann und Weib. Wer hat sie denn auf den Thron gesetzt, diese Liebe?

Ich kenne nun alle ihre Stadien, ihre Temperamente, ich kenne sie, und ich achte sie gering.

Zuweilen meine ich, es ist eine widrige Unkeuschheit ein solches Gewicht auf Naturtriebe zu legen, mögen sie in Purpur und Gold, oder in lilienweiße Gewande sich kleiden, damit sie sich können sehen lassen, mögen sie sich in psychologische Feinheiten einschleiern, weil sie sich ihrer einfachen, groben Struktur schämen.

Abwechselnd verweist man diese Triebe in die Hölle oder in den Himmel. Die Wahrheit wird wohl wieder in der Mitte liegen. So menschlich sind sie, nur zu menschlich.

Junge Mädchen heirathen aus leidenschaftlicher Liebe Männer, die jeder edlen, liebenswerthen Eigenschaft baar sind. Männer schießen sich todt, weil verbuhlte Weiber sich ihnen versagen. Wir wissen es ja alle (warum thun wir denn, als wüßten wir es nicht?) daß zumeist der Zufall über Lieben und Nichtlieben entscheidet. Liegt leicht brennbares Material bereit – ein Funke, und es lodert auf, ob der Funke der zündet, aus einer Mondscheinnacht, einem schönen Gesicht, einer Champagnerlaune, einem allzuschweren Herzen, einem wilden Traum von ihr zu ihm, von ihm zu ihr sprüht.

Und solche Liebe ist es, die Tragödien und Selbstmorde, die die schönsten lyrischen Gedichte und die unglücklichsten Ehen zuwege bringt.

Und weil meine Liebe eine Suggestion Rom's, ein Reflex der Sonne und Pracht des Südens war, darum rauschte sie hier in einem solchen Strom schwellender Zärtlichkeit. Feuerzauber, colorirte Seligkeiten.

Es scheint, ich liebte ihn nur, wenn der Himmel roth, blau oder grün war, wenn Orangen und Rosen mich umdufteten, laue Lüfte mich umkosten; in grauer stumpfer Dämmerung aber, oder wenn es regnete blieb mein Herz auch grau und stumpf. Ich liebte ihn wie den Sonnenuntergang oder Erdbeeren mit Schlagsahne, nur mit einem Gradunterschied. Der Untergrund immer derselbe: Sinnentrieb.

Ich weiß ja, daß auch die Sinnentriebe eine Schicksalsnothwendigkeit, ein Müssen der Natur sind, ein Aus- und Ueberströmen von Kräften. Wie Wellen des Meeres fluten sie auf und ab, und drängen hin zu einem Ufer, und wenn der Wind stark ist, umklammern sie es inbrünstig, und fluten zurück, ins Meer hinaus zu andern Ufern, und Perlen und Pflanzen, Verwestes und Trümmer tragen sie mit sich fort, ohne Wollen, ohne Wahl – ein Naturmüssen, eine Schicksalsnothwendigkeit.

Nicht herabziehende Vorstellungen?

Und die Frage drängt sich auf unsere Lippen: ist das alles? Sage Arnold, sind denn solche Erregungen werth von Dauer zu sein?

Immer nur er und ich!

Und plötzlich kam mir noch ein andrer Gedanke, ein greulicher. Nicht einmal er und ich. Nur ich. Hatten meine Wünsche, meine Träume, meine heiße Sehnsucht ihn nicht erst – da ich ihm zufällig begegnete – gerufen, gleichsam geschaffen?

Ach Gott, ich bin dem Echo meiner eigenen Stimme nachgelaufen. Bin ich, sind wir alle etwa dem Narciß gleich, der sich in sein eigenes Bild verliebt?

Und ich kauerte auf dem frischen Grabe meiner Liebe mit einer großen Sehnsucht nach einer geistigeren Existenz, nach etwas, das nicht alt wird, nicht abstirbt, das immer wiederkehrt, nach Immergrünendem, Immerblühendem.

Und Rom! Rom, das sich mir entgötterte.

Ich stand wieder auf Pietro in Montorio, ich fuhr durch die Campagna. Ich sah wieder herrliche Sonnenuntergänge – der Zauberglanz einer Viertelstunde. Im Grunde waren ja diese Farbenwunder doch nur optische Farbenspiele, und nicht so wichtig und nicht so groß, um Entzückungen daran zu verschwenden, Offenbarungen von ihnen zu heischen. In fahler Dämmerung, im Staub und Menschengewühl schlich ich trübe nach Hause.

Ich ging wieder in die Villengärten, durch Eichen-und Lorbeerhaine, und ich phantasirte Bachantenzüge und Mänaden hinein, die in wüthender Brunst Lebende zerrissen und die Bäume verstümmelten.

Aus allem Lebendigen um mich her grinste mich Todtes an, oder etwas, das bald todt sein würde, oder es lebt nur so schattenhaft.

Die Campagna – tödtete sie nicht alljährlich Hunderte mit ihrem giftigen Athem?

Die Ruinen, sie erweckten mir nicht mehr die Vorstellung von Göttern, Musen, Triumphzügen. Durch diese grandiosen Portale schritten ja wahnsinnige Cäsaren, die sich für Götter hielten.

Ich dachte der Tausende und Abertausende von Sklaven, die Jahrzehnte oder Jahrhunderte, unter der Peitsche erbarmungsloser Aufseher, frohnden mußten, um für menschliche Raubthiere Riesenburgen zu thürmen, während sie selbst in Hundelöchern unterkrochen.

Ich kam wieder an jene Stelle, wo die Mauer blutig roth gesprenkelt ist. Etwas huschte an mir vorbei: eine Fledermaus, oder eine Eidechse, oder ein Windstoß, der sich in einer Spalte verfing, oder – die Schatten von Furien, die Mord witterten.

Im Kolosseum blickte ich voll Grauen in die tiefen vergitterten Löcher, in die man die zuckenden menschlichen Ueberreste der Gladiatoren hinabgestürzt. Furien!

Unwillkührlich mied ich die heiteren und suchte die düsteren Orte auf, die mit meiner Stimmung im Einklang standen. In die Todtenkammer der Kapuziner hatte er mich nicht führen wollen. Nun ging ich allein hin.

All diese stehenden, liegenden, grinsenden und zähnefletschenden Mönche sind halbvertrocknete Mumien in ihren Ordenstrachten, die Kreuze in den Händen, in der Stellung von Lebendigen. Und das ist eben das Gräßliche, daß aus diesen leeren Augenhöhlen noch eine Seele stiert.

Diese reichen Ornamente, diese Kronenleuchter und Kandelaber, sie sind aus Menschenknochen geformt, diese Nischen und diese Lauben bilden eine Todtenarchitektur von grauenhafter Symmetrie. Da ist ein Altar, ganz aus Schulterknochen errichtet, als Franzen hängen und baumeln kleine Fingerglieder herunter; wenn ein Windzug durch das offene Fenster streicht, so klingen sie zusammen, grausige, grausige Todtenglöcklein.

Diese armen, an's Licht gezerrten Todtenreste, dürfen nicht Asche werden. Den Fremden Trinkgelder zu entlocken, und ihnen das Gruseln zu lehren ist ihre Bestimmung. Was für eine gottlose Phantasie trieb diese Mönche dazu, den Tod zu einer tragischen Fratze zu verzerren? und das sind dieselben Priester, die sich fanatisch der Verbrennung der Todten, als einer Religionsentweihung, widersetzen. –

Mit einer Art finsteren Trotzes konnte ich vom Tod und Sterben nicht genug bekommen. Ich ging in's Kloster St. Stefano di Rotonda. Wie dort der Tod, ist hier das Sterben entweiht: eine Mördergrube. Alle Wände sind mit Fresken bemalt, die alle denkbaren Martern der christlichen Märtyrer darstellen. Der Anblick so massenhafter Qualen jagte mir eisiges Entsetzen durch das Blut.

Daß der Maler, der diese Bilder malte, nicht wahnsinnig wurde, als er sich in diese Martern vertiefte!

Und diese von Blut triefenden Bilder, sollen fromme Erhebung bewirken? Eher predigen sie Menschenhaß, denn Menschen waren diese Henker, die ihre Brüder, ihre Schwestern schlachteten! Furien schütteln ihre Schlangenhaare.

Ich sah wieder Prozessionen, ich stand wieder auf dem Platz vor St. Peter, als unabsehbare Menschenmengen sich zu einer Cardinalsernennung drängten. Und diesmal schaute ich finster auf all die Prachtentfaltung, auf diese vornehmen Priester mit den souveränen Gebärden, die sich ihre purpurnen Schleppen tragen lassen.

Was haben diese Monseigneur's mit Christi Lehre gemein, der Armuth und Entsagung predigte? In der schauerlichen Abgeschiedenheit der Katakomben hielten die ersten Christen ihren Gottesdienst, und Jesus ritt auf einem Eselein durch Jerusalem.

Nun erschien mir dieses Gepränge, dieses Gemisch von Soldaten, Symbolik, Geheimniß und Hochmuth, diese mittelalterlichen Hellebardiere, diese spanischen Ritter, Edelknaben, wie ein weltgeschichtlicher Carneval, ein abenteuerlicher Anachronismus. Und er gemahnte mich an jene, in vollen Rüstungen aufrecht stehenden oder hoch zu Roß sitzenden Ritter, die uns in alten Waffensälen, Schlössern und Museen mit geheimem Schauder erfüllen, weil sie Leben und Wirklichkeit heucheln, und wir doch wissen, daß sie todt sind.

Und plötzlich kam mir ein Gedanke, ein lähmender: das Volk will den Glanz, er gehört bei ihm zur Frömmigkeit; es würde seiner Religiosität Abbruch thun, wenn die ganze Geistlichkeit nur aus armen baarfüßigen Kapuzinern bestände. Das Volk will mit seiner Religion Staat machen.

Die Frömmigkeit des Volkes ist Kirchlichkeit. Das Krucifix mit seiner tiefen Symbolik ist ihm Schaulust. Messe und Kirchenmusik, Hörlust. Von Jesu Lehren weiß es nichts.

Und die Büßenden, die keuchend die *scala santa* hinaufknieen, veredelt die Pönitenz sie? Sündigen sie hinfort nicht mehr?

Warum denn nicht? Die *scala santa* ist ja immer da. Und der Beichtstuhl auch. Neue Sünden werden immer neu vergeben. O wunderthätige Glaubenskraft, schrieb ich einmal, heut schreibe ich: O Kirchenhandel! O Sakrileg!

Wer nicht von innen büßt, wird nimmermehr entsühnt.

Wie konnte ich nur dieses Volk noch vor wenigen Wochen um seine Kindlichkeit, seine Genußfähigkeit beneiden, diese Männer, die immer schreien und spucken, und ohne Scham sind, diese Frauen, die zu jeder Tageszeit mit struppigen Köpfen, in schmutzige Tücher gehüllt, aus den Fenstern sehen, oder vor den Thüren kauern. Ich dachte an das unsinnige Geschmettere auf der Piazza Navona, an das Jahrmarktstreiben auf den Kirchentreppen Ara - Cölis, an die Madonnen-Procession mit den weißen Tauben. Und ich hatte darüber gelacht. War sie nicht zum weinen, diese barbarische Kindlichkeit!

Die grenzenlose geistige und physische Noth dieses Volkes hatte ich wie ein unterhaltsames, zuweilen mit einer tragischen Nüance gewürztes Schauspiel genossen!

Die physische Misere!

Ach Arnold, ich brauchte das Schmerzlichste, Trostloseste nicht aufzusuchen. Ich brauchte nicht ins Ghetto, nicht in St. Stefano zu laufen. Ich hatte es ja vor Augen, immer, immer, auf Schritt und Tritt.

Die Bettler! Die Bettler Roms! Sind es Hunderte? Tausende? Hunderttausende? Wohin ich den Fuß setze, ich bin von ihnen umdrängt, umheult. Sie verbrennen mir das Herz. Ihr Anblick, ihre ungeheure Zahl erregen Entsetzen.

Oft lagen sie da, in scheußliche Klumpen geballt, ohne Arme und Beine, blind, mit Aussatz, einer Schmutzkruste, mit ekelhaften Lumpen bedeckt. Meine paar Soldi's waren so bald vergeben. Dann hielt ich dieses wahnsinnige, gierige Betteln, dieses Gekreisch oder dieses Wimmern nicht aus, und schämte mich doch meines Ekels, meines Hasses. Sah ich auf der einen Seite ein armes Weib mit einem Kinde oder einen Einbeinigen sich heranschlängeln, so lief ich auf die andere Seite, ich hielt mir die Ohren zu, ihr böses Murmeln, wenn ich nichts gab, gellte mir wie ein Fluch in die Ohren. Ich war immer auf der Flucht, als hätte ich Verfolger hinter mir. Und es waren auch Verfolger. Und mein böses Gewissen war auch dabei. Die Schuld, die alle, alle, die die ganze Menschheit an dieser Hungeragonie trägt, ich habe ja Antheil daran. Auf unserer aller Fersen: Furien! Furien! Mit Qual, mit Grausen empfand ich ihre Nähe.

Sie vertreiben mich aus Rom, die Bettler!

Meines Bleibens hier wäre nur, wenn ich mich daran gewöhnen könnte die Menschen zu sehen, wie man die Natur sieht. Blutende Wunden und brechende Herzen nicht anders als etwa
versengte, aufgerissene Erdrinde, Klagen und Schluchzen – ein Sturm, der vorüberbraust; Hun-
gernde und Dürstende gleich Pflanzen, die kein Thau und kein Regen netzt, und die darum
welken müssen.

Warum duldet der Staat dieses Fürchterliche? warum die Nation? warum die Menschheit?
warum vor allem die Kirche? Die Kirche, dieser Atlas, der wenn nicht die ganze, so doch die
halbe Welt auf seinen Titanenschultern trägt. Die römische Kirche hat eherne Lungen. Warum
erschüttert sie damit nicht die Welt, und ruft sie auf zu einem neuen großen Kreuzzug der
Menschlichkeit!

Freilich, Prälaten, die sich purpurne Schleppen tragen lassen, taugen dazu nicht. Sie vertheilt ja Suppen und Soldi's, die römische Kirche. Zum Lachen! nein, zum Weinen – Thränen
von Blut.

Und ich, ich konnte inmitten dieses Jammers in Schönheit schwelgen!

Wäre ich ein Mann voll starker Kraft, ich würde mein Leben daran setzen, diese Welt aus
den Angeln zu heben. Wolf Brant, der wollte es. Er erfror im Schneesturm.

Wolf Brant! wie kleinlich beurtheilte ich ihn. Weil er einmal einen sinnlichen Trieb nicht zu
zügeln wußte, stieß ich ihn zurück. Die Tiefe seiner Seelenkraft ermaß ich nicht.

Nun denke ich in seinen Spuren. Und je mehr ich denke, je mehr staune ich.

Nein, hier in Rom ist meines Bleibens nicht. Auf der einen Seite der Anblick des Massenelends,
der mir Schauder auf Schauder durch den Leib jagt, auf der anderen Seite die Sinnenschönheit,
die in goldene Schleier Geist und Seele einspinnt.

Giebt es nur Schönheit in Farben, Formen, Tönen? Der berauschenste Duft, das süßeste
Getön, der zärtlichste Blick, die kosendste Stimme – nicht Sinnenzauber?

Und die Götter selbst, die so herrlich hier in Marmor prangen, nicht falsche Götter? Zu viel
Leib. Zu heidnisch schön, zu fern dem Christusideal. Götter, die selber liebten und zeugten
wie die Menschen!

Kann ich nur einen Menschen, nur einen Mann lieben? Können wir nicht Ideen zärtlich
hegen wie einen Geliebten?

Giebt es nicht ein begeisterndes Erkennen, vor dem der herrlichste Sonnenuntergang verblaßt,
und die Umarmung des Geliebten auch?

Im Norden habe ich mich immer nach der Sonne des Südens gesehnt, nun verlange ich
nach geistiger Sonne.

»Hat denn das Dasein überhaupt einen Sinn?« Schopenhauer wirft die Frage auf. Noch hat
sie niemand gelöst; sie zu lösen, daran arbeiten seit Jahrtausenden die erlesensten Gehirne. Und
alle suchen den Kern des Menschendaseins, den Kern, der in die Ewigkeit hineinragt. Der Kapuziner, der alte Jude im Ghetto, vielleicht auch der weiße, todte Baum in der Doria Pamphili,
die wußten etwas vom Sinn des Daseins, und die Sphynx – –

Ich wurde wieder aus einer Kapelle fortgewiesen, weil irgend eine heilige Reliquie Weibern
nicht gezeigt werden durfte. Und über dem Altar dieser Kapelle hing eine Madonna mit der
himmlischsten Hoheit im vergeistigsten Antlitz. Ich, an Stelle dieser Madonna hätte, anstatt
vergeistigt auszusehen, wie ein Drache Feuer gespien.

Draußen sah ich wieder auf dem Wege Schaaren von Priestern, murmelnd, betend, auswendiglernend. Frauen mit schwerbepackten Körben auf den Köpfen begegneten mir. Ich sah in
Osterien Männer, Karten spielend, Mora spielend, trinkend, spuckend.

Es fiel mir ein, daß Adalbert sich immer nur einen Knaben gewünscht hatte, um das Kunstwerk eines edelschönen Menschen aus ihm herauszubilden. Mädchen waren nicht der Mühe
werth.

Langsam stieg mir die Röthe der Scham in's Gesicht.

Jason, ich weiß ein Lied. Ich weiß etwas, was Andere nicht wissen, oder wenn sie es wissen, sagen sie es nicht.

Vermorschtes hält zusammen, so lange es eingesargt bleibt, sei es in einem menschlichen Gehirn, sei es in starren Sitten, sei es in einem wirklichen Sarge. In Luft und Licht gelangt, zerfällts in Staub.

Klug ist die Zeit, so klug! Unaufhaltsam schreitet sie ihrem Ziel zu. Aber die Zeit hat auch ihre ungeheuren Dummheiten, ihre Gespensterkammern wie auch die klügsten der Menschen sie haben. Und eine dieser Jahrhunderte-Dummheiten will nun in Luft und Licht gelangen, und in Staub zerfallen wird ein Riesen-Ghetto der Welt.

Jason, ich weiß ein Lied! Jason wollte das Lied der Medea nicht hören. Du wirst das meine auch nicht hören wollen. Der Text verschwimmt mir noch, die Melodie aber rauscht wie mit Psalter und Harfe durch meine Seele.

Unter ihrem Zauber verwandelt sich alles. Was schläft, wird erwachen, was krank ist, gesunden, und die bis jetzt nur am Saum des Lebens entlang krochen, sie sollen aufrechte, starke, stolze Menschen werden.

Lange, lange schon waren ein schmerzliches Grübeln und Wühlen, eine heiß ringende Auflehnung latent in mir gewesen.

Aber ich bin wie die Pflanzen, die den Wind brauchen, damit er den Blüthenstaub zur Befruchtung weiter trage.

Der Wind weht! Der Wind weht!

Der Wind ist, was ich innerlich und äußerlich in Rom erlebte, Wind all meine bittersten Enttäuschungen hier über Menschen, Volk, Religion, Wind vor allem die Verzweiflung an mir selber.

So überreich an quellender Innerlichkeit sind viele viele Frauen, aber sie können zu ihrer eigentlichen Individualität nicht kommen. Umdornt von Vorurtheilen, bleiben sie Fremdlinge der Menschheit, und leben ein fremdes, nicht ihr eigenes Leben; arme Luftschifferinnen, die man nich landen läßt, wo blühende Gestade ihnen winken. Und da stürzen Viele, Viele hinab, gleichviel wohin, in's Weltmeer vielleicht, wo Wellen sie begraben, auf Felsen, wo sie zerschmettern, in Wüsten hinein, wo sie verhungern, wie ich – wie ich.

Warum ist mein Leben so leer und unstät gewesen? Ich weiß es jetzt. All die Träumereien meiner jungen Jahre, die mir das Mark aussogen – Nothanker einer Seele, die an das Heimathsufer nicht durfte. All die Liebeleien mit Menschen, an die keine innere Verwandtschaft mich band – Nothanker.

Meine Seele lag offen wie der Kelch einer Pflanze, um Sonne und Himmelsthau zu trinken. Man ließ mich Sonne und Himmelsthau nicht trinken, da stillte ich meinen Durst aus trüben Quellen. Da verkrüppelte ich und blieb unreif, dem Vampyr Schmerz eine leichte Beute.

Warum?

Weil ich ein Weib bin?

Man streut Asche auf Feuer, damit es nicht brennen soll.

Und darum ist das Wesen fast aller begabten Frauen unserer Zeit Sehnsucht und Melancholie.

Die Sehnsucht mit den blassen Vergißmeinnichtaugen ist das Glimmen eines Funkens, der Flamme werden will, und Asche werden muß, ohne je geleuchtet zu haben.

Und Melancholie, ihre Schwester, schreitet, die dunklen Blicke abwärts gekehrt, über die Gräber von Seelen. Und sie liest die Grabschriften: Hier ruht eine Jugend, die ungenossen starb. – Hier ruhen geniale Kräfte, die an der Mauer von Vorurtheilen zerschellten. – Hier ruhen Thaten, die, ehe sie geboren, von Schatten und Träumen erstickt wurden. – Hier ruhen Blüten, Blüten, die wucherndes Unkraut verdarb.

Ein ungeheures Staunen ergreift mich, daß das Ureinfachste: das Recht der Frau, Weg und Ziel ihres Lebens selbst zu bestimmen verneint wird.

Ich denke in Wolf Brant's Spuren. Aber ich denke, was er nie gedacht. Er wollte nur einem kleinen Bruchtheil der Menschheit aus geistiger und physischer Noth emporhelfen. Ich will dasselbe thun für die größere Hälfte des Menschengeschlechts – für die Frauen. Eine Weltrevolution, eine Geisterempörung die Millionen Parias von Staatswegen zu freien Menschen machen will von Rechtswegen, von Rechtswegen und von Gotteswegen.

Wie Thau fallen diese Ideen auf den verschmachtenden Boden meiner Seele. Sie hellen meine Schwermuth sonnig auf. Ich liebe sie. Sie begeistern mich.

Meine Erkenntniß ist ein immenses Erlebniß, das den Grund meines Wesens in zitternde Schwingungen setzt. Es erfüllt mich mit einem Entzücken, das intensiver ist als das an aller Schönheit des Südens.

Süden aber ist auch in meinem Denken und Erkennen. Denn es sprießt und blüht und flammt in mir. Eine Flamme, die kerzengerade in den Aether steigt.

Ich bin der Menschheit etwas schuldig geblieben. Etwas? nein. Alles.

Nun aber will ich denken und wirken für Andere. Nun fühle ich eine Schöpferwonne, eine Freude ohne Selbstsucht, die rechte Freude, den schönen »Götterfunken, die Tochter aus Elysium« die Millionen umschlingende Freude.

Ein Apostelfieber kam über mich. Ich sah mich als Engel mit der Lilie in der Hand, die frohe Botschaft, die mir ward, weitertragend, hinaus in die Hütten der Enterbten, der Mühseligen und Beladenen.

Um Ideen in Thaten umzuwandeln bedarf es Vieler.

Ich kannte einige Malerinnen, die, fast ohne Schulung ein bischen pinseln gelernt hatten, und sich nun von einem Tag zum andern mühselig durchstümperten. Ich kannte auch einige Lehrerinnen, die im Norden, in einem dürftigen, freudlosen Dasein, bei übermäßiger Arbeit, schwindsüchtig geworden waren, und die nun nach dem Süden gekommen waren, um wieder in Dürftigkeit und Freudlosigkeit, bei harter Arbeit, dem Tod noch eine kurze Frist abzulisten.

Zu denen ging ich und ich verkündete (die Verkündigung, fürchte ich, war ein Stammeln und ganz ohne weiße Lilie) ihnen mein neues Menschenthum.

Und ihre Antwort?

Sie lachten. Und wie sie lachten! Sie hörten gar nicht auf zu lachen.

Das rauhe Getön ihres Lachens entnervte mich.

Erstaunlich! erstaunlich!

Man zeigt diesen Frohnenden den Eingang zu einem Land, wo Milch und Honig für sie fließt, und – sie gehen vorbei, und sind noch so ziemlich vergnügt dabei.

Dein Wort, Arnold, fiel mir ein, daß ein vergnügter Sperling eigentlich besser daran ist, als ein trister Adler. Aber nein – dreimal Nein. Sie haben Unrecht und Recht habe ich. Ich glaube *mir*. Ich habe ja meine Erkenntniß, meine Wahrheit intensiv erlebt. Das Feuer des Schmerzes hat sie mir in die Seele geätzt, mit meinem Herzblut habe ich sie genährt. Davon ist sie stark geworden und unzerstörbar.

Alle, alle, die am Kreuz gehangen, warten auf eine Auferstehung – wie ich.

Womit übertöne ich ihr Gelächter?

Mir fehlt das Temperament für den Kampf. Müssen denn immer Worte wie Trommelwirbel sein, damit sie die Menschen emporreißen, daß sie aufhorchen: Da kommt Großes, Schöpferisches? Müssen Ideen, revolutionirende, daherbrausen wie der Sturm, jäh, Schauder erweckend?

Vielleicht. Uralte, granitfeste Mauern wie die vor dem gelobten Lande, stürzen nur vor Posaunenklängen. Und die kleine Flöte die ich blase, ist Geflüster. Nur Feinhörige vernehmen es wohl.

Nicht Flötentöne, Fanfaren wecken Schlafende.

Wolf Brant! Wolf Brant!

Meine Wahrheit ist ihnen Narrheit, Unsinn, Wahnsinn.

Wer verträgt es, als Narr verlacht zu werden.

Womit übertöne ich ihr Gelächter?!

Arnold, Arnold, Du hast's gewußt, und hast geschwiegen. Für so feige, hast Du mich gehalten.

Woher ich's nun weiß, daß ich eine Todeskandidatin bin oder war? Philomela hat mir's verrathen.

Sie hatte Fieber. Ich drang in sie, sie sollte einen Arzt holen lassen. Sie wollte nicht. Die Aerzte wüßten nichts, dichteten einem blos Krankheiten an, sagten einem den Tod auf den Kopf zu, und nachher liefe man noch Jahrzehnte gesund umher. Hätte man nicht eine gewisse Marlene Bucher als Schwindsüchtige, als Todeskandidatin nach Rom geschickt? und nun wäre sie von Tag zu Tag gesünder geworden.

Mir stand das Herz still. Ich bezwang mich gewaltsam, und fragte ruhig und lächelnd, woher sie das wisse?

Signore Arnoldo hätte mit dem Arzt gesprochen, italienisch, die Thür des Nebenzimmers wäre offen gewesen, und da hätte sie alles gehört. Der andere Arzt, der von Berlin, hätte ja auch an den Arzt hier, all das von der Schwindsucht geschrieben. Jetzt könne sie darüber reden, da ich doch so munter wäre wie ein Fisch im Wasser.

Du hast's gewußt, und Walter auch. Er hat geglaubt, ich sterbe, darum hat er so schnell in die Reise gewilligt, so freundlich von mir Abschied genommen. Er dachte, ich sterbe. Ich kann mich von der Vorstellung nicht losmachen, er hat es gern geglaubt. Wie er sich wundern muß, daß es mir gut geht. Würde er sich freuen, wenn ich gesund zurückkehrte? Ach nein, ach nein, – da kehre ich nie zurück – nie – lieber wirklich sterben.

Ich – sterben! Jetzt! Nein. Unendliches habe ich noch zu denken. Was eben erst glühend und blühend in mir erwacht – zu Ende schon? In dem stillen Kahn hinunter zur Toteninsel, wo die düsteren Cypressen stehen, vorbei an seligen Ufern mit Wein- und Rosengehängen. Und nie wieder erglänzen sie mir – für immer meine Augen geschlossen?

Er war auf meinen Fersen, der Todesengel, dicht hinter mir, und ich sah ihn nicht. Und mir ist als wäre er noch hinter mir. Sein kalter Athem bläst mich an. Ich höre über mir das Rauschen seiner Flügel.

Jenen Reiter, der ahnungslos den furchtbaren Ritt über den gefrornen Bodensee machte, tödtete hinterher das Entsetzen.

Auch mich überrieselte es kalt, eiskalt. Zwar tödtete mich nicht das Entsetzen, aber stille Schauder lenkten mir die Blicke nach innen. Und umgekehrt wie jener Reiter, sehe ich nun das Leben, das hinter mir liegt, wie einen Todesritt, einen Ritt, vorbei an Höllen, in denen unheimliche Gluten loderten. Hinweg über schlammiges Erdreich mit tanzenden Irrlichtern, durch Wildnisse hindurch voll Gestrüpp, Dornen, Schlangen.

Mein Gott, von rechtswegen müßte ich jetzt todt sein. Und wäre ich todt, so arm wäre ich in die Grube gefahren, keine Spur meines Daseins hinterlassend; und das Leben wäre kaum mehr für mich gewesen als eine Wüste, in der man von Oase zu Oase zieht, und wenn an einer Stelle der Quell ausgetrunken, die Früchte verzehrt sind, zieht man weiter zu einer neuen Oase, bis wir keine Oasen mehr finden, und der Sand der Wüste – Alter oder Krankheit – uns aufsaugt, verweht.

Nun sehe ich alles in einem andern Licht. Wen der Tod gestreift – und streift er mich nicht noch? – und wer bewußt in sein eisig erhabenes Antlitz geblickt, der bewahrt etwas zeit- und erdentrücktes. Er redet, nicht mehr laut. Er hat Ewigkeitsbilder geschaut.

Ich verstehe, was die Flügel des Todesengels mir gerauscht. Sie rauschten auch hin über meine Ideen der Frauenbefreiung, sie entkörperten gewissermaßen meine Gedanken; ich erkannte, daß auch sie nur Zeitwerth haben; ich erkannte, daß in einer natürlichen historischen Entwicklung die Frauen einst alle Rechte haben werden, die auch für sie »unantastbar wie die Sterne am Himmel hängen.« Und wer weiß, vielleicht gehört ihnen schon das 20. Jahrhundert. Fast noch vier Jahrzehnte, ehe es beginnt. Ich erlebe es nicht.

Und die Eroberung dieser Rechte wird auch nur eine Etappe in der Weltnothwendigkeit sein. Neue Fragen, neue Räthsel werden auftauchen, neue Schläfer werden kommen, neue Wecker.

Laß sie lachen! laß sie schlafen! Ich suche nicht mehr, womit ich ihr Gelächter übertöne. Ich ertrage es als Närrin verlacht zu werden.

Ich suche wie ich der Ewigkeit des Todes entrinne.

Ich ging an die stillsten Orte. Im heiligen Hain der Villa Medici wollte ich das Orakel fragen.

Als die Sonne hinter dem Horizont verschwunden war, stieg ich von den Stufen des Tempelchens herab.

Schon einige Schritte von der Treppe entfernt, wendete ich mich noch einmal um.

Da kam noch jemand die Treppe herab. Ein Schauder überlief mich. Es war doch niemand oben gewesen. Ein weißes Priestergewand hob sich aus dem Dunkel. Der Priester, den ich nun deutlich erkannte, hielt einen Cypressenzweig in der Hand. Den Kopf hatte er tief gesenkt, ich konnte seine Züge nicht erkennen. Langsam kam er auf mich zu, und im Vorüberschreiten, mit einem Blick mich streifend, legte er mir den Cypressenzweig auf den Kopf.

Sein Blick – ich erbebte. War das nicht der Fremde aus meiner Kindheit? Dieselben wimperlosen Augen mit dem strahlend durchdringenden Blick.

Und war das das Orakel?

Und sein Sinn?

Schweigen?

Schweigen, weil wir doch die Räthsel der Sphynx nicht rathen?

An einem Tag war ich der Räthsel müde, und auch des grübelnden Denkens. Und ich gedachte der naiven Einfalt des Dominikaner's, der so kindlich fromm die Hände faltete und zu seinem lieben alten Vater im Himmel betete, daß er seine Petersilie und seine Orangen schön wachsen lasse.

Ich stieg nach San Sabina hinauf. Und ich sprach mit dem Mönch von meines Herzens Noth.

Zuerst hielt er wieder die Rede aus dem 15. Jahrhundert. Er fühlte aber bald, daß ich keinen Trost daraus schöpfte. Er ging hinauf in seine Zelle. Als er zurückkam, hielt er ein Crucifix in der Hand. Er küßte es, gab es mir und zeigte auf die Inschrift: »Sei still, ich bin bei Dir.«

Eine schöne, schöne Inschrift. Ich bewegte sie in meinem Gemüth.

Aber es war doch auch wieder ein Räthsel, nur ein silbern, lichthimmelblaues. Ich kehrte zurück zu dem dunkelpurpurnen meiner Sphynx in der Villa Mathäi.

Die unergründliche Tiefe und Stille in ihren Zügen berührte mich wieder mit geheimnißvollem Schauder wie der Anblick des Oceans wenn der Wind nicht weht. Und diese meertiefe Stille glich fast einer glühenden Beredsamkeit, wie ja unter gewissen Bedingungen Feuer und Eis dieselbe Wirkung hervorbringen.

Und wieder rieselte es von dem Felsstück herunter über ihre Stirn wie von unendlichen Thränen.

Warum war der Finger von Gold?

Ich bin auf der Fährte einer neuen Schönheit, die in die Ewigkeit hineinragt.

Und meint man, das giebt es nicht?

Nichts gäbe es, was in der »Flucht der Erscheinungen bleibend« wäre, keine Schönheit, die nicht verblühe, keine Weisheit, die nicht eine neue Weisheit ablöste?

Wer weiß es? ich nicht. Aber die Andern wissen es auch nicht.

Ein tiefes, tiefes Wort, das wir lesen oder hören, ein wunderbarer Traum, ein außerordentliches Erlebniß – und es durchzuckt uns blitzartig, ein inneres Auge, das sonst geschlossen war, öffnet sich, und in einer Vision hebt sich ein Schleier – –

Als ich an jenem 18. März die große, wilde Frage in dem starren Auge des Todten vor der Dreifaltigkeitskirche las, als Traut starb, als nach der Geburt meines ersten Kindes der Tod mich streifte, als Charlotte von mir ging, und ich wußte, daß ich sie nicht wiedersehen würde, da war's mir jedes Mal als hörte ich das Athmen – ja – wovon? einer Weltseele? von etwas, das außer mir war, und doch auch in mir, das mich emporhob – etwas Fernes, Schwebendes, Großes –

Seitdem ich auf der Fährte einer neuen Schönheit war, kam mir der bunte Kram in meinem Zimmer so kleinlich vor, die grünen und die rothen Gläser, die Decken und die Teppiche, die Väschen und die Sträuße.

Ich entfernte alles. Und auf einen weißen Tisch stellte ich das Crucifix: »Sei still, ich bin bei Dir.«

Und so gern, so gern hätte ich die Sphynx gehabt, die Sphynx mit dem goldenen Finger.

O Sphynx, Du wunderbare, geheimnißvolle, mit den Thränenbächen, die über Deine Stirn rieseln, und die Du nicht weinst. Du weißt – Du weißt –

Arnold, Arnold, mein Geist fängt an, seltsame Wege zu wandeln.

Und nun geschah, was mein Schicksal bestimmte, was kommen mußte.

Um einem feinen Sprühregen zu entgehen war ich auf einem Spaziergang, auf der Höhe von Trinita de Monti in die Kirche getreten.

Vor dem Hochaltar brannten die Kerzen. Reihen junger Mädchen saßen da, in weißen Schleiern, einige mit weißen Rosenkränzen. Der Chor, wo die Orgel steht, war schwach erhellt. Die goldenen Säulen der Orgel schimmerten aus dem zarten Licht, als stände da oben eine mystische Götterburg.

Und die Nonnen und die jungen Mädchen erhoben ihre klaren, süßen Stimmen zum Lobe Maria's, und sie sangen so rein und so fromm, sie sangen Bilder Fiesoles oder Domenichinos.

Der Gesang war zu Ende. Nur die Orgel tönte fort und fort, tönte immer zarter, immer ferner, immer heiliger, Töne wie in weißen Schleiern, perlende Thränen in Lilienkelchen, ein leises Rauschen von Engelsfittichen, selige Seufzer, mit denen die Seele vom Irdischen sich losringt.

Da hebt der Priester die Monstranz. Er hebt sie hoch empor: Gott ist da.

Das große Mittelportal der Kirche wird weit geöffnet. Das Gewölk am Himmel hat sich zu einer dünnen Dunstschicht über den ganzen Horizont verbreitert. Die untergehende Sonne durchleuchtet den zarten Dunst, und taucht ihn in goldiges Rosenroth. Der ganze, weite Himmel eine singende Seligkeit, eine flammende Riesenglocke, die in's Herz der Staunenden da unten frommes Erschaudern läutet.

Drinnen, in der fast dunklen Kirche erlöschen die letzten Altarkerzen, geisterhaft entschweben die letzten zärtlich süßesten Orgeltöne, und draußen – das in Erzengel- Wollust aufblühende, aufglühende Firmament.

Warum lagen nicht alle auf den Knieen vor diesem Flammenzeichen! Eine Fortsetzung war's der heiligen Handlung drinnen. Gott selbst hielt hier in ewigen Händen die Monstranz. Gott war da!

Meine Augen füllten sich mit heiligen Thränen. Plötzlich trafen sie mit einem andern Augenpaar zusammen. Wunderbare, graue, leuchtende Augen, die tief, klar, forschend auf mir ruhten.

Die Augen gehörten einer Frau. Seltsame, graue Gewänder trug sie, mehr eine priesterliche Hülle als ein Frauenkleid. Sie erschien groß ohne groß zu sein, weil an ihrer Erscheinung etwas war, das alle Anderen überragte.

Als unsere Blicke sich trafen, das war einer jener Momente, wo ein inneres Auge in mir, das sonst geschlossen war, sich aufthat. Mir war's als hätte ich diese Frau längst gekannt, von jeher, immer gekannt.

Eine große, innere Freude bemächtigte sich meiner, wie, wenn man einen Geliebten, den man verloren hat, wiederfindet; und zugleich eine Angst, daß sie sich wie eine Vision wieder von mir verlieren könnte.

Aber sie verlor sich nicht.

Die wunderbare Frau trat zu mir heran. Sie redete mich an, italienisch, daß sie rein und fließend sprach.

Sie zeigte auf den Himmel: »Wie der Blüthenkelch des rosenrothen heiligen Sonnenlotos, wenn seine Geliebte, die Sonne, ihn geküßt.«

Wir gingen zusammen auf den Monte Pincio und blieben dort, bis der Garten geschlossen wurde. Wir trennten uns – zwei Schwestern. Jeder Tag vereinte uns aufs neue.

Sie heißt Helena. Sie ist ganz international. Ich glaube in Rußland geboren, in England erzogen. Viele Jahre hat sie sich im Orient aufgehalten. Die Heimath, die sie sich selbst gewählt ist Indien.

Dort hat sie eine Gemeinschaft, wenn Du willst eine Religion ins Leben gerufen. Das heißt, sie ist nicht die Stifterin der Religion, sie ist die Verkünderin, die Botin, von Größeren entsandt. Man weiß davon noch wenig im Westen. Man wird in Zukunft davon wissen.

Ich mußte Helena begegnen. Mein ganzes Sinnen war auf sie gespannt gewesen.

Seitdem ich ihr gehöre, komme ich Dir wieder näher mein Arnold. Habe ich Dir nicht für Dein Haus die Inschrift geschenkt »Weiß und weise?« das könnte die Inschrift des Tempels sein, in den Helena mich geleitet. Gleitest Du nicht dahin weiß wie ein Schwan mit der Eule über Deinem Haupt? Das könnte fast das Emblem der Theosophie sein.

Theosophie – göttliche Weisheit – heißt die neue Religion.

Charlotte lehrte mich die Gesellschaft kennen, Adalbert die Schönheit, von Helena lerne ich Weisheit und ächtes Menschenthum.

Ich sitze zu ihren Füßen, ich bin ihre Schülerin, ihre Jüngerin geworden. Ich habe gefunden was ich suchte: eine Gemeinschaft, fernab von der Nur-Sinnenwelt, eine Gemeinschaft, wo niemand nach dem Geschlecht fragt, nicht fragt: wer bist Du? wo kommst Du her? Eine Gemeinschaft wo man nicht Sturm und Flamme zu sein braucht, um der Wahrheit theilhaftig zu werden.

Helena hat nichts vom Sturm und der Flamme. Ihr Denken blüht still und blumenhaft, intuitiv, wie von selbst, oder wie unter dem Hauch eines göttlichen Athems. Sie verkörpert Güte, Liebe, Frieden. Ihre Züge tragen den Ausdruck lichter Ruhe und vollkommner Reinheit, aber auch den eines machtvollen Willens, den Ausdruck zugleich von Sieg und Frieden.

Sie kann aber auch von bezaubernder, kindlicher Heiterkeit sein, und zuweilen scheint sie von einem Heiligenschein umglänzt.

Ich bin so ruhig, wenn sie bei mir ist, und stark und muthig. Der Frieden, der Seelenduft, der von ihr ausgeht, theilt sich mir mit.

Sie ist mit wundersamen Kräften begabt. Sie sieht und hört in die Ferne, sie weiß immer, was in mir vorgeht. Sie kennt die Schicksale meiner Seele.

Von den Einzelheiten der Lehre schreibe ich Dir nichts. Sie wird in die Welt dringen, sie wird auch zu Dir gelangen. Verwirf sie nicht gleich. Höre hin; prüfe, denke daß Deine Marlene dabei ist.

Nur das eine: Ihr Kern ist so einfach, so einfach, so klar, so klar, so gut, so gut. Der Kern ist: die Menschenliebe *leben*. Ihr Kern ist die Verbrüderung aller Menschen.

Es giebt so viele lächerliche Christen, die so fromm sind, so fromm, sie predigen Selbstverleugnung und Demuth, und nebenbei meinen sie, die Welt müsse untergehen, wenn sie sich etwa mit ihrem Diener zu Tisch setzen sollten.

Alle Menschen Brüder!

Aber der katholische Priester verdammt die protestantischen Seelen zu ewigen Höllen. Systematisch wird der Haß einer Race gegen die andere großgezogen, man tödtet, mordet, verleumdet, beschimpft einander. Aber alle Menschen Brüder! So lächerlich! Sie leben ja das Gegentheil der Verbrüderung.

In der Theosophie sind auch alle Rechte, die bis jetzt dem Weibe vorenthalten wurden, einbegriffen und die radikalsten Forderungen der Demokratie auch.

Diese reine Lehre kennt keine Geburts- keine Geschlechtsvorrechte. Gerechtigkeit, Brüderlichkeit steht in goldenen Lettern auf ihrer weißen Fahne, die sie über alle Länder und Nationen hinrollen läßt, von Tauben umflattert, von Flöten und Harfen umklungen.

Diese idealste aller Religionen hat keine Dogmen. Ihr Glaube: die Veredlung der Menschheit. Ihr Gottesdienst: reines, edles Wirken im Dienst der Menschenliebe. Ein Lichtquell will sie sein, in dem alles zusammenfließt, was rein, weise und gut ist.

Und es ist auch so ureinfach, was ich in der neuen Gemeinschaft will. Gut werden will ich, ganz einfach gut, frei von allem, was nicht zu mir gehören soll, nicht soll.

Gährung und Zwischenstadium war bisher mein Dasein. Nun will ich ganz werden und rein und hell. Wie eine Morgenglocke klingen Helena's Worte in mein Innerstes.

Psyche hat sich von den Rosenketten Amor's losgerungen, sie wird noch stärkere Ketten brechen und frei und stolz wird sie die Flügel regen; nicht mehr in die Ferne, – in die Höhe will sie – meine entfesselte Psyche.

Aus eigener Kraft kann ich nicht werden. So ein bißchen Mensch wie ich bin, bedarf der Hülfe, einer Gemeinschaft, die ihn stützt, damit er nicht wieder in die Sümpfe und Wildnisse seines eigenen Inneren geräth.

Ein großes Staunen über mein eigenes Räthselwesen ergreift mich.

Es scheint, ein ganzes Leben, mit all seinen Entwicklungen, und Wandlungen gehört dazu, um sich selbst zu ergründen.

Wo fange ich an? wo hören die Anderen in mir auf? Ich weiß es nicht. War ich die Leichtfertige, die einige Jahre in den seichten, trüben Gewässern der schlechten Gesellschaft mitschwamm? Nein. War ich die Sklavin, die sich vor der Mutter, den Brüdern, dem Gatten fürchtete? nein. Ich, das verschüchterte Geschöpf zwischen Taube und Gans? Aber nein, nein.

Wer bin ich? immer nur Erbe all der Generationen, die vor mir waren? Erbe all ihrer Krankheiten des Geistes und des Körpers? Den alten Erbschaften, die mich überwuchern, zu entschlüpfen, wie die Schlange ihrer rissigen Haut, dazu soll mir die Religion Helenas verhelfen.

Siehst Du Arnold, ich glaube, daß die Menschheit sich so hoch entwickeln wird, so hoch bis zum Engelthum. Und ob es nicht schon jetzt Aetherwesen giebt, Sonnengeschöpfe, die nicht essen, die nicht zeugen und nicht sterben, die wie denkende Blumen durch alle Ewigkeiten blühen?

Ich weiß es nicht. Wissen es denn die Andern?

Nun werde ich ganz von innen bewegt. Mir ist, als wenn ich in einem Treppenhause mit Oberlicht von den dunklen Stufen unten, immer aufwärts gestiegen wäre, und je höher ich komme, je heller wird es. Und ganz oben wird es am hellsten sein. Und endlich werde ich in einer Lichtfluth stehen, in einer neuen blühenden Welt.

Nicht mehr ziehts mich dahin wo »im dunklen Laub die Goldorangen blühen.« Die Lotosblume hat mirs angethan; der heilige Sonnenlotos mit dem rosenrothen Blütenkelch, der wie eine Glocke über den Wassern des Ganges schwebt, und auch der süßduftende Mondlotos mit den weißen Blüthen, die zart sind wie Mondstrahlen.

Immer muß ich bei der Lotosblume an Traut denken und ich träume von ihr als einer Lotosblume. Der Kelch, ihr süßes Angesicht, die Blätter goldene Strahlen, die das holde Köpfchen umrahmen. Ein Engel mit zarten Flügeln schwebt sie vor mir her. Wohin wird sie mich führen?

Ich bin nie von der Vorstellung losgekommen, daß Traut irgendwo in reiner Verklärung weilt. Und nun komme ich nicht davon los, daß ich ihr in Indien näher sein werde als sonst wo im Weltenraum.

Und wäre die Theosophie nichts als eine erhabene Dichtung, und Helena eine ihrer Dichterinnen, ich würde ihre Atmosphäre doch wie Weihrauch athmen.

Besser auf ein falsches Geleise gerathen als auf ein todtes. Man fährt dann wenigstens irgend wohin, und mit dieser Lehre sicher nicht zur Hölle.

Du wirst auch erfahren, daß die Theosophie eine mystische Seite hat. Verwirf auch diese nicht gleich; sage nicht Unsinn. Höre hin, prüfe, denke, daß Deine Marlene dabei ist.

Es giebt in Indien Weise, Auserwählte, die im Verborgenen leben. Alles was Seher, Propheten, Denker, durch alle Jahrhunderte hindurch erkannt, erforscht, was sie in Visionen und Verzückungen geschaut – die indischen Weisen und Meister sind die Wisser und Wächter dieser unermeßlichen geistigen Schätze.

Und in ihren erdentrücktesten Extasen werden sie emporgetragen, dahin, wo der unsterbliche Funke ihres Geistes mit der Flamme des göttlichen Weltgeistes zusammenglüht.

Beweise für diese Möglichkeiten willst Du?

Die habe ich nicht.

Menschen stärkster Intelligenz haben an einen persönlichen Gott geglaubt, und glauben noch daran – ohne Beweise.

Freilich, unser Religionslehrer in der Schule, der hatte Beweise; er diktirte sie uns sogar in die Feder. »Gott ist allwissend – diktirte er – allmächtig, allgegenwärtig – schreiben Sie in Parenthese: Wandertanden, Heringe.«

Ich möchte beinah glauben, daß Wahrheiten und Weisheiten, die, ihrer Zeit vorauseilend, das Gepräge der Zukunft tragen, immer zuerst von erlesenen Geistern als Intuitionen empfangen, in geistigen Visionen geschaut wurden. Und hinterher – vielleicht – bewies sie die Wissenschaft.

Wie? dürfen wir nur an die Wunder glauben, die uns von jeher gelehrt wurden? daran, daß Jesus, daß Moses zaubern konnten?

Warum sollten, im Sinn dieser Seher, nicht auch die indischen Meister zaubern können? wenn zaubern heißt: erkennen, wissen, wirken, was Alltagsmenschen versagt ist?

Warum soll ich mich so fanatisch an das klammern, was gerade von der heutigen Welt erkannt und anerkannt ist, und was vielleicht spätere Jahrhunderte zu den vorgeschichtlichen Naivetäten zählen werden?

Im Erdboden ist der Sonnenschein aller Jahrhunderte enthalten. Hinterlassen nicht ebenso die Geistesentwicklungen aller Jahrhunderte Spuren in jedem Menschengeist? Spuren, die für die meisten in Dunkel gehüllt bleiben. Und diese Spuren, könnten sie nicht für das innere Auge von Sehern leuchtend werden, und leuchtende Bilder auch zukünftiger Zeiten sich ihnen enthüllen? Reminiscenzen, Spiegelungen von Zuständen, die sie in ihren Verzückungen in höheren Welten geschaut?

Ist immer nur das wahr, was der Mensch in seiner Alltagsverfassung ertasten und begreifen kann? und was tief aus unserm Innersten redet – Traum und Schaum? nichts die Blitze in unserm Geist, die sekundenlang das Dunkel in uns wie mit Morgenröthe überschimmern?

Das ist unser Recht, unsere Ehre, unser starker, göttlicher Instinkt, daß wir uns mit jedem Nerv, mit jedem Blutstropfen, mit jedem Denkatom dagegen sträuben nichts zu sein als ein Bündel von Muskeln und Knochen, nach wenigen Jahrzehnten todt zu sein, ganz todt, ewig todt.

Was Licht in uns ist, will zum Licht, wie Staub zum Staube will.

In welchem Lebensalter wir uns auch befinden, unser Blick ist immer auf die Zukunft gerichtet. Wie sollte der Greis, die Greisin, die ihr verrunzeltes Gesicht im Spiegel sehen, glauben, daß sie das sind, sie weiter nichts als diese welke, oft groteske Hülle? Und sie fühlen, sie wissen doch, daß sie innerlich weiter blühen und wachsen, immer höher hinauf; und unter der eingeschrumpften Haut erspähen sie ihr wahres Gesicht, schöner und jünger vielleicht als es in ihrer Jugend gewesen.

Würden wir getrost einschlafen, wenn wir wüßten, wir würden am nächsten Morgen nicht erwachen?

Glaubten wir an die Ewigkeit des Todes, wie könnten wir ruhig schaffen und wirken, ohne in Stunden der Verzweiflung die Flinte in's Korn zu werfen, mit der entsetzten Frage: Wozu? warum?

Gewiß Arnold, ich spreche nur aus, was viele, viele empfinden; sie schweigen aber aus Furcht, man könnte sie für Zurückgebliebene halten, und sie möchten nicht weniger klug erscheinen als die Klügsten.

Ist es wirklich so absurd, so der schwarzen Magie verdächtig, an einen Kern in uns zu glauben, der in die Ewigkeit hineinragt? daran, daß von einem gottdurchseelten Weltathem, der aller Dinge Werden und Vergehen bedingt, auch ein Hauch in uns ist, und daß eben dieser Hauch unser eigentliches, unvergängliches Ich ist!?

Ich glaube daran; wenigstens glaube ich, daß ich daran glaube.

Keine Gräber mehr, über die die Melancholie schreitet, denn der Tod ist eine Knospe, aus der eine neue Blume blühen wird. Und die Sehnsucht ist still geworden, denn der göttliche Funke in mir – abgesprüht von der großen Flamme, die ihn immer aufs neue nährt – kann nicht Asche werden.

Wachsen, wachsen ohne Ende wird mein Geist. Mit hundert Augen werde ich sehen, mit hundert Ohren hören. Erfahren werde ich, was der Kapuziner, was der alte Jude im Ghetto, was der todte weiße Baum mir sagen wollten.

Ich reife tiefen Mysterien entgegen.

Eine grenzenlose Hoffnung ist in mir. Und treibe ich noch auf offenem Meer, ich sehe schon das Land; Ich sehe am Ufer Wunderblumen blühen, Wunder auch in meinem eigenen Geist. Anstatt der Sekundenbilder berauschend rother Abendbeleuchtungen – Ewigkeitsbilder der Schönheit.

Meine Seele ist aus dem Fegefeuer gesprungen. Nun will sie gleich in den siebenten Himmel. Zu den sechs anderen habe ich keine Zeit mehr. Vergehen will ich in Gottes Schoß.

In meinen reinsten, tiefsten Momenten sehe ich wieder das Portal der Kirche auf Trinita de Monti sich öffnen, ich sehe über mir das Firmament wie den Kelch des heiligen, rothen Sonnenlotos. Gott ist da. In mir.

Ein Brief von Julie. Sie war in Berlin. Sie hat meinen Knaben gesehen. Es geht ihm vortrefflich. Sie hat mit Walter gesprochen. Er willigt in eine Scheidung. Und dann – – Du liebst mich, schreibt sie. Ich soll Dein Weib werden. Ach, lieber, lieber Bruder, ich kann Dein Weib nicht werden, weil ich Dich nicht liebe, wie die Gattin den Gatten lieben muß. Du warst vielleicht zu hoch, zu fein geartet für solche Liebe. Sinnliche Triebe werden still, wenn ihr Herr, der Geist redet. Und wer weiß, vielleicht würdest Du mich gar nicht mehr wollen Arnold. Ich habe auch Dir mein eigentliches Wesen nicht gesagt, aber nur, weil ich es selbst nicht kannte.

Wir werden uns vielleicht nicht wiedersehen, und wenn auch, Du würdest eine Andere finden, als die *Du* verließest. Die Du kanntest und liebtest, Deine stille, kleine, bescheidene Freundin gehört der Vergangenheit an. Meine Augen werden immer größer. Meine Gesichtszüge verändern sich. Ich bin erstaunt, wenn ich mich in dem Spiegel sehe. Alles Linde, alle Weichheit, alles sehnsüchtig bange fort, nichts mehr von Hase und Gazelle. Ein langes, schmächtiges Gesicht; ich ähnle den Römerinnen auf Feuerbach's Bildern. Nur so schön bin ich nicht. Bitte, lieber Arnold, kümmere Dich um meinen Knaben.

Und dennoch, dennoch Arnold, ich habe Stunden, wo heimlich, ganz heimlich die Qual des Zweifels mich beschleicht. Wie? wenn ich auch jetzt nicht den richtigen Weg ginge?

Ein Wort meiner Mutter fiel mir ein, die, wenn ein Kind zu viel von einer Speise verlangte, zu sagen pflegte: Deine Augen sind größer als Dein Magen.

Ist so vielleicht meine Seelengier größer als meine Vernunft?

Und zuweilen, wenn ich am Altar meines neuen Glaubens kniee, hör' ich's flüstern: »Wie Marlene, wenn es nun blos Dein kranker Leib wäre, der tiefer nach dem Süden will, sich in die Ruhe indischer Beschaulichkeit zu versenken, nur um zu leben?«

Und es flüstert weiter: »Am Ende weiter nichts als eine neue Liebschaft. Du bist in die wunderschöne Sphynx verliebt, die Sphynx mit dem goldenen Finger.«

Und eine andere Stimme: »Du willst ja doch nur wieder träumen, nur, während Du früher Märchen-und Herzensgeschichten träumtest, willst Du jetzt Ideen träumen. Von weißen Perlen reiner Gottmenschlichkeit willst Du träumen, von rothen Rubinen unermeßlicher Menschenliebe. Verklärte, verseligte Träume, Träume der Ewigkeit, aber doch Träume – Träume.

Was zog Dich denn in die katholischen Kirchen? nicht das Verlangen nach Poesie, erhabenen Tonbildern, wollüstiger Mystik? Bist Du sicher, daß es nicht auch jetzt Sensationslust ist, die Dich nach Indien treibt? Am Ende noch immer das rothe Glas Deiner Kinderjahre und die Meerfahrten im Waschfaß!?«

Und mit einem Mal fing das Stimmchen an zu singen, und spaßig und wehmüthig zugleich sang's: »Maikäfer fliege, Dein Vater ist im Kriege, Deine Mutter ist im Pommerland, Pommerland ist abgebrannt. Maikäfer fliege.«

Wenn Helena ihre schönen, biegsamen Finger, die wie weiße Lilien sind, auf meine Stirn legt, so weichen die flüsternden Gespenster. Aber sie kehren wieder, die Stimmen, wie lästige Insekten, die stechen.

»Du willst Dich ja doch nur vor der großen Sündflut retten, spotteten sie, und deshalb kletterst Du immer höher und höher hinauf, und auf Deiner Bergspitze, da wirst Du nun harren und harren, und hoffen und hoffen, daß das Wasser Dich nicht erreiche. Und das Wasser wird Dich doch erreichen.«

Und zu guterletzt ein kicherndes, ein ganz schadenfrohes Flüsterstimmchen: »Du Marlene, am Ende hatten sie alle, alle recht, und Du bist doch dumm, einfach dumm. Und das mit Indien ist nur eine neue Phase Deiner Dummheit. Marleneken, Marleneken, Du bist unrettbar dumm. Gott helfe Dir! Amen.«

Und diese Stimme – das giftige Insekt – sie stach mich tief.

Nun – ziehe ich in der That auf Abenteuer aus, dann sinds wenigstens kindlich rührende, gute Abenteuer, Abenteuer à la Don Quichote, ich halte ein Stück magisch beleuchteten Aethers für den wahrhaftigen Himmel, und eine kranke Somnambule für eine Hohenpriesterin.

Vergieb mir Helena. Ich küsse Deine Lilienhände.

Noch ein anderer innerer Ruf bewegte mich, ein Ruf der mir geistige Faulheit, träge Versunkenheit vorwarf: »Du willst ja nur beten, um nicht zu arbeiten. Ohne Endliches zu durchmessen willst Du Unendliches erreichen. Anstatt Entwicklung willst Du Offenbarung.«

Und wenn es so wäre! Ja, ich will Offenbarung, aber nicht nur darum, weil ich nichts weiß, nichts wissen kann, sondern weil die Anderen auch nichts wissen, nichts wissen können. Mehr als ich – ja. Wenig bedeutet dieses »mehr«. Haben nicht fast alle Denker und Dichter in seherischen Augenblicken Raum und Zeit überspringende Visionen gehabt? und riefen nicht alle, die groß waren oder großes wollten, nachdem sie »mit heißem Bemühen alles studirt« schließlich doch die Geister zur Hülfe?

Viele Menschen haben Stunden der Offenbarung, wo sie auf dem Sinai knieen, und Gott ihnen seine Gesetze auf erzene Tafeln schrieb. Hatte ich eine solche Stunde, als ich den Entschluß faßte mit Helena nach Indien zu gehen?

Ach Arnold, wir Menschen alle sind Palimpseste, und unser ganzes Leben ist ein Mühen um die Entzifferung der Urschrift. Ob ich sie in Indien entziffern werde?

Wird Indien ein Tempel für mich werden, mit der schönen Inschrift der italienischen Klöster: »*pace ed amore?*« Oder – ein Irrenhaus?

Ist das Mal auf meiner Stirn ein Kreuz oder ein Stern?

Ich weiß es nicht.

Wissen es denn die Andern?!

Ende

www.ingramcontent.com/pod-product-compliance
Lightning Source LLC
LaVergne TN
LVHW050629200726
843506LV00010B/1177